CHRISTIANE GIBIEC

Nedderend

Rebellion gegen die NS-Verdrängung

68er Roman

Rote Katze Verlag

CHRISTIANE GIBIEC

Nedderend

Rebellion gegen die NS-Verdrängung

68er Roman

Rote Katze
VERLAG

Impressum

Bibliografische Information der Deutschen Nationalbibliothek:
Die Deutsche Nationalbibliothek verzeichnet diese Publikation in der Deutschen Nationalbibliografie; detaillierte bibliografische Daten sind im Internet über http://dnb.dnb.de abrufbar.

Herausgeber: Rote Katze Verlag, Lübeck
www.rotekatzeverlag.de

1. Auflage, Januar 2024

Satz: La Deutsche Vita®
Titelfoto: Mika Baumeister, unsplash.com
Porträtfoto: Ella von Aster
Korrektorat: Mia Weckmüller
Herstellung: BoD – Books on Demand, Norderstedt

Buch
22,00 €

ISBN 978-3-910563-11-7

Wer es könnte
die Welt
hochwerfen
dass der Wind
hindurchfährt

Hilde Domin

Für Karin Pieray und ihre Eltern,
die am Rauhehorst gewohnt haben

Volksschule Bürgerfelde 1955

Dieses Buch ist ein Roman. Die Figuren und die Geschichte sind frei erfunden, der historische Hintergrund ist real. Die geschilderten Erlebnisse der Sinti sind den im Anhang genannten historischen Studien zur Vertreibung und Ermordung der norddeutschen Sinti nachgezeichnet.

Es wird mehrmals der Begriff *Zigeuner* verwendet, der heute nicht mehr akzeptabel ist, damals jedoch zum vorherrschenden Sprachgebrauch gehörte.

Der Anschlag

Mai 1967 - Micha brach im Morgengrauen in das Alte Gymnasium zu Oldenburg ein und Ricky stand Schmiere. Die beiden hatten sich am Vortag nach dem Unterricht in den Keller geschlichen und dort ein Fenster geöffnet, durch das sie ganz früh am nächsten Morgen einstiegen. In Michas Schultasche steckten in einer Plastikhülle, fein säuberlich von mir abgetippt, die sechs Thesen, die die Jungs mit Reißzwecken auf dem schwarzen Brett vor dem Lehrerzimmer anhefteten.

Die Thesen waren entstanden, nachdem Micha und Ricky sich monatelang intensiv mit dem Nationalsozialismus beschäftigt hatten. Darüber hatten wir vorher so gut wie nichts gewusst. In Michas und meinem Elternhaus wurde darüber nicht gesprochen, auch bei Tilde zuhause war die NS-Zeit kein Thema.

Weil sich auch der Geschichtsunterricht darüber ausschwieg, hatten mein Bruder und sein bester Freund angefangen, in der Stadtbibliothek und im Niedersächsischen Landesarchiv nachzuforschen. Jeden Nachmittag verbrachten sie in den Lesesälen, statt für die Schule zu lernen, und was sie zutage förderten, ließ uns vor Entsetzen die Haare zu Berge stehen.

Sie hatten sich in Rickys Zimmer – da Rickys Mutter berufstätig war, waren sie dort ungestört – ein kleines Büro eingerichtet, machten Abschriften und stellten Dossiers zusammen. Es gab Bücher über den SS-Staat und Dokumentationen über die Konzentrationslager, die aber in den Regalen verstaubten und von der Öffentlichkeit kaum zur Kenntnis genommen wurden. Daran änderten auch die Auschwitz-Prozesse nichts, die Anfang der 60er Jahre in Frankfurt stattgefunden und Verbrechen enthüllt hatten, die kaum vorstellbar waren. Die Zeitungen berichteten zwar darüber, aber ein großer öffentlicher Aufschrei blieb aus. Micha und Ricky empörten sich darüber, und, je mehr sie uns erzählten, auch Tilde und ich.

Ricky lebte mit seiner Mutter am Rauhehorst in einer kleinen Mansardenwohnung, sein Vater war kurz nach seiner Geburt 1947 gestorben. Er sei verkrüppelt aus dem Krieg gekommen, flapste Ricky manchmal, und habe es vor seinem Tod gerade noch hingekriegt, ihn zu zeugen.

Er sagte auch, es sei ihm egal, ob er einen Alten habe oder nicht. Micha war ohnehin der Meinung, man brauche keinen, schon gar nicht so einen wie unseren, und beneidete Ricky, der den ganzen Tag sturmfreie Bude hatte. Micha hatte *Die vaterlose Gesellschaft* von Alexander Mitscherlich gelesen, einem Psychologen, der die These aufstellte, dass die Väter im Nationalsozialismus und im Krieg schuldig geworden seien, dass sie keine Vorbilder mehr sein könnten und Werte wie Gehorsam, Fleiß und Pflichterfüllung ihre Bedeutung verloren hätten. Mitscherlich, erzählte uns Micha, hatte bereits 1947 ein Buch über die Nürnberger Prozesse gegen Nazi-Ärzte unter dem Titel *Diktat der Menschenverachtung* geschrieben. Das hatte nicht nur niemand veröffentlicht, sondern es waren auch die zehntausend Exemplare des Berichtes, die Mitscherlich im Eigenverlag hatte drucken lassen, vom Markt verschwunden. Es war zu vermuten, dass die Bücher von Ärztevertretern aufgekauft worden waren, um die Gräueltaten der Mediziner in Nazideutschland zu vertuschen. 1960 erschien diese Dokumentation erneut und wurde endlich verbreitet, aber auch das wurde nur von einer Minderheit wahrgenommen und es gab keinen öffentlichen Aufschrei.

1967 folgte Mitscherlichs gemeinsam mit seiner Frau Margarete geschriebenes Buch *Die Unfähigkeit zu trauern*, das Ricky verschlungen hatte.

„Eine großartige Analyse der Verdrängungs- und Verleugnungsstrategien der Gesellschaft, mit denen die Naziherrschaft unter den Teppich gekehrt wurde,“ sagte Ricky , “es ist das Beste, was ich je gelesen habe.“

Bei dem vaterlosen Ricky und seiner verwitweten Mutter stand nicht, wie bei uns, ein Opel Kapitän vor der Tür. In den Ferien strampelten sie mit Zelt und Fahrrad an die Thülsfelder Talsperre, während wir im Sommer mit dem Opel Kapitän nach Bayern in eine Pension kutschierten, in den Bergen wanderten und im See schwammen. Ricky besaß genau eine *Röhre* - wie wir die Jeanshosen nannten - die seine Mutter abends wusch und vor den Herd hängte, und die er morgens noch halbfeucht wieder anzog. Sie saß perfekt über seinem kleinen Knackarsch, während meinem dürren Bruder Micha seine Röhren, von denen er mehrere besaß, um die Hüften schlotterten.

Die Idee mit dem Thesenanschlag im Alten Gymnasium hatte meine Freundin Tilde, die die Berichte und Analysen der Jungs so gespannt verfolgte wie ich. Micha und Ricky waren begeistert von dem Vorschlag und machten sich an die Arbeit.

„Was der Luther konnte, können wir schon lange," grinste mein Bruder. Ihm schwebte vor, einen richtigen Rambazamba loszutreten gegen die Ignoranz der Pauker und die Ahnungslosigkeit der Mitschüler. Schon Tage bevor sie den Plan umsetzen wollten, feixten sie vor Begeisterung und schienen kein bisschen Angst vor der Allmacht der Schule und der Autoritäten zu haben.

„Die Zeiten sind vorbei", tönte Micha, „wir haben keine Diktatur mehr, die Schweinebacken von Nazis haben ausgespielt."

So las Doktor Heribert Küfer, Oberstudienrat und Geschichtslehrer von Micha und Ricky, beim Betreten des Alten Gymnasiums als erster die beiden Blätter des Anschlages und riss sie empört herunter. Als Micha und Ricky in der ersten Stunde, in der Geschichte auf dem Stundenplan stand, grau und übernächtigt vor ihm saßen und Schweiß-, Bier- und

Rauchgeruch ausdünsteten, die halblangen, sich im Nacken kringelnden Haare ungewaschen und ungekämmt, wusste Doktor Küfer, der sich nur mit seinem Titel ansprechen ließ, sofort, was Sache war, und wedelte mit den Blättern des Anschlages.

„Fuhrmann," bellte er, „haben Sie das zu verantworten?"

Micha fläzte sich auf seinem Stuhl und grinste: „Kann schon sein."

„Gerade sitzen und Hände auf den Tisch," schnauzte Küfer.

„Ich war auch dabei," meldete sich Ricky, „wir haben das zusammen gemacht."

Die beiden waren begeistert, als Küfer sie sofort vom Unterricht suspendierte und einen schriftlichen Tadel samt Elternbrief ankündigte.

„Abgang," verkündete Micha und sie verließen die Klasse mit geballter Faust.

Ich hatte das Thesenpapier mit mehreren Durchschlägen geschrieben, davon pappten die beiden noch einen an das schwarze Brett, bevor sie die Lehranstalt für immer verließen.

Gleich am nächsten Tag nahmen sie einen Job in der Tankstelle und Autowerkstatt Carstens an der Nadorster Straße an, die Kais Vater gehörte. Dort lernten sie Ölwechsel, reichten den Gesellen das Werkzeug, fegten die Werkstatt, waren die Hiwis für alles. Ricky, der schon zwanzig wurde, weil er in der achten Klasse eine Ehrenrunde gedreht hatte, träumte vom Führerschein und einer eigenen Ente, für die er eifrig sparte.

Dem Abgang von der Schule vorausgegangen waren etliche Scharmützel zwischen Küfer, Micha und Ricky. Wenn der Oberstudienrat gute Laune hatte, machte er den Schülern manchmal vor, wie er gegen Ende des Zweiten Weltkriegs auf der strategisch bedeutsamen Nordseeinsel Wangerooge, die zu Oldenburg gehört, mit einem Sturmgewehr hinter den Dünen gelegen und die Engländer abgewehrt hatte. Er prahlte, man habe die Bastion trotz Fliegerangriffen von den Alliierten gehalten und die Insel erst bei der Kapitulation *dem Engländer* übergeben.

Micha meldete sich: „Ich fordere, dass wir auch den Nationalsozialismus und den deutschen Angriffskrieg behandeln. Sollten wir nicht erfahren, was da Unmenschliches passiert ist, vor allem die Massenmorde in den Konzentrationslagern? Oder denken Sie auch, wie die meisten Deutschen, dass dieses Kapitel abgeschlossen ist und einfach vergessen werden sollte?"

Ricky schaltete sich ein.

„Uns interessiert auch, wie Sie persönlich das erlebt haben. Wussten Sie von den Lagern und den Millionen Menschen, die ermordet wurden?"

Küfer war auf hundertachtzig, die Augen waren ihm fast aus dem Kopf getreten.

„Fuhrmann und Braun nachsitzen wegen ungebührlichen Benehmens und Referat: Der Krieg 1870/71 gegen Frankreich. Nächsten Montag liegt das auf meinem Tisch."

„Ach so," hatte Ricky gesagt und seine Haare aufgewuschelt, „ich wusste nicht, dass wir hier nur Kriege behandeln, die die Deutschen gewonnen haben."

„Tadel ins Klassenbuch," hatte Küfer geblafft. Dann klingelte es zur Pause, Micha und Ricky frohlockten, dem hatten sie es gezeigt. Am nächsten Tag hatte ein Aushang am Lehrerzimmer verkündet, dass die Schüler in angemessener Frisur zur Schule kommen müssten, ein ungepflegtes Äußeres könne nicht geduldet werden.

Micha und Ricky hatten sich den Spaß gemacht, zur nächsten Geschichtsstunde mit kleinen Pferdeschwänzen zu erscheinen, die ihre Haarpracht inzwischen zuließ. Küfer war laut geworden und hatte gedroht, dass die beiden schon ihre Quittung erhalten würden.

Tilde und ich hörten die Berichte der Jungs aus der Schule gespannt an. Tilde quietschte vor Vergnügen, wenn sie die

Dispute mit Küfer beschrieben und seine pedantische, autoritäre Art nachäfften.

Wir halfen mit, das Thesenpapier zu formulieren, und bewunderten den Mut der Jungs, sich so massiv mit dem Oberstudienrat – wir nannten ihn Oberidiot – anzulegen.

Thesenpapier von Michael Fuhrmann und Richard Braun, zum Zeitpunkt der Veröffentlichung dieser Thesen vermutlich nicht mehr Schüler des Alten Gymnasiums zu Oldenburg.

1. In der Zeit des sogenannten Dritten Reichs wurden von der nationalsozialistischen SS sechs Millionen Menschen jüdischer und anderer Herkunft ermordet, davon rund vier Millionen in Konzentrations- und Vernichtungslagern wie Auschwitz, Bergen-Belsen, Majdanek oder Buchenwald. In Norddeutschland ist besonders der Emsland-Konzentrationslager wie Börgermoor, Neusustrum oder Esterwegen zu gedenken, in denen politische Gefangene interniert waren. Viele von ihnen kamen zu Tode.
2. In der Bundesrepublik haben nach den Nürnberger Prozessen ab 1946, in denen das Führungspersonal der Nazis verurteilt und zum Teil hingerichtet wurde, drei weitere Prozesse stattgefunden, in denen es um die Gräueltaten im Konzentrationslager Auschwitz ging. Prozessbeobachter gehen davon aus, dass die Schuld der NS-Täter mit relativ kurzen Gefängnisstrafen nur unzureichend gesühnt wurde.
3. Wir fassen nachfolgend einen Artikel der Zeitschrift *Der Spiegel* vom 2. Oktober 1966 zusammen, der über eine Sonderveranstaltung des 46. Deutschen Juristentages mit dem Thema *Verfolgung und Ahndung von nationalsozialistischen Gewaltverbrechen* berichtet. Das Gros der Angeklagten kam dem Juristentag zufolge mit glimpflichen Strafen

davon oder wurde freigesprochen. Die Mehrzahl dieser Prozesse befindet sich im Revisionsverfahren. *Sieht man von Ausnahmen ab,* so der Spiegel, *wurden die Prozesse von der Öffentlichkeit kaum beachtet. In allen Prozessen wurden Greuel enthüllt, vor denen selbst die Mitteilung zu viel ist, daß es keine Worte für sie gibt.*

4. Zahlreiche Prozesse zur Aufarbeitung der Diktatur in Deutschland stehen noch bevor. Angesichts der hohen Zahl der Opfer und auch der großen Anzahl von Konzentrationslagern ist davon auszugehen, dass hierzulande noch viele Täter unerkannt herumlaufen. Die deutsche Bevölkerung scheint wenig bereit zu sein, sich den Verbrechen der NS-Zeit zu stellen. Nicht nur wird immer wieder die Verjährung der NS-Taten gefordert, sondern die Menschen, die sich um Aufklärung und Sühne bemühen, werden auch behindert und angegriffen.
5. Die Bundesrepublik ist von einer wirklichen Aufarbeitung der von den Deutschen begangenen schwersten Verbrechen noch weit entfernt. Um mehr Aufklärung zu erreichen, regen wir an, den Nationalsozialismus auch im Schulunterricht zu behandeln und die Ausstellung *Auschwitz – Bilder und Dokumente* in Oldenburg zu zeigen.

Bei Schmitz

Tilde und ich wurden 1949 geboren, vier Jahre nach dem großen Krieg. Wir lernten uns in der Volksschule Bürgerfelde kennen und waren seitdem unzertrennlich. Wir saßen nebeneinander, das blieb auch in der Mittelschule Margaretenstraße so, wo wir 1965 den Realschulabschluss machten.

Tilde war mein Vorbild, sie ging mutig auf alle Herausforderungen zu und war nicht so von Ängsten geplagt wie ich. Auch lernte sie kaum für die Schule, es interessiere sie nicht, sie wolle Tänzerin werden, sagte sie. Trotzdem war ihr Abschluss akzeptabel, sie hatte in jedem Fach eine drei. Mein Durchschnitt war besser und ich träumte davon, aufs Gymnasium zu gehen, am liebsten auf die Cäcilienschule am Haarenufer, wo die höheren Töchter hingingen. Aber daran war nicht zu denken, das brauche ein Mädchen nicht, davon waren meine Eltern nicht abzubringen.

Ich hatte meiner Mutter einmal gestanden, dass ich am liebsten Schriftstellerin werden wollte, da hatte sie laut gelacht und mich mitleidig angeguckt. Danach sprach ich nie mehr mit ihr über meine Träume. Für sie war die beste und im Grunde auch einzige Zukunftsperspektive, dass ich einen Mann fand, der mich ernährte, dem ich den Haushalt führte und die Familie versorgte. Ich sollte es so machen wie sie, Henny Fuhrmann, deren Identität darin bestand, die Gattin von Kurt Fuhrmann zu sein.

Das Wohl von Mann und Sohn, sowie ein ordentlicher Haushalt standen bei Mutti an oberster Stelle, mein Wohl rangierte weit hinten. Wie ihr Leben sollte auch meine Zukunft aussehen: Jeden Morgen die Krümel vom Frühstückstisch fegen, staubsaugen, Wäsche waschen, die Lieblingsgerichte der Männer kochen, einwecken, dem Mann alles für den Feierabend bereitstellen, sein Bier auf die richtige Trinktemperatur bringen, das Haus pikobello sauber halten, tagaus tagein die gleiche Mühle.

„Wer soll das denn sonst machen," sagte Mutti, wenn ich mich beschwerte, „das ist nun mal so auf der Welt."

Tildes Eltern Carlo und Sina Schmitz waren freundliche, sanftmütige Leute, die selten ihr Haus am Friedhofsweg verließen. Gleich nebenan lag das Kino Ziegelhof, in dem wir sonntagvormittags zur Jugendfilmstunde gingen und jede Menge Western und Seefahrerfilme sahen. Die weckten unser Fernweh und eine unserer Lieblingsbeschäftigungen war uns vorzustellen, wie wir abhauen würden aus Spießerland, wie Tilde Oldenburg nannte.

Hinaus in die Ferne mit Butterbrot und Speck,
das ess' ich so gerne, das nimmt mir keiner weg.
Und wer das tut, den hau ich auf den Hut,
den hau' ich auf die Nase bis dass es blut'.

Das Lied grölten wir über den Nedderend, Tilde war immer die lauteste und schrillste. Überhaupt war sie ein Wunder an Energie und Körperbeherrschung. Sie bewegte sich wie eine Elfe, führte Tänze vor und sang, schlug Räder und machte Spagat, als wäre es nichts. Genauso unerschöpflich waren ihre Ideen für unsere Spiele und für das, was wir im Leben erreichen wollten.

„Ika," sagte sie, „es hindert uns nichts, wir haben ein Recht auf alles, was die Jungs dürfen. Und wenn man es uns nicht gibt, nehmen wir es uns."

Unser Terrain war die kurze Seite des Nedderend, der von der langen Seite durch eine Bahnlinie getrennt wird. Diese Sackgasse war unsere Bühne, unsere Fahrrad- und Rollschuhbahn, hier spielten sich unsere Dramen und Triumphe ab.

Am Friedhofsweg, wo Tilde wohnte, gab es solche Freiheiten nicht. Hier fuhren mehr Autos, und Tildes Tante Hulda sah es nicht gerne, wenn wir auf der Straße spielten.

„Die Nachbarn brauchen nicht zu sehen, was ihr macht," sagte sie, „spielt lieber bei uns auf dem Rasen."

Sie schielte dabei mürrisch auf das Nachbargrundstück, wo die verwitwete Lilo Bremer mit ihren Zwillingen Jan und Gerd wohnte. Hulda war mit ihnen verfeindet, warum wussten wir nicht.

Tildes Eltern saßen abends und am Wochenende meistens vor dem Fernseher oder wirtschafteten in ihrem kleinen Gemüsegarten herum. Sie waren anders als meine Eltern, zurückhaltender und mit Sicherheit materiell ärmer. Aber sie waren warmherzig und gaben nicht nur *Wildchen*, wie sie Tilde nannten, sondern auch mir Liebe und Geborgenheit. Sie nahmen unsere Probleme ernst und bestärkten uns, sie sahen mich als Schwester von Tilde und Teil der Familie – Tilde, die eigentlich Mathilde hieß, was, wie ihre Mutter manchmal stolz bemerkte, Kämpferin bedeutet.

Tildes Mutter Sina war so klein und schmal wie ihre Tochter, sie hatte dünne graue Haare, die sie auf dem Hinterkopf zu einem Knoten zusammensteckte. Ihre Augen waren ungewöhnlich, manchmal blass und grau, aber wenn Sina guter Dinge war, leuchteten sie graugrün wie Katzenaugen. Sie rauchte Lux Filter und war vor allem, wenn sie in düsterer Stimmung war, in eine blaue Qualmwolke eingehüllt.

Von ihrem Vater Carlo hatte Tilde die dunkelbraunen runden Koboldaugen, die bei Carlo oft in Melancholie getaucht waren. Er war ein weicher, gemütvoller Mann und arbeitete im Torfwerk Wardenburg-Südmoslesfehn. Er fuhr morgens um sechs mit dem Fahrrad zur Arbeit und kam abends müde zurück. Dann saß er am Küchenherd, auf dem Tildes Mutter das Abendessen kochte. Sie hatte keinen Elektroherd wie wir, sondern heizte ihre altmodische Kochstelle mit Torf.

Tante Schmitz, wie ich sie damals nannte, hantierte virtuos mit den Eisenringen auf der Herdplatte, ich konnte ihr stundenlang dabei zugucken. Sie nahm Ringe mit einer Stange heraus oder legte sie hinein, je nachdem, wie viel Hitze sie brauchte. Mit einer schwarzen Eisenzange legte sie Torf nach, ins Feuer kamen nur die ganz trockenen Stücke, die in der Torfkiste nahe am Herd aufbewahrt wurden. Sie knackten und verwandelten sich funkenstiebend in Glut, die heiße Lunge der Schmitz'schen Küche. Als wir kleiner waren, saßen Tilde und ich auf der Torfkiste, wenn es nachmittags Kakao und Kekse gab.

Über den Schmitzens wohnte Tildes schrullige Tante Hulda, die ältere Schwester von Carlo. Sie war grob und merkwürdig, auch sie ging tagsüber selten aus dem Haus. Manchmal machte sie sich abends im Vorgarten zu schaffen, der von einer Straßenlaterne beleuchtet wurde. Sonst saß sie hinter ihrem Fenster, beobachtete, was auf dem Friedhofsweg vor sich ging, und zog die Gardine ein Stück vor, wenn jemand vorbei kam.

Tilde und ich waren gerne bei Hulda und hörten ihren Geschichten zu, wie sie vor dem großen Krieg mit ihrer Marionettenbude auf die Jahrmärkte gezogen waren und so ihr Geld verdient hatten. Wenn wir fragten, wer alles dabei gewesen war, sagte sie nur: „Carlos und meine Eltern und unsere fünf Brüder, sie sind alle im Krieg gestorben."

Weil wir viele Leute kannten, deren Angehörige im Krieg gestorben waren – sie waren *gefallen*, sagte man, oder zumindest *verwundet* - und auch viele Kriegerwitwen und Kriegsversehrte - Männer mit amputierten Armen, Beinen oder zerschossenen Gesichtern - fanden wir daran nichts Besonderes.

Tante Hulda hatte einen rotgrün gefiederten Papagei namens Jacky, der eine so tiefe und brüchige Stimme hatte wie sie und der die Lieder, die sie mit uns sang, mitkrächzte. Jacky, der nicht mehr richtig fliegen konnte, durfte sich frei in der Wohnung bewegen und kam nur nachts, oder wenn Hulda putzte, in seinen runden Käfig. Er konnte sprechen und rief, wenn er uns sah: *Tilde, die Wilde,* und *Ika Pepita*, das hatten wir ihm mit viel Geduld beigebracht.

Außerdem gehörte das Rhesusäffchen Diego mit zur Familie, das ein eigenes, mit Kletterseilen und Stangen ausgerüstetes Zimmer bewohnte. Diego verwüstete es regelmäßig, indem er Möhren, Äpfel und anderes Gemüse, das Hulda ihm hinstellte, durch die Gegend pfefferte. Wenn er aus seinem Zimmer ausbrach, schloss Hulda schnell alle Fenster und Türen, machte sich schimpfend auf die Jagd nach ihm und lockte ihn mit Apfelstückchen.

An warmen Sommertagen nahm sie die Tiere mit in den Garten. Jackies runder Käfig wurde an die Teppichstange gehängt und der Papagei versuchte kreischend, hin und her zu schaukeln. Diego wurde an einer langen Leine festgemacht, an der er über den Rasen turnte.

Er hielt sich gerne in der Nähe der Hecke auf, denn es konnte vorkommen, dass von Bremers Seite aus eine Banane oder ein paar Zwiebäcke herübergeflogen kamen und zweistimmiges Affengeschrei ertönte. Das waren die Bremer-Zwillinge Jan und Gerd, zwei Hosenscheißer, die vier Jahre jünger waren als Tilde und ich und uns - obwohl sie immer wieder mit den unmöglichsten Kapriolen auf sich aufmerksam machten - nicht im geringsten interessierten. Das Geschrei endete erst, wenn Hulda etwas Unflätiges über den Zaun rief oder wir Lilo Bremer ihre klatschenden Ohrfeigen verteilen hörten, gefolgt vom jämmerlichen Gebrüll der Zwillinge.

Hulda kniff die Lippen zusammen, wenn die Rede auf die Bremers kam, sagte aber niemals den Grund, weshalb sie mit den Nachbarn nichts zu tun haben wollte.

Die lange, dünne Lilo bekamen wir nur selten zu Gesicht. Wenn sie mal über den Friedhofsweg huschte, trug sie ein großes Tuch um den vorgestreckten, immer gesenkten Kopf, sodass man wenig von ihrem Gesicht erkennen konnte.

Das einzige, was wir sonst von ihr sahen, war ein großer und, wie wir vermuteten, künstlicher Lockentuff, den sie scheinbar auf dem Oberkopf festgesteckt hatte, sodass er über der Hecke hin und her schwebte, wenn sie sich im Garten bewegte.

Eine verlässliche Quelle für die Zustände bei Lilo und ihren Söhnen war Gesine Gerken, die auf der langen Seite des Nedderend wohnte und in verschiedenen Häusern, auch bei Schmitz und Lilo Bremer, aushalf, um sich ein paar Groschen zu verdienen. Sie machte Botengänge und half Hulda beim Fensterputzen oder beim Pflücken der Stachel- und Johannisbeeren.

Gesine behauptete, Lilo würde immer putzen, bei ihr blitze und blinke alles und man könne vom Fußboden essen. Ob man das denn müsse, fragte Hulda dann gehässig, sie könne auch ganz gut vom Teller essen.

Gesine war eine wandelnde Zeitung. Wenn man wollte, dass etwas in Bürgerfelde herumkam, musste man es ihr nur sagen und es klappte verlässlich. Sie lebte mit Fiete Großjohann zusammen, der oft über den Nedderend schwankte, wenn er aus der Kneipe *Beim Karl* am Rauhehorst kam.

Fiete kam auch manchmal zu Tildes Eltern, die ihm ein Pinnchen Schnaps und etwas Geld gaben. Wir Kinder gruselten uns vor ihm, weil er torkelte, manchmal auf der Straße hinfiel, unverständliches Zeug lallte oder brüllte und uns insgesamt unberechenbar erschien.

Manchmal lief Gesine über den Nedderend, zog einen großen Kübel auf Rädern hinter sich her und rief *Bottermelkbrei* aus, eine Suppe aus Buttermilch mit dicken, glitschigen Graupenklumpen. Es war eine Art Oldenburger Spezialität, die man milchkannenweise bei Gesine kaufen konnte. Das taten wir glücklicherweise nicht, Micha und ich ekelten uns vor der Suppe, auch unsere Eltern mochten sie nicht.

Aber Mutti, die eine begeisterte Gärtnerin war, kaufte Gesine Pferdeäpfel ab, die, wenn der Kartoffelhändler mit seinem Pferdewagen vorbeigekommen war, auf dem Nedderend lagen. Gesine sammelte sie und brachte sie in Zeitungspapier gewickelt Mutti, die ihr ein paar Groschen dafür gab und den Pferdemist um ihre Rosen verteilte.

Von Gesine wussten wir auch, dass Lilo, als ihre Zwillinge fünf Jahre alt waren, Brustkrebs gehabt hatte. Dabei habe man ihr die Brüste ratzekahl abgeschnitten, raunte Gesine, und Lilo habe ihre Haare und ihre Schönheit verloren. Dazu lächelte Hulda hämisch, sie schien Lilo jedes Übel dieser Welt zu wünschen.

Besonders hatte sie Lilos Zwillinge auf dem Kieker, deren Hauptbeschäftigung es war, dummes Zeug zu machen. Einmal versuchten sie, von dem Dach ihres Hühnerhauses, das nahe an der Hecke stand, auf Schmitzens Grundstück zu springen. Hulda schrie, sie sollten das lassen, aber sie heulten, sie wollten auch mal mit Jacky und Diego spielen, nicht immer nur Tilde und ich. Sie landeten in der Hecke, die damals noch nicht so hoch war, und schrien erbärmlich. Lilo zog sie unter lautem Schimpfen zwischen den Zweigen hervor, die Ohrfeigen klatschten. Jan hatte sich den Handrücken aufgerissen, sodass Lilo mit ihm ins Evangelische Krankenhaus radeln musste, um die Wunde nähen zu lassen.

Tilde und ich sollten nicht mit den Bremer-Zwillingen sprechen, geschweige denn spielen, und dazu hatten wir auch gar keine Lust. Es reichte, wenn wir sie auf ihren Ukulelen schrammeln hörten, auf denen sie spielen konnten wie die Teufel. Musikalisch waren sie, das mussten wir zugeben, aber sonst rümpften wir die Nasen über sie.

„Wir können auch ohne die Schieter Musik machen," sagte Hulda, wenn Jan und Gerd mal wieder besonders laut schrammelten. Dann schloss sie Türen und Fenster und sang mit uns *Lütt matten de Has*. Tilde und ich bastelten uns aus Wolle Hasenschwänze und studierten einen Hasentanz ein, den wir am Abend auf dem Rasen hinter dem Haus aufführten.

Lütt Matten, de Has,
de makt sik en Spaß,
hej wört bi't Studeeren,
dat Danzen to leern
und hej danzt ganz alleen
op de achtersten Been

Die Jungs bogen ein paar Zweige der Hecke beiseite, ich sehe noch ihre runden Zwillingsgesichter aus den Blättern gucken wie zwei genau gleiche Monde, man konnte sie nicht auseinander halten. Wenn wir fertig waren, klatschten sie Beifall, was Tante Hulda zu drohendem Gefuchtel in Richtung Hecke veranlasste.

Wir wussten von Lilo nicht viel mehr, als dass sie ihren Mann bei einem der schweren Verkehrsunfälle verloren hatte, die sich vor unserem Haus am Nedderend auf der Umgehungsstraße ereignet hatten, bevor man dort eine Ampel aufstellte. Lilos Mann Hans Bremer hatte ein schweres Motorrad mit einem Beiwagen gefahren, in dem er manchmal Lilo und die Zwillinge mitnahm, und war eines Tages beim Abbiegen auf den Rauhehorst mit einem Lastwagen zusammengestoßen. Tilde und ich hatten auf dem Nedderend gespielt, den lauten Knall gehört und waren die Böschung hochgelaufen. Auf der Straße lag neben einem Motorrad ein Mann mit Sturzhelm und einem schwarzen Lederanzug, aus dem eine dunkelrote Blutlache hervorsickerte.

Tilde erfuhr zu Hause, dass es Hans Bremer war. Polizisten hatten die Nachricht überbracht und Lilo hatte den ganzen Tag und die folgende Nacht laut geheult. Auch die Zwillinge habe man schreien gehört, erzählte Tilde. Ihre Mutter Sina hatte vorgeschlagen, Lilo und den Jungs in diesen schweren Stunden beizustehen, was Hulda empört abgelehnt hatte.

Als Tilde und ich zwölf waren, wandte unser Interesse sich den älteren Jungs zu, aber denen, die für uns greifbar waren, auch nur halbherzig. Denn wir hatten uns beide unsterblich in die Beatles verknallt. Ich in John – diese Leidenschaft teilte ich mit Micha – und Tilde in Paul, wobei sie dann zu Ringo überschwenkte, den sie origineller fand; Paul war ihr plötzlich zu schön und zu glatt. George war uns beiden ein bisschen zu langweilig, nicht wirklich sexy. Wir konnten stundenlang darüber reden, welche Züge, welche Stimme, welches Gitarrensolo, welchen Augenaufschlag unserer Idole wir am heißesten fanden.

Dann allerdings ging an Tildes Horizont ein neuer Stern auf: Mick Jagger, den sie super sexy fand. Das konnte ich nie nachvollziehen. Seine Posen waren mir zu ordinär, sein Mund zu breit, ich kann ihn bis heute nicht richtig leiden. Vielleicht war das auch der erste leise Misston, der zwischen Tilde und mir entstand.

Auch wenn die Zwillinge noch so eifrig lärmten, hatten sie nicht den Hauch einer Chance auf unsere Aufmerksamkeit, auch nicht, als sie die Beatles in ihr Repertoire aufnahmen und *She loves You* oder *I want to hold your hand* über die Hecke plärrten. Carlo durfte das Liguster-Gestrüpp zu diesem Zeitpunkt schon nicht mehr mit der Heckenschere kürzen, er nahm auf Huldas Geheiß nur oben die Spitzen und die Triebe ab, die sich aus der Heckenfront hervorwagten.

Als ich zum ersten Mal mit zu Tilde kam, war Hulda nicht besonders freundlich und sagte nur: „Na, so ein arischer Blondschopf hat uns gerade noch gefehlt," und ich erinnere mich, wie Carlo sie scharf zurechtwies: „Hulda, du hältst den Mund, du weißt, was wir besprochen haben."

Damals konnte ich mir keinen Reim darauf machen, dann vergaß ich es, weil Hulda freundlicher wurde. Sie nahm gerne einen Likör aus dem Küchenschrank und gab uns Schokolade, dann erzählte sie vom Torfwerk, in dem sie früher zusammen mit Carlo gearbeitet hatte. Wie sie Entwässerungsgräben anlegten, den frischen Torf mit langen Torfspaten wie Butterstücke abstachen und sie zum Trocknen auf Lücke zu langen Wällen aufschichteten. Wie sie die schweren Loren über die im Moor verlegten Schienen zu den Lokomotiven schoben, die Frauen machten die gleiche Arbeit wie die Männer. Hulda entblößte dann ihre inzwischen welk gewordenen Arme und markierte mit der Faust, wie groß ihre Muskeln früher gewesen waren.

Wir müssen es selbst tun

Als der blaue Brief kam, in dem Doktor Heribert Küfer ankündigte, Micha werde aufgrund seiner schlechten Noten in Englisch und Biologie sowie der Vorlage einer provozierenden und ungenügenden Facharbeit in Geschichte von der Schule suspendiert, bekam unser Alter einen Wutanfall. Micha schob ihm stoisch seine Thesen hin und der Alte brauchte eine Weile um zu begreifen, was für ein Schriftstück vor ihm lag.

Er brüllte was von Nestbeschmutzern, sie sollten doch gleich nach drüben gehen, das seien Lügen und Parolen von dem ungewaschenen Gesocks, den Kommunisten, dem arbeitsscheuen Gesindel.

„Wir sind nicht arbeitsscheu," sagte Micha lauter als sonst, „Ricky und ich verdienen unser Geld selbst."

„So lange du die Füße unter meinen Tisch stellst und das Essen isst, das ich bezahle," polterte der Alte, „so lange bestimme ich!"

Ricky brachte das Autoschrauben schnell zur Perfektion, es machte ihm großen Spaß. Micha war die Arbeit eigentlich zu dreckig, aber immer noch besser, als dem Alten zu Dankbarkeit verpflichtet zu sein. Auch, wenn Mutti ihm immer wieder sagte, dass er das doch gar nicht nötig habe, und versuchte, ihm Geld zuzustecken, was er empört zurückwies.

„Mach doch eine Banklehre," sagte sie, „da kann man weit kommen, wenn man fleißig ist, vielleicht kann man es bis zum Prokuristen bringen."

Allein von dem Wort Banklehre wurde Micha übel, und die Vorstellung, ein gebügelter Büroheini mit weißem Nyltesthemd und Schlips zu sein, ließ ihn, aber auch Tilde und mich, schaudern.

Der Wutausbruch unseres Alten über die Thesen war nicht der erste, den Micha ausgelöst hatte. Der Alte stieß sich vor allem an den Haaren, aber auch an der Sturheit, den fleckigen Jeanshosen und ausgeleierten Unterhemden, die mein Bruder und Ricky jetzt trugen. Ricky hatte mit der neuen Kleidung zuhause kein Problem, er sagte, seine Mutter habe anderes zu tun, als sich über sowas aufzuregen.

Michas, Rickys, Tildes und meine Vorbilder waren neben den revoltierenden Studenten Rudi Dutschke sowie den Beatles und den Rolling Stones die vielen anderen Rockgrößen, die es außerdem noch gab, und die Hippies und Beatniks in Amerika und England, von denen wir in den Zeitungen lasen. Eine wesentliche Quelle unseres Wissens waren die Mappen des Lesezirkels, die unsere Eltern abonniert hatten, eine Palette von Zeitungen wie *Stern, Quick, Kristall, Für Sie* und *Der Spiegel*, die wöchentlich ausgetauscht wurden und die große weite Welt zu uns an den Nedderend brachten.

Mein langer, dünner Bruder gab sich den Anstrich eines Intellektuellen. Das lag vor allem an der runden John-Lennon-Brille, die er jetzt immer trug, obwohl seine spöttisch und oft überheblich blickenden Augen völlig in Ordnung waren. Er trug auch eine kleine rote Mao-Bibel und einen speckigen Band von Jean Paul Sartres *Das Sein und das Nichts* in seinen Jeanstaschen und zitierte bei jeder Gelegenheit das Mantra der Sartre-Jünger: *Der Mensch ist nichts anderes, als was er selber aus sich macht. Der Mensch ist verurteilt, frei zu sein.*

Ich wusste nicht genau, was das heißen sollte, aber es klang auf jeden Fall intellektuell – ein Wort, das ich liebte - und ich bewunderte meinen Bruder, dass er solche Texte las und anscheinend auch verstand.

Als der Alte bei dem Eklat um die Thesen die Hand hob, um ihm eine runterzuhauen, fing Micha seinen Arm ab und sagte lässig: „Das ist jetzt vorbei," und, die Hand immer noch festhaltend: „Wir leben in einer Demokratie, Paragraph zwei und fünf des Grundgesetzes garantieren jedem die Meinungsfreiheit und die freie Entfaltung seiner Persönlichkeit."

Ich war hingerissen, während der Alte fluchend versuchte, Michas Hand abzuschütteln, aber mein Bruder war jetzt stärker. Als er den Alten auf einen Stuhl gedrückt hatte, zog er seine Mütze aus der Hosentasche und setzte sie auf.

„Du benutzt das gleiche Vokabular wie die Nazis," sagte er von oben herab, „sogar gegen deinen eigenen Sohn. Das ist ein Beweis dafür, dass meine Thesen stimmen. Der Faschismus ist immer noch da, die Deutschen lernen nichts aus ihrer verbrecherischen Vergangenheit. Auch die Schule klärt uns nicht auf, deshalb müssen wir es selbst tun. Alles, was in den Thesen steht, ist eindeutig belegbar, ich kann dir gerne die Literaturliste geben."

Der Alte schwoll so an, dass ich Angst hatte, der Schlag könnte ihn treffen. Mutti schaltete sich ein und beschwor Micha aufzuhören, das bringe doch nichts, nur Zank und Streit um die blöde Politik, sie wolle davon nichts mehr hören.

„Ja, ja," sagte Micha, „nichts hören und nichts sehen, so machen es die Deutschen mit ihrer Vergangenheit. Mal eben einen Krieg mit zig Millionen Toten anzetteln und ganz Europa überrennen, mal eben ein paar Millionen Juden ermorden, wovon jetzt keiner was gewusst haben will. Na ja, ihr müsst das selbst mit eurem Gewissen ausmachen, aber ich werde dazu nicht schweigen, niemals!"

Der Alte beschwor schnauzend den Untergang des Abendlandes, wie schon häufiger. Damals begannen wir zu ahnen, dass dieser gerade mal zweiundzwanzig Jahre zurücklag und unsere Eltern womöglich dazu beigetragen hatten.

Micha knallte die Tür des Wohnzimmers zu, ich folgte ihm, während Mutti versuchte, den Alten zu besänftigen. „Komm Kurt," hörten wir sie plappern, „die Aufregung lohnt nicht, da musst du drüberstehen."

Im Moor

Nach dem Eklat um das Thesenpapier war die Stimmung bei uns am Nedderend explosiv, sobald der Alte in der Nähe war. Das Beste für alle war, wenn wir uns verdrückten. Micha ging sofort in sein Zimmer oder ganz aus dem Haus, wenn der rot glänzende Opel Kapitän des Alten in die Einfahrt bog.

Dann hatte mein Bruder die Idee, ein Wochenende in Gellen im Ipweger Moor bei den Fischteichen zu verbringen, die unser Vater vor zehn Jahren mal gepachtet hatte, Micha war als Kind oft mit ihm dagewesen. Dort stand noch eine kleine Angelhütte aus Holz, zumindest hofften wir das, darin wollten wir übernachten.

„Da hört und sieht uns keiner," sagte Micha, „da können wir machen, was wir wollen."

„Und rauchen, was wir wollen."

Ricky hob grinsend den Daumen. Tilde und ich brannten darauf, zum ersten Mal zu kiffen und hatten die Jungs schon gelöchert, ob sie nicht was besorgen könnten, *dope* nannten wir es ganz cool.

Die Satteltaschen unserer Fahrräder waren prall gefüllt mit Ravioli und Erbsensuppe in Dosen, Brot, Würstchen, Käse, Flaschenbier und Korn, als wir an einem Samstag im Frühsommer über die Alexanderstraße in Richtung Moor radelten. Über den blauen norddeutschen Himmel segelten Schäfchenwolken. Als wir aus der Stadt raus waren, dehnte sich vor uns herb und lieblich zugleich die Moorlandschaft mit schilfartigen Gewächsen, dicken Gras- und Moospolstern und zarten Birken mit weißen Stämmen.

Micha und Ricky fuhren voraus, Tilde und ich strampelten hinterher und starrten ängstlich auf den Karton mit dem Plattenspieler und den Platten, der mit Gummis festgezurrt auf Michas Gepäckträger schwankte. Die Segelohren meines

Bruders legten sich fast an vom Fahrtwind, die Brille rutschte ihm immer wieder von der breiten, etwas plattgedrückten Nase. Michas blonde, Rickys braune Haare und Tildes dunkle, rötlichbraune Mähne flatterten im Wind.

Bevor wir aufgebrochen waren, hatte Ricky ein Päckchen Drum Tabak aus der Hosentasche gezogen und uns einen schwarzbraunen, klebrigen, in Folie eingewickelten Klumpen gezeigt.

„Überraschung für heute Abend,“ hatte er geraunt. Tilde und ich grinsten nur, trotz unserer Aufregung gaben wir uns kühl und abgeklärt.

Am Spätnachmittag kamen wir in Gellen an. Wir stellten unsere Räder auf dem Hauptweg ab, bepackten uns mit der Ausrüstung und stolperten hinter Micha her auf einem schmalen Pfad ins von frischem Birkengrün überrieselte Gelände. Wir hatten in der Schule *Der Knabe im Moor* gelesen und schon als Kinder strenge Warnungen bekommen, im Moor niemals vom Weg abzuweichen, um nicht mit Haut und Haaren vom Sumpf aufgesogen zu werden. Tilde und ich gruselten uns und stellten uns vor, wie nur noch die ausgestreckten Hände aus dem Moor winken würden, und sich der Morast schmatzend über ihnen schlösse.

Deshalb blieben wir dicht hinter Micha und achteten darauf, wohin wir traten. Die Hütte stand noch unversehrt da, hinter ihr lag ein umgedrehtes Holzboot, das mit Dreck und Laub bedeckt war. Micha hatte den alten Schlüssel aus dem Schreibtisch des Alten genommen und öffnete die Tür, nachdem Ricky das Schloss mit einer Ölflasche bearbeitet hatte. Tilde und ich lüfteten und fegten die nach Mäusekot stinkende Hütte und die kleine Veranda davor, pumpten die beiden Luftmatratzen auf, die wir mitgebracht hatten, während Micha und Ricky eine Dose mit Erbsensuppe und eine mit Würstchen öffneten und sie auf dem Petroleumkocher heiß machten. Wir setzten uns im Schneidersitz auf die schmale Holzveranda und löffelten aus den Dosen, dazu spülten wir mit Bier nach.

Die Sonne stand tief am Himmel, Micha zeigte uns Sonnentau, der hinter der Hütte an einer feuchten Stelle rötlich blühte und mit seinen winzigen Tentakeln Insekten anlockte und verschlang.

Ricky baute den Plattenspieler auf, der mit Batterien lief, bald schallten unsere Lieblingssongs durch das Moor: Die Beatles und die Stones rauf und runter, die Beach Boys, Dave Dee, Dozy, Beaky, Mick & Tich, die Kinks und Bob Dylan. Dessen gerade erschienenes Album *Blonde on Blonde* war für Ricky das Größte überhaupt und er sang alle Lieder textsicher mit, besonders laut brüllte er die Zeile: *Everybody must get stoned.*

Nach dem Essen war es so weit. Micha holte das Tabakpäckchen mit dem Klumpen heraus, der an Schuhwichse erinnerte.

„Fünf Gramm Schwarzer Afghane," sagte er feierlich, „vom reinsten und besten, das es gibt."

„Woher kriegst du das," staunte Tilde, „kann man das irgendwo kaufen?"

Micha grinste: „Beziehungen."

Er hatte Zigarettenpapier dabei und rollte uns zwei Joints, einen teilte er mit Ricky, den zweiten bekamen Tilde und ich. Wir mussten zuerst kräftig husten, als wir das beißende Zeug inhalierten, aber dann war die Wirkung spektakulär. Die Teiche wurden zu glänzenden, träumerischen Inseln, die schillernde Ringe warfen, der Sternenhimmel über uns, an dessen Rand der Mond aufging, war eine glitzernde Kuppel, das Band der Milchstraße schimmerte. Wir spürten den Atem des Weltalls und fühlten uns eins mit ihm, eins mit der neuen Welt, die mit der alten krachend zusammenstieß. Wir saßen im Zeitspalt dazwischen, wir waren Pioniere.

Tilde und ich lehnten uns gegen die Holzwand der Hütte und beobachteten die Jungs, die eifrig an ihrer Tüte zogen und immer alberner wurden.

Auch Tilde fing an zu kichern. „Gleich kommt Gollum aus dem Wasser," gackerte sie, „guck, es blubbert schon."

Wir hatten gerade *Herr der Ringe* gelesen und sahen überall Hobbits, Orks und das andere skurrile Personal.

Die Musik tobte wild und heiß in unseren Köpfen, wir wippten im Rhythmus mit und verschlangen die Schokolade, die Micha aus seiner unerschöpflichen Satteltasche zog. Ricky legte mit Blick auf Tilde mehrmals hintereinander *Lady Jane* auf, und als das nichts nützte *Do you want to know a secret* von den Beatles, er sang inbrünstig die Zeile *I'm in love with you…* mit.

Ricky war seit kurzem in Tilde verknallt, dafür gab es viele untrügliche Zeichen, und er befand sich, wenn wir zusammen waren, in einem sehnsuchtsvoll-melancholischen bis somnambulen Zustand. So auch an diesem Abend, an dem er immer wieder versuchte, seine spöttischen Augen in Tildes koboldartige zu versenken. Aber sie wich aus, Rickys Balzen nervte sie; als er eine Spielpause machte, legte sie *I'm a loser* auf.

Ich wusste, dass Ricky bei ihr keine Chance hatte, weil sie seit einiger Zeit auf Micha stand. Der wies sie allerdings zurück, und mein Eindruck war, dass Tilde meinen Bruder vor allem deshalb wollte.

Als die Schokolade alle war und sich Ernüchterung breitmachte, rückte Micha seine Brille gerade und warf sich in Positur. Er sah plötzlich ernst aus, wie ein junger Professor.

„Wir leben in einem Land voller Mörder," sagte er dumpf, „und wir wollen es nicht wissen, wir nehmen es einfach nicht zur Kenntnis oder streiten es ab, wie Mutti und der Alte. Es gibt tausende Nazi-Mörder, die alle noch vor Gericht gestellt werden müssen."

„Was können wir denn machen?" Tilde beugte sich vor.

„Wir müssen bei unseren Eltern anfangen, sie müssen uns sagen, ob sie es gewusst oder mitgemacht haben. Unser Alter war bestimmt dabei, der ist heute noch braun wie Hundescheiße."

„Seit neuestem haben wir sogar einen Nazi-Bundeskanzler," sagte Ricky in Anspielung auf den silberhaarigen Kurt Georg Kiesinger, „der hat Propaganda für die Nazi-Verbrecher gemacht."

„Warum haben die das überhaupt getan, die Juden ermorden und all die anderen, dafür musste es doch einen Grund gegeben haben. Hat sich denn niemand gewehrt?" Tilde sah ratlos in die Runde.

„Es waren nicht nur Juden, sondern auch Zigeuner, Homosexuelle, Asoziale - so nannten sie alle, die nicht so funktionierten, wie sie sich das vorstellten. Vor allem waren sie angeblich nicht reinrassig, was auch immer das heißen soll. Und natürlich die Kommunisten, die hatten sie auch mächtig auf dem Kieker, das waren alles Volksfeinde, die wurden sofort an die Wand gestellt oder kamen ins KZ," sagte Micha.

„Es reichte zu sagen, dass sie Gesocks sind," ergänzte Ricky, „Gesindel, unnütze Fresser, Arbeitsscheue, die gleichen Ausdrücke, die sie heute für die Langhaarigen benutzen. Rassisch minderwertig, dabei waren die Juden die gleichen Deutschen wie wir, die haben im Ersten Weltkrieg für den Kaiser gekämpft, bevor sie vergast wurden. Der Typ, der das alles organisiert hat, hieß Adolf Eichmann, die Israelis haben ihn in Jerusalem vor Gericht gestellt und hingerichtet. Der hat die Millionen Menschen in die Todeslager transportiert, alles bürokratisch aufgelistet, das hatte Dimensionen, die wir uns gar nicht vorstellen können. Meine Mutter redet auch nicht über die Nazis, sie will vom Krieg nichts wissen und von der ganzen Zeit damals, sie ist nur froh, dass es vorbei ist - der ganze Schiet, sagt sie immer. Aber wir müssen davon ausgehen, dass die meisten dieser Massenmörder noch frei herumlaufen und hier in der BRD wieder die dicken Posten besetzen."

„Bei uns ist der Krieg auch kein Thema," sagte Tilde, „oder dass Leute verfolgt wurden. Meine Mutter musste in einer Munitionsfabrik arbeiten, das war wohl ziemlich schlimm. Und meine Großeltern sind im Krieg gestorben, und die Geschwister auch. Aber von Juden oder Leuten, die in Konzentrationslager kamen, haben sie noch nie was erzählt."

Ricky hatte weitere Joints gebaut und wir zogen wieder kräftig, es ging jetzt schon viel besser. Wir kamen darauf zu sprechen, wie der Alte Micha früher mit zum Angeln genommen hatte, weil er einen richtigen Mann aus ihm machen wollte.

„Ich denke, ich sollte auch so ein Nazi-Typ werden, hart im Nehmen und brutal zu den Schwachen. *Hart wie Kruppstahl, flink wie ein Windhund und zäh wie Hosenleder.* Solche Nazisprüche hat der Alte ständig abgelassen. Ich musste die Köderfische auf den Haken spießen, da zappelten sie in Todesangst. Die gefangenen Fische musste ich abstechen und ausnehmen. Da war er stolz auf mich und hat mich tapferer Junge genannt. Dabei hatte ich totalen Schiss, die Fische zu töten, die taten mir leid und ich fand es brutal."

Ich bin sechs und Micha acht. Ich bettele und heule, dass sie mich mit zu den Teichen nehmen, aber Vati fürchtet, ich werde nicht artig sein und ins Wasser fallen. Dabei kann ich schon schwimmen, eher als Micha, aber das will Vati gar nicht wissen.

Einmal gibt er meinem Drängeln nach und natürlich geht es schief. Vati wirft mit weitem Schwung die Angelschnur mit dem scharfzackigen Haken aus und weil ich zu nahe bei ihm stehe, landet der Haken nicht im Wasser, sondern in meinen Haaren, die zu einem dünnen Pferdeschwanz zusammengebunden sind. Ich schreie, weil es ziept, als Micha den Haken herausfummelt.

Wütend wirft Vati, nachdem er mich weggescheucht hat, die Angel zum zweiten Mal aus. Wir beobachten mucksmäuschenstill den silbernen Schwimmer, der auf dem Wasser tanzt, bis er plötzlich abtaucht und Vati wie verrückt die Kurbel an der Angel dreht. Es scheint ein großer Fisch am Haken zu sitzen, Vati wird rot vor Anstrengung und die Angelrute biegt sich. Er gibt Schnur nach und holt sie wieder ein, bis das blausilbrig schimmernde, kämpfende Opfer an die Oberfläche kommt. Ein Hecht, strahlt Vati, ein ganz kapitaler. Das Mordsvieh ist fast am Ufer, Vati nimmt den Käscher und holt es heraus. Ein Schlag mit dem Messer auf den Kopf, ein Stich in die Kiemen, dann liegt die zuckende Leiche mit dem blutenden Raubtiermaul vor uns. Micha muss ihr den Bauch aufschneiden und holt schleimiges, fischig stinkendes Zeug heraus.

Vati nimmt die schneeweiße Schwimmblase des Fisches, spült sie im Wasser ab und hält sie mir grinsend unter die Nase. Da ist es vorbei. Übelkeit schießt hoch und ich muss mich übergeben, ich kann nicht aufhören zu würgen. Dann fange ich an zu weinen, über mein Elend, den armen Fisch, die Grausamkeit meines Vaters. Micha versucht mich zu trösten, aber ich kann nicht aufhören zu schluchzen. Wir brechen verfrüht auf und Vati macht keinen Hehl daraus, dass ich ihm mit meiner Zickigkeit den Tag versaut habe.

Als Micha zwölf ist, will er nicht mehr mit zu den Teichen und auch Vatis Interesse erlischt. Mutti will die vielen Fische, die er jedes Wochenende nach Hause bringt, auch nicht mehr einfrieren und zubereiten, ich kann von dem glitschigen Zeug sowieso nichts essen.

So gibt der Alte die Teiche auf, wird Mitglied des Naturschutzvereins und geht an den Wochenenden auf die Vereinstreffen. Sie beobachten Vögel und zählen sie, außerdem geht es um Naturschutzgebiete. Micha soll mitgehen, weigert sich aber, der Alte ist stinksauer.

Micha will lieber AFN hören und kriecht fast ins Radio, um die kratzige, verrauschte englische Hitparade zu hören. Das ist *Negermusik* und wird bei uns überhaupt nicht geduldet. Es geht nur, wenn der Alte nicht zuhause ist und Mutti ihren Mittagsschlaf hält. Wenn wir genug betteln und ich Micha meinen Nachtisch verspreche, dürfen Tilde und ich mithören.

Ich starrte auf das Wasser, über dem Dunst waberte, sah aber keinen Gollum, sondern nur die bleiche Mondscheibe, die sich in der reglosen Fläche spiegelte. Mücken sirrten und überfielen mich, sie mochten das Blut meines blassen Körpers besonders gerne. Tilde dagegen mit ihrer festen braunen Haut verschonten sie.

Die Jungs kramten in der Hütte herum und kamen mit einer Angel und einem Messer heraus.

„Nachtfischen mit Blinker," rief Micha, „das gibt einen schönen Hecht zum Braten."

Ich war zu bekifft, um Einspruch zu erheben, und sagte zu Tilde, dass ich nicht zugucken würde, wenn sie wirklich einen Fisch kalt machten.

Die Jungs standen schwankend auf der hölzernen Anlegebrücke, die der Alte damals gebaut hatte, an einigen Stellen waren die Bretter kaputt. Micha versuchte, die Angel auszuwerfen, schaffte es aber nicht, verhedderte sich in der Schnur und fiel ins Wasser.

Ricky brüllte vor Lachen. Ich bekam Angst wegen dem Morast am Grund des Teiches und jammerte, aber Micha machte ein paar Schwimmzüge, dann zogen wir ihn heraus. Er triefte, Wasserpflanzen hingen an seinem Körper.

„Jetzt ist er doch Gollum," schrie Ricky, „komm, Gollum, mein Schatz, willst du mich nicht fressen? Du stinkst nach Fisch, Iiiih, Schatzi, du stinkst nach Schleim."

Tilde pflückte Micha kichernd die Lianen ab und strich dabei über seine Haut, sie sagte, er müsse sofort aus den nassen

Klamotten raus. Micha zog sich aus und trocknete sich ab, dann stakste er nackt auf den Anleger und streckte dem Halbmond, der jetzt genau über uns stand, seinen Jünglingskörper entgegen. Tilde sah genau hin. Ich wusste, dass sie noch nie einen nackten Mann gesehen hatte, auch ihren Vater nicht, und sie hatte ja keinen Bruder. Ihr war anzusehen, dass Michas magerer, aber breitschultriger, in rauchiges Nachtblau getauchter Körper ihr gefiel.

Auch Ricky bekam das mit und sackte zusammen, er ließ die Schultern hängen, rötlichbraune Locken hingen ihm über die Ohren und er sah wie der Hobbit Bodo Beutlin aus.

Wir fanden in einer Kiste in der Hütte einen Pullover und eine Arbeitshose für Micha, stinkend und staubend, aber trocken und besser als nichts, wir waren sowieso in einem Zustand, in dem uns das egal war.

Die Batterien des Plattenspielers und der Taschenlampe gaben ihren Geist auf, unser einziges Licht war jetzt die halbe Mondscheibe, die sich im Teich spiegelte. Das Haschisch machte uns müde und wir quetschten uns zu viert auf die beiden Luftmatratzen, die den ganzen Boden der Angelhütte einnahmen. Es roch nach Muff und Mäusekot und nach Tildes Haaren, die sich neben mir ausbreiteten. Auf ihrer anderen Seite lag Ricky, der sich vorsichtig an sie kuschelte, bis sie von ihm abrückte und den Kopf zu mir drehte. Micha lag ganz außen, ich hatte bemerkt, dass er es vermied, neben Tilde zu kommen. Im Einschlafen hörten wir das Froschkonzert im Teich, das Gluckern des Wassers und Gollums wispernde Stimme.

Frauensachen

Seitdem wir einen Fernseher hatten, aßen wir nicht mehr zusammen am Küchentisch, sondern es gab mit Tomaten,

Gurken und Petersilie garnierte Schnittchen, die der Alte vor dem Fernseher verspeiste und wir in unseren Zimmern im Anbau. Mit dieser Lösung waren wir alle zufrieden und sie verringerte die Zusammenstöße zwischen Micha und dem Alten. Mutti lief dann diensteifrig zwischen Michas Zimmer und dem Wohnzimmer hin und her, um sicherzugehen, dass sowohl Micha als auch der Alte satt wurden und zufrieden waren. So war es, die beiden standen immer ganz oben.

Ob ich zufrieden war und das Essen mir schmeckte, interessierte keinen. Nicht meine Mutter und erst recht nicht den Alten. Es war auch selbstverständlich, dass ich beim Abwaschen half, Micha brauchte das nie. Einmal bekam Mutti mit, wie ich ihn zum Abtrocknen animieren wollte, und nahm ihm das Geschirrtuch aus der Hand.

„Das ist Frauensache," sagte sie, und damit war die Angelegenheit erledigt.

In mir brodelte Wut über diese Ungerechtigkeit, die umso mehr hochkochte, als ich mich durch die Studentenbewegung ermutigt fühlte. Warum konnte mein Bruder unter hunderten von Berufen wählen, während ich auf Hausfrau festgelegt wurde? Unbezahlt und langweilig wie nur was. Für meine Eltern war es die einzige Existenzform, mit der man als Frau gesellschaftsfähig war. Natürlich war man komplett abhängig vom Mann, aber das war ja auch die Absicht. Er oben, sie unten, er bestimmte den sozialen Status, sie hielt das Wohnzimmer sauber. Und alles für lau, für abfällige Bemerkungen in der Art, sie solle sich mal sputen, damit alles blitzt und blinkt wie in der Fernsehwerbung mit den blitzsauberen Hausfrauen. Und dass sie den richtigen Kaffee kaufte, der den Herren schmeckte. Natürlich durfte nichts, was sie tat, Spuren hinterlassen, vor allem ER durfte nichts davon mitbekommen, es musste alles mühelos aussehen. Weiße Schürze, SEINE Hemden fleckenlos rein, gestärkt und gebügelt, alles aus dem Ei gepellt.

Wenn man keinen Typen fand, für den man das alles tun wollte, war man eine, die keinen abgekriegt hatte, eine alte Jungfer, ein Blaustrumpf, eine Suffragette. Das war so ziemlich das Schlimmste, was einem als Frau passieren konnte. Nur für diesen einen Notfall brauchte sie einen Beruf, sozusagen als letzten Ausweg.

„Vielleicht Arzthelferin", schlug Mutti vor, „da hast du Mittwochnachmittag frei und kannst in die Stadt, bummeln gehen."

Aber erst die Haushaltsschule, daran führte kein Weg vorbei. Mutti dachte, dass das meine Chancen vergrößerte, einen abzukriegen. Ich wollte aber keinen, der eine Haushälterin mit Gebärmutter suchte, schon der Gedanke verursachte mir Übelkeit.

Es ist Winter und hat geschneit, die Böschung zur Umgehungsstraße vor unserem Haus ist die ideale Rodelbahn, das wissen alle Kinder aus dem Viertel. Wenn die Schule zu Ende ist, ziehen sie mit ihren Schlitten zum Nedderend, dick eingemummelt und von ihren Müttern mit Mützen, Schals und Fäustlingen bestrickt. Es gibt mehrere Rodelbahnen. Am Anfang des Nedderend ist die Böschung und damit auch die Bahn ziemlich flach, hier rodeln die Kleinen, die Tittis, wie wir als Halbwüchsige sagen. Zur Bahnlinie hin wird es steiler, das ist die Domäne der Großen und Mutigen, zu denen Micha und Ricky gehören, Tilde sowieso. Sie rodelt nur hier, sie ist die Schnellste und immer als Erste wieder oben.

Es gibt viele Stürze, die nicht immer harmlos verlaufen. Einmal rodele ich mit Micha auf einem Schlitten an der steilen Stelle, wir rasen über einen Buckel und kippen um. Der Schlitten fährt ohne uns weiter, Micha und ich schliddern über die vereiste Bahn. Micha schreit, er hat die Wange aufgeschürft, Blutstropfen sickern aus der Wunde. Als ich mich hochrappeln will, merke ich, dass mein rechter Fuß so weh tut, dass ich kaum auftreten kann.

Wir schleppen uns zu Mutti, die auf dem Sofa sitzt und Kreuzworträtsel löst. Kalt, schmutzig und verletzt, wie wir sind, stören wir ihre Ruhe. Sie schreit auf, als sie das Blut sieht, das an Michas Wange herunterläuft, holt Jod und Pflaster und verarztet ihn unter großem Lamento. Ich jammere, dass mein Fuß wehtut, das hört Mutti gar nicht. Sie will mit Micha ins Krankenhaus fahren und ihn röntgen lassen, weil sie eine Gehirnerschütterung befürchtet. Mein Fuß tut immer mehr weh, vielleicht ist er gebrochen. Ich sage es Mutti, aber sie winkt ab. „Das ist nichts Ikalein, kleine Verstauchung, ich mache dir später einen Umschlag mit essigsaurer Tonerde. Aber jetzt ist erstmal Micha dran, guck, wie er blutet, ich rufe gleich ein Taxi."

Micha protestiert, er will nicht ins Krankenhaus, er sagt, es tue schon nicht mehr weh, sodass sie seufzend ihren Plan aufgibt. Aber er muss sich aufs Sofa legen, sie deckt ihn zu und streichelt ihm die Wangen. Micha dreht gequält den Kopf weg.

Mir ist inzwischen so elend mit dem schmerzenden Fuß, dass ich anfange zu heulen, genau in dem Moment, als unser Vater nach Hause kommt. Da vergehen mir die Tränen sofort wieder.

„Sie sind vom Schlitten gefallen," sagt Mutti, „ich hoffe, dass Micha keine Gehirnerschütterung hat. Ich finde, er sollte ins Krankenhaus."

„Papperlapapp," sagt der Alte, „ein richtiger Mann muss nicht wegen jeder Kleinigkeit ins Krankenhaus."

Micha ist dreizehn und fängt an, in die Höhe zu schießen, er kiekst und kippt zwischen Kinder- und Männerstimme hin und her. Mutti holt zuerst Vatis schon angewärmte Bierflasche aus der Küche, öffnet sie und stellt sie ihm mit einem Glas hin. Dann nimmt sie mich mit in die Küche, beginnt, alles für das Abendbrot aus Speisekammer und Kühlschrank zu holen und sagt: „Zeig mal den Fuß, Ika, es ist bestimmt nichts Schlimmes."

Ich ziehe die Wollsocken aus und halte ihr meinen dick angeschwollenen Knöchel hin. Mutti wirft wortlos einen Blick darauf und macht mir den Umschlag mit essigsaurer Tonerde. Dabei redet sie nur über Michas Verletzung, sie will ihn morgen auf jeden Fall unserem Hausarzt Doktor Klöppel vorstellen. Als ich sage, da könne ich ja mitkommen und den Fuß zeigen, antwortet sie nicht, weil sie damit beschäftigt ist, für Micha Schnittchen zu schmieren. Er bleibt auf dem Bett liegen und ich bringe ihm den garnierten Teller. Im Hinausgehen stöhne ich auf, weil es so weh tut. Zugegebenermaßen stöhne ich absichtlich laut, damit ich auch mal durchdringe. Da sagt sie: „Das ist nichts, Ikalein, morgen kannst du bestimmt wieder auf die Rodelbahn."

Der Kriegskamerad

Tilde und ich hatten am Nedderend geschlafen und lagen noch im Bett, als es klingelte. Wir hörten, wie Mutti öffnete und eine ölige Stimme sich als Winfried Hasselbrake vorstellte. Er sei ein Kriegskamerad von Kurt Fuhrmann, da habe er gedacht, mal vorbeizuschauen und zu sehen, wie es dem guten alten Kurt gehe. Außerdem wolle er fragen, ob die *gnädige Frau* Interesse habe, einen Blick auf die neue Pullover-Kollektion zu werfen, die er vertrete, neueste Mode, italienisch, und fantastische Qualität zu einem unschlagbaren Preis.

„Aber natürlich," sagte Mutti, „kommen Sie herein. Darf ich Ihnen einen Kaffee anbieten? Woher kennen Sie meinen Mann?"

„Finnmark," sagte der Typ, „da waren wir vor Kriegsende ein halbes Jahr in der gleichen Kompanie. Wir haben uns gut verstanden und sind zusammen fischen und jagen gegangen."

„Norwegen, ich weiß, ich weiß, die prächtigen Lachse, die Schneehasen und Silberfüchse, wie oft hat mein Mann davon geschwärmt. Die schönste Zeit seines Lebens, sagt er immer."

Ich wagte mich in die Küche, um Tilde und mir einen Kaffee zu holen, dabei erhaschte ich einen Blick auf den Besuch. Die gleiche Pomadefrisur wie unser Nazi-Bundeskanzler, nur etwas welliger. König Silberzunge. Ich wusste, dass Mutti für Kiesinger schwärmte und sah an ihrem beseelten Blick, dass auch der Kriegskamerad ihr Typ war: leicht gebräunt, strahlend blaue Augen, eine bläulich glänzende Nase wie der Alte, Cognactrinker vermutlich.

„Das ist meine Tochter Erika, sie ist gerade mit der Schule fertig. Haben Sie auch was für junge Leute? Ikalein, du könntest doch was für den Herbst gebrauchen."

Sie nervte mich unendlich. Silberzunge öffnete großspurig den Koffer und ich sah schon an den Farben – zartgelb, korallenrot, hellgrün – und den Mustern – Zopfmuster, Lochmuster, Perlmuster, eingestrickte Bordüren – dass das nichts für mich war.

„Nein danke," sagte ich, „nicht so mein Geschmack."

„Hier habe ich auch was Schlichtes, reine Baumwolle, das nehmen die jungen Leute gerne."

„Tilde kann auch gucken, ich schenke es euch, wenn ihr was Schönes findet."

„Nein danke," sagte ich noch einmal geziert, „das ist nicht unser Stil."

„Die Jugend," hörte ich Mutti noch seufzen, bevor ich in meinem Zimmer verschwand, wo ich Tilde von dem merkwürdigen Besuch erzählte und wir uns vor Lachen auf dem Bett kugelten.

Mutti hatte wohl reichlich bei dem Vertreter bestellt, denn wenige Tage später kam ein großes Paket an, aus dem sie jauchzend einen Pullover nach dem anderen zog, keinen davon hätte ich jemals getragen. Aber ich sagte nichts dazu. Ich wollte auch von dem öligen Typen, von dem sie immer wieder anfing, nichts hören.

Am Samstag war ich zuerst bei Tilde, abends wollten wir uns mit Ricky und Micha im Stautorcafé treffen, das zur Zeit angesagt war. Vorher fuhren wir am Nedderend vorbei, weil ich mich umziehen wollte. In unserer Einfahrt stand der Opel Kapitän des Alten, vor dem Haus ein petrolfarbener VW Käfer, es schien Besuch da zu sein. Tilde kam mit mir durch die Hintertür, wir wollten schnell wieder weg und ich hoffte, dass meine Eltern uns nicht sahen.

Die Wohnzimmertür und die Tür des kleinen Flures standen offen, es lief Muttis Lieblingsplatte „Der Zigeunerbaron“ mit Rudolf Schock. Ein Schwall Zigarrenmief kam uns entgegen und wir hörten, dass das Vergnügen bereits Wellen schlug.

„Skal, Kamerad,“ hörten wir den Kriegskameraden, „die alten Zeiten sind doch immer noch die besten, was?“

„Skal, mein Lieber,“ prostete der Alte zurück, „früher gab es noch Anstand und Sitte, da hatten die Männer noch Mumm im Leib. Wir waren doch ganz andere Kerle als die Memmen heutzutage, Kriegsdienstverweigerer, die haben einfach keinen Arsch in der Hose.“

„Und die Zotteln, nein, da kann man ja Männlein und Weiblein gar nicht mehr auseinanderhalten,“ warf Mutti ein.

Wir rührten uns nicht, aber ich sah, wie in Tilde das Kichern aufstieg, sie hielt die Hand vor den Mund und war kurz vor dem Losprusten.

„Und der Brandt, dieser Sozi,“ ließ sich der Alte vernehmen, „so einer ist Außenminister und will Bundeskanzler werden, ein Aufsteiger, einer, der sich vor der Front gedrückt hat, der unter falschem Namen nach Schweden abgehauen ist. Solche Elemente wollen uns heute regieren!“

„Die Zeiten ändern sich auch wieder, Kurt, das deutsche Volk gibt dem Druck der Straße nicht nach. Warte ab, das war eine große Zeit und sie wird wiederkommen. Man war ja schließlich im Krieg und hat gelernt, wie man strategisch vorgeht.“

„Na ja," sagte der Alte, „den Krieg wollen wir ja nicht gerade wieder heraufbeschwören."

Ich zwinkerte Tilde zu, im Vergleich zu dem Typen war unser Alter ja geradezu gemäßigt.

„Der Scheiß-Nazi muss hier weg," sagte ich laut, „was für ein Widerling!"

Ich ging in die Küche und warf einen Topf in die Spüle, es schepperte.

„Micha? Ikalein? Seid ihr da?" Mutti zwitscherte weinselig.

„Ich bin da," rief ich zurück, „bin aber auch gleich wieder weg, zieh mich nur um. Übrigens ist die Nazizeit vorbei, das könnt ihr eurem Besuch ausrichten."

Ich hörte nichts aus dem Wohnzimmer, hoffentlich hatte ich ihnen das Schwelgen in der Vergangenheit etwas verhagelt.

„Was meint er mit strategisch vorgehen," sagte ich zu Tilde, als wir in die Stadt radelten. „Wollen die etwa den Hitler wiederhaben?"

„Klang fast so," sagte Tilde, „allerdings hat der Gangster ja schon ins Gras gebissen. Weißt du, was das sind? Widerliche alte, scheißbraune, zurückgebliebene Dummköpfe, die immer noch ihre Hacken zusammenknallen."

„Micha hat Erich Fromm gelesen, der meint, es bestehe ein fundamentaler Zusammenhang zwischen autoritärer Triebunterdrückung und Faschismus," sagte ich, „ein autoritärer Staat wie der nationalsozialistische bringt autoritäre Persönlichkeiten hervor. Sie verdrängen alles, was ihnen nicht in den Kram passt, sie verdrängen auch, dass die Zeiten sich geändert haben und dass die braune Soße vergammelt ist und zum Himmel stinkt."

Ich merkte, wie mein Mut stieg, wenn ich solche Dinge aussprach, ich wurde immer lauter und bekam eine mächtige Wut.

„Micha sagt auch: Erst das Preußentum, dann der Kolonialismus, dann der Faschismus, das ist eine logische Kette der Unterdrückung und Menschenverachtung. Aber damit ist jetzt Schluss, an uns werden die sich die Zähne ausbeißen."

Im Stautorcafé warteten Ricky und Micha, wir erzählten von dem Typen, der sich bei uns im Wohnzimmer breitgemacht hatte. Die beiden wussten einiges darüber, was die Nazis als Besatzer in Norwegen angerichtet hatten. „Das war keine romantische Naturidylle mit Fischen und Jagen, wie es der Alte immer darstellt," sagte Micha, „Norwegen wurde von den Deutschen überrannt wie die anderen Nachbarländer auch, da gab es Waffen-SS, da wurden Leute, die sich nicht unterworfen haben, genauso erschossen wie anderswo. Zum Schluss haben sie in Nordnorwegen eine ganze Provinz verbrannt und entvölkert, die Leute mussten fliehen, viele sind umgekommen."

Wir stellten uns vor, wie Hasselbrake und unser Alter in Norwegen auf Schneehasen- oder Silberfuchsjagd gegangen waren, wie sie in ihren strammen Uniformen mit den Lederstiefeln herumstolziert waren, ihre Macht über die norwegische Bevölkerung ausgekostet und sich als Herren über Leben und Tod aufgespielt hatten.

„Solche Leute können sich einfach nicht vorstellen, dass es mal vorbei ist mit Herrenmenschentum und Größenwahn," sagte Micha, „die denken, das geht immer so weiter. Aber den Zahn kriegen sie jetzt gezogen."

Mehr noch als die Sache mit den Nazis interessierte Tilde und mich, was in Amerika ablief, wo die Hippie- und Protestbewegung immer größer und lauter wurde. Die Mappen waren voll von Berichten und Fotos aus Kalifornien und New York, wo es zu brodeln schien. Junge Leute, Hippies und Gammler, verkündeten das Motto *love and peace* und protestierten gegen den Vietnamkrieg. Sie standen Seite an Seite mit den Afroamerikanern, die die Black Panther Party gegründet hatten, um die Unterdrückung der Schwarzen zu beenden. Sie kämpften gegen das rassistische Amerika, das die schwarze Bevölkerung unterdrückte und Bewegungen wie den rechtsradikalen Geheimbund Ku-Klux-Klan unterstützte.

Wir verfolgten die Berichte über die Happenings, Sit-Ins und Smoke-Ins, die Gründung von Wohngemeinschaften in New York und San Francisco. Und stellten uns die Rockfestivals vor, über denen Haschischwolken waberten und die eine neue Zeit einläuteten. Tilde und ich lasen alles über LSD, Marihuana, Anarchismus und freie Liebe, darunter stellten wir uns etwas Heißes und nie Dagewesenes vor. Wir hätten wer weiß was darum gegeben, dabei zu sein. Ich träumte davon, über all das zu schreiben, Reportagen für Zeitungen oder sogar ein Buch. Aber dazu reichte mein Englisch nicht, außerdem lag der Ozean zwischen Oldenburg und Amerika, ein Flug kostete mindestens tausend Mark.

Wir hörten Jefferson Airplane und trugen die Haare offen. Tilde, die als Kind einen dicken Seitenzopf hatte, ließ ihre Haare jetzt als Flut brauner Locken über den Rücken fallen. Meine dünnen, hellen Fransen hingen mir fast bis auf die Schultern und ich schmierte regelmäßig Hennapaste hinein, damit sie mehr Fülle bekamen. Ich mochte den Geruch nach Kuhmist, vermischt mit Patchouli, und den rötlichen Schimmer, den das Henna hinterließ.

Tildes Mutter hatte uns lange geblümte Röcke mit Volants genäht, zu denen wir Jesuslatschen trugen, die Augen umrandeten wir mit schwarzem Kajal, die Lippen wurden mit Penaten Creme blass gemacht.

Mein verändertes Aussehen interessierte zuhause keinen, während Michas lange Haare immer mehr das Ziel von wütenden Ausfällen des Alten wurden. Micha löste das Problem, indem er nicht mehr zu den Mahlzeiten erschien und überhaupt die Gegenwart unseres Vaters mied. Im Haus trug er jetzt außerhalb seines Zimmers eine Mütze, die er abnahm, sobald er auf die Straße ging. Micha veränderte sich, seine eigentlich weichen, fast mädchenhaften Züge wurden härter.

Er sprach auch kaum noch mit Mutti, mit dem Alten sowieso nicht, und mit mir nur, wenn wir alleine waren.

Gunda

Unser Alter war in der Versicherung, in der er arbeitete, zum Geschäftsstellenleiter befördert worden, mit einer ordentlichen Gehaltszulage. Mutti frohlockte, er habe nun Prokura, was bedeutete, dass er viel Verantwortung trug und einer der wichtigsten Männer in der Firma war, so stellte sie es zumindest dar.

Muttis Lieblingsbeschäftigung war zu dieser Zeit, mit dem Quelle-Katalog im Sessel zu sitzen und immer mehr von den Herrlichkeiten zu bestellen, die da angeboten wurden: Staubsauger, Toaster, Kühlschrank, Eierkocher, eine vollautomatische Waschmaschine und neue Stühle für den Esstisch waren bereits in großen Möbelwagen angeliefert und unter viel Getöse in Betrieb genommen worden.

Bei ihren Umräumaktionen bekam Mutti Unterstützung von Gunda Patzek, die unsere alte Putzhilfe abgelöst hatte. Nach der Gehaltserhöhung des Alten kam sie an zwei Tagen in der Woche, um das Haus zu putzen, die Wäsche zu machen, beim Einkochen von Obst und Gemüse aus dem Garten zu helfen und was sonst noch anfiel.

Gunda Patzek war eine temperamentvolle Person, an der alles etwas zu groß geraten war: Ihre strahlendblauen, glitzernden Augen, die von Lachfältchen eingefasst waren, ihre Nase, die einen Buckel hatte und ein bisschen an einen Vogelschnabel erinnerte.

„Die krumme Gurke", sagte sie selbst dazu, „Gott straft mich mit dieser Gurke, damit ich nicht hochmütig werde."

Ihr Mund war breit, er lachte fast immer und legte dabei Gundas große, weiße Zähne frei. Auch ihr Busen wogte üppig unter ihrer grauen, mit Erdbeeren bedruckten Kittelschürze, aus der ihre nackten, zupackenden Arme herausragten. Das Eindrucksvollste an ihr waren ihre blonden, krausen Haare. Sie standen wie bei einem Wischmopp von ihrem Kopf ab - eine Angela Davis in blond, meinte Tilde - und wurden, wenn sie arbeitete, mit einer Libelle zu einem dicken Knoten aufgesteckt.

Gunda putzte und wienerte so energisch und gründlich, dass die Fußböden, Küchenmöbel, Badezimmerfliesen und Fenster funkelten. Seitdem wir eine Waschmaschine hatten – natürlich vollautomatisch, betonte Mutti – war die Wäsche kein großes Thema mehr. Gunda war dafür zuständig, die Maschine mit dem richtigen Programm zu starten, die Wäsche im Garten aufzuhängen und die Bett- und Tischwäsche zu bügeln. Die schneeweißen Hemden des Alten blieben Mutti vorbehalten, sie stärkte sie selbst, hängte sie penibel auf und übernahm auch das Bügeln. Vati sei jetzt in der neuen Stellung ein Vorbild, tönte sie, er müsse immer aussehen wie aus dem Ei gepellt.

„Ja, ja," sagte Micha zu mir, wenn sie es nicht hörte, „so fleckenlos rein will sie auch die Vergangenheit der Deutschen schrubben."

Gunda bekam Michas Gemecker häufig mit und lächelte dazu, wir hatten den Eindruck, dass sie seine Ansichten teilte. Einmal, als Mutti beim Friseur und anschließend noch in der Stadt war, hatte Gunda Plätzchen gebacken und trank mit uns Tee. Wir sollten sie duzen, sagte sie, da fühle sie sich wohler als mit dem steifen Sie. Wir waren begeistert, solche Erwachsenen kannten wir sonst nicht. Gunda verstand uns, sie war offen und wesentlich lockerer als unsere Eltern.

Micha hielt ihr zuerst einen Vortrag darüber, dass sie sich nicht als Putze ausbeuten lassen sollte, jeder Mensch müsse seinen Dreck selbst wegmachen. „Jede Frau, aber auch jeder Mann," rief Micha, „es kann nicht sein, dass die Menschheit in Herren und Knechte aufgeteilt ist, wo einige für lau oder einen Hungerlohn den Dreck der anderen wegmachen. Das ist Kapitalismus in Reinkultur."

Gunda lächelte und nickte, sagte aber nichts. Micha fragte sie dann, was sie vom Nationalsozialismus und vom Krieg mitbekommen habe. Sie schwieg immer noch, dann sagte sie zögernd, sie sei froh, dass die jungen Leute jetzt anfingen, Fragen zu stellen, die Gräueltaten von damals seien lange genug totgeschwiegen worden. Sie erzählte uns, wie sie die Zeit damals und das Kriegsende erlebt hatte.

Gunda kam aus der Nähe von Königsberg. Sie hatte Ende 1943 einen jungen Mann kennengelernt, der dann zum Kriegsdienst eingezogen wurde. „Wir hatten uns verlobt und waren nur wenige Wochen zusammen gewesen, dann kam er direkt an die Ostfront. Nach ein paar Wochen wurde er als vermisst gemeldet. Wir kannten diese Briefe von der Wehrmacht, alle Frauen, deren Männer im Krieg waren, fürchteten sich davor. Für mich war das wie eine Todesnachricht, und das war es ja auch, die meisten Vermissten sind nie wieder aufgetaucht, auch Elsas Vater nicht.

Als ich merkte, dass ich schwanger war, wollte ich sofort nach Westen, ich war eine der ersten, die sich auf den Weg machten. Ich konnte auf dem Pferdefuhrwerk eines Nachbarn aus unserem Dorf mitfahren, später ging ich auch weite Strecken zu Fuß. Es war schlimm, weil mir oft übel war und ich immer Angst hatte, das Kind zu verlieren. Aber sie war zäh, meine Elsa, damals schon. Ich hatte Glück, es gab immer wieder Leute, die mir halfen. Wir wussten mittlerweile, dass der Durchbruch der Russen im Osten kurz bevor stand. Der Nazipropaganda mit Durchhalteparolen und Siegesgeschrei glaubten wir nicht mehr. Nach rund drei Wochen landete ich in Oldenburg in einer Turnhalle, wo wir Strohsäcke zum Schlafen bekamen. Da saß ich in der Fremde und wussten nicht, was aus uns werden sollte, aus mir und meinem ungeborenen Kind, das alles wie durch ein Wunder überstanden hatte.

Ich kam nach Ohmstede auf einen Bauernhof. Die Leute waren nicht sehr freundlich zu uns Flüchtlingen. Wir hätten gerade noch gefehlt, sagten sie, jetzt müssten sie uns auch noch mit durchfüttern. Das war fast so schlimm wie der Krieg, dass man abgelehnt wurde, dass man alles verloren hatte und nicht mehr wusste, wo man hingehörte auf der Welt.

Im Oktober 1944 wurde meine Tochter Elsa hier in Oldenburg im Pius-Hospital geboren, da gab es Ärzte und eine Hebamme, die mir beistanden. Ich war unendlich froh, dass es ein Mädchen war, das nicht in den Krieg musste. Dann kam ich wieder zurück nach Ohmstede, wo ich auf dem Bauernhof den Haushalt führte, putzte und kochte, es war sehr anstrengend mit dem Baby. Im April 1945, Elsa war gerade ein halbes Jahr alt, hörten wir von den Luftangriffen auf Oldenburg, bei denen der Ziegelhof, der Hauptbahnhof und die Kasernen in Donnerschwee und Kreyenbrück getroffen wurden."

Gundas Einstellung zur Frauenfrage entsprach ganz und gar nicht der von unseren Eltern. Das Wichtigste für uns Mädchen sei, einen Beruf zu lernen, bläute sie uns immer wieder ein, sonst seien sie verraten und verkauft und würden ihr Schicksal erleiden, anderen Leuten den Dreck wegmachen zu müssen. Gunda beklagte, dass der Krieg sie an einer ordentlichen Schul- und Berufsausbildung gehindert habe. „Dumm geboren und nichts dazugelernt," war ein Spruch, mit dem sie sich selbst beschrieb. Wir fanden sie lebensklug und überhaupt nicht dumm, Micha sagte großspurig, die Schulbildung würde sowieso überschätzt, er lerne auch ohne Schule eine ganze Menge.

Das mit der Ausbildung hämmerte Gunda Tilde und mir ein, sobald Mutti nicht in der Nähe war. Sie erzählte von ihrer Tochter Elsa, die nach der Mittleren Reife die höhere Handelsschule in Bremen besucht hatte und jetzt Volontärin bei Hertie war.

„Sie will Direktrice werden, das entspricht einer Abteilungsleiterin," sagte Gunda stolz, „und sie ist auf dem besten Weg dahin, ihr Chef lobt sie sehr. Sie fährt jetzt auf alle Messen mit, sie hat ein gutes Gespür für Mode."

Wenn Mutti nicht da war, stellten wir AFN im Radio ein und hörten die Beatles, die Stones, die Beach Boys, alles, was gerade ‚in' war. Gunda drehte das Radio auf, während sie putzte, und sang laut mit. Sie erzählte Tilde und mir von ihrer Schwester Käthe, die seit dreißig Jahren in New York lebte. Sie war 1937, als die Nazis schon eine Weile an der Macht waren und sich immer mehr abzeichnete, wie brutal sie ihren Rassenwahn durchziehen würden, mit ihrem jüdischen Mann nach New York geflohen.

„Sie haben um die Schiffspassage gekämpft," erinnerte sich Gunda, „alle, die es sich halbwegs leisten konnten, wollten raus, es herrschte Gedränge in den Reiseagenturen, es war wie ein Lotteriespiel, ob man rauskam oder nicht. Aber Käthe und mein Schwager Salomon haben es mit Glück und unter großen Schwierigkeiten geschafft. Er war Musiker und bekam eine Stelle als Violonist in einem New Yorker Orchester. 1946, als der Krieg vorbei war, wurden die Zwillinge Catherine und John geboren, sie sind ein Jahr jünger als Elsa. Catherine macht eine Ausbildung zur Schauspielerin, John arbeitet bei einer internationalen Bank."

Tilde hatte bei der Erwähnung von New York die Ohren gespitzt. „Warum gehst du nicht auch dahin, wenn deine Schwester schon da ist," sagte sie, „da ist es doch viel freier und moderner als hier und es laufen nicht so viele Nazis rum."

Gunda, die gerade fünfzig geworden war, schüttelte den Kopf.

„Natürlich würde ich meine Schwester gerne wiedersehen," sagte sie, „aber für immer nach Amerika? Einen alten

Baum verpflanzt man nicht, außerdem müsste ich dort bei null anfangen, Englisch lernen und all das, die Energie habe ich nicht mehr. Und es kostet natürlich erstmal eine Menge Geld, das ich auch nicht habe. Aber Elsa will gehen, sie hat die Kraft dazu und ist dabei zu sparen. Sie will dort in einem Kaufhaus arbeiten und modernes Management lernen."

„Na ja," sagte Micha, der dazugekommen war, „ich weiß nicht, ob die so viel weiter sind. Völker unterdrücken und Leute abschlachten, das können die auch, die Opferzahlen im Vietnamkrieg gehen in die Hunderttausende."

„Trotzdem ist es das Land der unbegrenzten Möglichkeiten," beharrte Tilde, „man kann mehr machen als hier und wird nicht an allen Ecken und Enden bevormundet. Es kommt auf einen selbst an, was man aus seinem Leben macht, ich stelle es mir super vor."

Und ich, welche Vorstellung hatte ich von Amerika? Alles sehr groß, riesige Entfernungen, viel Kriminalität. In New York war es gefährlich, mit der U-Bahn zu fahren, man konnte ausgeraubt oder womöglich ermordet werden. Und dann das seltsame amerikanische Englisch, als hätten die alle eine Kartoffel im Mund, man verstand überhaupt nichts. Wollte ich da hin? Eigentlich nicht, der einzige Grund, den ich mir vorstellen konnte, war, dass ich mit Tilde gehen würde.

Wir beendeten das Thema Amerika, weil Mutti mit frischer Dauerwelle und gefärbtem Haaransatz aus der Stadt zurückkam. Micha und ich fanden, dass sie dann jedes Mal aussah wie ein geföhnter Pudel und durften uns nicht angucken, wenn sie mit der Lockenpracht vor uns stand. Sie schwärmte vom Charme ihres Friseurs Adi Scholz, mit dem sie sich einmalig verstehe. „Er weiß genau, wie ich meine Haare möchte, ich brauche gar nichts zu sagen."

Eine gute Ausbildung für Frauen war für Mutti kein Thema, die Bemerkungen in der Art fallen ließ, dass ein Mann wohl nicht unbedingt erpicht darauf sei, ein *studiertes Weib*, das alles besser wisse, an seiner Seite zu haben. Das *studierte Weib* sprach sie mit verächtlichem Ton und hängenden Mundwinkeln aus.

Ich überlegte manchmal, wie Gunda es schaffte, zusätzlich zu ihren Putzstellen – neben uns hatte sie eine zweite - noch ihren eigenen Haushalt zu bewältigen. Sie sah nicht so gepflegt aus wie Mutti, hatte rote, rissige Hände und gestand uns einmal, dass sie aus Kostengründen niemals zum Friseur gehe, sondern ihre Haare selbst schneide und Elsa ihr helfe.

Manchmal stöhnte sie bei der Arbeit und hielt sich den Rücken. Wegen ihrer rissigen Hände konnte sie Mutti auch nicht beim Aufhängen der neuen, besonders empfindlichen Wohnzimmergardinen helfen, die dreimal im Jahr gewaschen wurden und aus feinstem weißen, blumendurchwirkten Nylon als Untergardine und altrosa Damast mit glänzenden Streifen als Übergardine bestanden. Mutti war besonders stolz auf ihre Fensterverkleidung, die sie sich bei Leffers hatte machen lassen, nicht billig, aber Qualität, ließ sie in der ihr eigenen Überheblichkeit bei jeder Gelegenheit fallen.

Wegen Gundas rissigen Händen musste ich die Gardinen halten, wenn Mutti auf der Leiter stand und mich ständig ermahnte, nur ja vorsichtig zu sein. „Meine Stores," sagte sie, wenn wir fertig waren, mit glänzenden Augen und strich mit ihren zarten Händen an den Stoffbahnen entlang.

Micha, Ricky, Tilde und ich fanden, dass die Fenster frei sein müssten, wie wir es in Holland gesehen hatten, dass man hinein- und hinausgucken können sollte, wenn man nichts zu verbergen hatte.

„Sie hängen ihre Scheiß-Stores vor den ganzen Mist, die ganzen Verbrechen hängen sie doppelt und dreifach mit protzigen Gardinen zu," schimpfte Micha. Wir konnten ihm nur recht geben.

Gunda verdankten Tilde und ich auch unseren ersten Job. Elsa hatte erzählt, dass bei Hertie Aushilfen gesucht würden, zwanzig Stunden in der Woche. Wir bewarben uns und bekamen die Stellen, nachdem uns der Einkaufschef Herr Rosenkranz, dessen Assistentin Elsa war, begutachtet hatte. Wir dürften uns modisch kleiden, schärfte er uns ein, aber nicht übertrieben, damit wir zum seriösen Image des Kaufhauses passten. „Und die Haare lieber zusammengebunden," sagte er mit Blick auf Tildes wallende Mähne.

Hertie zahlte drei Mark die Stunde, das war in Ordnung. So begannen wir, in der Damenoberbekleidung die Umkleidekabinen aufzuräumen, Waren einzusortieren, Botengänge zu machen. Tilde und ich hatten Spaß beim Beobachten der Kundinnen und an unseren Lästereien nach der Arbeit. Elsa war sehr freundlich und bot uns gleich das Du an. Sie hatte die gleichen hell strahlenden Augen wie ihre Mutter und auch den kleinen Buckel auf der Nase, ihre Haare waren jedoch glatt und dunkel, sie trug sie im Nacken zu einem Knoten zusammengesteckt.

Es war schnell klar, dass Elsa und Tilde sich gut verstanden, sie konnten über die gleichen Sachen lachen und strahlten einander an, sobald sie sich sahen. In mir machte sich Unbehagen breit, Elsas Selbstbewusstsein rief meine Unsicherheit und Ängstlichkeit hervor und ich kam mir ungeschickt und linkisch vor.

Ein Thron für den König

Die Sitzgruppe in unserem Haus am Nedderend, die von Quelle geliefert worden war, bestand aus fünf Stühlen mit beige gepolsterten Sitzen und einem Stuhl mit Armlehnen, einer erhöhten Rückenlehne und einer extradick gepolsterten Sitzfläche, auf die noch ein weiches Kissen kam. Dass dieser Sessel für den Alten reserviert war und sonst von keinem benutzt werden durfte, verstand sich von selbst.

Micha kommentierte: „Ah ja, der Thron des Königs."

Mutti überhörte es, sie überhörte sowieso das meiste, was Micha oder ich sagten, vor allem, wenn es kritisch und konfliktträchtig war.

Trotzdem stellten wir sie zum Thema Nazis und Konzentrationslager zur Rede. Sie tat ahnungslos, davon hätten sie nichts gewusst, auch Vati nicht, woher denn.

„Das Volk wird dumm gehalten, das war früher so und ist heute nicht anders."

„Man muss es doch mitkriegen, wenn sechs Millionen Menschen ermordet werden. Was habt ihr denn gedacht, als plötzlich alle Juden verschwunden waren?"

„Wir kannten keine, und dein Vater war in Norwegen."

„Und von den Auschwitzprozessen habt ihr auch nichts gehört?"

„Die blöde Politik interessiert mich nicht."

„Ach ja, so was steht nicht in deinen Frauenzeitschriften, zum *Spiegel* reicht es bei dir ja nicht."

Micha äugte über seine Brillengläser – das hatte gesessen.

Mutti, rot und mit Tränen in den Augen, schnappte nach Luft.

„Du kannst nur verletzen, lass das Vati nicht hören. Das linkssozialistische Kampfblatt lese ich nicht und er auch nicht, ich wollte es sowieso abbestellen."

„Ist dir eigentlich klar, dass dieses Land auf Leichen steht? Millionen Ermordete werden von uns mit Füßen getreten. Wir vergessen sie einfach und gehen zur Tagesordnung über. Und kleistern die Vergangenheit mit Wohlstand zu, mit Spezialsesseln für die Thronherren und teuren Gardinen. Die Täter von gestern sind die Könige von heute, davon wird einem nur noch schlecht."

Micha machte demonstrative Kotzbewegungen und entsprechende Geräusche. Wie leicht er das alles aussprach, ich war fasziniert. Aber Mutti erreichte es nicht.

„Nichts haben wir gewusst, gar nichts," sagte sie noch einmal trotzig und lief erleichtert zur Haustür, als es klingelte.

Durch das geriffelte Glas sahen wir zwei kräftige Männer mit großen Paketen. Mutti straffte sich und setzte ihr Fassadenlächeln auf.

„Das muss Quelle mit der neuen Anrichte sein."

Sie hatte am Vorabend eine Ecke in unserem schon übervollen Wohnzimmer freigeräumt und von dem Möbelstück mit Japanlack geschwärmt, das sie bestellt hatte.

„Quelle Sonderedition, ganz exklusiv, sowas hat am Nedderend sonst keiner."

Sie ließ die Muskelprotze ein, die in ihren grünen Arbeitshosen mit Quelle-Schriftzug blitzschnell die schwarz glänzende Anrichte neben dem Fenster aufbauten, bot ihnen charmant eine Tasse Kaffee an und nahm Komplimente entgegen, wie gut die Anrichte zum Rest der Einrichtung passe.

„Dieser Kontrast zu den Stores, einmalig," schwärmte Mutti und wienerte die blinkende Lackoberfläche mit einem Staubtuch.

„Unser Kundendienst ist immer für Sie da, gnädige Frau," dienerte einer der Typen zum Abschied.

Micha beobachtete alles von der Tür aus und hielt sich die Hand vor den Mund, als müsse er immer noch kotzen. Dann ging er hinter den Männern her und knallte die Haustür ins Schloss.

„Ich habe morgen früh Dauerwelle, Adi Scholz will eine neue Farbe ausprobieren," sagte Mutti betont harmlos zu mir und strich über ihre dunkle Haarpracht, deren Ansatz grau wurde. „Was Natürliches, keine Chemie. Er hätte auch was für dich, es gibt jetzt ein Perlblond, das die Haare strahlender macht. Ich würde dir Färben und eine Dauerwelle spendieren, kannst gleich morgen mitkommen."

Ich hätte schreien können, sagte aber nichts. Mutti verbarg ihre Enttäuschung und begann, Butter, Zucker und Mehl abzumessen und einen Mürbeteig für den gedeckten Apfelkuchen zu kneten, der ihre Spezialität war.

„Ich bin mit Tilde im Astoria," sagte ich.

„Willst du nicht warten, bis der Kuchen fertig ist?"

„Nein," sagte ich, „es wird etwas später heute."

Der Besoffene

Es dämmerte, als ich mit dem Fahrrad über den Nedderend an der Auferstehungskirche vorbei zum Friedhofsweg fuhr. Von rechts vom Rauhehorst schwankte Fiete Großjohann heran, der Lebensgefährte von Gesine Gerken, der oft am späten Nachmittag volltrunken über den Nedderend torkelte und dabei eine undefinierbare Melodie grölte. Ich trat in die Pedalen, damit ich außer Sichtweite kam.

Fiete trug im Sommer wie im Winter einen langen, dreckigen Lodenmantel. Wenn er aus der Kneipe *Zum Karl* am Rauhehorst kam, musste er sich am Türrahmen festhalten, um nicht die Stufen zur Straße hinunterzufallen. Hinter ihm her schwallte abgestandene Kneipenluft. Wir gruselten uns zwar vor Fiete, aber er tat uns auch leid, weil er immer wieder hinfiel und sich hochquälen musste. Der große Holunderbusch am Anfang des Nedderend, der an der Böschung zur Umgehungsstraße wuchs, war sein erstes Ziel. Da nestelte er an seiner Hose und pinkelte in den Strauch. Tilde, Micha und ich lachten uns kaputt, wenn wir hinter der Hecke lagen, die unseren Vorgarten zur Straße hin begrenzte, und ihn beobachteten. Manchmal grölte er eine Melodie, die wir nicht kannten, es war immer die gleiche.

Fiete Fiete Großjohann, das ist ein besoffener Mann.

Wir sangen es leise, damit er es nicht hörte. Manchmal fiel er in den Holunderbusch und blieb eine Weile sitzen, bis er sich wieder aufrappelte und versuchte, seine Hose zuzumachen. Meistens verschwand er in der Bahnunterführung die zur längeren Seite des Nedderends führte, wo er mit Gesine wohnte.

Manchmal schleppte er sich auch zum Friedhofsweg zu Schmitz. Tildes Mutter Sina, die ich damals noch Tante Schmitz nannte, schenkte ihm einen Korn ein, gab ihm etwas Geld und eine Schachtel Zigaretten. Fiete sei ein armer Kerl, sagte sie, und sein Trinken sei eine Krankheit, Alkoholismus, über so einen dürfe man sich nicht lustig machen. „Wer weiß, was der früher erlebt hat," sagte Tante Schmitz.

Ich erzählte Tilde von unserer Auseinandersetzung mit Mutti zum Thema Nationalsozialismus, wie gut Micha sich geschlagen hatte und wie Mutti alle Vorhaltungen abgebügelt hatte. „Sie weiß nichts und hat nie was gewusst," sagte ich, „das perlt völlig an der ab."

„Ich hab mal versucht, das bei meinen Eltern anzusprechen," berichtete Tilde, „aber sie lassen sich auch nicht drauf ein, Mama sagt, sie kriegt Migräne bei dem Thema. Sie will über nichts sprechen, ich weiß nicht, ob das für oder gegen sie spricht. Vielleicht haben sie auch was Schlimmes gemacht."

Ich traute Tildes schweigsamem, aber sehr freundlichem Vater eigentlich keine Gräueltaten zu. Bei meinem eigenen war ich mir nicht so sicher. Er war jähzornig und ging davon aus, dass er immer der Chef war. Ich erlebte ihn niemals so liebevoll wie Tildes Vater, auch früher nicht, als ich ein kleines, spilleriges Mädchen war, niedlich, mit kornblumenblauen Augen und dünnem Pferdeschwanz. Der Alte nahm mich nie auf den Arm oder auf den Schoß, auch meine Mutter tat das nicht. Mit Micha dagegen knuddelte sie ausgiebig, der das aber gar nicht wollte.

Der einzige, von dem ich als Kind Zärtlichkeit bekam, war mein Bruder. Wir balgten uns oft und guckten Arm in Arm Fernsehen: Bonanza, Lassie, Fury, Dschungelboy. Wenn ich abends Angst hatte und nicht schlafen konnte, kroch ich zu Micha ins Bett. Ich wäre niemals auf die Idee gekommen, zu meinen Eltern zu gehen, deren Schlafzimmer für uns tabu war, verbotene Zone.

Im Winter, wenn die Dunkelheit schon um halb fünf Uhr nachmittags als schweres Tuch auf den Nedderend fällt, ist es besonders schlimm. Ich werde furchtbar traurig und kann nicht schlafen, ich habe Angst, dass das Haus abbrennt und ein Mörder unter meinem Bett liegt, der nur darauf wartet, mich zu erwürgen. Oder dass, wenn der Zirkus Sarrasani in Oldenburg gastiert, ein Löwe durch mein Fenster springt und mich zerfleischt. Ich möchte, dass das Licht im Zimmer an bleibt oder wenigstens die Tür zum beleuchteten Flur offensteht, aber Mutti erlaubt es nicht. Ein Kind hat zu schlafen und dazu muss es dunkel sein, basta.

Ich habe auch Angst, dass der Krieg wieder anfängt, der ja noch nicht lange vorbei ist. Abends stehe ich manchmal mit Mutti vor dem Haus, wenn eine endlose Kolonne von Militärlastwagen über die Umgehungsstraße fährt. Sie sind hinten offen, englische Soldaten sitzen unter den Planen und winken uns zu.

„Krieg ist was Fürchterliches," sagt Mutti mit Grabesstimme, „Krieg darf es nie wieder geben."

Der Russe ist schuld, weiß ich von den Gesprächen zuhause am Abendbrottisch, Gott bewahre uns vor dem Russen. Und der Engländer, der Dresden bombardiert und uns besetzt hat, der in einer Siedlung jenseits der Umgehungsstraße wohnt, wo es anscheinend drunter und drüber geht. Die Wäsche hängt unordentlich auf der Leine, in den Gärten liegt Müll, die englischen Kinder der Soldaten schreien laut herum.

„Ungezogen und schlampig, wie bei den Hottentotten," sagt Mutti, „so würden sich Deutsche niemals benehmen."

Die Angst, die mich abends im Bett überfällt, macht mich

zu einer harten Kugel, in der es pocht, ich bekomme kaum Luft und wage nicht, mich zu rühren. Manchmal schaffe ich es bis zu Micha ins Bett, da wird es besser. Seitdem Tilde meine Freundin ist, kann ich mir vorstellen, wie sie kommt und den Löwen mit einer Peitsche verjagt, wie sie die Flammen löscht, den Mörder unter dem Bett hervorzieht und die Polizei ruft. Tilde und Micha, das sind die beiden Fixpunkte, die meine Angst bezwingen können.

Mutproben

Tilde, die eigentlich Matilde Schmitz heißt – ein schöner deutscher Name, er bedeutet Kämpferin, sagt ihre Mutter - ist nicht nur ein Bewegungswunder, eine begnadete Rollschuhläuferin und Fahrradfahrerin, sie ist auch die Erste, die die Mutprobe vom Nedderend wagt. Micha und ich machen uns vor Angst fast in die Hose, aber Tilde betritt grinsend und vollkommen ungerührt den Tunnel unter der Autobahnbrücke über der Eisenbahnlinie, die den Nedderend in zwei Teile teilt. Neben den Gleisen verläuft ein schmaler Gang, der sich in einen Höllenschlund verwandelt, sobald ein Zug kommt. Die Lokomotiven werden von Dampfmaschinen angetrieben, feuerspeienden, mit Kohle beheizten Kolossen. Rasende Pleuelstangen treiben die Eisenräder an, zischende, funkendurchstobene Dampfwolken wabern. Unsere Mutprobe ist es, in den Durchgang zu gehen und so lange drin zu bleiben, bis der Zug vorbei ist.

Tilde hält sich noch nicht mal die Ohren zu wie Micha und ich, wenn die Lokomotive durch den Tunnel donnert und mit scharfem Pfiff Dampf durch den Schornstein ablässt. Stoisch tritt sie nach dem Inferno wieder ins Freie, als sei nichts gewesen. Micha hält ihren triumphierenden Blick kaum aus. Als der nächste Zug kommt, rennt er in den Tunnel und kommt schneeweiß und mit geschlossenen Augen wieder heraus. Sein Atem pumpt und ich habe Angst, dass er umfällt. Ich wage mich nur einmal in den Tunnel und denke beim Heranstürmen des Zuges, dass mich die Hölle verschlingt.

Als wir zwölf sind, die Hormone in unsere Mädchenkörper schießen und wir nur noch kichern können, als Micha und Ricky – sie sind vierzehn und fünfzehn – uns umfassend aufklären, woher die Babys kommen, schlägt Tilde die Supermutprobe vor. Micha hat in der Stadt einen dicken schwarzen Edding-Filzstift gekauft, wie es sie seit neuestem gibt, und wir überlegen, was man damit machen könnte. Am Ende der kurzen Seite des Nedderends vor der Bahnlinie steht eine Litfaßsäule, die uns als Ziel für unsere Rollschuhwettläufe dient. Sie wird alle paar Wochen mit neuen Plakaten beklebt, immer ist Persil-Werbung dabei. Tilde schlägt vor, das Persil-Plakat, auf dem ein großes, schneeweißes Tischtuch weht, mit dem Edding zu beschriften. *Ficken*, sollen wir draufschreiben, schlägt sie vor, und Micha ergänzt: *Revolution*.

Das tun wir an einem Frühlingsabend in der Dämmerung. Micha macht für Tilde eine Räuberleiter, sie steht auf seinen Händen, schreibt dick und unübersehbar die bösen Worte auf das Tischtuch und setzt Ausrufungszeichen dahinter. Ich stehe mit zitternden Knien Schmiere. Dann steigt Micha auf Tildes Hände und malt zwischen die Wörter noch einen riesigen, leicht gekrümmten Phallus, aus dessen Spitze Blitze schießen wie bei einer Silvesterrakete, und kleine halbrunde Säckchen darunter. Mit Kicheranfällen ersticken wir die Angst, dass man uns erwischen könnte.

Am nächsten Morgen, es ist ein Samstag, sind wir mit den Rollschuhen auf dem Nedderend, rollen herum und lauern darauf, wer als nächster vorbeikommt. Wir laufen um die Wette und umkreisen den runden Wendeplatz, an dem die

Litfaßsäule steht, Tilde dreht Pirouetten. Die Wörter und der Phallus sind gut zu sehen, das weiße Tischtuch mit den schwarzen Buchstaben leuchtet.

Mutti, die einkaufen war, kommt aus der Unterführung unter der Bahnlinie, sie schiebt ihr Fahrrad, das mit Taschen und Tüten beladen ist. Wir verziehen uns hinter einen Busch, sie bleibt vor der Litfaßsäule stehen und liest, was auf dem Tischtuch steht. Tilde und ich prusten. Als Mutti schließlich ihr Fahrrad weiterschiebt, ist ihr Gesicht bleich vor Entsetzen. Sie kommt aufgeregt auf uns zu, da nehmen wir Anlauf, rollen in Richtung Rauhehorst und lassen uns an diesem Nachmittag nicht mehr blicken.

Beim Abendbrot sagt Mutti, da hätten sich Schmier- und Schmutzfinken an der Litfaßsäule zu schaffen gemacht, diese Ungehörigkeiten heutzutage, da sei man sprachlos.

„So," sagt Micha cool und zwinkert mir zu, „was haben sie denn hingeschmiert?"

Ich sehe ihm an, dass er kurz vor dem Ausflippen ist.

Mutti quetscht nur heraus, solche Wörter könne man nicht in den Mund nehmen, da müsse man ihn hinterher mit Seife ausspülen.

„Ach," grinst Micha, „was können das für böse Wörter sein?"

Ich explodiere fast, Vati fängt zum Glück an, über das Kampfblatt *Der Spiegel* zu lamentieren, von den Nestbeschmutzern und Landesverrätern, die man glücklicherweise verhaftet habe. Micha, der damals schon eifriger Zeitungsleser ist, weiß, dass Spiegel-Redakteure wegen einem Bericht über die Bundeswehr des Landesverrats bezichtigt und verhaftet, die Redaktionsräume durchsucht wurden. Strippenzieher hinter dem Ganzen ist Verteidigungsminister Franz Josef Strauß, der bayrische Rechtsaußen, den wir so blöde finden wie Bundeskanzler Konrad Adenauer, der beim Spiegel einen *Abgrund an Landesverrat* wittert.

„Der Abgrund heißt nicht Landesverrat, sondern Bedrohung der Pressefreiheit," verkündet Micha, „Pressefreiheit ist die wichtigste Säule der Demokratie."

Mutti schüttelt erschrocken den Kopf und gestikuliert, er solle damit aufhören. Micha und ich verdrücken uns und gehen nochmal raus. In der Abenddämmerung sehen wir jemanden an der Litfaßsäule stehen, einen Eimer mit weißer Farbe neben sich. Es ist unser Nachbar Tammo Brunken, er tunkt schimpfend einen Besenstiel mit einer Farbrolle in den Eimer und überstreicht unsere Mutprobe. Aber es gelingt ihm nicht ganz, der schwarze Phallus scheint immer noch durch, bis zwei Wochen später alles mit neuen Persil-Plakaten überklebt wird.

Tilde war nicht nur eine begnadete Turnerin, sondern auch die Beste in Rock'n'Roll, den sie in unserem Tanzschuppen Astoria an der Alexanderstraße mit Ricky tanzte. Sie sprang ihm auf die Arme und ließ sich über seine Schulter werfen, als sei es nichts. Wenn *Let's have a party* aufgelegt wurde, war Tilde nicht zu halten, sie grölte laut mit und machte die heisere Stimme von Wanda Jackson nach.

Some people like to rock, some people like to roll
But movin' and a groovin' gonna satisfy my soul
Let's have a party, ooh, let's have a party

Tilde und Ricky rockten so perfekt, dass die anderen einen Kreis um sie bildeten, sie anfeuerten und klatschten. Micha kippte zwei Schnäpse hinunter und gab mir auch einen aus, ich nahm ihn und hoffte, dass mir nicht schlecht wurde. Auch Micha beobachtete Tilde und Ricky und torkelte selbst auf die Tanzfläche, als der Rock'n Roll zu Ende war. Mick Jagger fing an, *Ruby Tuesday* zu röcheln. Tilde sah Micha erwartungsvoll an, er zog sie an sich, vergrub seinen Kopf in ihren

Haaren und sie schwoften. Ricky kam enttäuscht zurück an die Theke und bestellte sich auch einen Schnaps.

„Warum lande ich nicht bei ihr, warum ist es Micha?"

„Er will sie nicht," sagte ich, „vermutlich ist das der Grund."

„Aber warum nicht? Sie ist das Süßeste, was man sich vorstellen kann, also was *Mann* sich vorstellen kann."

„Vielleicht ist er noch nicht so weit," sagte ich. Das war Tildes und meine Meinung, wobei Tilde natürlich hoffte, Micha würde eines Tages *so weit* sein.

Sie kamen von der Tanzfläche zurück. Micha war bleich und hatte Schweißperlen auf der Stirn, er schwankte und lief würgend hinaus. Ich machte mir Sorgen wegen seiner Trinkerei. Wir beschlossen zu gehen und fuhren mit den Rädern zum Nedderend. Unsere Eltern waren übers Wochenende mit dem Naturkundeverein unterwegs, sodass wir freie Bahn hatten.

Wir zündeten Räucherstäbchen an und stellten Kerzen in Michas Zimmer, Micha baute Joints, wir rauchten und hörten Musik. Tilde, Ricky und ich waren gut drauf, nur Micha nicht, dem immer noch schlecht war. Er hing schlaff vor seinen Boxen, wir anderen drei stürzten uns auf den Kartoffelsalat, den Mutti uns in den Kühlschrank gestellt hatte.

Tilde saß vor meinem Spiegel, sie flocht viele kleine Zöpfchen in ihr Haar und knüpfte Perlen hinein, dabei plapperte sie ununterbrochen von Kalifornien, vom Protest gegen den Vietnamkrieg, von der Verbrüderung der Hippies, vom Pop-Festival in Monterey, wo alle unsere Idole ohne Gage gespielt und die Einnahmen einem Wohltätigkeitsfonds gespendet hatten: The Mamas and The Papas, Janis Joplin, The Who, Eric Burdon, Jefferson Airplane, Otis Redding, Jimi Hendrix, der seine Gitarre zertrümmert und angezündet hatte.

„Nächstes Jahr bin ich dabei," rief Tilde, „ich will das sehen, die Bands, die Leute, da gibt's nicht solchen Mief wie hier. Tanzen, Geld verdienen, rauchen und Liebe machen, und im blauen Pazifik schwimmen, nicht in dem langweiligen Zwischenahner Meer oder dem scheißdreckigen Jadebusen."

Sie sagte: Ich bin dabei, nicht: Wir sind dabei. Wollte sie allein nach Amerika? Oder womöglich mit Elsa, die eine Tante in New York hatte? Traute sie mir nicht zu, mich da durchzuschlagen? Wie wollte sie das überhaupt machen mit dem bisschen Englisch, das wir gelernt hatten?

Mir wurde ganz schlecht, ein Leben ohne Tilde konnte ich mir überhaupt nicht vorstellen.

Micha war auf dem Teppich eingeschlafen, Ricky baute neue Joints und setzte sich zu Tilde und mir.

„Vielleicht könnten wir ne Menge Kohle machen," stieß er hinter den Rauchwolken hervor, „ein Freund von mir kann was besorgen. Wenn wir das verticken, könnt ihr Flugtickets kaufen und Micha und ich einen 2CV."

Ein Citroen 2CV, eine Ente, war ein Traum der beiden, der in greifbare Nähe rückte, weil Ricky im Herbst einundzwanzig wurde und den Führerschein machen konnte. Fahren konnte er schon, das hatte ihm Kai Stamer auf dem Betriebshof der Werkstatt von Kais Vater beigebracht.

Tilde und ich brauchten eine Weile, um zu kapieren.

„Du meinst dope?"

Ricky nickte. „sowas wie unser Zeug, vom Allerfeinsten. Damit kann man richtig Kohle machen."

„Wir müssen das doch erstmal selber kaufen, oder will der kein Geld?"

„Doch, das ist das einzige Problem. Wir müssten fünfhundert Mark vorschießen, die könnten wir aber mindestens verzehnfachen."

„Wo sollen wir die hernehmen?"

„Wir haben alle Jobs, das wären für jeden 125 Mark."

Tilde und ich nickten, das konnten wir von unserem Hertie-Lohn hinkriegen.

„Ich gehe an mein Sparkonto," sagte Micha, der wieder aufgewacht war, „ich erzähle Mutti irgendwas, wozu ich das Geld brauche."

Micha war der reichste von uns, weil Mutti für ihn regelmäßig was auf ein Sparkonto einzahlte. Für mich tat sie das nicht, weil ich ja einen Mann finden würde, der mich finanziell versorgte, zumindest, wenn ich mich *anständig*, das heißt männerkonform, verhielt, wozu auch gehörte, dass man *gepflegt* daherkam. Sie kapierte nicht, dass wir andere Maßstäbe hatten und nicht wie die Dauerwellen-weiße-Schürze-Tussis aus der Werbung herumlaufen wollten.

Manchmal sagte Mutti, wohl um mich aufzubauen, dass ich von ihnen eine vollautomatische Waschmaschine zur Hochzeit bekäme und eine Nähmaschine, damit ich auch mal etwas selbst nähen könnte, für die Kinder. Auf solches Gerede antwortete ich überhaupt nicht mehr. Kinder, was für ein absurder Gedanke.

Schwatte Düwel

Tilde machte sich Sorgen um ihre Mutter, die Migräne hatte und im abgedunkelten Zimmer lag. Sie konnte noch nicht mal mehr rauchen, war blass, hatte Ringe unter den Augen und jammerte, dass Tilde so selten zuhause sei. Deshalb schliefen wir jetzt häufiger am Friedhofsweg

Eines Abends nach der Arbeit war Tante Hulda mit den Tieren im Garten, wir hörten Diegos Affengeschrei und Jackys Krächzen und gingen hinaus, während Tildes Eltern den Fernseher anstellten.

Tilde, die Wilde, Ika Pepita, kreischte Jacky, als er uns sah, *komm, komm, brav sein*. Er hüpfte über den Rasen und flatterte auf die Teppichstange, weiter kam er nicht mit seinen gestutzten Flügeln.

„Jacky muss brav sein,“ sagte ich zu ihm, „sonst ist Jacky ein böser Junge.“

Böser Junge, böser Junge, knarzte er.

Tante Hulda saß im Gartenstuhl, sie hatte ihr Haar gewaschen und trocknete es an der Luft, es war schwarz mit grauen Strähnen und fiel ihr seidig über die Schultern. Mit ihrer großen Nase und den dunklen, manchmal wild blickenden Augen, die sie schwarz umrandete, erinnerte sie ein bisschen an eine Hexe.

Tilde zündete die Kerze auf dem Gartentisch an und sagte mit entschlossenem Ton: „Ich möchte gerne mal wissen, was mit Fiete los ist, Tante Hulda, woher kennt ihr ihn? Und warum gibt Mama ihm Schnaps und Geld?“

Hulda wich zurück und schüttelte den Kopf, dabei fielen ihr die Haare vor das Gesicht wie ein Vorhang.

Tilde ließ nicht locker. „Es gibt so viele Sachen, die ihr uns nicht erzählt,“ sagte sie, “ob ihr früher was von den Nazi-Schweinereien gewusst habt und von den Konzentrationslagern.“

„Was redet ihr da von Konzentrationslagern, so was könnt ihr doch gar nicht wissen.“

„Doch, wir wissen etwas,“ sagte Tilde, „Micha und Ricky beschäftigen sich damit, sie gehen in die Stadtbibliothek und ins Landesarchiv und lesen die Akten und Berichte über die Nazizeit. Da steht alles drin, der Massenmord, die Lager, sechs Millionen sollen die umgebracht haben.“

„Müsst ihr euch mit so was beschäftigen? Wir können froh sein, dass die Zeit vorbei ist, da müssen wir jetzt nicht mehr drin rumrühren.“

Tildes Augen sprühten. „Ihr müsst uns nicht für dumm verkaufen. Todesfabriken, gab es, Gaskammern, Massenmorde, und jetzt will keiner was gewusst haben.“

Hulda krampfte ihre Hände ineinander. „Was vorbei ist, ist vorbei. Ich habe deinen Eltern versprechen müssen, nicht mit dir darüber zu reden, sie wollen das nicht. Es war eine schlimme Zeit, jetzt ist sie vorbei, und damit basta."

„Basta, basta," regte Tilde sich auf, „damit lassen wir uns nicht mehr abspeisen. Also, was war mit Fiete? Und mit euch? Wir haben ein Recht es zu wissen."

Von der Teppichstange kam Gekreische, Jacky saß oben und schrie etwas wie „Digo, Digo,", der Affe schoss koppheister um die Stange, dann sprang er ab und raste schreiend über den Rasen, bis die Leine ihn stoppte.

Aus der Ligusterhecke kam Beifall, die Mondgesichter von Jan und Gerd Bremer guckten zwischen den Zweigen hervor. *Lucy in the sky with diamonds aaahh, aaahh,* plärrten sie dann mit ihren schrillen Kinderstimmen, die jetzt manchmal abbrachen und nach unten kieksten.

Lilos dunkler Lockentuff schwebte über der Hecke hin und her, dann hörten wir ihre berühmten Ohrfeigen, die anscheinend ihre hauptsächliche Erziehungsmethode waren, und das anschließende Gebrüll der Zwillinge.

„Ruhe," keifte Hulda in Richtung Hecke.

Sie machten etwas leiser weiter mit *Lovely Rita*, es klang, als würden sie *Lovely Hulda* singen.

Tilde ließ sich nicht beirren. „Los, Tante Hulda, wir müssen wissen, was Ihr mit Fiete zu tun habt."

„Er hat uns mal sehr geholfen," sagte Hulda vorsichtig, „er hat uns im Krieg Essen besorgt und manchmal was repariert, die Wasserleitung und so was, du weiß ja, wie ungeschickt Papa ist."

„So," sagte Tilde, „die Wasserleitung. Und du denkst, dass ich das glaube? Ich will wissen, was mit euch war, wo wart ihr in der Zeit? Was habt ihr gemacht?"

Hulda richtete sich auf, sie mauerte.

„Dieses Haus befindet sich jetzt seit drei Generationen im Besitz der Schmitz, das solltest du wissen, Kind," sagte sie stolz, „deine Großeltern haben es gebaut und darin mit uns Kindern gelebt, du wirst es mal erben und vielleicht auch mit deinen Kindern bewohnen, du bist die Einzige, die von uns übrigbleibt. Und das genügt, mehr musst du nicht wissen. Ich gehe jetzt ins Bett, ich bin müde."

Als Hulda ins Haus gegangen war, wurden die Bremer-Jungs wieder lauter, sie kreischten *Bei mir bist du schön, Sweet Georgia Brown* und ähnliche Lieder, die wir ziemlich grottig fanden, was für Omas und Opas.

Wir saßen mit Jacky und Diego in der Hollywoodschaukel und ignorierten die Schreihälse. Sie setzten mit dem Lied *Komm Zigan* ein, eine Operetten-Schmonzette, die Mutti, wenn sie im Radio von Rudolf Schock gesungen wurde, inbrünstig mitsang.

„Schnauze," schrie Tilde, „das ist ja nicht zum Aushalten!"

„Ihr braucht euch gar nichts einzubilden," schrie einer der Zwillinge zurück, „ihr seid genau solche Scheißzigeuner wie wir."

Dann hörten wir Lilo brüllen, es gab ein Gerangel, die Zwillinge heulten.

„Hört auf mit dem Quatsch," hörten wir Lilos Stimme, „Zigeuner gibt es hier nicht, nur brave deutsche Menschen."

Hulda streckte den Kopf wieder zur Tür heraus.

„Was will die denn," keifte sie, „lasst euch von der kein dummes Zeug erzählen!"

Die Heulbojen wurden ins Bett geschickt, auch Tilde und ich gingen schlafen. Im Bett flüsterten wir noch lange. „Vielleicht sind wir wirklich Zigeuner," sagte Tilde, „vielleicht ist es das, was sie immer verbergen wollen. Hat Micha nicht gesagt, dass auch die Zigeuner in Auschwitz umgebracht wurden? Vom Aussehen her würde es passen, wir sind ja alle schwatte Düwel."

Mir wurde ganz heiß, ich dachte an Huldas seltsame Bemerkung, als sie mich zum ersten Mal gesehen hatte: Arischer Blondschopf.

Was war das für ein Geheimnis, das Tildes Eltern und Hulda zu verbergen versuchten? Wurde ihre Familie von den Nazis verfolgt? Warum erzählten sie nicht davon? Warum gab es keine anderen Verwandten, keine Familie? Warum gingen ihre Eltern nie irgendwohin, nicht ins Kino, ins Restaurant oder zum Elternabend in der Schule? Sie hatten sich immer genau erkundigt, was meine Mutter davon berichtete, es schien sie also zu interessieren. Aber warum gingen sie dann nicht selbst hin? Warum gingen sie überhaupt so selten wie möglich auf die Straße, warum schickten sie meistens Tilde zum Einkaufen oder Tante Hulda? Warum war sie manchmal so seltsam? Was war aus Huldas Mann Franz Zaunknecht geworden, von dem sie uns manchmal erzählte?

Wir sind klein, vielleicht in der zweiten Klasse, und unser Lieblingsspiel ist Hochzeit. Wir verkleiden Diego mit einem Gardinenfetzen, den er sich immer wieder herunterreißt, als Braut. Jacky soll der Bräutigam sein, was er allerdings nicht gut findet. Wir binden ihm eine alte Krawatte von Tildes Vater um, da macht er ein Geschrei, als würden wir ihn aufhängen wollen. Schließlich binden wir ihm ein schwarzes Band um ein Bein, auch das gefällt ihm nicht und er pickt daran herum.

Tilde zieht sich eine schwarze Bluse aus der Kostümkiste an, sie ist der Pfarrer und segnet mit ausgestreckten Händen die zappelnden Tiere. Ich spiele auf der Blockflöte *Treulich geführt, ziehet dahin*, den Hochzeitsmarsch, den Mutti mitsingt, wenn er im Radio läuft.

Tante Hulda kommt und lacht sich kaputt über die Szene, Tilde fragt sie, ob sie schon mal geheiratet hat.

„Ach Kinnings," sagt Hulda, „als ich in dem Alter war, hatte man andere Sorgen."

„Warst du denn schon mal in einen verliebt?"

In Huldas Gesicht arbeitet es und ich habe den Eindruck,

dass ihr die Tränen hochschießen. Ich weiß nicht, ob man eine solche Frage einem Erwachsenen überhaupt stellen darf.

„Na klar," sagt sie nach einer Weile, „das passiert einem schon mal, wenn man jung ist."

„Wer war das?" Tilde lässt nicht locker.

„Es war ein schöner und sehr charmanter Mann," sagt Hulda, „er hieß Franz Zaunknecht und hatte ganz schwarze Locken, er konnte wunderbar Gitarre spielen und dazu singen. Wir haben zusammen in Edewechterdamm im Moor gearbeitet und wollten heiraten."

„Warum habt ihr es nicht getan?"

Jacky hat sich den schwarzen Streifen vom Bein gepickt und reißt jetzt mit seinem Schnabel an dem Gardinenfetzen, der noch an Diego hängt. Die beiden fangen eine ihrer Prügeleien an und schreien erbärmlich, wir wissen allerdings, dass es nur Show ist und sie sich eigentlich einen Spaß daraus machen.

„Es geht im Leben nicht immer so, wie man sich das wünscht, manchmal gibt es Leute, die einem alle Pläne zunichte machen," sagt Hulda nur. Dann steht sie schnell auf, wischt sich die Augen und schimpft laut mit Jacky und Diego, die erschrocken voneinander ablassen.

Abgänge

Tilde und mir war klar, dass der Job bei Hertie nur eine Übergangslösung war, ewig konnten und wollten wir das nicht machen. Für Tilde stand fest, dass sie Tänzerin in Amerika werden wollte, aber ich hatte für mich überhaupt keinen Plan. Außer Bücher schreiben fiel mir nichts ein, wozu ich Lust gehabt hätte, und auch da wusste ich nicht, wie und wo ich es anfangen sollte.

„Eine Lehre als Verkäuferin wäre doch was," sagte Mutti, „da musst du immer picobello gekleidet sein und hast viel mit Menschen zu tun, das wird nicht langweilig. Vielleicht kannst du bei Hertie eine Lehre machen, wenn sie jetzt mit dir zufrieden sind, streng dich ein bisschen an. Und wenn du keinen Mann findest, kannst du dich immer noch hocharbeiten wie Elsa."

Ich kriegte zu viel von solchen Sprüchen. Sie hatte keine Ahnung von meinen Träumen, die zwar diffus waren, aber in denen bestimmt keine Karriere als Verkäuferin bei Hertie oder als Kinderklamotten nähende Hausfrau vorkam.

Tildes Plan fand ich dagegen beneidenswert. Tänzerin in Amerika, nicht in den altmodischen Standardtänzen, die wir in der Tanzschule Beus in der Elisabethstraße gelernt hatten, sondern in modern dance und vor allem Rock'n'Roll.

„Sie brauchen Tänzer für die Revuen, Rock'n Roll ist total in," sagte Tilde und warf mit den Händen auf den Hüften ihre Beine hoch, „Du brauchst keinen Schulabschluss oder Diplom vorzuzeigen, Hauptsache du bist gut beim Vortanzen, dann nehmen sie dich."

Tilde hatte sich wieder bei ihrer alten Ballettschule an der Alexanderstraße angemeldet. Ihre Lehrerin, eine Tänzerin am Oldenburgischen Staatstheater, hatte ihre Begabung immer hervorgehoben und wollte Tilde ohne Bezahlung einzeln trainieren, von dem Amerika-Plan war sie begeistert.

Nach einigem Hin und Her beschlossen wir, Rickys Idee mit dem Haschisch umzusetzen. Tilde brachte es ihrem Amerikatraum näher, ich war skeptisch.

„Wer kauft uns das Zeug ab? Wir können doch nicht hier in Oldenburg rumrennen und dope anbieten."

„Vermarktung ist kein Problem." Ricky blies sich auf, er hatte schon einen Plan. „Thüle-Rock, im August, die planen ein riesiges Festival an der Thülsfelder Talsperre. Wenn wir tausend Joints drehen und sie da für fünf Mark das Stück verticken, haben wir fünftausend. Das wird ein Selbstläufer."

„Wo sollen wir hin mit dem Zeug? Das stinkt doch total."
„Ins Moor," sagte Ricky, „da sieht und riecht uns keiner. Wir lagern alles in der Hütte und produzieren da auch die Joints."
Die Idee hatte was. Wir rauchten weiter und spannen unsere Träume aus, irgendwann fielen wir ins Bett und ich hatte Alpträume von einer Hundertschaft Polizisten, die im Moor auf uns wartete und uns alle in den Sumpf jagte.

Muttis Schwester Tante Ilse lebte mit ihrer Tochter Rosi in Bremen, beide besuchten uns häufig an den Wochenenden. Tante Ilse arbeitete als Küchenleiterin in einem Altenheim. Zu Rosis Vater hieß die offizielle Version, dass er kurz nach ihrer Geburt 1945 bei einem Autounfall gestorben sei. In Wahrheit hatte er sich noch vor Rosis Geburt davongemacht, wusste ich von Mutti. Darüber wurde in Ilses und Rosis Gegenwart nicht gesprochen.
„Der sah gut aus, schwarze Haare wie Rosi und die grünen Augen, den hätte Ilse niemals halten können, der guckte schon nach anderen Weibern, als sie schwanger war."
So unterschiedlich sie äußerlich waren – Ilse kompakt, blond, ungeschminkt, etwas stiernackig, wie Mutti gerne betonte, gerade heraus und laut, Henny zart, zurückhaltend und geziert, dunkel mit stets perfekter Dauerwelle, braunäugig, auf eine harmlose Art hübsch – so unterschiedlich waren auch ihre Ansichten. Beide waren in die Nazizeit und den Zweiten Weltkrieg hineingeboren und als Heranwachsende im Bund Deutscher Mädel gewesen. Mutti behauptete später, sie habe das alles gehasst, das ganze politische Geschwafel sei ihr damals schon suspekt gewesen, sie werde sich niemals mehr politisch betätigen. Ilse dagegen, die eine begeisterte BDMlerin gewesen war, hatte oft von ihrer maßlosen Enttäuschung erzählt, als sich der Nazi-Wahn als Lügengebäude entpuppte, und wie entsetzt sie war, als die Verbrechen in den Konzentrationslagern publik wurden.

Die Haupteigenschaft, mit der meine Eltern Tante Ilse wahrnahmen, war, dass sie eine unverheiratete Frau war, worauf bei jedem ihrer Besuche angespielt wurde. Der Alte ließ nach einigen Gläsern Wein gerne einen seiner Lieblingssprüche los:

Ilsebilse, keiner will se,
kam der Koch,
nahm se doch,
steckt se in das Ofenloch.

Dass sie als Küchenleiterin in einem Altenheim in Bremen ihre Frau stand, recht gut verdiente und ihre Tochter alleine durchgebracht hatte, wurde niemals erwähnt.

Meine Tante steckte das weg und machte das Spiel mit. „Ihr seid unsere einzigen Verwandten," sagte sie manchmal, „eine andere Familie haben Rosi und ich nicht."

Wenn mein Vater, nachdem die Sticheleien vorbei waren, mit ihr ein Zigarillo rauchte und eine Flasche *Kröver Nacktarsch* - manchmal noch eine zweite – trank, süffelte sie sich gerne einen an, zog an der Zigarre und giggelte und juchzte über seine Scherze. Der Alte redete und redete dann, vom Wein aufgeputscht, hielt Vorträge über die politische Verwahrlosung der Deutschen und nudelte seine alte Leier ab, *beim Adolf* seien immerhin die Autobahnen gebaut und die Arbeitslosigkeit beseitigt worden.

Meine weinselige Tante sagte nichts dazu und prostete ihm nur zu. Gegen fünf sprang sie auf, um in der Küche ihre Spezialität *Kalte Platte* für das Abendbrot anzurichten: ein Berg Kartoffelsalat, umgeben von Kassler- und Roastbeefscheiben, garniert mit Gurke und Petersilie. Dazu gab es eine zweite Platte mit Fliegenpilzen: Auf ein gekochtes Ei wurden Hüte aus Tomatenhälften gesetzt, die ich mit weißen Mayonnaise-Stippeln betupfen durfte.

An dem denkwürdigen Sonntagnachmittag, an dem die Wohnzimmer-Idylle zerbrach, waren Rosi und meine Eltern am Kaffeetisch sitzengeblieben, als Ilse sich in die Küche verzog, Micha war mit Ricky unterwegs.

Rosi besuchte in Bremen die Hotelfachschule. Sie war hübsch und ehrgeizig, hatte weiße Haut, grüne Augen, pechschwarze Haare, und trug weit ausgeschnittene Pullover - U-Boot-Ausschnitt nannte man das -, die ihr makelloses Dekolleté zur Geltung brachten. Da sie ihrer Mutter äußerlich überhaupt nicht ähnelte, wurde nicht nur Rosis Aussehen, sondern auch ihr schwieriger Charakter auf den Vater zurückgeführt, der in den Gesprächen Muttis mit ihrer Schwester *der Kerl* genannt wurde - natürlich nur, wenn Rosi nicht dabei war.

Ilse hatte den Kerl in Magdeburg kennengelernt, der Heimat meiner Mutter und ihrer Schwester. Dort waren sie im Restaurant ihrer Eltern aufgewachsen, das im Krieg zum Lazarett umfunktioniert wurde. Da hatte der Typ mit einem Durchschuss im Bein gelegen, das sich entzündet hatte und amputiert werden musste. Ilse hatte ihn mit so viel Hingabe gepflegt, dass dabei Rosi entstanden war – ein Unfall, wie meine Mutter herablassend sagte, wenn Ilse nicht dabei war: „Den haben sie zum Krüppel geschossen," bemerkte Mutti auch gerne.

An dem fraglichen Nachmittag in unserem Wohnzimmer hatte sich der Alte in Rage getrunken.

Auch Rosi hatte ein paar Gläser intus und saß mit hochgeschobenem Rock auf dem Sofa, die hell bestrumpften Beine in spitzen Pumps mit Bleistiftabsätzen eng nebeneinander gestellt. Aus ihren schrägen Augen sah sie ihn grün und sphinxhaft an. Er schimpfte in Fortsetzung seiner Litanei auf die Russen, den Ostblock, die Langhaarigen in Berlin und die emanzipierten Weiber.

„Wir lassen uns nicht provozieren, nicht vom Russen und erst recht nicht von dem Gesocks. Nackte Weiber, freie Liebe, die wollen hier Sodom und Gomorrha einführen."

Rosis Reaktion ist durch Mutti vielfach bezeugt. In jedem ihrer Berichte wurde es dramatischer, verwandelte sich Rosi immer mehr in ein verdorbenes Stück.

Mutti zufolge schob sich Rosi also langsam vom Sofa hoch, zog ihren Pulli stramm und zeigte, was sie zu bieten hatte. Dann sagte sie: „Hingucken tuste aber doch ganz gern, was, Onkel Kurt?"

Der Alte war sprachlos, während Rosi auf hohen Absätzen hinternwackelnd zur Tür stakste. Im Rahmen drehte sie sich noch einmal um und sagte: „Ich geh jetzt Pipi machen, willste mit?"

Sie ließ meine Eltern schockstarr in ihren Sesseln zurück und rief zur Küchentür herein, sie würde sich jetzt vom Acker machen und dieses gastliche Haus nicht mehr betreten.

Damit war Rosi zum letzten Mal bei uns gewesen. Auch Tante Ilse kam nun seltener. Am Telefon erzählte sie Mutti stolz, Rosi habe einen glänzenden Abschluss auf der Hotelfachschule gemacht und steige jetzt als Assistentin der Geschäftsleitung in eine Pizzeria im Schnoor-Viertel ein, der Chef sei ganz begeistert von ihr.

„Die erste Pizzeria in Bremen", schwärmte Ilse, „Pizza und Pasta, alles original italienisch, die haben eine tolle Küche."

„Aber alles mit Knoblauch", ekelte sich Mutti, die diese Knollen nicht in ihrer Nähe duldete, „da stinkt man zehn Meter gegen den Wind, wie bei den Polacken."

Sie schüttelte sich und ließ unter hämischen Seufzern fallen, Rosi müsse jetzt wohl schon auf die Italiener zurückgreifen, aber das werde schiefgehen, das seien alles Hallodris. Sie sei anscheinend auch so eine wie ihre Mutter, die keinen abbekomme und lieber Karriere mache.

Sobald der Alte aufkreuzte, waren solche Gespräche tabu, ihm gegenüber wurde der Name Rosi nicht mehr in den Mund genommen.

Auch Michas und meine Großeltern, die Eltern von Henny und Ilse, wurden auf diese Weise totgeschwiegen. Sie hatten *drüben* - dieses Wort für die DDR wurde mit großer Verachtung ausgesprochen - einen HO-Laden übernommen und sich offenbar mit Haut und Haaren dem Kommunismus verschrieben. Auch Hennys und Ilses Bruder Wilhelm war ganz in den Osten abgedriftet. Er war Offizier in der Nationalen Volksarmee und durfte zu Westbürgern keinen Kontakt haben.

Die Zustände in der sogenannten „DDR“, die damals in Anführungszeichen gesetzt wurde, waren immer wieder Thema zwischen Mutti und Ilse. Dass die ihr großartiges sozialistisches Land einmauern müssten, damit nicht alle abhauten, dass es dort nichts gebe, noch nicht mal Stecknadeln oder einen guten Bohnenkaffee.

Einmal kam ein Brief von Onkel Wilhelms Tochter Sabine. Sie hatte eine regelrechte Wunschliste aufgestellt, auf der ein Pelikan-Füller, ein Kilogramm Jacobs-Kaffee, Falke-Strumpfhosen, Sarotti-Schokolade und noch einige Markenartikel mehr standen, die sie nur aus dem westdeutschen Werbefernsehen kennen konnte. Diese Sachen bekam sie nicht, stattdessen einen gesalzenen Brief von Mutti, den der Alte diktiert hatte, dass bei uns im Westen die Geldscheine nicht auf den Bäumen wüchsen und wir unseren Kaffee bei Tchibo kauften. Danach hörten wir nichts mehr aus Magdeburg, was meine Eltern in der Auffassung bestärkte, dass die drüben mit ihrem Kommunismus nur daran interessiert waren, sich in den Besitz unserer guten Westwaren zu bringen.

Am zweiten Juni 1967 war Tante Ilse nach längerer Abwesenheit mal wieder bei uns. Abends in der Tagesschau sahen wir die Demonstrationen in Berlin, deren Anlass der Besuch des Schah von Persien und seiner Gemahlin Farah Diba war.

Als das Paar juwelengeschmückt in einer gepanzerten Limousine vor der Deutschen Oper vorfuhr, sah es sich nicht nur mit einem fünftausend Mann starken Polizeiaufgebot konfrontiert, sondern auch mit Tomaten, Eier und Knallfrösche werfenden Studenten, die gegen die Polizeiabsperrungen anrannten. Die Polizei setzte Wasserwerfer ein, auf ihrer Seite standen auch die *Jubelperser*, extra für diesen Anlass rekrutierte Iraner, die das Herrscherpaar mit Hochrufen empfingen und mit Knüppeln in der Hand der Polizei halfen, die Demonstranten zu vertreiben. Die Langhaarigen skandierten „Mörder, Mörder" und hielten Protestschilder hoch, auf denen sie auf die Menschenrechtslage in Persien hinwiesen.

„Das interessiert hier keinen," rief Micha, „hier werden den Diktatoren rote Teppiche ausgerollt."

Der Alte pumpte sich auf. „Gegen diese Gammler und Tagediebe braucht man Flammenwerfer, Wasser reicht nicht für die!"

Die Kamera erfasste einige triefend nasse Studenten, die sich in Sicherheit brachten, dann schwenkte sie zu dem illustren, in kostbares Weiß gekleideten, huldvoll, aber doch etwas verkrampft lächelndem Paar aus dem Morgenland, das ungeachtet der Krawalle die Treppen der Deutschen Oper hinaufschritt, um *Die Zauberflöte* zu genießen.

Es folgte ein Bericht darüber, wie in den jeweils ersten Hotels in den Städten, die das Kaiserpaar besuchte, Hundertschaften von Polizisten zu seiner Bewachung bereitstünden, ganze Hammel gebraten würden, deren Fleisch der Schah angeblich liebte, die Hotelsuiten, in denen sie untergebracht waren, mit üppigstem Blumenschmuck dekoriert und mit Zuckerbäckertorten ausstaffiert würden. Außerdem waren Hotelangestellte zu sehen, die den Hofknicks übten, es wurden rote Teppiche ausgerollt und festgeklebt sowie unfassbar alberne deutsche Volkstänze vorgeführt. Bundeskanzler Kiesinger empfing das Paar ehrerbietig.

Micha kroch fast in den Fernseher, als die Sondermeldung kam, ein Student hätte einen Polizisten erschossen.

„Da siehst du es," donnerte der Alte, „das sind nicht nur arbeitsscheue Tagediebe, das sind auch Mörder. Attentate auf die Staatsgewalt, das passt zu denen."

Als kurze Zeit später die Meldung nachgeschoben wurde, es sei einem Studenten von einem Polizisten in den Kopf geschossen worden, nicht umgekehrt, sagte der Alte nichts mehr. Kurz danach wurde berichtet, der Student Benno Ohnesorg sei im Krankenhaus seinen Verletzungen erlegen.

„Wer sind wohl die Mörder," sagte Micha, bleich vor Entsetzen, „Mörder mit Staatsgewalt sind wohl keine, die dürfen einfach Leuten in den Kopf ballern."

Der Alte war violett angelaufen, er ging zur Anrichte, goss sich einen Mariacron ein und kippte ihn hinunter, dann einen zweiten.

Auch Ilse sagte nicht viel, sie schlug die Hände vor das Gesicht, als der am Boden liegende, sterbende Benno Ohnesorg gezeigt wurde. Eine Frau kniete neben seinem Kopf, um ihn herum standen Polizisten mit Schlagstöcken.

„Das geht zu weit," stammelte Ilse, „die Leute demonstrieren zu Recht. Dieser Schah ist ein Despot, der sein Volk unterdrückt und hungern lässt, guckt euch die Juwelen an, mit denen die behängt sind. Und unsere Staatsgewalt sind alte Nazis, allen voran unser Bundeskanzler, das sind Verbrecher, davon gibt es noch viel zu viele bei uns."

Damit endete auch Ilses letzter Besuch bei uns.

„Geht doch alle nach drüben," schrie der Alte, "da habt ihr euren Sozialismus. Da lachen ja die Hühner!"

Mutti sagte gar nichts, Ilse lief ins Gästezimmer und packte ihre Tasche. Sie verabschiedete sich von mir und Mutti, den Alten ignorierte sie. Seine Zähne mahlten, als Micha seine Mütze absetzte, sein Haar aufschüttelte und verkündete, er werde Tante Ilse zum Bahnhof begleiten, danach ins Astoria gehen und bei Ricky schlafen. Später erzählte er mir, Ilse habe unterwegs geweint und unseren Vater einen alten Drecksack und Nazi genannt, der nichts aus der Vergangenheit gelernt habe. Micha habe ihr nur zustimmen können.

Die Zuckerpuppe aus der Bauchtanzgruppe

In den Tagen nach dem Schah-Besuch hatte Micha die Schlagzeilen der BILD-Zeitung und der anderen Springer-Blätter verfolgt, die sich besonders damit hervortaten, die protestierenden Studenten zu diffamieren.

Das trojanische kommunistische Pferd habe in Berlin Einzug gehalten, von Peking gelieferte Plastikbeutel mit hochexplosivem Sprengstoff, so genannte *Molotowcocktails,* würden geworfen, das Ganze werde von Drahtziehern jenseits der Mauer gesteuert.

Tilde und ich waren genau so fassungslos wie Micha und Ricky, als wir in der *Welt* lasen, die *physische Ungewaschenheit* der Demonstranten entspreche einer *geistigen Ungewaschenheit*, wir Deutschen würden Nasenzeugen des peinlichen Geruchs, der dabei entstehe.

Es ist an der Zeit, sich bewußt zu machen, daß die Dutschkes und Teufels die deutsche Jugend etwa so repräsentieren wie ein Rohköstler die Münchner Fleischselcher repräsentieren würde, zitierte Micha genüsslich den Kommentator.

„Da wird man doch sofort zum Vegetarier," schrie Tilde, „die können sich ihren Fleischkäse sonstwohin schmieren!"

Ein paar Tage später zeigte Micha uns ein Flugblatt, das ihm ein Freund aus Berlin geschickt hatte, ein langer Text von mehr als zwei Seiten mit dem Titel *Offener Brief an Farah Diba.*

„Ulrike Meinhof hat das geschrieben," sagte er, „wusstet ihr, dass sie in Oldenburg geboren ist?"

Die Chefredakteurin der Zeitschrift *konkret* war uns ein Begriff, weil sie immer wieder mit kämpferischen Texten im Sinne der Studentenbewegung in Erscheinung getreten war. Micha und Ricky verehrten sie für ihre Radikalität, endlich mal eine, die die Sachen auf den Punkt brachte und drastische Konsequenzen forderte.

Guten Tag, Frau Pahlawi, war das Flugblatt überschrieben, eine Reaktion auf einen Bericht in der *Neuen Revue*, in dem Farah Diba über ihr luxuriöses Leben als Kaiserin berichtet hatte. Die meisten Perser seien des Schreibens und Lesens unkundige Bauern mit einem Jahreseinkommen von unter hundert Mark, hielt Ulrike Meinhof Juwelen-Fahra entgegen, die Hälfte ihrer Kinder sterbe an Hunger und Krankheiten, viele Kinder müssten zum Familieneinkommen beitragen, indem sie tagaus tagein Teppiche knüpften. Die Lebenserwartung dieser Menschen betrage nicht mehr als dreißig Jahre, viele ernährten sich von Heuschrecken und Dattelkernen, Hunger, Repression und Unterdrückung seien an der Tagesordnung. Gleichzeitig verdiene der Schah Millionen an seinen Opium-Plantagen, deren Ernte nach Amerika verkauft werde, ein großer Teil der Bauern sei heroinsüchtig. *Frau Pahlawi* besitze kostbaren Diamantschmuck, die Schah-Familie verprasse Millionen in St. Moritz und transferiere große Summen in die Schweiz.

Micha las uns triumphierend den Schlusssatz des dreiseitigen Textes vor: *Wir wollten Sie nicht beleidigen*, hatte Ulrike Meinhof geschrieben. *Wir wünschen aber auch nicht, dass die deutsche Öffentlichkeit durch Beiträge wie Ihren in der* Neuen Revue *beleidigt wird.*

„Das sitzt," sagte Tilde, „jeder einzelne Satz sitzt. Hätte ich nicht gedacht, dass Oldenburg so eine hervorbringt."

„Sie ist ja schon lange in Hamburg," sagte Ricky, „man hört, dass sie bei *konkret* in den Sack hauen und nach Berlin gehen will, in der Ehe mit dem Röhl soll es kriseln."

Michas Augen leuchteten. „Weiter so, Ulrike, solche Analysen brauchen wir, mit dem bürgerlichen faschistoiden Gewäsch muss es jetzt mal vorbei sein."

Der Alte war auf einer Dienstreise und wurde erst am Samstag zurück erwartet. Am Freitagabend hatte Mutti ihr Frauenkränzchen, es konnte also spät werden und wir hatten sturmfreie Bude.

Wir lagen in Michas Zimmer auf dem Bett, hörten Musik, rauchten Joints und tranken Bier, wie immer wurden wir albern. Micha hängte sich Muttis drei Perlenketten um und äffte Frau Pahlavi mit ihrem Hofstaat nach.

Ricky stand am Fenster und meldete, dass Vera Brunken angeradelt kam, die Tochter der Nachbarn Tammo und Margit. Vera, die die Bravo las und für Roy Black und Heintje schwärmte.

Micha riss das Fenster auf und kreischte, *Maaa-aaa-maa*, Ricky blökte *Ganzinweeeiiiß* über den Nedderend. Vera, die solche Attacken der beiden gewöhnt war, sah stur geradeaus und schürzte die Lippen zu einem abfälligen „Pphh!" Die pummelige Vera, die ihre Speckrollen durch zu enge Blusen betonte, einen buschigen Pferdeschwanz trug, ihren eigentlich schmalen Mund herzchenförmig schminkte und seit neuestem falsche Wimpern aufklebte. Sie trug ein rotes Kleid mit weißen Punkten, das Tellerröckchen war hochgerutscht und legte ihre dicken Oberschenkel frei, die in einer Nylonstrumpfhose steckten. Mit hochhackigen spitzen Schuhen trat sie in die Fahrradpedalen.

„Bist'n steiler Zahn," rief Ricky ihr hinterher, „die Typen an der Raupe warten schon."

Veras Ziel war offenkundig der Oldenburger Kramermarkt, der wie in jedem Oktober an der Weser-Ems-Halle tobte. Früher, als er noch auf dem Pferdemarkt stattfand, waren wir auch dahin gepilgert, wenn nachmittags die Dämmerung einsetzte und die Leuchtreklamen den Himmel mit magischem Licht erfüllten, Sirenen und überlaute Schlagermusik die Luft über Oldenburg in Schwingungen versetzte.

Noch vor wenigen Jahren hatten Tilde und ich mit hellrosa geschminkten Lippen an der Raupenbahn, dem klassischen Treffpunkt der Oldenburger Teenies, herumgehangen und das Ritual absolviert. Die Mädchen drapierten sich mit zur Schau getragenem Desinteresse in die Wagen, die Beach Boys brüllten *I get around* und der Raupenbahnschreier kündigte die nächste wilde Fahrt an, auf deren Höhepunkt die bereitstehenden Kaugummi kauenden Jünglinge in die Kabinen der Mädchen flankten, kurz bevor sich unter jaulendem Sirenengeheul das grüne Raupendach über die Wagen senkte. Was darunter geschah, konnte man, wenn sich das Dach wieder hob, an den roten Köpfen der Mädchen und der grinsend zur Schau getragenen Lässigkeit der Jungen, die ihre Fahrten stehend absolvierten, ablesen. Das heißt, eigentlich passierte nichts, außer einmal, als ein Junge, der bei Tilde und mir aufsprang, Tilde ungestüm zu küssen versuchte. Sie hatte sich nur die Wange abgewischt und ihn mit einem so verächtlichen Blick abserviert, dass er noch während der Fahrt abgesprungen war und das Weite gesucht hatte.

Dieser Zeit waren wir längst entwachsen, aber für Vera war und blieb der Kramermarkt die fünfte Jahreszeit.

Als sie außer Sicht war, kamen wir auf die Idee, uns zu verkleiden und suchten Klamotten im Schlafzimmerschrank unserer Eltern. Tilde und ich zogen Cocktailkleider von Mutti an, die uns zu weit waren, dazu trug Tilde eine Stola und ich eine Kappe aus Silberfuchs, die aus dem Krieg stammten. Der Alte hatte die Tiere in Norwegen eigenhändig geschossen und die Pelze für Mutti anfertigen lassen, nach Maß, brüstete sie sich gerne, das habe sie im letzten Kriegswinter wunderbar gewärmt.

„Kriegsbeute," sagte Micha verächtlich, „die Nazis haben sich in den eroberten Gebieten eine Menge eingesackt."

Ricky hatte keine Lust sich zu verkleiden und bediente den Plattenspieler. Micha, der immer noch die Perlenketten trug, zog sich bis auf die Unterhose aus und nahm einen Sommerrock von Mutti aus dem Schrank, den er so knapp über die

Hüften zog, dass sein flacher Bauch herausguckte. Er legte sich ein Umschlagtuch um die Schultern, seine langen Haare kämmte er zu einer Frauenfrisur mit Seitenscheitel. Dann malte er sich mit Muttis Lippenstift einen herzchenförmigen Mund à la Vera ins Gesicht.

„Jetzt Bill Ramsey," rief er und legte im Wohnzimmer eine Platte des amerikanischen Barden auf, vor dessen naiven Liedchen uns grauste. Nach dem *Kriminaltango,* den Micha so albern parodierte, dass wir uns kringelten, kam die *Zuckerpuppe aus der Bauchtanzgruppe.* Micha zog seinen Rock noch ein Stück hinunter, sodass nur das Nötigste bedeckt war. Wir grölten das Lied mit und Micha lieferte einen formvollendeten Bauchtanz mit wackelnden Hüften und kreisendem Nabel. Bei *der süßen Biene mit der Tüllgardine* wedelte er mit einem Taschentuch vor seinem Gesicht herum, stülpte den roten Mund nach vorne und schmatzte Küsse in die Luft. Wir kreischten vor Lachen.

Plötzlich stand der Alte im Raum, entgeistert, die Aktentasche in der Hand. Wir brauchten eine Weile, bis wir es realisierten. Ricky hielt mitten im Lied die Platte an, Tilde und ich kicherten in unsere Hände, wir bebten und bekamen kaum Luft.

Micha ging zum Esstisch und setzte sich auf den erhöhten Stuhl des Alten.

„Wir wollen hier mal demokratische Verhältnisse einführen," sagte er laut mit seinem verschmierten roten Mund, „dazu gehört, dass alle die gleichen Rechte haben. Jeder hat die gleiche Stimme und den gleichen Stuhl, niemand ist größer oder wichtiger als der andere, das steht im Grundgesetz."

Dem Alten stand der Mund offen. Tildes Haare zitterten über ihrem gesenkten Kopf, Ricky blieb zum Plattenspieler gewendet stehen, ebenfalls kurz vor dem Platzen.

Der Alte hatte sich gefasst, stürzte auf Micha zu und zog ihn an den Haaren vom Stuhl.

„Raus," brüllte er, „alle raus aus meinem Haus. Sind wir bei den Hottentotten? Oder im Puff?"

Gebeutelt von unseren Kicherkrämpfen, die auch die Jungs erfasst hatten, kleideten wir uns in Windeseile um und gingen. Micha wollte mit zu Ricky, Tilde und ich am Friedhofsweg übernachten, nur raus aus dem Dunstkreis des Alten.

Draußen brüllten wir vor Lachen. Ein Taxi bog vom Rauhehorst in den Nedderend ein, wir sahen Muttis frisch gelegte Pudelwellen hinter der Windschutzscheibe und suchten schnell das Weite.

Als wir bei Tilde im Bett lagen, überlegten wir, bei Hulda anzufangen, sie noch einmal mit Nachdruck zu fragen, was mit den Schmitzens in der Nazizeit gewesen war. Tilde machte sich Sorgen um ihre Eltern. Ihr Vater saß seit einiger Zeit abends und an den Wochenenden nur noch starr und stumm neben dem Torfherd in der Küche. Ihre Mutter hatte Migräne, lag im abgedunkelten Wohnzimmer auf dem Sofa, Hulda kühlte ihr die Stirn mit feuchten Tüchern.

Es hatte angefangen, als die ersten Studentendemonstrationen in der Tagesschau gezeigt wurden. Carlo hatte jedes Mal auf das Zweite Programm umgeschaltet, trotz Tildes Protest, die die Berichte gespannt verfolgte. Daraus schloss Tilde, dass das Verhalten ihrer Eltern mit dem Aufruhr der jungen Leute zusammenhängen musste. „Entweder Täter oder Opfer," sagte sie, „eins von beiden muss es sein, so komisch, wie die sich benehmen."

Huldas Geisterstunde

Tildes Vater, den ich Onkel Schmitz nenne, sieht meistens traurig und erschöpft aus. Er fährt morgens mit dem Fahrrad eine Dreiviertelstunde nach Südmoslesfehn, arbeitet den ganzen Tag im Torfwerk und strampelt abends zurück, dann ist er grau vor Müdigkeit. Einmal im Monat nimmt er den Fahrradanhänger mit zur Arbeit und bringt nach Feierabend eine Monatsration Torf nachhause.

Manchmal nimmt er abends Tilde auf den Schoß, er nennt sie *mein Wildchen* und knuddelt und lacht mit ihr. Ich beneide sie darum, das macht mit mir zuhause keiner. Auch Mutti nimmt mich nicht mehr auf den Schoß, seitdem ich sie mal nassgepinkelt habe, aus Versehen, ich bin noch klein und habe vergessen, aufs Klo zu gehen. Da schreit sie: „Iihh, ba, Erika, iihh ba!! Du bist doch schon lange sauber, so eine Schweinerei. Das ist ungezogen, Erika, das macht man nicht."

Sie ekelt sich und stößt mich vom Schoß.

Bis ich Tildes Eltern kennenlerne, denke ich, dass es normal ist, Kinder, die aus dem Babyalter raus sind, nicht mehr anzufassen oder zu liebkosen.

An Tildes Geburtstag ist ihr Vater nicht so ruhig wie sonst, zu ihrem Ehrentag soll seine Tochter es richtig schön haben. Wir essen Schokoladentorte, eine Spezialität von Tante Hulda, dabei freuen wir uns schon auf das, was gleich kommt.

Die Tür zum Schlafzimmer ist mit einem dunkelroten Tuch aus Samt halb abgehängt, das ist die Bühne. Den Koffer mit den Marionetten hat Carlo schon unter dem Ehebett hervorgeholt, jetzt gibt es ein Theaterstück. Carlo denkt sich immer was Neues aus. Als wir kleiner sind, spielt er uns Märchen vor: Gänseliesel, Schneewittchen oder Rotkäppchen.

Carlo hat drei Marionetten, die ungefähr einen halben Meter groß sind. Sie haben geschnitzte Holzköpfe und schlenkernde Glieder, tragen einen Königsmantel, eine Jägeruniform, ein Rotkäppchenkleid. Sina näht die Kostüme und überrascht uns von Geburtstag zu Geburtstag mit neuen Marionettenkleidern.

Als Tilde zwölf wird, kündigt Carlo eine Oper für Erwachsene an, weil wir ja jetzt schon große Mädchen sind und auf die Realschule gehen. *Die Dreigroschenoper* heißt das Stück von Bertolt Brecht, das in London spielt und in dem es um Gangster geht, die arme Leute zum Betteln schicken und sich das Geld selbst einstecken. Die Marionetten haben Lumpenkostüme an, die Seeräuberjenny trägt eine Augenbinde. Ich vergesse die turbulente Handlung, nicht aber die wunderbaren Lieder, die Carlo teils mit einer kräftigen, melodiösen, und teils mit einer fistelnden Frauenstimme singt und dazu mit einem Kochlöffel der Takt schlägt.

Und der Haifisch, der hat Zähne…. Das Lied übt er mit uns, bis wir es können. Noch besser ist das Lied von der Seeräuberjenny, die das Bett für jeden macht und am Ende alle köpfen lässt. *Und das Schiff mit acht Segeln und mit fünfzig Kanonen wird entschwinden mit mir….*

Tilde und ich spielen später alles nach und singen mit besonderer Inbrunst und fast flüsternd die Zeile der Seeräuberjenny: *Und sie wissen nicht, mit wem sie reden…* So möchten wir sein, geheimnisvoll und unerkannt.

Nach dem Marionettenspiel kommt Huldas Geisterstunde, das Kaffeesatzlesen. Zuerst für das Geburtstagskind, dann für mich. Hulda hat schon vorher das Kaffeepulver mit heißem Wasser aufgegossen und füllt den Kaffee in kleine Tassen. Diese müssen wir bis zur Neige austrinken, der Kaffee ist bitter, das Pulver knirscht zwischen den Zähnen. Dann tritt Hulda in Aktion. Sie deckt mit den Untertassen Tildes und meine Kaffeetasse zu, kippt Tasse und Untertasse schnell auf den Kopf und stellt sie wieder richtig hin. Sie beugt sich über das auf der Untertasse entstandene Muster aus dem Kaffeesatz, murmelt etwas, ihre Handteller kreisen, ihre Augen fixieren unser Schicksal, das sich ihr auf der Untertasse offenbart.

Bei Tilde sieht sie einen Anker und einen Baum, das bedeutet Wohlstand, Liebe, Treue, Gesundheit, Erfolg im Beruf und Reisen ins Ausland. Bei mir sind es eine Blume und ein Ei, was ebenfalls Erfolg, Geld, und Reichtum verspricht, aber keine Reise. Sie dreht meine Untertasse und sieht noch etwas: einen Hund, der Treue, Hingabe und Freundschaft bedeutet.

Tilde und ich sind erhoben und glücklich nach diesen Prophezeiungen, wir glauben unbedingt daran, auch wenn Hulda uns nach der Lesung zuzwinkert, wir sollen das nicht so ernst nehmen, und schnell die Tassen ausspült.

Zum Schluss der Geburtstagsfeier öffnet Carlo nochmal seinen Marionettenkoffer und holt kleine Instrumente heraus, eine Trompete und eine Ziehharmonika. Er trötet einen Tusch und spielt einen Walzer, zu dem Tilde und ich tanzen. Tilde führt und schwenkt mich herum, sie tanzt leicht und schwungvoll.

Wenn der Geburtstag vorbei ist, verfallen ihre Eltern wieder in das Schweigen, das Tilde wahnsinnig macht.

„Sie sitzen da,“ sagt Tilde, „als müssten sie etwas ausbrüten, wie die Glucken auf dem Nest.“

Bevor wir uns an die Auflösung dieses Rätsels machten, wollten Tilde und ich *das erste Mal* hinter uns bringen, denn als Jungfrauen und Grünschnäbel wollten wir nicht in Kalifornien ankommen. Spätestens, wenn wir beide im Herbst achtzehn wurden, wollten wir entjungfert sein. Tilde hoffte immer noch, sie könne Micha rumkriegen, was ich weiterhin bezweifelte. „Es muss ja nur einmal sein,“ sagte sie, „das wird er doch wohl schaffen.“

Ich liebäugelte mit Kai Carstens, dem Sohn von Rickys und Michas Chef, mit dem ich im Astoria ein paar Mal getanzt htte. Er hatte breite Schultern, ein hageres Gesicht, halblange Haare und die gleiche Brille wie Micha – und John Lennon. Kai hatte mich ein paarmal angetanzt und wir hatten geschwoft, dabei hatte ich gemerkt, dass er gut roch.

„Der steht auf dich,“ war Tildes Diagnose, „das wäre ein Kandidat.“

Micha fand die Arbeit in Carstens Werkstatt eigentlich zu dreckig, außerdem gab Mutti ihm immer wieder Geld und sagte, er müsse nicht arbeiten, das würde ihn nur daran hindern, die Schule fertig zu machen. Dem Alten gegenüber stellte sie es so dar, dass Micha sich mit der Suche nach einer Lehrstelle beschäftigte. Was stimmte und auch wieder nicht, denn Micha lehnte kategorisch ab, was unsere Eltern sich für ihn vorstellten, etwa eine Lehre bei einer Bank oder Versicherung oder gar ein Jurastudium. Sein Traum war es, nach Berlin zu gehen, sein Abitur auf der Abendschule nachzumachen und Soziologie und Politikwissenschaften zu studieren. Das konnte er unseren Eltern aber nicht sagen, weil er davon ausging, dass sie weder von dem einen noch dem anderen Fach jemals etwas gehört hatten. Auch ich konnte mir wenig darunter vorstellen und gab mich mit Michas Auskunft zufrieden, da lerne man, wie eine Gesellschaft besser funktionieren könne.

Ich wusste nicht, wie ich die Sache mit Kai angehen sollte, vor allem, weil Tilde und ich uns geschworen hatten, den ganzen Kram mit der Liebe außen vor zu lassen. Wir wussten, dass daraus nur Stress entstand.

„Wenn du dich an einen ranhängst, hast du schon verloren," sagte Tilde und tat so, als spräche sie aus Erfahrung, „du musst locker bleiben und immer die Oberhand behalten, sonst kriegen die ihren Macker-Fimmel und lassen dich auflaufen."

Wenn du das mal bei Micha beherzigen würdest, dachte ich, sagte aber nichts.

So verwendeten wir an dem Samstag, an dem die Sache steigen sollte, viel Zeit auf unser Makeup, zogen unsere engsten Röhren und weit ausgeschnittene T-Shirts an und gingen mit Huldas Fliederparfum eingesprüht ins Astoria. Dort war schon gute Stimmung, Kai stand an der Theke und winkte uns zu. Tilde stupste mich an und flüsterte, dass unser Plan für heute goldrichtig sei.

Ich kippte zwei Korn und stürzte mich auf die Tanzfläche, Kai kam dazu, bei *California Dreaming* legte er die Arme um mich. Er drängte seinen Körper an meinen, ich glaubte, unter seiner Hose etwas Hartes zu spüren und wusste nicht, wie ich damit umgehen sollte. Kai roch anders als Micha, irgendwie gut, aber auch fremd. Als sich der Song dem Ende näherte, küsste er meinen Hals.

Inzwischen waren auch Ricky und Micha aufgetaucht, sie standen an der Theke und tranken. Ich sah Tildes Bemühen um Micha und seine Abwehr, Ricky stand verloren neben den beiden und sah so traurig aus, dass ich mir vornahm, mit ihm zu reden und ihn von Tilde abzubringen.

Aber vorher musste ich das mit Kai erledigen. Die Frage war vor allem, *wo* es stattfinden sollte, auch das *wie* trieb mir den Schweiß auf die Stirn. Ich trank an der Theke zwei weitere Schnäpse und lehnte mich gegen Kai, der hinter mir stand.

„Du gefällst mir, Ika, immer schon. Sollen wir zu mir gehen?“ flüsterte er, „meine Eltern sind nicht da.“

Meine Beine zitterten, eigentlich wollte ich, dass Tilde mitging und flüsterte mit ihr.

„Das ist die Angst,“ sagte sie, „aber da musst du jetzt alleine durch. Was soll der denn mit zwei Frauen anfangen?“

Um die Sache abzukürzen: Es wurde nichts, was aber nicht an mir, sondern an Kai lag. Das heißt, vielleicht lag es doch an mir, vielleicht fand er mich nicht attraktiv genug. Als wir in seinem Zimmer waren – Carstens bewohnten eine Villa in der Gartenstraße - legte er *Revolver* auf und wir wälzten uns eine Weile auf dem Bett. Aber seine Küsse blieben kalt und glitschig und er streichelte mich zu heftig, die richtige Leidenschaft wollte nicht aufkommen. Als es zum äußersten kommen sollte, versagte er, lag verzweifelt und beschämt neben mir und ich tröstete ihn, das sei nicht schlimm, wir könnten doch auch einfach Arm in Arm nebeneinander liegen. Das taten wir eine Weile, dann ging ich, und ich glaube, dass Kai so erleichtert war wie ich.

Auch Tilde war nicht zum Ziel gekommen, wie sie mir am Sonntag verriet. Micha sei schwer betrunken gewesen und man habe nichts mit ihm anfangen können.

Micha verbrachte wieder Nachmittage in der Stadtbibliothek und kam am Dienstag mit der Kopie eines Papiers zurück, das aus dem Jahr 1954 stammte. „Sinti im Oldenburger Land zur Zeit des Nationalsozialismus“ war die Überschrift, angekündigt wurde der Vortrag eines Buchhändlers namens Heinrich Stamer, der über die Verfolgung der diskriminierten Bevölkerungsgruppe in Oldenburg und im Oldenburger Land berichten wollte. Stattfinden sollte es in seiner Buchhandlung in Wardenburg in der Friedrichstraße.

„Das ist sensationell,“ sagte Micha, „1954 waren sie doch alle noch dunkelbraun. Wer hat sich wohl getraut, über so ein Thema zu sprechen? Wir müssen gucken, ob dieser Stamer noch zu finden ist, da kämen wir vielleicht mit Tildes Familie weiter.“

Tilde war aufgeregt und wollte sofort in die Buchhandlung fahren. Am Freitag meldete Ricky jedoch, er habe das Zeug bekommen und es erstmal aus der eisernen Reserve bezahlt, die seine Mutter im Küchenschrank aufbewahrte.

„Wir müssen Geld auftreiben, bevor sie es merkt,“ sagte er, „das hat jetzt höchste Priorität. Und wir müssen mit der Produktion loslegen.“

The Girl from Ipanema

Bei unseren Bemühungen um Geldquellen kam uns sehr gelegen, dass Elsa Patzek uns gefragt hatte, ob wir bei einer Modenschau von Hertie mitmachen wollten. Es sollte Sommer- und Hippiemode vorgeführt werden, die jetzt auch in den Kaufhäusern angeboten wurde. Elsa wollte die Modelle aussuchen und die Schau auch moderieren.

„Ihr würdet gut passen," sagte sie, „ihr seid genau unsere Zielgruppe."

Den Gedanken, bei einer Modenschau mitzulaufen, fand ich verlockend, aber auch sehr beängstigend und es schreckte mich ab, dass wir dann viel mit Elsa zu tun bekommen würden. Die Sympathie zwischen ihr und Tilde war nicht zu übersehen, sie lachten viel miteinander, das verunsicherte mich jedes Mal so, dass ich Angst bekam und immer weniger sagte.

„Was ist los mit dir," meinte Tilde, „das ist doch ein Superjob."

Ich antwortete nicht, ich hätte mit ihr niemals über meine Gefühle bezüglich Elsa reden können, die, das war mir klar, aus purer Eifersucht bestanden.

Etwas zögerlich rückte Elsa mit der Frage heraus, ob eine von uns bereit sei, als Abschluss und Höhepunkt der Modenschau einen Bikini vorzuführen. Ich sah Tilde an, die sofort nickte, ja super, das war genau ihr Ding.

Elsa breitete einen Stapel Pullover, Röcke, Jacken und Minikleider aus und forderte uns auf, das herauszusuchen, was wir am schicksten fanden. Neben uns sollten noch drei Verkäuferinnen vorführen, jede von uns mit fünf Modellen.

Abends nach Geschäftsschluss hatten wir eine Probe, bei der wir prustend und albern in den Klamotten herumstaksten, bis Elsa ernst wurde und die Reihenfolge der Auftritte festlegte.

Die Modenschau war für nachmittags um drei angesetzt. In der Damenabteilung war eine große Fläche leergeräumt und ein Podest als Bühne aufgestellt worden. Drumherum gruppierten sich kleine Sessel und Tischchen mit Lampen. Der Disc-Jockey Jürgen Kruse, den wir aus dem Astoria kannten, zwinkerte uns zu.

„Heute ein Mix aus den Charts und deutscher Scheiße," flüsterte er, „aber das stehen wir locker durch, Mädels, nur Mut."

Mutti ließ es sich nicht nehmen, um viertel vor drei im schicken Kostüm aufzukreuzen, einen Sessel zu okkupieren und den in der Nähe sitzenden Frauen mitzuteilen, dass ihre Tochter und deren Freundin unter den Mannequins seien.

Wir drängten uns hibbelig im Umkleideraum, in dem die Kleider an Ständern hingen und Verkäuferinnen uns beim Schminken und Ankleiden halfen. Eine Friseuse machte sich an unseren Haaren zu schaffen, massierte bei mir Schaumfestiger hinein, sodass sie mehr Volumen hatten, Tildes Locken mit den eingeflochtenen Perlen wallten und wurden mit Glanzspray besprüht. Elsa, die den Abend moderieren sollte, trug ein schwarzes Etuikleid und rote Strümpfe, die Haare im Nacken zu einem Knoten gebunden. Sie zählte ins Mikrofon, das Jürgen an seiner voluminösen Anlage regelte, ihre Stimme klang angenehm, professionell und kein bisschen nervös.

Kurz vor drei kam Gunda Patzek, um ihre Tochter und uns zu sehen. Sie hatte ihre Haare aufgesteckt und setzte sich, obwohl Mutti sie an ihren Tisch winkte, etwas abseits. Sie hatte ihren großen Mund rosa geschminkt und die Wimpern getuscht, trotz ihres abgeschabten schwarzen Kostüms, das noch aus den Fünfzigern stammen musste, sah sie attraktiv und sexy aus.

Tilde hatte zuhause nichts von dem Auftritt erzählt. Sie wollte nicht, dass Hulda kam und sie im Bikini sah, außerdem befürchtete sie, ihre Mutter würde sich zu viele Sorgen machen.

Punkt drei Uhr war es so weit. Die Scheinwerfer gingen an und beleuchteten das Podest, der Hintergrund war abgedunkelt. Elsa trippelte mit roten Beinen und Stöckelschuhen in den Lichtkegel, begrüßte die überwiegend weiblichen Gäste und äußerte die Hoffnung, dass in der ausgewählten Kollektion jede das Passende finden würde. Sie wies darauf hin, dass die Mannequins alle aus dem Haus stammten und es heute ihr erster Auftritt sei, eine Premiere also, und wir einen Begrüßungsapplaus verdient hätten.

Dieser brandete auf, Elsa gab die Bühne frei und Jürgen waltete seines Amtes. Er eröffnete mit Graham Bonnys *Das Girl mit dem La-La-La*, dazu tänzelten zwei Verkäuferinnen und ich in kurzen geblümten Sommerkleidchen und Caprihosen mit passenden T-Shirts über den Laufsteg. Dann kam eine Serie mit Kostümen. Tilde trug ein strenges dunkelblaues mit weißer Bluse, die Haare hatte sie locker zusammengebunden.

Jürgen mischte geschickt Roy Black mit den Doors, die Turtles mit Nancy und Frank Sinatra. Die Scheinwerfer tauchten die Bühne abwechselnd in rotes, blaues oder strahlend helles Licht. Dann kam der Schlussparcours, den die drei Verkäuferinnen und ich in Badeanzügen bestreiten sollten, Tilde im Bikini war als Schluss- und Höhepunkt vorgesehen.

Die Bühne war dunkel, Stan Getz und Astrud Gilberto setzten mit *The Girl from Ipanema* ein. Das Licht wurde hellblau wie der Himmel über Brasilien, wir Girls in den Badeanzügen stolzierten über die Bühne und stellten uns in die Reihe.

Dann kam Tilde im lockeren Sambaschritt und in einem quietschgelben Bikini mit weißen Punkten, der zu ihrer braunen Haut sensationell aussah. Sie trug die Haare jetzt offen und hatte ein buntes Strandtuch dabei, das sie wie bei einem Schleiertanz vor sich her schwenkte und schließlich über der Brust verknotete. Wir deuteten ebenfalls Sambaschritte an, in der Mitte machte Tilde einen Spagat und warf die Flut ihrer Haare nach vorne. Das Licht wechselte langsam zu einem dunklen Rot, dann ging es ganz aus. Applaus, es wurde wieder hell, wir Badeanzugträgerinnen und Elsa verbeugten uns mehrmals. Dann kam Tilde mit umgewickeltem Tuch, sie konnte etliche Bravorufe verbuchen. Mutti und Gunda winkten und strahlten.

Als der Beifall abebbte, waren von hinten aus dem dämmerigen Verkaufsraum Pfiffe zu hören, jemand rief „Zugabe, Zugabe!"

Ricky und Micha standen im Halbdunkel und pfiffen auf den Fingern, die Damen im Publikum sahen sich unwillig um. Als Mutti merkte, dass ihr langhaariger Sohn dahinter steckte, lief sie nervös zu den beiden, die ihre zu großen, speckigen Parkas offen trugen, ihre Bartstoppeln nicht rasiert hatten und im Kontrast zu der schicken Kaufhaus-Umgebung reichlich abgewetzt aussahen.

Mutti gestikulierte, Micha ließ sie gelangweilt und überheblich auflaufen. Ricky kam zu Tilde und mir und sagte leise: „Diesen ganzen Kapitalismusscheiß müsste man in die Luft jagen, da wird den Werktätigen der letzte Groschen aus der Tasche gezogen. Mit dem Scheißkonsum werden die Massen ruhig gehalten und gleichzeitig ausgebeutet, und sie merken es noch nicht mal."

Mir ging in der guten Stimmung Rickys Gequatsche auf den Geist.

Mutti steckte den Kopf in unsere Kabine, in der wir ein Glas Sekt und einen Umschlag mit unserer Gage bekamen. Sie wollte dabei sein, aber ich wollte es nicht, das hier war unsere Sache. So winkte ich nur kurz zurück und drehte ihr den Rücken zu.

Als Tilde und ich wieder in unsere Alltagsklamotten geschlüpft waren, kam Elsa, jetzt in Jeanshose mit Schlag und aufgestickten Blumen sowie einem Hemd mit knallig buntem Batik-Muster.

"Heiß," sagte Tilde.

„London," hauchte Elsa, „ich hab da eingekauft, bei Mary Quant, die Boutique müsstet ihr mal sehen. Eine tolle Modeschöpferin, die hat für den Minirock schon einen Orden bekommen. Wer waren denn die beiden Fans von eben, die beiden Pfeifer?"

„Mein Bruder und sein Freund,“ sagte ich.

Elsa rückte näher, schenkte uns ein zweites Glas Sekt ein und sagte: „Ihr geht doch sicher am Wochenende ins Astoria?“

Wir nickten.

„Kann da so ein Mittelalter wie ich auch mal hinkommen?“

Tilde und ich sahen uns überrascht an. „Klar,“ sagte Tilde und zeigte auf Elsas Haarknoten, „ich würde nur die Genickschussbremse weglassen. Lass die Haare runterhängen, oder Pferdeschwanz, dann passt du da rein.“

Wir tranken weiter Sekt und kamen in Stimmung.

„Genickschussbremse,“ gackerte Elsa, löste ihren Knoten und schüttelte die Haare auf, „ich wollte sie sowieso abschneiden lassen.“

„Frauen kurz, Männer lang, scharf!“ Tilde grinste.

„Mein Freund lässt sich auch die Haare wachsen, Hugo, er steht dahinten,“ sagte Elsa noch leiser, „hier darf niemand wissen, dass ich mit so einem zusammen bin. Aber meine Mama mag ihn.“

„Super,“ sagte Tilde, „mit dem passt du auf jeden Fall ins Astoria. Keiner ist zu alt für irgendwas, jeder kann rumlaufen wie und wo er will und machen was er will.“

Tilde und Elsa lachten verschwörerisch und es war nur logisch, dass Tilde Elsa aufforderte, mit uns ins Stautorcafé zu kommen. Auch Hugo kam mit, ein rotblonder Typ mit glattem, halblangem Haar, der hinter einer Säule gestanden hatte.

Im Stautor standen wir mit dem Rücken zum Eingang, Ricky hatte ihn direkt im Blick. Plötzlich riss er die Augen auf.

„Nicht umdrehen,“ flüsterte er, „Tom und Wumme.“

Das waren die beiden Dealer, von denen er das Haschisch bekommen hatte. Wumme war ein Kraftprotz und mindestens einsachtzig, Tom etwas kleiner, aber genau so kräftig. Sie machten einen auf schnieke, mit Bürstenfrisur, schwarzen Hosen und weißen Nyltesthemden.

„Da ist ja einer schöner als der andere,“ flüsterte Tilde, „iihh, Nyltest, die stinken bestimmt irre nach Schweiß.“

Die Kraftprotze hatten Ricky gesehen und winkten ihn zu sich. Wumme sagte etwas von oben herab, Ricky kam mit Panik im Gesicht zurück.

„Die wollen noch zweihundert, die Preise wären gestiegen. Die scheinen auch auf die Idee mit Thüle-Rock gekommen zu sein.“

„Das ist Erpressung,“ sagte Tilde, „wenn die uns drohen, drohen wir zurück, ganz einfach.“

„Das Zeug ist bombensicher in der Hütte,“ sagte Micha, „die Stelle kennt außer uns kein Mensch.“

„Meine Alten würden es nicht überleben, wenn die Polizei käme,“ sagte Tilde, „die haben doch sowieso immer Angst.“

„Das Beste ist, wir verschwinden erstmal,“ sagte Ricky, „und lassen uns eine Weile nicht auf der Szene blicken.“

Zigeunerpack

Tilde war schweigsam, als wir mit den Rädern zur Arbeit fuhren. Wir hatten viel zu tun, Stapel von Winterwaren mussten eingeräumt werden. Elsa besprach mit dem Dekorateur, was davon ins Schaufenster sollte. Tilde schlug ein paar gewagte Farbkombinationen vor, von denen Elsa begeistert war. Wieder dieses leuchtende Einverständnis zwischen den beiden, ich konnte es kaum aushalten. Zu mir war Tilde immer noch einsilbig und düster, ich wusste nicht warum.

Wir hockten hinter der großen Theke mit Unterwäsche, in die wir Slips, Hemden, BHs und Nachthemden nach Größen sortiert einräumen mussten. Es war wenig los, wie immer am Montag.

„Was hast du,“ sagte ich, „du bist so komisch.“

„Ich glaube, dass es stimmt, was die Hosenscheißer neulich gesagt haben," sagte sie nach einer Weile, "Hulda ist gestern was rausgerutscht. Gesine Gerken war da, sie haben Mariacron getrunken und wie immer über die Bremer hergezogen, wie bekloppt die sei, und erst die Jungs. Richtiges Zigeunerpack, hat Gesine gesagt, dann hat sie sich auf den Mund gehauen und ist rot geworden, Hulda hat sie ganz böse angeguckt."

Da war es wieder, das Wort, das ich weder mit Tilde noch mit ihren Eltern und Hulda zusammen brachte. Ja, sie waren alle dunkelhaarig und hatten braune Haut. War man deshalb Zigeunerpack, nur wegen der Haut?

„Wann ist man Zigeunerpack," fragte ich Tilde, „wird man so geboren, oder ist das eine Erfindung der Nazis?"

„Keine Ahnung. Ich habe Hulda gefragt, wie sie das meint, da hat sie gesagt, Zigeunerpack eben, Zigeunerpack ist Zigeunerpack."

„'Sind wir das auch?', habe ich sie gefragt, ‚ist es das, worüber ihr nicht sprechen wollt?' Sie hat gemauert, du weißt, wie sie ist, sie hat einfach durch mich durchgeguckt."

Tilde zupfte die säuberlichen Stapel an Unterwäsche, die wir zusammengelegt hatten, zurecht und bettete sie in die dafür vorgesehenen Schubladen. „Egal, wie schlecht es Mama geht," sagte sie, „die Sachen müssen jetzt auf den Tisch."

Um den Dealern auszuweichen, gingen wir abends jetzt zum Karl, einer Kneipe bei uns um die Ecke am Rauhehorst, die Anlaufstelle für alle Alkoholiker der Umgebung. Die Kneipe hatte eine lange Theke, hinter der Karl Evers wirtschaftete, der rothaarige Wirt, mit dünnen, über die Oberkopfglatze gelegten Haarsträhnen. Nach unserer Einschätzung war er selbst sein bester Gast. Er begrüßte uns mit einem langgezogenen *mooin*, dem Oldenburger Schlachtruf zu jeder Tages- und Nachtzeit.

An der Theke standen oder besser hingen mehrere Gestalten, unter ihnen der bedröhnte Fiete Großjohann in seinem Lodenmantel. Wir schlichen an ihnen vorbei und setzten uns ganz hinten an einen Tisch, nachdem wir bei Karl sechs Bier und sechs Pinnchen bestellt hatten.

Da fing Fiete an zu singen, die gleiche Melodie, die wir ihn über den Nedderend grölen hörten. Jetzt waren Wortfetzen zu verstehen, etwas wie: ins Moor, ins Moor.

Micha wurde ganz still und horchte, dann sagte er: „Er singt das Lied von den Moorsoldaten, das haben die Häftlinge im KZ Börgermoor gedichtet und bei der Arbeit gesungen, die Nazis haben es dann verboten."

„In Börgermoor waren die Politischen," ergänzte Ricky, „hauptsächlich Kommunisten. Obwohl das Lied verboten war, haben es alle gesungen und mit ihren Torfspaten den Takt dazu geschlagen."

„War Fiete auch in Börgermoor?"

„Wenn meine Familie nur mal reden würde," sagte Tilde, „dann wüssten wir es."

„Mein Onkel war auch in Börgermoor," sagte Hugo, „wegen Kommunismus. Dabei hatte er nur ein paar Schriften von Ernst Thälmann angeboten, unter dem Ladentisch, er war Buchhändler in Wardenburg. Ein Nazi-Spitzel aus der Nachbarschaft hat ihn verpfiffen."

„Buchhändler in Wardenburg? Wie hieß der denn?"

„Heinrich Stamer, er lebt noch, ist jetzt über siebzig. Er hat immer noch seinen kleinen Laden an der Friedrichstraße."

Micha kramte die Kopie des Werbezettels, den er im Stadtarchiv gefunden hatte, aus seiner Parkatasche.

„Hatte der mal was mit Zigeunern zu tun? Sinti aus Oldenburg?"

„Ja," sagte Hugo, „er war in Börgermoor zusammen mit Sinti eingesperrt und kannte einige Familien aus Oldenburg. Er wusste, dass nach dem Krieg die meisten verschwunden waren."

„Das ist sensationell," sagte Micha, „Tilde, hör mal, Hugos Onkel weiß was über die Zigeuner in Oldenburg, er ist der Heinrich Stamer, von dem ich das Flugblatt gefunden habe."

„Wir könnten ihn besuchen, er ist total nett," sagte Hugo, „er hat uns mal was von den Vorträgen erzählt, die er halten wollte, da kam keiner hin. Es hat ihn sehr getroffen, dass niemand was über die Naziverbrechen wissen wollte."

„Dann müssen wir da hin!" Tilde war außer sich. „Vielleicht weiß er was über meine Eltern."

„Ich rufe ihn an."

Hugo erzählte, dass er auch nach Berlin wolle, um Soziologie zu studieren, wie Micha. Auf meine Frage, ob Elsa mit ihm komme, schüttelte er den Kopf.

„Elsa will ganz was anderes," sagte er, „sie hat eine Tante in New York, da will sie hin. Für mich wäre das nichts. Amerika ist ein rassistisches, antikommunistisches und imperialistisches Land. Sie unterdrücken die schwarze Bevölkerung, verseuchen Nordvietnam mit Napalm und führen einen brutalen Krieg gegen die Zivilbevölkerung."

Es durchschoss mich heiß. Dann hatte Elsa also das gleiche Ziel wie Tilde, und es war mehr als logisch, dass sie sich zusammentaten.

Micha hatte Hugo angestarrt. Als der Berlin erwähnte, grinste Micha und bekam plötzlich Sternchenaugen. Tilde unterbrach ihr Gegickel mit Elsa, sie beobachtete das Geplänkel zwischen den beiden Jungs.

„Lass uns gehen," sagte Elsa zu Hugo, „ich muss morgen früh raus."

Hugo stand auf, Micha löste seinen Blick nicht von ihm.

„Schade," sagte er, „jetzt, wo ich gerade in Stimmung komme."

Manchmal war mein Bruder wirklich seltsam.

„Ich sage euch Bescheid wegen Wardenburg," rief Hugo zum Abschied.

Micha und Ricky bestellten sich noch ein Bier und ein Pinnchen, Micha wirkte enttäuscht. Tilde wollte zum Friedhofsweg, ich ging alleine nach Hause, ich hatte keine Lust, den Jungs bei einem Besäufnis zuzusehen.

An diesem Abend hatte ich nach langer Zeit mal wieder Angst in meinem Bett. Löwen sprangen durch die Fenster unseres lichterloh brennenden Hauses, sobald ich die Augen schloss. So kroch ich in Michas Bett, schon der Geruch seiner Wäsche beruhigte mich. Er war noch nicht da, kam aber, als ich am Einschlafen war. Er legte sich neben mich und dampfte Kneipengeruch aus.

„Du stinkst,“ sagte ich.

„Und du bist‘ne Schissbüx,“ sagte er, als ich ihm gestand, dass ich wieder Angst bekommen hatte, „aber dein Bruder ist Löwenbändiger, vergiss das niemals.“

Ricky und Micha fuhren am Donnerstag nach Berlin, Hugo, Tilde und ich trafen uns Samstagmittag, um nach Wardenburg zu fahren und Hugos Onkel Heinrich Stamer zu besuchen.

„Wundert euch nicht,“ sagte Hugo, „er ist ein bisschen verschroben und sitzt da zwischen seinen ganzen Büchern, die er nicht verkauft. Manchmal wird er ein paar Schulbücher los und bei den Wardenburger Hausfrauen Groschenromane oder Burda-Schnittmusterhefte, wenn’s hochkommt auch mal einen Angelique-Roman. Wenn Kunden so was verlangen, guckt er wie ein gequältes Tier. Aber sonst hat er nur linkes Zeug, Kursbücher, die Mao-Bibel. Das liegt da und verstaubt. Er lebt von einer winzigen Rente. Im Krieg hat er einen Unterarm verloren, sie hatten ihn von Börgermoor aus direkt an die Ostfront geschickt. Die Verwundung war sein Glück, so entkam er dem Krieg.“

Wir fuhren durch die Stadt, über den Theaterwall und den Damm am Küstenkanal entlang und durch Hundsmühlen nach Wardenburg. Heinrich Stamers Buchhandlung befand sich in einem kleinen Backsteinhaus mit einem Schaufenster, das nicht viel größer war als ein Wohnzimmerfenster. Es war staubig und die ausliegenden Bücher waren leicht vergilbt. Ein paar leuchteten allerdings mit frischen Buchdeckeln, ich entdeckte Taschenbücher von Jean Paul Sartre und Simone de Beauvoir, und ‚Theorie und Praxis der antiautoritären Erziehung' von A.S.Neill. Wer sollte das in Wardenburg kaufen?

Onkel Heinrich war ein bleicher, müder alter Herr mit einer Halbglatze und rotumrandeten, hellen Augen, die strahlten und zwinkerten, als wir mit Hugo den Laden betraten.

Hugo umarmte ihn, er wehrte verlegen ab.

„Na, Jung," sagte er im breitesten Oldenburger Tonfall, „dat du mal wieder an den alten Onkel denkst."

Und, mit einem Blick auf Tilde und mich: „Was für schmucke Deerns hast du denn da mitgebracht?

„Das sind Ika und Tilde aus Oldenburg, zwei Freundinnen von mir."

„Gleich zwei, na, Jung, da musst du dich aber ranhalten."

Der Onkel zwinkerte uns zu.

„Wir möchten dich was fragen," sagte Hugo.

„Erst mal Tee trinken."

Onkel Heinrich schlurfte ins Hinterstübchen des Ladens, wo es ein kleines Sofa, einen Stuhl und eine Kochplatte gab, auf der schon ein Kessel mit Wasser brodelte. Eine Teekanne stand bereit, die der Onkel aufgoss. Er hantierte geschickt mit der linken Hand, der Jackenärmel am rechten Arm war mit einer Sicherheitsnadel aufgesteckt.

„Wir möchten was über die Sinti in Oldenburg wissen, die Zigeuner" sagte Hugo, „Guck mal, der Werbezettel hier, den hat Ikas Bruder in der Stadtbibliothek entdeckt. Da hast du zu einem Vortrag eingeladen, das ist jetzt fünfzehn Jahre her, im April 1953 war das."

Ich reichte ihm die Kopie, die Micha gemacht hatte, der Onkel beäugte sie und schlug sich an die Stirn.

„Wer hat das denn aufgehoben," sagte er, „das war ein schöner Schiet. Wisst ihr, wie viele Leute damals gekommen sind?"

Wir sahen ihn erwartungsvoll an.

„Kein einziger!"

Er sagte es fast triumphierend.

„Meine Jette und ich haben allein hier gesessen. Wir hatten im Laden Stühle aufgestellt und waren sehr gespannt, wir wollten auch mit den Leuten diskutieren. Und dann das, keine einzige Seele tauchte auf. Eigentlich hätten wir uns das vorher schon denken können.

Und danach kam plötzlich überhaupt kein Kunde mehr, ich blieb auf den ganzen Wochenzeitschriften sitzen. Noch nicht mal mehr die BILD-Zeitung verkauften wir, die ging ja sonst immer weg wie warme Semmeln. Die rannten alle zu dem Kiosk, der gerade neu aufgemacht hatte. Das war die Strafe dafür, dass wir über die Nazizeit aufklären wollten. Ich hatte nach dem Krieg die Illusion, dass der Nazi-Spuk vorbei und die Leute froh über ein bisschen freiheitliche Informationen wären. Die Werbezettel habe ich damals selbst auf der Schreibmaschine geschrieben und im Laden ausgelegt, direkt an der Kasse. Die Kundinnen guckten drauf und waren pikiert, genommen hat ihn niemand. Dann habe ich ein paar von innen an die Schaufensterscheibe geklebt, daraufhin flog ein Stein hinein und morgens stand in riesigen Buchstaben mit Kreide an die Hauswand geschmiert: NESTBESCHMUTZER.

Ich habe dann gedacht, die Zeiten sind vorbei, ich lasse mir von denen nicht mehr den Mund verbieten, und habe es noch zweimal mit Einladungen versucht. Einmal kamen zwei Leute vom VVN, der Vereinigung der Verfolgten des Naziregimes, die sagten, man müsse dringend über die Vernichtung der Sinti und Roma aufklären, aber das war es dann auch. Den Rest kennt ihr, das Thema verschwand in der Versenkung."

Der Onkel hielt inne.

„Nach dem Krieg hat man den Sinti weiter übel mitgespielt,“ sagte er dann, „die Behörden haben nicht anerkannt, dass sie aus rassischen Gründen verfolgt wurden und lehnten ihre Entschädigungsanträge ab, manche prozessieren wohl immer noch darum. Der Grund war unter anderem, dass das Bundesverfassungsgericht die Verschleppungen der Sinti und Roma nicht als Verbrechen ansah, sondern als präventive Verbrechensbekämpfung, die verbreiteten den gleichen Stuss wie die Nazis. Das Urteil hatte bis 1963 Bestand. Jetzt sind wohl ein paar Entschädigungen geflossen, mit vergleichsweise lächerlichen Beträgen.“

Tilde nippte an ihrem Tee, dann fragte sie zögernd, was er denn von den Oldenburger Zigeunern wisse, wie viele es gegeben hätte und wer alles umgekommen sei.

„Es gibt darüber keine Untersuchungen,“ sagte der Onkel, „einerseits fuhren viele Familien über Land und konnten deshalb nur schwer lokalisiert werden. Andere lebten in ganz bürgerlichen Verhältnissen und waren gar nicht als Zigeuner erkennbar. Hier im Oldenburger Land gab es hauptsächlich Sinti, keine Roma. Wie viele es waren, weiß ich nicht, es müssten aber mehrere hundert im ganzen Oldenburger Land gewesen sein. Ich weiß, dass viele im Torf in Edewechterdamm gearbeitet haben oder auf den Flugplätzen Ahlhorn und Varrelbusch.“

„Mein Vater arbeitet auch im Torf, in Südmoslesfehn,“ flüsterte Tilde.

„Meine verstorbene Frau, meine Jette, war ja die Schwester von Gesine Gerken aus Oldenburg, womöglich kennt ihr sie.“

Wir nickten erstaunt. Gesine, die wandelnde Zeitung von Bürgerfelde, wie sollten wir sie nicht kennen.

„Sie war schon vor dem Krieg mit diesem Säufer zusammen, diesem Fiete, der auch in Börgermoor war, und mit dem sie wohl immer noch zusammenlebt. Jette hat oft versucht, Gesine von ihm abzubringen, aber die ist der eigensinnigste Mensch, den es gibt. Sie hält an diesem Fiete fest, sie trinkt ja auch selbst ganz gerne einen. Sie verkehrte bei Sinti-Familien, die bis 1933 ganz friedlich am Friedhofsweg und Ziegelhof und auch in anderen Stadtvierteln in Oldenburg gelebt hatten, und Anfang der 40er Jahre verschwanden: Anton, Frank, Franz, Winter, Krause, Mechau, Schwarz, Wiegand, Petermann, Weiß, Laubinger, diese Namen habe ich von ihr gehört. Die meisten von ihnen sind nicht wiedergekommen."

Tilde starrte den Onkel, während er erzählte, mit wachsendem Entsetzen an und musste ein paar Mal ansetzen, um ihre Frage rauszubringen.

„Haben Sie auch von einer Familie Schmitz gehört?"

„Ja, Carlo Schmitz soll ja auch in Börgermoor gewesen sein. Als sie mich eingebuchtet haben, war er schon wieder draußen. Aber ich weiß nicht, was aus der Familie geworden ist, außer, dass einige überlebt haben und heute noch am Friedhofsweg wohnen."

„Zu denen gehöre ich," sagte Tilde, „wir sind nur noch zu viert, meine Eltern, meine Tante und ich. Der Rest wäre angeblich im Krieg gestorben, sagen sie, aber ich glaube das nicht. Meine Mutter hat neulich was von einem Lager in Polen erzählt, aber nicht, wo das war."

Der Onkel schwieg, dann sagte er leise: „Über das, was in einem Konzentrationslager geschehen ist, kann man nicht sprechen, über solche Unmenschlichkeit kann man nicht sprechen, zumal, wenn es niemand hören will." „Das muss aufhören," wagte ich mich hervor, „dagegen protestieren ja die Studenten."

„Das Oldenburger Land war eine Nazi-Hochburg," fuhr der Onkel fort, „da kam schon vor 1933 ein Nazi-Ministerpräsident an die Macht, Röver hieß der. Ab da wurde der Ton richtig scharf, es war von aufdringlichen, gewaltbereiten Zigeunerbanden die Rede. In Bremen wurde 1934 ein Landeskriminalamt eingerichtet, das für den ganzen norddeutschen Raum zuständig war, von da aus wurden die Verhaftungen zentral organisiert.

Es gab einen Leiter der Rassenhygienischen Forschungsstelle in Berlin, Robert Ritter, der angeblich beweisen konnte, dass kriminelles und asoziales Verhalten über mehrere Generationen vererbt wurde; er untersuchte die Nachkommen von *Vagabunden, Gaunern und Räubern*, wie man sie nannte. In seinem Auftrag wurden von der sogenannten Rasseforscherin Eva Justin Sinti in der Gegend um Cloppenburg untersucht und begutachtet.

1935 kamen die Nürnberger Gesetze, eines nannte sich *Gesetz zum Schutze des deutschen Blutes und der deutschen Ehre.* Darin wurde zum Beispiel *deutschblütigen Personen* der Geschlechtsverkehr mit den Minderwertigen verboten. 1938 gab es die erste Verhaftungswelle, die nannten sie *Arbeitsscheu Reich.* Die Nazis waren gut im Erfinden von solchen Begriffen. Da wurden Bettler, Obdachlose und eben auch Sinti erfasst und verhaftet."

„Artfremdes Blut," brachte Tilde heraus, „kann mir einer sagen, woran man das erkennt? Sieht man mir das an?"

„Das ist doch totaler Quatsch," sagte ich.

„Die Nazis waren wahnsinnig," versuchte Hugo sie zu besänftigen, „sie waren die Verbrecher in dem Spiel, nicht die Juden oder die Zigeuner."

Der Onkel nickte. „Ich weiß von Gesine, dass ab 1940 ganze Familien in Oldenburg festgenommen und in das Lager Belzec in Polen gebracht wurden. Von denen konnten wohl einige fliehen und kamen zurück. Ende 1942 kam von Himmler der *Auschwitz-Erlass*, im März 1943 kamen die Oldenburger Sinti ins so genannte Zigeunerlager in der Massenmordfabrik Auschwitz-Birkenau, viele wurden direkt vergast. Der Rest musste Zwangsarbeit leisten, was viele auch nicht überlebt haben.

Die Deportationen liefen alle über den Schlachthof Bremen, dort soll es schon brutal zugegangen sein. Die Leute bekamen keine Decken und keine Milch für die Kinder, gar nichts bekamen sie.

Eine Ausnahme machten die Cloppenburger Sinti, von denen wurden nur wenige deportiert, sie überlebten als Zwangsarbeiter in den kriegswichtigen Betrieben im Oldenburger Land, viele arbeiteten weiter im Torf, einige sollen im Museumsdorf Cloppenburg eingesetzt worden sein. Eine größere Gruppe konnte sich wohl im Wald zwischen Ahlhorn und Großenkneten verstecken und da die Zeit überstehen. Von wem sie geschützt wurden, weiß ich nicht, es wurde von einem örtlichen Polizeibeamten gemunkelt, ich habe mal den Namen Friedrich Lippmann gehört."

„Kann man denn schätzen, wie viele es aus Oldenburg gewesen sind?" Tildes Stimme war kaum zu verstehen.

„Etwa achtzig aus dem gesamten Weser-Ems-Gebiet," sagte der Onkel, „davon etwa die Hälfte aus Oldenburg, das hat zumindest Gesine gesagt."

„Von denen scheinen nur wir und unsere Nachbarin Lilo Bremer mit ihren Kindern übriggeblieben zu sein. Ich dachte immer, die Zigeunerfrauen haben große Ohrringe und weite Röcke an und die Männer sind Supermacker. Mein Papa ist aber total lieb, und meine Mutter würde niemals solche Ohrringe tragen. Meine Tante schon eher," sagte Tilde.

„Die Sinti sind allesamt Deutsche, sie lebten seit sechshundert Jahren hier," sagte der Onkel.

„Davon weiß keiner mehr was," entgegnete Tilde trotzig, „eigentlich müsste ich überall rausschreien, dass ein paar noch da sind."

Tilde war bedrückt, als wir nach Oldenburg zurückradelten, Hugo und ich versuchten sie aufzumuntern.

„Meine Mutter hat ständig Migräne, sie kommt mir vor, als könnte der kleinste Hauch sie umblasen, ich traue mich gar nicht mehr, sie irgendwas zu fragen. Auch mein Vater und Hulda blocken total ab, wenn ich was von den Nazis sage."

„Irgendwann kommt der Zeitpunkt," sagte Hugo, „sie sind vermutlich schwer traumatisiert, da kann man nicht drüber reden, was man erlebt hat."

„Ich frage mich, wieso wir nie was davon gehört haben," sagte ich, „Gesine ist doch die Quatschbude auf zwei Beinen. Vielleicht haben sie ihr verboten, darüber zu sprechen."

„Das traue ich denen zu," sagte Tilde, „sie halten es ja sogar vor mir geheim, wo ich doch scheinbar auch eine Sinti bin."

„Sinteza," sagte Hugo, „die Frauen nennt man Sinteza."

„Meinetwegen auch das," brummelte Tilde, „aber Zigeuner bleibt Zigeuner, da kannst du sagen, was du willst."

Hundertfünfundsiebziger

Ricky und Micha waren drei Tage in Berlin gewesen und erzählten stolz von einer Demonstration vor dem Springer-Hochhaus, an der sie teilgenommen hatten.

„Die Proteste weiten sich aus," sagte Micha, „und die Bullen werden immer aggressiver."

Er war still und irgendwie verändert, er sagte nicht viel zu dem, was wir in Wardenburg erfahren hatten. Tilde und ich waren am Nedderend, als er seine sauberen Sachen holen kam, die ihm Mutti, seitdem er meistens bei Ricky wohnte, frisch gewaschen und gebügelt in sein Zimmer legte. Er versuchte, ihr das Bügeln auszutreiben, sie tat es trotzdem immer wieder. So schmiss er den akkuraten Stapel auf den Boden und trampelte darauf herum, dann stopfte er alles in einen Beutel.

„Lasst uns noch in die Kneipe gehen," sagte er leise, „ich muss euch was erzählen."

Beim Karl bestellte Micha Bier und für jeden ein Pinnchen. Er druckste herum, ich sah, dass er Schweiß auf der Stirn hatte und Tilde kaum angucken konnte.

„Schieß los," sagte sie.

„Es ist nämlich so," stammelte er, „ich hab da, wie soll ich sagen, jemanden kennengelernt."

Tilde lehnte sich zurück, ihre Augen wurden dunkel, mit Sicherheit dachte sie an eine andere Frau. Aber das war es nicht. Micha hatte einen Jungen kennengelernt, bei einer Fete in der Wohngemeinschaft. Einen Jungen, der ihm gefiel, und es beruhte offenbar auf Gegenseitigkeit.

Micha kippte auch meinen und Tildes Korn hinunter.

„Ich glaube, dass ich ein Hundertfünfundsiebziger bin," sagte er leicht verwaschen, „ich glaube, dass ich schwul bin und auf Männer stehe."

Ich sagte, das würde sich vielleicht noch auswachsen.

„Du redest wie Mutti," fuhr Micha auf, „das wächst sich nicht aus, dazu sind manche Menschen einfach veranlagt. Es wäre auch nicht schlimm, wenn es nicht verboten wäre. Aber das kann man nicht verbieten, das ist in einem drin."

Tilde sah aus, als würde sie jeden Moment losheulen. Micha sprang auf, holte sich noch einen Korn von der Theke und kippte ihn runter.

Er erzählte von einem Buch von Magnus Hirschfeld, das der Typ in Berlin ihm empfohlen hatte, darin stand, dass Homosexualität normal sei, ein Teil der Menschen sei halt so, Männer wie Frauen, keiner könne was dafür.

„Die Schwulen wurden genau so im KZ ermordet wie die Juden," sagte Micha, „nur dass sie statt des gelben Judensterns ein rosa Stoffstück tragen mussten."

Er zog ein rosa Taschentuch von Mutti aus der Tasche und wedelte damit. „Ich bin jetzt eben der Jude in der Familie."

Er beugte sich über den Tisch und fixierte Tilde mit Tränen in den Augen. „Ich habe dich lieb, Tilde, genauso lieb wie ich

Ika habe, nur eben nicht so wie Mann und Frau, das ist bei mir nicht drin."

Auch bei Tilde liefen die Tränen, sie war weicher und stiller geworden nach dem Wardenburg-Besuch. Ich hatte sie vorher nie weinen sehen und streichelte ihr die Hand.

„Weiß Ricky es?" fragte ich, „was sagt er dazu?"

„Ich glaube, er will es nicht wissen, ihm ist das Thema peinlich. Den linken Genossen in Berlin übrigens auch. Die geben wie verrückt damit an, dass sie jede Menge Frauen flachlegen, aber wenn du als Schwuler ankommst, sind sie genau so verschreckt wie die Spießer. Dabei ist ungefähr jeder Zehnte schwul, Männer und Frauen, sagt Hirschfeld, der übrigens auch Jude war, ein schwuler Jude. Er ist rausgekommen aus Nazideutschland, erst ist er in die Schweiz und dann nach Südfrankreich, da lebte er mit zwei Geliebten bis zu seinem Tod 1935."

„Mutig," sagte Tilde, „der hätte im KZ ja gleich zwei Abzeichen gekriegt, gelb und rosa; gut, dass er abhauen konnte."

„Was war das denn für ein Junge in Berlin, hattest du was mit ihm?"

Die Frage fiel mir schwer, ich wusste kaum, was ich mir unter *was haben* vorstellen sollte.

„Wir haben geknutscht und uns angefasst," sagte Micha, „mehr war nicht. Aber ich hätte gerne mehr gehabt, wenn ich ehrlich bin, ich fand es toll."

Tilde schluchzte, jetzt könne sie sich noch nicht mal vorstellen, Micha zu kriegen, gegen so was hätte man ja überhaupt keine Chance.

Micha rückte seinen Stuhl neben Tilde und legte den Arm um sie.

„Du bist meine süßeste, liebste Tilde und das bleibst du auch. Du bist immer meine Freundin und ich werde dich immer liebhaben. Nur kein Sex, das geht nicht, dafür bin ich einfach der Falsche."

Tilde lehnte den Kopf an seine Schulter, nahm seine Hand und legte sie an ihre Wange.

„Ich hab dich auch lieb, trotzdem bin ich so traurig wie noch nie."

Micha wiegte sie, und sie beruhigte sich.

„Ein Schwuler und eine Zigeunerin," sagte ich, „den Alten würde es zerreißen, wenn er das wüsste."

„Wenn es doch so wäre," seufzte Micha und grinste das erste Mal an diesem Abend, „wenn es einfach Puff machen und er verschwinden würde."

Heiße Ware

Von den Einzelheiten, die uns Heinrich Stamer erzählt hatte, berichteten wir Ricky und Micha erst, als wir am folgenden Samstag ins Moor radelten.

„Scheiße," sagte Micha, als er hörte, wie viele Sinti aus Oldenburg vermutlich in den Gaskammern von Auschwitz ermordet worden waren.

„Das Schlimme ist nur," sagte ich, „dass Tilde zuhause überhaupt nicht darüber reden kann."

Die Satteltaschen der Jungs waren voll mit Drum Tabak und extra großen Blättchen für die Joints, die sie von einem Ausflug nach Groningen mitgebracht hatten, sowie einem großen Batzen Haschisch.

An der Hütte angelangt setzten wir uns auf die Veranda und fingen an, Tüten zu drehen, in die wir Mundstücke aus kleinen Pappröhren einbauten. Natürlich schafften Tilde, Micha und ich keine zwanzig in der Stunde, vor allem, weil wir uns einige selbst ansteckten, ins Reden und Lachen kamen und nicht mehr an unsere wichtigste Aufgabe dachten.

Ricky hielt uns eine Standpauke, dass es so nichts werden könne, wir müssten schon einen Zahn zulegen.

Die fertigen Joints legten wir in eine große Blechdose, die Ricky mitgebracht hatte, damit sie nicht feucht wurden. Wir drehten, bis unsere Fingerspitzen wund und gefühllos waren und gingen dann zum gemütlichen Teil des Abends über.

Zum Abendbrot gab es lauwarmes Bier, dazu aßen wir alte Brötchen und kalte Würstchen, die wir Mutti aus dem Kühlschrank geklaut hatten. Nach dem Rauchen fanden wir sowieso alles lecker. Ich musste kichern bei der Vorstellung, dass der Alte, wie jeden Samstagabend, sein Würstchen verlangen und nicht bekommen würde, wie stinksauer er sein und wie Mutti aufgeregt um ihn herumflattern würde. Wahrscheinlich würde sie versuchen, den Verdacht von uns, vor allem von Micha, abzulenken.

Trotz Tildes Anspannung verlief der Abend lustig. Micha setzte sich auf die Anlegebrücke, zog seine Haare glatt und band sie zusammen. Den Pony striegelte er so, dass er ihm wie bei Rudi Dutschke halb über das Gesicht fiel, und hielt sich die Nase zu. „*Wir kennen zurzeit nur einen Terror,*" näselte er mit der leicht hohlen Dutschke-Stimme, „*und das ist der Terror gegen unmenschliche Maschinerie. Die Rotationsmaschinen von Springer in die Luft zu jagen und dabei keine Menschen zu vernichten, scheint mir eine emanzipierende Tat zu sein.*"

„So ist es," bekräftigte Ricky, „Gewalt gegen Sachen, das ist okay, das ist das Gebot der Stunde."

Natürlich lachten wir wie blöde über Michas Dutschke-Einlage.

Über den Teichen stand die Sonne tief, der Horizont leuchtete von grünlich bis orangerosa, das Wasser schimmerte in den Farben des Himmels.

„Guckt mal, wie schön," sagte Tilde, zog sich blitzschnell aus und sprang von der Anlegebrücke hinein.

„Herrlich," schrie sie und strampelte mit den Beinen, „das bringt es, kommt auch rein."

Sie durchschwamm den Teich, der voller Seerosen und voller Fische war, und juchzte, wenn einer an ihr vorbeiglitt. Am gegenüberliegenden Ufer kreuzte sie eine Weile hin und her und kam dann zurück.

„Da drüben geht's noch weiter," rief sie, „da kommt noch ein Teich. Es gibt eine Verbindung, fast zugewachsen."

Ich hatte Angst, weil ich an den Morast und an Gollum dachte, aber Tilde zog sich schon an der Anlegebrücke hoch. Oben stand sie da, vom Moorwasser überglänzt wie die Venus von Milo, wie eine Nymphe, bis ich ihr eins der stinkenden Handtücher aus der Hütte zuwarf. Ricky, der als einziger noch drehte, ließ die Hände sinken, um Tilde anzustarren, dann machte er mit rotem Gesicht weiter.

Tilde zog sich an, ihre Augen waren rot vom Kiffen und immer noch traurig. Sie sortierte die Joints in die Kiste ein und zählte sie, es waren dreihundert..

„Los Leute, dalli, dalli," drängte Ricky, „ein paar müssen wir noch schaffen."

Es wurde kühler und wir zogen warme Pullover über, dann drehten auch wir wieder Joint um Joint. Micha war still geworden. Ich fragte, was los sei, und er sagte, es drücke ihm was gegen die Schädeldecke, eine Erinnerung, er wisse nur nicht genau, was es sei.

„Es hat mit dem zweiten Teich zu tun," sagte er, „irgendwas war da mit dem Alten, ich krieg's nur nicht mehr zusammen."

Als wir wieder auf unseren Luftmatratzen lagen und schon fast eingeschlafen waren, setzte Micha sich plötzlich auf.

„Ich hab's."

Er knipste die Taschenlampe an und richtete den Lichtkegel von unten auf sein Gesicht, es sah gespenstisch aus.

„Das Boot," sagte er, „der Alte, es ist mir wieder eingefallen. Wir sind damals mit dem Boot zu dem zweiten Teich gefahren und haben was versteckt."

„Wo," sagte Tilde, „weißt du das noch?"

„Es war ein Benzinkanister aus Plastik, ja, jetzt sehe ich es vor mir. Der Alte hat etwas in den Kanister gestopft, vielleicht eine Papierrolle oder so was. Dann haben wir ein paar Steine mit reingeworfen und den Deckel zugeschraubt, ein dickes Seil um den Griff gebunden und das Ganze ins Wasser gelassen. Das Seil haben wir an einer Birke festgebunden."

„Welche Birke war es, weißt du das noch?"

„Er hat was in die Rinde geschnitzt," sagte Micha, „ich glaube ein Kreuz."

„Ein Hakenkreuz?" Ricky setzte sich alarmiert auf.

„Kann sein. Ganz großes Männergeheimnis, hat er gesagt, das weiß ich noch."

„Wir müssen die Stelle suchen, den zweiten Teich," sagte Tilde, „wir müssen das Boot flott machen. Da sind bestimmt geheime Nazi-Papiere drin."

Ricky schüttelte gestresst den Kopf.

„Wir müssen produzieren," sagte er, „wir haben jetzt fünfhundert, da liegt noch was vor uns. Vor Thüle-Rock wird das nichts mit der Schatzsuche."

„Tausend schaffen wir sowieso nicht," quengelte Tilde, „wir haben ja schon was weggequarzt."

„Dann eben neunhundert, und es kommt nur mit zum Festival, wer morgen richtig reinhaut."

Das taten wir am nächsten Tag und verarbeiteten den restlichen Drum und den schwarzen Afghanen. Es wurden neunhundert Tüten, die wir sorgfältig in der Blechbüchse verstauten und mit nach Oldenburg nahmen, Ricky wollte sie in seinem Zimmer aufbewahren. Ich war nervös, weil ich Angst hatte, Rickys Mutter könnte das stinkende Zeug entdecken und wir alle in den Knast wandern.

Dann kam Ricky mit der freudigen Nachricht, er könne bei Thüle-Rock arbeiten, das hieß, beim Auf- und Umbau auf der Bühne helfen, gegen Freibier und zwanzig Mark pro Konzert. Es waren drei angesetzt, auf jedem sollten zwei Gruppen spielen. Als Top Acts waren für Samstag *Amon Düül* und *Birth Control* angesagt. Ricky jubelte, dass er als Roadie einen legalen Zugang zum Backstage-Bereich bekam, den er bereits als lohnenden Absatzmarkt für unsere heiße Ware ins Auge gefasst hatte.

Wir fuhren schon am Donnerstag mit den Rädern, an denen vollgepackte Satteltaschen hingen, zur Talsperre, damit wir in Ruhe vorbereiten und die Lage sondieren konnten, bevor die große Masse anrückte. Auf dem Gelände, das als Zeltplatz vorgesehen war, suchten wir uns einen Platz am Rand in einer Mulde, die von Büschen halb verdeckt wurde. Wir hatten zwei Luftmatratzen dabei, die wir in Rickys Zelt quetschten. Für unsere Habseligkeiten und die Blechkiste gab es kaum noch Platz, aber irgendwie ging es. Es war ein warmer Tag, wir schwammen in der Talsperre, wo Tilde in dem quietschgelben Bikini, den ihr Elsa nach der Modenschau geschenkt hatte, Aufsehen erregte.

Ricky meldete sich am Nachmittag beim Organisationsteam, das in einem Transporter ein Podest als Bühne, eine Scheinwerferanlage, einen Verstärker und riesige Boxen herangeschafft hatte. Nachdem Ricky ein paar Stunden gearbeitet hatte, kam er aufgekratzt zurück.

„Die sind begeistert, zwanzig bringe ich gleich hin, morgen nochmal fünfzig, plus ein paar für die Bands."

Wir überlegten, wie wir unsere Joints unter den Besuchern, die langsam den Zeltplatz bevölkerten, propagieren konnten. Ricky und Micha waren überzeugt, dass genügend Leute kämen, die wir kannten und die mit Sicherheit Interesse hätten und es weitersagen würden.

Es lief schon am ersten Abend gut, es gingen direkt nochmal fünfzig weg. Ricky zählte das eingenommene Geld, lauter silberne Fünfmarkstücke, schepperten in seiner Gelddose.

Am Freitagnachmittag trat die erste Vorgruppe auf. Die *Krauters* aus Friesoythe schepperten so ähnlich wie unsere Fünfmarkstücke, die Anlage war hoffnungslos übersteuert und fiepte ohrenbetäubend.

Tilde und ich zogen uns ins Zelt zurück, rauchten und überlegten, ob es an diesem Wochenende mit der Entjungferung klappen konnte. Wir hatten Präservative in unseren Brustbeuteln, die Tilde todesmutig in einer Drogerie in Donnerschwee erstanden hatte. Da konnten wir sicher sein, dass uns niemand kannte.

Tilde heulte noch einmal wegen Micha, aber dann war sie wild entschlossen, einen Hübschen aufzugabeln, mit dem sie es hinter sich bringen konnte.

Wir mischten uns unter das heranströmende Volk. Ricky, der stolz einen Backstage-Ausweis um den Hals hängen hatte, zeigte sich immer mal wieder und flüsterte uns die neuen Zahlen zu, offenbar riss man ihm das Zeug aus den Händen.

Die Band *Girls and Boys* aus Großenkneten, die abends spielte, gefiel uns wesentlich besser. Sie hatten eine kleine, aber stimmgewaltige Frontfrau mit blonden Affenschaukeln und spielten gecoverte Stücke, die uns richtig in die Beine fuhren. Wir rockten vor der Bühne und es dauerte nicht lange, bis ein hübscher Typ mit blonder Afro-Krause Tilde ansteuerte. Sie ging darauf ein und stolzierte wie ein Pfau vor ihm auf und ab. Nach einer Weile gingen sie etwas trinken, dann verschwanden sie im Dunklen.

Und ich? Welcher von den Typen kam für mich infrage?

So alleine in der Menge bekam ich Angst. Von Ricky war nichts zu sehen, Micha stand am Rand der Tanzfläche und redete mit einem Jungen mit zartem Gesicht und glatten schwarzen Winnetou-Haaren.

Micha winkte, ich drängte mich durch die Menge zu ihm und Winnetou.

„Das ist Pedro," stellte Micha seine Errungenschaft vor, „und da vorne ist sein Bruder Gonzales."

Gonzales drehte sich zu uns, er sah gut aus und strahlte mich an. Ich dachte gleich, dass er ein geeigneter Kandidat sein könnte, vielleicht war das auch Michas Idee.

Micha holte uns Pinnchen von der Getränkebude und wir kamen in Stimmung. Als die Band Pause machte, wurde Rockmusik eingespielt. Ricky lief mit Kabelrollen wichtig auf der Bühne herum, wir winkten und er streckte den Daumen hoch, alles schien blendend zu laufen. Irgendwann kam Tilde zurück, sie zwinkerte mir zu und nickte.

„Den Typen habe ich abserviert," flüsterte sie, „der wurde direkt anhänglich und wollte mit mir gehen."

„Wie war's denn?"

„Na ja," sagte Tilde, „für's erste Mal ging es. Wenn man Gefühle dabei hätte, könnte es ganz nett sein."

„Blut?" fragte ich.

„Nicht der Rede wert, hat der gar nicht mitgekriegt."

„Hat er gemerkt, dass es bei dir das erste Mal war?"

„Weiß ich nicht, ich glaube, der kannte sich auch noch nicht so richtig aus."

Der Junge mit dem Afro-Look tauchte wieder auf und tanzte mit sehnsüchtigen Augen Tilde an. Sie drehte sich weg, schüttelte und bog sich, schwang mit geschlossenen Augen die Arme über dem Kopf, als sei sie in Trance.

Der Junge sah traurig aus und ging mit hängendem Kopf weg. Wie sie das nur machte. Sie schien keine Schuldgefühle zu haben, während ich ihn am liebsten getröstet hätte.

Ich schwofte mit Gonzales, irgendwann drängte er sich an mich und fragte, ob wir spazieren gehen sollten. Ich zögerte. So wie Tilde, im Mini-Zelt und völlig unverbindlich, wollte ich es nicht machen. Also blieb es bei heftigem Geknutsche, mit allem weiteren wollte ich bis zum nächsten Abend warten.

In dieser Nacht lagen nur Tilde und ich in unserem Zelt und hüteten die Blechkiste, wir hatten fast die Hälfte verkauft. Unsere Investition war auf jeden Fall eingespielt und mindestens ein Flug nach Amerika und ein gebrauchter 2CV, meldete Ricky, das Geld hatte er backstage bei den Veranstaltern deponiert.

Wir redeten darüber, was man alles damit machen könnte, bis wir einschliefen. Ich wachte auf, als Micha sich neben mich schob. Draußen wurde es schon hell. Er weinte und ich fragte, was los sei.

„Ich bin verliebt," schluchzte er, „der ist so süß, das glaubst du nicht. Aber er hat noch größere Angst als ich, dass wir dafür in den Knast gehen könnten. Auch wegen seiner Eltern, er will ihnen das nicht antun, für die Südländer ist es noch schwieriger als für uns. Was ist mit dir und Gonzales?",

„Morgen," sagte ich, „wenn ich ihn dann noch gut finde, mache ich es vielleicht. Wo ist denn Ricky?"

„Mit der Sängerin von *Girls and Boys* im Zelt verschwunden, die Kleine mit den Affenschaukeln und der Megaröhre, ziemlich steiler Zahn. Isa heißt sie."

Micha begann wieder zu schluchzen. „Ich will mich nicht fühlen wie ein Ausgestoßener, wenn ich jemanden liebe," flüsterte er. „Überall liegen die Pärchen in den Büschen, nur wir müssen uns verstecken."

„San Francisco," murmelte ich, „da soll es total viele Schwule geben. Tilde sondiert das Terrain, und wir kommen nach."

Als wir uns am Samstag aus den Schlafsäcken schälten, war es schon fast Mittag, über dem Gelände hing eine schwüle Dunstglocke. Ricky rannte herum und meldete von der Festivalleitung, dass in den Nachrichten Gewitter für den Abend angesagt würden.

„Wie war's denn," fragte ich, „hattest du eine schöne Nacht?"

Mehr als ein breites Grinsen und einen hochgestreckten Daumen bekam ich nicht aus Ricky heraus.

Gonzales und Pedro standen am Getränkewagen, wo es Kaffee und Käsebrötchen gab. Als ich mit Tilde und Micha kam, bestellten sie auch für uns ein Frühstück.

Dann gingen wir schwimmen, das Wasser war eine Wohltat in der zunehmenden Schwüle. Gonzales bemühte sich um mich, wir kraulten zusammen, tunkten uns gegenseitig unter Wasser und hielten uns aneinander fest, die Nähe zu ihm kribbelte. Micha und Pedro gingen nicht so offen miteinander um. Nachdem sie sich abgekühlt hatten, saßen sie sittsam nebeneinander, redeten, rauchten und tranken das erste Bier des Tages.

Gegen fünf Uhr nachmittags fing *Birth Control* an zu spielen. Die Schwüle putschte uns auf, die Tanzfläche vor der Bühne war voller zuckender Leiber. Das Bier floss in Strömen, zwischen den Zelten waberten Haschisch-Schwaden.

Am Spätnachmittag kamen Elsa und Hugo mit den Rädern aus Oldenburg. Ich hätte Elsa fast nicht erkannt, sie hatte ihre Haare abschneiden und knallrot färben lassen, es sah scharf aus. Als gegen acht Uhr abends *Amon Düül* die Bühne enterten, war die Stimmung auf dem Höhepunkt und die Luft zum Schneiden dick, aus der Ferne grollte es. Die Menge tobte, ich schwofte mit Gonzales, er gefiel mir immer besser und ich zitterte bei dem Gedanken, was womöglich heute noch laufen würde.

Tilde tanzte wild und allein, immer vorne an der Bühne. Elsa rockte neben ihr mitloderndem Schopf. Sie sah aus wie eins der Models aus London, die wir in den Zeitungen bewunderten. Die beiden machten sich gegenseitig an, schlängelten sich wie Bauchtänzerinnen umeinander und warfen die Arme exaltiert nach oben.

Meine Stimmung sackte in den Keller und war kaum wieder hochzuholen, auch nicht, als ich ein Stück von Tilde und Elsa entfernt Hugo tanzen sah, dessen strähniges, rotblondes Haar ihm über das Gesicht fiel. Nicht weit entfernt erkannte ich mit Schrecken Wumme, einen der Nyltesthemd-Dealer, die mehr Geld von uns gefordert hatten. Das Grollen wurde lauter, der Himmel dunkler und die ersten Tropfen fielen. Die Menge jubelte und streckte die Arme dem Regen entgegen, *Amon Düül* heizte die Stimmung mit schrillen Gitarrenriffs an, und in dem Durcheinander vergaß ich den Dealer schnell wieder.

Dann fing es richtig an zu pladdern. Die Band hörte abrupt auf und die Roadies stürmten mit Plastikfolien die Bühne, um die elektrischen Anlagen und die Instrumente abzudecken.

Die erste Sturmböe kam, die Menge schrie auf und alle strebten ihren Zelten zu. Es gab ein Getümmel im immer stärker rauschenden Regen, der von Blitzen bengalisch beleuchtet wurde. Manche standen glückselig mit ausgestreckten Armen da und tanzten immer noch, Gonzales und ich schafften es nur bis zu seinem Zelt, in dem Micha und Pedro so hingebungsvoll knutschten, dass sie das Unwetter gar nicht bemerkt hatten. Jetzt lief schon Wasser in das Zelt.

„Die Kiste," rief Micha, als er die Überflutung bemerkte, „schnell, das Zeug darf nicht nass werden."

Micha, Gonzales und ich arbeiteten uns geduckt zu unserem Zelt vor, es schwankte schon in der wassergefüllten Mulde. Plötzlich öffnete sich der Eingang und jemand kam herausgeklettert, wir sahen zuerst nur ein breites Hinterteil, gefolgt von einem schlammbespritzten Nyltesthemd.

„Das Stinktier!" schrie Tilde, als der Typ – es war Wumme - sich aus dem Schlamm hochwühlte und lossprintete, die Blechkiste an sich gedrückt.

„Hinterher!"

Micha rannte los, rutschte aus und kam schlammbeschmiert wieder hoch.

Wir rannten Wumme nach, der in Richtung Ausgang lief, ich verlor meine Jesuslatschen und rannte barfuß weiter. Tilde, Elsa und Hugo keuchten hinterher, unsere Füße schmatzten im Schlamm.

Hinter dem Schlagbaum am Eingang des Zeltplatzes stand das zweite Nyltesthemd, das seine Arme ausstreckte, um die Kiste an sich zu reißen. Micha übersprang den Schlagbaum und hechtete auf die beiden zu, sie fielen alle um, dann warf sich Hugo noch obendrauf. In dem Chaos verlor Wumme die Kiste, die aufsprang, und wir sahen ohnmächtig zu, wie unser restliches Kapital im Matsch versank. Da war nichts mehr zu machen, unsere mühselig gedrehten Tüten lösten sich auf und waren bald nicht mehr von dem aufgeweichten Boden zu unterscheiden.

Micha und Hugo schafften es, Wumme eine reinzuhauen, der auch gleich zu Boden ging. Sie wälzten sich im Dreck, die Reste der Joints klebten in Fetzen an ihnen.

In der Nacht kamen weitere Gewitter, meine Pläne mit Gonzales fielen buchstäblich ins Wasser. Micha verschwand in Richtung Pedros Zelt, Tilde, Elsa, Hugo, Gonzales und ich lagen eng aneinander gequetscht in unserem, das dem Regen halbwegs standhielt. Der Zeltplatz war aufgeweicht und es wurde kühler, die Auftritte für den Sonntag wurden abgeblasen.

Ricky präsentierte uns stolz die vierzig Hundertmarkscheine, die wir eingenommen hatten, er hatte die vielen Münzen bei der Festivalleitung gegen Scheine eingetauscht. Eine so große Summe hatten wir noch nie gesehen, geschweige denn besessen. Ricky bekam extra die fünfhundert Mark, die er seiner Mutter zurückgeben musste, den Rest teilten wir auf und verstauten ihn in unseren Brustbeuteln.

Ricky und Micha waren sicher, für ihr Geld eine gute gebrauchte Ente zu bekommen. Tilde freute sich, einen Grundstock für Amerika zu haben, ein One-Way Flugticket konnte sie jetzt bezahlen.

Ich bekam düstere Gedanken und wusste nicht, was ich mit dem Geld machen sollte. Je mehr ich überlegte, desto verschwommener stand mir meine Zukunft vor Augen.

Am Sonntagmorgen brachen wir bei Nieselregen auf und bepackten unsere Räder mit den feuchten Klamotten. Ich fuhr barfuß zurück, meine Jesuslatschen waren nicht wieder aufgetaucht. Ricky nahm das nasse Zelt, das zu einem Klumpen zusammengeschlagen war. Er sah Tilde triumphierend an und sagte, er wolle mit Isa nach Großenkneten, wo ihre Eltern eine Scheune hatten, in der das Zelt trocknen konnte.

Ich hatte auf dem ganzen Weg nach Oldenburg eiskalte Füße und schreckliche Angst, dass der fette Wumme wieder auftauchen und uns die Beutel vom Hals reißen könnte.

Elsa und Hugo radelten mit uns zurück. Es war wie ein Zwang, dass ich immer wieder gucken musste, ob Elsa und Tilde nebeneinander fuhren, ob sie miteinander redeten und lachten, ob Tilde vielleicht Elsa zu ihrer besten Freundin machen wollte. In mir gähnte ein Loch aus Angst, in das ich abzustürzen drohte.

Mitte der Woche kamen Pedro und Gonzales nach Oldenburg, wir waren im Stautorcafé verabredet. Ich wandte mich Gonzales zu und ignorierte Tilde, sie sollte nicht denken, dass ich immer zur Verfügung stand.

Das Angstloch in mir wurde größer. Was sollte ich ohne Tilde tun? Solange ich denken konnte, war sie außer Micha mein Fixpunkt gewesen und hatte mich vor dem Abgrund gerettet, es gab nichts, was ich an ihre Stelle setzen konnte. Das mit Gonzales war irgendwie *nett*, aber Tilde hätte er mir niemals ersetzen können.

Micha bemühte sich, Tilde zu besänftigen, aber Pedro war eben auch da und Michas Verliebtheit nicht zu übersehen. Dann tauchte Elsa auf, Tilde strahlte sie an und stellte sich zu ihr, von mir nahm sie kaum Notiz.

Gonzales und ich gingen am Stau spazieren und knutschten, aber es nützte nicht viel, in mir wurde es immer dunkler.

Ricky tauchte erst am Freitag wieder auf, zusammen mit Isa. Sie kamen nicht mit den Fahrrädern aus Großenkneten, sondern tuckerten mit einem dunkelroten 2CV, der von Roststellen übersät war, über den Nedderend. Ricky hatte den Wagen in Ahlhorn für achthundert Mark bekommen, er musste nur die Bremsen neu belegen und eine gebrauchte Kupplung einbauen, die ihm der Ahlhorner Händler dazugegeben hatte. Er würde das selbst machen, verkündete Ricky, Kais Vater lasse ihn am Wochenende in die Werkstatt, Kai würde ihm helfen.

Ricky hatte sich auch eine verspiegelte Sonnenbrille zugelegt, die er beim Fahren trug, sein linker Arm hing aus der Fensterklappe der Rostlaube heraus. Er manage jetzt die *Girls and Boys*, tönte er, er habe schon zwei Auftritte in Cloppenburg und einen in Ahlhorn klargemacht. Ganz groß werde er sie rausbringen und eine mächtige Werbeaktion veranstalten, die Weser-Ems-Halle in Oldenburg würden sie locker voll kriegen.

Schweinegeld

Der Alte hatte mal wieder tagelang üble Laune und hielt beim Abendessen Vorträge. Sein Lieblingsthema waren jetzt nicht mehr die protestierenden Studenten, sondern die Neureichen. Damit waren meistens unsere Nachbarn Tammo und Margit Brunken gemeint, bei denen ständig etwas Neues angeschafft wurde. Jetzt bekamen sie hinter dem Haus eine Terrasse angebaut. „Weiße Fliesen,“ sagte Mutti mit spitzem Mund, „wer will das denn sauber halten, und wie steril das aussieht, die Brunken schnappt nochmal über.“

Auch Margits neue Gardinen, die in gerafften Bögen vor dem Brunkenschen Panoramafenster im Wohnzimmer hingen - angeblich echte Brüsseler Spitze - gefielen Mutti nicht. „Die müssen in die Reinigung," sagte sie empört, „die kann sie gar nicht selbst waschen. Da kommt einer von der Reinigung und holt sie runter, nach zwei Tagen hängt er sie wieder auf. Das kostet doch ein Schweinegeld."

Schweinegeld hatten die Brunkens, so viel war sicher. Sicher war auch, zumindest für Micha, Tilde, Ricky und mich, dass Brunken ein widerlicher Typ war. Geldgierig und raffiniert, einer, der es verstand, immer die dicksten Rosinen aus dem Kuchen zu picken.

Margit hatte Mutti im Vertrauen gesteckt, dass Tammo in den fünfziger Jahren von dem Geld, mit dem ihn sein ältester Bruder als Hoferbe ausgezahlt hatte, ein großes Grundstück an der Ammerländer Heerstraße gekauft hatte. Nachdem er ein paar Jahre abgewartet hatte, wurde der Bau der Oldenburger Universität geplant und Tammo verkaufte sein Grundstück mit zwanzigfachem Gewinn. Das war die Grundlage für das Bauunternehmen Brunken an der Alexanderstraße, das im Bauboom der fünfziger und sechziger Jahre die Auftragsbücher voll hatte. Überall im Stadtgebiet sah man die Lastwagen mit dem Schriftzug BRUNKEN in großen roten Blockbuchstaben herumfahren.

Der Alte konnte sich maßlos darüber aufregen, dass so ein ungebildeter Emporkömmling, wie er Tammo bezeichnete, sich plötzlich einen hellblauen Achter-Mercedes vor die Tür stellen, ein zweites Bad einbauen und es mit Marmorfliesen und goldenen Wasserhähnen ausstaffieren konnte. Margit, ebenso korpulent und derb wie ihr Ehemann, lud Mutti manchmal zu einem *Piccolöchen* ein, wenn es neue Anschaffungen zu bestaunen gab. Dazu gehörten immer auch Halsketten und Armbänder aus dicken Goldgliedern sowie Brillantringe.

„Wertanlage“, zwinkerte Margit Mutti zu, „achtzehn Karat und siebenhundertfünfziger Gold.“

„Die reine Angeberei,“ sagte Mutti, „diese Goldklunker und Perserteppiche, in denen du versinkst, Ledergarnitur in dunkelgrün, altdeutsche Schrankwand, Sektkelche aus echtem Kristall, mundgeblasen, behauptet Margit. Aber meterweise Buchrückenattrappen in der Schrankwand, nichts davon ist echt. Typisch neureich, primitiv.“

Bei uns dagegen war nichts primitiv, sondern alles *ehrlich, solide* und *gediegen*, wie Mutti gerne betonte. Stolz strich sie über die echten Lederrücken ihrer Bertelsmann-Bände, mit denen ich meine ersten Leseabenteuer hatte. Ganz früher war es Nesthäkchen gewesen, mit zwölf, dreizehn Desiree, die mit ihrem Dekolleté Kaiser Napoleon betörte, dann die Romane von Gwen Bristow und Pearl S. Buck und die Angelique-Bände, die Tilde und ich einen nach dem anderen verschlungen hatten.

Inzwischen war ich über Bertelsmann und Angelique hinaus und wollte Moderneres lesen, die Romane von Heinrich Böll und *Die Blechtrommel* von Günter Grass. Wegen der versauten Stellen darin, von denen alle sprachen, kaufte ich mir das Buch und las es heimlich. Ich suchte für Tilde und Micha die Stellen raus, wir flüsterten sie uns gegenseitig vor und hatten riesigen Spaß, vor allem bei der Szene mit dem Brausepulver, das Oskar Matzerath in Marias Bauchnabel im Umkleidehäuschen der Danziger Badeanstalt zum Schäumen brachte.

Brunkens jedenfalls, so viel war klar, gehörten nicht zu den gebildeten Leuten. Ob wir Fuhrmanns das taten, wusste ich nicht. Mein Vater hatte zwar vor dem Krieg Jura studiert, jedoch fiel sein Examen in den Kriegsbeginn. Er hatte später Mühe, gültige Zeugnisse zu beschaffen und konnte nicht die gehobene Laufbahn einschlagen. Die Literaturauswahl meiner Mutter war eher ein Ausdruck ihrer Spießigkeit, genauso wie die gezierte Umständlichkeit, mit der sie Fremdwörter und akademische Titel aussprach. Irgendwie weihevoll wie ein Pastor, dabei stolperte sie über ihre eigene Zunge. Ich hasste es, wenn ich ihre unbeholfenen Bemühungen, als gebildet zu gelten, mit ansehen musste.

Die Quintessenz von Muttis Urteil über die Brunkens und speziell deren Tochter Vera war, dass sie zwar *im Oberstübchen* schwach, aber eine dicke Mitgift ihr sicher sei, damit werde sie sicher einen gutgestellten Mann finden.

Tilde und ich sind noch klein, dritte oder vierte Klasse, als bei Brunkens Richtfest gefeiert wird. Wir kennen Vera mit den X-Beinen schon eine Weile, weil sie regelmäßig mit ihrer Mutter zur Baustelle kommt. Manchmal bringt sie ihre Rollschuhe mit Kugellagern mit, die teuersten und modernsten, die es gibt. Aber sie schafft es nicht, bei den Wett- und Schauläufen, die wir auf dem Nedderend veranstalten, mitzuhalten.

Natürlich ist Tilde immer die Beste, dreht Pirouetten auf dem Wendekreis, läuft Schwalben auf einem Bein und mit ausgestreckten Armen, macht Spagat, obwohl sie nur alte, billige Rollschuhe hat, die an die Schuhsohlen geschraubt werden und schlecht halten. Ich bin lange nicht so gut wie Tilde, aber im Vergleich zu Veras Gehampel mache ich immer noch eine anständige Figur.

Wände und Dachstuhl der Brunkenschen Villa sind fertig. An einem Freitagmorgen werden von einem Brunken-Laster Tische und Bänke sowie Kartons mit Schnapsflaschen und Eckes Edelkirschlikör, Bier- und Bluna-Kisten abgeladen.

Tilde und ich freuen uns auf das Richtfest, wir üben eine Vorführung mit Seilchenspringen und Rollschuhlaufen ein, auch Vera darf mitmachen. Sie strengt sich an, stolpert aber mehrmals über ihre eigenen Füße und fällt hin. Rot und unsicher rappelt sie sich wieder hoch, sie tut mir leid.

„Es wird schon, das schaffst du," sage ich mehrmals aufmunternd.

Nachmittags um halb vier ist es so weit. Nachbarn vom Nedderend, Babenend und Rauhehorst sind gekommen, auch Fiete Großjohann und Gesine Gerken sind dabei. Die Zimmerleute schaffen den geschmückten Richtkranz, den Tuinmann, Friedhofsgärtnerei und Blumengeschäft am Rauhehorst, geliefert hat, auf das Dachgerüst. Der Chef der Zimmerleute mit schwarzer, weiter Hose, einem weißen Hemd mit Weste und einem schwarzen Hut steht mit Tammo auf dem Gerüst. Sie hängen den Richtkranz mit den flatternden bunten Bändern an einen Dachbalken.

Was Menschenhände hier bewegen,
braucht auch immer Gottes Segen.
Wir bitten deshalb für das Haus:
Schütze alle, die gehen ein und aus!

Der Zimmermann sagt den Spruch auf und reicht Tammo einen Hammer, der schlägt mit großen Armschwüngen einen Nagel in den Dachbalken. Die Nachbarn applaudieren.

Jetzt folgt die Vorführung von Tilde, Vera und mir. Fiete Großjohann begleitet uns auf seinem Akkordeon, das er zu dieser Zeit noch spielen kann. Er ist musikalisch und verdient sich bei Richtfesten und ähnlichen Gelegenheiten manchmal ein paar Mark. Gesine sitzt neben ihm und passt auf, dass er nicht zu viel trinkt. Sein Spiel ist leicht und harmonisch, die Töne schweben über die Baustelle: *Lili Marleen, Wenn bei Capri die rote Sonne im Meer versinkt…*, zwischendurch webt er immer wieder den melancholische Refrain des Liedes von den Moorsoldaten ein.

Zum *Donauwalzer* machen wir einen Rollschuhtanz, bei dem Tilde und ich Vera an die Hand nehmen, trotzdem fällt sie auf das raue Nedderend-Pflaster und reißt sich ein dickes, blutiges Loch in ihre weiße Hose. Tilde dreht noch ein paar Pirouetten, dann hören wir auf, mit Rücksicht auf Vera, die sich ihr Bein reibt und mit den Tränen kämpft. Margit Brunken kommt mit Desinfektionsmittel und Pflaster, Vera schreit und hält die Hände über ihr Knie.

Hulda ist auch gekommen, sie trägt ihre gute geblümte Jacke und hat die Haare im Nacken zu einem Knoten zusammengesteckt. Genickschussbremse, flüstert Tilde mir zu und kämpft gegen Kicheranfälle. Hulda setzt sich nicht mit an den Tisch, obwohl Margit und Mutti sie freundlich einladen, und lehnt auch die Pinnchen ab, die Margit auf einem Tablett herumreicht. Schnell folgen eine zweite und eine dritte Runde, die Gesellschaft wird lauter, die Gesichter röten sich.

Auch der Alte, den wir damals noch Vati nennen, ist gekommen, freitags hat er früher Feierabend. Mutti, in ihrer frisch gebügelten weißen Bluse, winkt ihm zu, macht einen Teller mit Mettbrötchen zurecht und stellt ihm eine Flasche Bier hin. Die Pinnchen gehen weiter herum, Tammo, stolz auf seinen schönen Rohbau, spricht ihnen eifrig zu, auch Vati kippt, bevor er seine Bierflasche öffnet, einige weg.

Fiete stimmt *La Paloma* an, alle singen mit, besonders laut Tammo, der die hohle Stimme von Hans Albers nachmacht, den norddeutschen Tonfall hat er sowieso.

Als es dämmert, wird die Stimmung hitziger. Einige Nachbarn fangen an, unbeholfen zu schwofen, auch Gesine hat ein paar Pinnchen gekippt und dreht sich schwankend in ihrem fleckigen Kleid.

Margit Brunken holt aus dem Garagen-Rohbau Schüsseln mit Kartoffelsalat und macht auf einem Spirituskocher Bockwürste heiß. Vera bekommt den Auftrag, Senftöpfchen und Pappschalen auf die Tische zu stellen, dabei humpelt sie und macht einen elenden Eindruck.

Tammo ist inzwischen puterrot und bester Laune, er schwitzt und stimmt *Ein Prosit der Gemütlichkeit* an. Alle singen mit, es klingt ziemlich schräg, Mutti tiriliert in der Oberstimme.

Auch Fiete hält bei den Pinnchen mit, sein Spiel wird schneller und fahriger. Gesine guckt besorgt. Als Fiete *Kalinka* anstimmt, packt Tammo seine unglückliche Tochter und schwenkt sie herum, dann umfasst er mit seinen Pranken ihre Pobacken und presst sie an sich. Veras Augen sind schreckgeweitet, sie versucht, ihn mit den Armen abzuwehren.

„Ein Tänzchen mit deinem Vater zur Feier des Tages wirst du ja wohl noch hinkriegen," brüllt Tammo.

Er ist außer Rand und Band, begrabscht seine Tochter mit dem blutigen Knie und schubst sie herum. Ihr laufen die Tränen herunter und man sieht, dass sie ihre Hose nass gemacht hat.

Dann tritt Margit auf den Plan und unterbindet das unwürdige Spiel, indem sie Vera am Arm wegzieht. Tammo klatscht ihr nochmal kräftig auf den Po, er scheint kurz vor einem Wutanfall zu stehen.

Vati hebt ein weiteres Pinnchen.

„Zum Wohl, Tammo," ruft er, „auf einem Bein kann man nicht stehen."

Tammo lässt sich neben ihn auf die Bank fallen und würdigt Frau und Tochter keines Blickes mehr. Alle saufen weiter. Auch Micha, der zwölf ist und beginnt, seinen Vater zu verabscheuen, kippt ein Pinnchen nach dem anderen, bis er blass und wackelig neben mir von der Bank rutscht und unter den Tisch kotzt.

Tammo und Vati stehen Arm in Arm auf, sie stützen sich gegenseitig, torkeln an die Hausecke und pinkeln breitbeinig dagegen.

„Das war die Taufe," brüllt Tammo, während er sich die Hose zuknöpft und die Hosenträger zurechtrückt. Vati ist so betrunken, dass er nur noch Grunzlaute hervorbringt, während er versucht, sein Hemd in den Hosenbund zu stopfen. Muttis weiße Bluse hat rote Flecken vom Eckes Edelkirschlikör, sie stößt immer wieder Juchzer aus, während sie prostet und sich an den roten Pinnchen labt.

Fiete, der eifrig mitgehalten hat, sackt irgendwann über seinem Akkordeon zusammen und rührt sich nicht mehr. Gesine schüttelt ihn und schiebt ihm einen Teller Kartoffelsalat mit Würstchen unter die Nase, in den sein Kopf hineinfällt. Gesine zieht ihn hoch, wischt ihm das Gesicht ab und schiebt ihn in Richtung Unterführung, das Akkordeon hängt sie sich über die Schulter.

„Micha," ruft Mutti meinem fast besinnungslosen Bruder zu, „willst du nicht deinen Plattenspieler holen? Wir haben doch die Verlängerungsschnur."

Micha reagiert nicht, er hängt bleich und gekrümmt neben mir auf der Bank. Dann stellen sich Vati und Tammo umständlich in Positur. Sie strecken den rechten Arm nach vorne und grölen:

Die Fahne hoch
Die Reihen dicht geschlossen
SA marschiert
Mit ruhig festem Schritt.

Hulda ist die erste, die merkt, was da gesungen wird, dann gucken auch andere Nachbarn pikiert. Hulda erstarrt und fordert Tilde auf, mit nach Hause zu kommen.

„Und du gehst am besten auch mit, Ika," sagt sie zu mir, „du willst ja wohl auch nicht mit den Nazis feiern."

Ich bin froh, der schrecklichen Situation zu entkommen, Vera schickt uns sehnsüchtige Blicke nach.

Ich weiß zu diesem Zeitpunkt noch nicht, was Nazis sind, es ist ein Wort, das ich manchmal höre, das mir aber noch niemand erklärt hat. Es ist was Unangenehmes, Geheimes, man sagt es nicht laut.

Seit diesem Tag kommt Hulda nicht mehr zum Nedderend, um nach Tilde zu sehen, auch wenn wir bei Schmitz sind, wird nicht mehr über meine Eltern oder die Nachbarn gesprochen

Dämonen aus der Vergangenheit

Im August 1967 kam eine Karte von Tante Ilse. Sie lud Micha, Tilde und mich ein, sie in Bremen zu besuchen. „Ich habe Sehnsucht nach euch," schrieb sie, „Rosi ist in Italien, sie will bald heiraten."

So fuhren wir über das Wochenende zu ihr. Wir nahmen uns vor, auch Tante Ilse nach der Nazizeit zu fragen in der Hoffnung, von ihr mehr Informationen zu bekommen als von unseren Eltern.

Als Erstes bat Ilse uns, sie nicht mehr Tante zu nennen. „Ilse genügt, es gefällt mir viel besser."

Ilse hatte auf ihrem Balkon einen festlichen Kaffeetisch gedeckt, eine Käsesahnetorte prangte in der Mitte. Sie erzählte von Rosi, die sich in ihren italienischen Chef Luigi verliebt hatte und er sich in sie, es klang wie ein Märchen. Jetzt waren sie bei seinen Eltern, die in Florenz eine Pizzeria besaßen, um Rosi mit Luigis Familie bekannt zu machen.

„Im Winter wird geheiratet, wir feiern ganz groß, und ihr seid herzlich eingeladen. Wenn Henny auch kommen könnte, würde ich mich freuen."

Sie platzte vor Stolz. Sie sprach nicht aus, dass sie den Alten nicht dabeihaben wollte, und Mutti würde vermutlich nicht wagen, ohne ihn zu kommen.

Als Ilse nach dem Kaffee eine Flasche Prosecco öffnete – ein italienisches Getränk, das uns völlig unbekannt war, aber sehr an Sekt erinnerte – fragten wir sie nach der Nazizeit. Sie wurde ernst und sagte, damit habe sie gerechnet, auch Rosi habe ihr dazu schon viele Fragen gestellt.

„Es ist schwierig, darauf zu antworten, ich werde kaum damit fertig, dass ein ganzes Land so einem Verbrecher hinterhergelaufen ist, ich ja damals auch, ich bin auf deren Propaganda total reingefallen."

„Wusstet ihr von den Konzentrationslagern?"

Ilse wand sich. „Ich sage mal so, wir hätten es wissen müssen, die Nazis haben ihren Antisemitismus und ihren Hass gegen alle Minderheiten ja laut genug herausgeschrien. Aber Auschwitz, Buchenwald, Dachau, nein, so was hätte man sich in seinen schlimmsten Alpträumen nicht vorstellen können."

„Was war mit Mutti," fragte ich, „sie tut immer so, als habe sie von nichts gewusst, Micha und ich glauben ihr das nicht."

Ilse schwieg eine Weile und goss uns die Gläser voll.

„Gut," sagte sie, „ich werde alles erzählen, von Anfang an. Ihr müsst wissen, was in dieser Zeit passiert ist. Henny muss mir das verzeihen, sie kann nicht davon ausgehen, dass alles unter der Decke bleibt."

Ilse nahm einen Karton mit Fotos aus dem Schrank und suchte einige heraus. Auf einem war Mutti als zierliches junges Mädchen mit halblangem dunklem Haar zu sehen. Neben ihr stand ein sympathisch aussehender junger Mann, einen guten Kopf größer als sie, der ihr den Arm um die Schultern gelegt hatte. Ich wunderte mich, ich hatte zuhause oft unsere Fotokiste durchstöbert, aber dieses oder ein anderes Foto mit diesem jungen Mann hatte ich nie gesehen.

„Er sieht nett aus," sagte ich.

„Das war Hennys erster Freund, er hieß Jakob Silbermann und war Jude, drei Jahre älter als Henny, sie war gerade siebzehn geworden und er zwanzig. Sie hatten sich im Restaurant unserer Eltern in Magdeburg kennengelernt. Dann kamen die Nazis und machten sich überall breit. Jakob wollte mit seinen Eltern nach Amerika auswandern und Henny sollte mitkommen. Sie hatte große Angst davor, sie wollte nicht weg, und dann hörte sie mehrmals von SA-Leuten, die bei uns Gäste waren: Judenliebchen, Jud, Jud hast Speck gefressen, solchen Mist riefen sie ihr hinterher. Ihr wisst, wie ängstlich Henny ist, und dass sie am liebsten mit den Wölfen heult. Als sie merkte, dass Jakob und seine Eltern immer mehr unter Druck gerieten, trennte sie sich von ihm und wurde ab da eine glühende Nationalsozialistin.

Euren Vater lernte sie erst sieben Jahre später kennen, im März 1940, da war sie vierundzwanzig, es war das erste Kriegsjahr. Eines Tages saß er bei uns im Gartenrestaurant, der flotte Kurt Fuhrmann von der SA, der eine Tante in Magdeburg besuchte. Vier Wochen später waren sie schon verlobt, weil Kurt als Besatzer nach Norwegen musste. Er hatte mehrmals Fronturlaub, kam dann Henny besuchen, brachte Bohnenkaffee, Pralinen, Handschuhe aus Schneehasenpelz und den Silberfuchs mit. Das beeindruckte Henny sehr. Solche Luxuswaren gab es damals für das normale Volk überhaupt nicht, es war ja Kriegswirtschaft. 1943 heirateten sie. Es wurde groß gefeiert und aufgefahren bei uns im Restaurant, es waren viele hohe Nazis eingeladen. Ich sehe noch vor mir, wie die Hakenkreuze, die sie alle am Ärmel trugen, einen schwarzroten Kranz um die Hochzeitstafel bildeten, die Frauen saßen als Verzierung in eleganten Abendkleidern dazwischen. Diese Fotos hat Henny 1945 alle vernichtet, deshalb gibt es kein Hochzeitsfoto von euren Eltern.

Euer Opa litt ziemlich an diesem Tag. Er lehnte die Nazis ab, und weigerte sich zuerst, an der Stirnseite des Saales eine große rote Hakenkreuzfahne aufzuhängen. Darauf bestand Kurt aber und prahlte beim Mittagessen mit den Erfolgen der Wehrmacht. Dabei hat er selbst wohl nie im Schützengraben gelegen, sondern sich als Besatzer ein feines Leben gemacht. In Norwegen gab es ja kaum Kampfhandlungen, er konnte angeln und jagen, nur manchmal musste er einen norwegischen Verräter exekutieren. Darüber ließ er gelegentlich Andeutungen fallen, für ihn war es eine Heldentat."

Ich fragte Ilse, warum Micha und ich dann erst 1947 und 1949 geboren wurden, da waren sie ja schon lange verheiratet.

Ilse schwieg und schluckte, sie kämpfte mit den Tränen. „Was jetzt kommt, ist sehr schwer," sagte sie leise, „aber ich muss es euch sagen, ihr habt ein Recht, es zu wissen. Ihr hattet einen Bruder, den kleinen Holger, der im Januar 1944 geboren wurde, ein niedliches Kerlchen. Ende 1946, da war er fast drei, ist er auf einem Trümmergrundstück herumgeklettert und von einem Blindgänger zerrissen worden, er war sofort tot. Kurt war schuld, er war mit dem Kleinen draußen gewesen und hatte nicht gut genug aufgepasst. Das war ein furchtbarer Schlag für die beiden, Henny konnte ein paar Monate nicht sprechen."

„Und er, wie ging er damit um?"

„Es ging ihm natürlich dreckig, aber Kurt machte es wie mit allem, was in dieser Zeit passiert ist, er sprach nicht darüber. Alles wurde totgeschwiegen, der Tod des Kindes, die ganzen Nazischweinereien. Das Wort Konzentrationslager durfte man nach dem Krieg in Kurts Gegenwart gar nicht aussprechen, da bekam er sofort einen Wutanfall und schwafelte etwas von Denunziantentum."

Die Nachricht von dem Bruder haute uns um, und mehr noch die Tatsache, dass sie uns das nicht erzählt hatten.

Tilde fragte, was Ilse von den Konzentrationslagern gewusst hatte.

Meine Tante wurde ganz leise und kämpfte mit den Tränen. „Im Krieg wussten wir nichts davon," sagte sie, „das schwöre ich euch, wir wussten allerdings, dass es keine Juden mehr in Magdeburg gab."

„Da müsst ihr doch irgendwas gedacht haben," sagte Tilde, „habt ihr euch nicht gefragt, wo sie waren?"

„Ihr wisst nicht, was das für eine Zeit war, wir waren eigentlich nur mit Überleben beschäftigt. 1944 wurde Opas Restaurant zum Lazarett umfunktioniert, Henny, Oma, ich und unsere Küchenhilfen haben die zerschossenen Soldaten gepflegt, euer Opa hat für alle gekocht. Da haben wir über nichts wirklich nachgedacht, es ging nur ums Überleben. Und dann kam ja Rosi, da hatte ich gar keine Zeit mehr, mir irgendwelche Gedanken zu machen."

„Was war Rosis Vater für einer," fragte Micha vorsichtig, „hat der überhaupt jemals eine Rolle in eurem Leben gespielt? War das ein Nazi?"

Ilse schwieg, ich hatte Angst, dass Michas Frage sie verletzte.

„Nazis waren sie alle," sagte sie schließlich, „und die, die es nicht waren, haben darüber nicht gesprochen. Also auch Rosis Vater, na klar war der ein Nazi. Allerdings ein schwer verwundeter, er war ja unterschenkelamputiert und hatte Splitter im Rücken. Und eine Rolle, nein Micha, die hat er in meinem Leben dann nicht mehr gespielt. Er guckte schon nach anderen Frauen, als ich schwanger war. Wir hatten eine niedliche kleine Küchenhilfe, die war nach mir dran und dann gab es noch eine weitere, bevor der Krieg zu Ende war."

Tilde legte Ilse die Hand auf den Arm. „Das muss dir doch furchtbar weh getan haben, was war das denn für ein Schwein."

Ilse sah verloren vor sich hin. „Damals konnte einem nichts mehr weh tun, der Zeitpunkt war längst überschritten. Um uns herum gab es nur Blut, Eiter, Wunden, amputierte Glieder, Verlust, Tod und Schmerzen in jeder Form, das totale Chaos. Und zwischendurch eben manchmal hitzige Liebesgeschichten, kleine Fluchten aus dem Elend und der Angst. Es waren nur kurze Illusionen, die diese Hölle vergessen machen sollten. Nein, ich habe diesen Mann aus meinem Leben gestrichen, noch vor Rosis Geburt habe ich beschlossen, auf den Vater zu verzichten. Ich habe ihn auch nicht angegeben, ich habe gesagt, er sei gefallen.

Rosi habe ich später das Gleiche erzählt. Inzwischen weiß sie, dass das nicht stimmt, dass er damals einfach spurlos verschwand und seine Tochter niemals gesehen hat. Aber sie hat mir oft gesagt, es mache ihr nichts aus, sie habe bestimmt nichts versäumt, wenn sie so einen Arsch – das sagte sie wörtlich – nicht kennenlernen musste. Es gab ja viele Kinder, deren Väter tot waren oder vermisst, für Rosi war das etwas Normales. Sie wollte gar nicht wissen, was es für einer war.

Später habe ich einmal mit ihr darüber gesprochen. Ich glaube, sie hat nie einen Vater vermisst."

„Da haben wir es wieder mit der vaterlosen Gesellschaft," sagte Micha, „die Männer hatten abgewirtschaftet und über die ganzen Männerwerte wie Gehorsam, Pflichterfüllung und Disziplin kann man sowieso ein Ei schlagen."

Ilse nickte. „Es ging zigtausenden Frauen so, deren Männer im Krieg geblieben waren. Trotzdem musste ich mir natürlich dumme Bemerkungen über uneheliche Kinder anhören. Ich bin froh, dass Rosi die schönen Augen und das dicke Haar von ihrem Vater geerbt hat," sagte Ilse leise, „und nicht mein Kartoffelgesicht. Ich dachte immer, da hat sie ein Kapital für ihr Leben, als hübsche Frau hat sie alle Chancen, mehr jedenfalls als so eine dicke Küchenmamsell wie ich."

„Du spinnst," sagte ich, „du bist eine schöne Frau, schön und stark und selbständig, nicht so ein verwöhntes Puttchen wie Mutti."

Je mehr Ilse von der Nazizeit erzählte, desto stiller wurde Tilde.

„Ich bin Zigeunerin," sagte sie plötzlich, „meine Familie wurde verfolgt. Aber sie reden nicht drüber, es ist ein großes Geheimnis. Was genau mit ihnen war, weiß ich nicht, aber ich glaube, sie haben Schlimmes erlebt, vor allem meine Mutter. Sie ist oft krank, hat Migräne und schläft schlecht. Manchmal sitzt sie nachts in der Küche und raucht und trinkt Milch mit Honig, dann weiß ich, sie hat wieder Alpträume. Sie stiert vor sich hin und sieht mich kaum, sie ist wie erstarrt. Mein Papa verzweifelt immer, wenn sie so drauf ist, da kann man ihr einfach nicht helfen."

Ilse riss die Augen auf. „Was sagst du da? Zigeuner? Verfolgt? Woher weißt du das?"

„Ich weiß es nicht genau, vermute es aber. Meine Eltern reden überhaupt nicht darüber, was mit ihnen unter den Nazis war, ihre Geschwister und Eltern sind alle umgekommen, bis auf meine Tante Hulda."

„Der Onkel eines Freundes von uns ist der Schwager von Gesine Gerken," ergänzte ich, „du weißt, die Klatschtante, die immer bei uns rumrennt. Er hat uns erzählt, dass es am Friedhofsweg vor 1933 viele Sinti-Familien gab, wie es aussieht, gehören Tildes Eltern und Tante zu den wenigen, die die Nazis überlebt haben. Ich kann meine Eltern nur nicht danach fragen, sie mauern und gucken weg und tun so als wäre nichts gewesen. Dagegen kommt man nicht an."

„Was in den Konzentrationslagern passiert ist, haben wir vielleicht geahnt, aber richtig erfahren haben wir es erst nach dem Krieg," fuhr Ilse fort. „Wir im Osten waren ja von den Russen besetzt, und die haben uns Ende 1945 gezwungen, die Filmaufnahmen anzusehen, die sie bei der Befreiung von Auschwitz gemacht haben. Wir mussten alle in den Gemeindesaal kommen, da flimmerten die Bilder von der Leinwand. Das war so grauenhaft, so entsetzlich, dass einem die Worte fehlen, bis heute, das lässt sich in nichts einordnen. So würde kein Tier mit einem anderen umgehen, was damals Menschen anderen Menschen angetan haben. Gemarterte Wesen sahen wir auf den Filmaufnahmen, bis auf das Skelett abgemagert, gespenstische Marionetten, gar nicht mehr menschenähnlich, vegetierten zwischen halb verwesten Leichen, die am Wegrand oder übereinander gestapelt auf Lastwagenpritschen lagen. Dann die Gaskammern, die Verbrennungsöfen, die Berge von Koffern, Brillen, Schmuck, Schuhen, Haaren, der ganze Horror wurde uns vorgeführt. Es tat sich ein Abgrund an Unmenschlichkeit auf, jenseits von allem, was man sich hätte vorstellen können. Am meisten erschüttert haben mich die Listen, die die Russen gefunden haben, da waren die Opfer alle in picobello Schönschrift aufgeführt, mit Foto und Namen und Herkunft, ein bürokratisch verwalteter Massenmord."

„Hat Mutti das auch gesehen?"

„Ja," sagte Ilse, „sie hat alles gesehen. Sie wollte rauslaufen, als die Bilder kamen, aber der russische Offizier am Eingang hat sie gezwungen, hinzuschauen. Er hat ihr die Hände hinter dem Rücken festgehalten, sodass sie die Augen nicht zuhalten konnte."

„Also weiß sie es," sagte Micha, „vor uns tut sie so, als hätte sie keine Ahnung gehabt."

„Sie hat reagiert wie alle Deutschen, wie die drei Affen: nichts sehen, nichts hören, nichts sagen. Aber sie hat gesehen und gehört. Nach der Filmvorführung wurde sie krank und hat tagelang erbrochen. Der Arzt fand keine Ursache dafür, aber mir war klar, was es war. Danach war es dann wie nie geschehen. Als ich es später noch einmal ansprechen wollte, hat sie durch mich hindurchgesehen und ein anderes Thema angefangen."

Ilse wurde immer leiser, sie kämpfte mit den Tränen. „Was diese Zeit in uns angerichtet hat", sagte sie, „kann nie wieder gut werden. Auch, wenn wir selbst vielleicht nichts gemacht oder gewusst haben, hat doch die Mehrheit Heil Hitler geschrien. Und jetzt übernimmt keiner die Verantwortung, plötzlich war niemand mehr dabei, plötzlich gab es nur ein paar Verrückte, die in aller Heimlichkeit Massenmorde begangen haben. Und wo sind sie alle geblieben? Mitten unter uns sind sie, haben sich irgendwie durch die Entnazifizierung gemogelt und sitzen wieder auf einflussreichen Posten. Es ist gut, dass ihr jungen Leute jetzt danach fragt und die Schuldigen benennen wollt, es wird höchste Zeit, dass diese Verbrechen gesühnt werden."

Ilse war erschöpft, das Thema nahm sie mit.

Ich schlief schlecht in dieser Nacht auf Ilses Ausziehcouch neben Tilde und dachte an den kleinen Holger, der keine Spur in unserer Familie hinterlassen hatte, und wie es für meine Eltern gewesen sein musste, ein dreijähriges Kind zu verlieren.

Am Sonntagmorgen gingen wir an der Weser spazieren. Ilse wirkte erleichtert, es tue ihr gut, sagte sie, alles ausgesprochen zu haben, aber sie schäme sich auch abgrundtief vor uns. Wir beteuerten, dass sie dazu keinen Grund habe.

Im Zug zurück nach Oldenburg sagte Tilde: „Es ist so weit, zuhause sind sie jetzt dran, Ausflüchte gibt es nicht mehr."

Ich bin, wie ich nicht sein darf

Nach dem abgesoffenen Thüle-Rock-Festival hielten Micha und ich Kontakt zu Pedro und Gonzales und verabredeten uns am nächsten Samstagabend in Oldenburg. Ich wollte nicht, dass Tilde mitkam. Pedro mochte sie aus naheliegenden Gründen überhaupt nicht, ein Weichei, sagte sie verächtlich. Gonzales fand sie spießig, viel zu lieb, kein Draufgänger, kein richtiger Torero. „Den kann man sich nicht beim Stierkampf vorstellen," sagte sie gehässig.

„Das macht er ja auch nicht, er lebt in Cloppenburg," sagte ich, "da gibt's höchstens Bullenkämpfe."

Gonzales war achtzehn und machte eine Lehre als Elektriker, er war im zweiten Lehrjahr. Sein Bruder Pedro war einundzwanzig, er hatte eine alte Isetta, mit der sie uns in Oldenburg besuchten.

Pedro und Micha gingen zum Karl, wo der allgemeine Alkoholpegel so hoch war, dass zwei händchenhaltende Jungs niemandem auffallen würden.

Gonzales und ich liefen in die Stadt, er legte seinen Arm um meine Schulter, aber ich fand es schwierig, so eng mit ihm zu laufen und stolperte über seine oder meine Füße. Ich wusste nicht, wie ich mich verhalten sollte, und begriff, dass die ganze Zweisamkeit nicht so einfach war und keineswegs die reine Glücksseligkeit, wie es uns die Werbung oder die Liebesromane, von denen Mutti ganze Stapel besaß, weismachen wollten. Gonzales und ich einigten uns schließlich darauf, Hand in Hand zu gehen. Ich versuchte, das Verhältnis von Micha und

Pedro anzusprechen, aber Gonzales sah starr geradeaus und fing ein anderes Thema an.

Zurück am Rauhehorst fanden wir Pedro und Micha angeschickert beim Karl an der Theke. Sie sahen traurig aus und schlugen sich zum Abschied tapsig auf die Schultern.

Micha standen die Tränen in den Augen. Er versuchte noch, mich zu einem Pinnchen zu überreden, aber ich hatte keine Lust darauf.

Micha schlief jetzt wieder am Nedderend, er hatte Stress mit Ricky, der nur noch über Geli reden konnte. Es war elf Uhr, im Schlafzimmer unserer Eltern brannte Licht und wir waren leise, damit der Alte Micha nicht hörte.

Als ich mir im Badezimmer die Zähne putzte, belauschte ich ein Gespräch.

„Wo ist Micha," hörte ich den Alten fragen, „wohnt er immer noch bei diesem Ricky? Will er nicht endlich zur Vernunft kommen und sich die Haare schneiden lassen? Diese weibischen Frisuren, zum Weglaufen. Und was ist mit der Schule? Er wird doch nicht kurz vor dem Abitur alles hinschmeißen."

Ich hörte Mutti seufzen. „Ich glaube, das wird nichts mehr," sagte sie, und setzte, wohl um von dem heiklen Thema abzulenken, hinzu:

„Ich glaube, dass Erika einen kleinen Freund hat."

„Ach du lieber Himmel. Ist sie denn schon trocken hinter den Ohren?"

„Sie wird in vier Wochen achtzehn."

„Und, wer ist der Auserwählte? Will sie ihn uns nicht vorstellen?"

„Das tun die jungen Leute heute nicht mehr, die machen das unter sich aus. Wenn es was Ernstes ist, wird sie uns schon bekannt machen."

„Als Vater möchte man gefragt werden. Ist das auch so ein Gammler?"

„Die Zeiten ändern sich, du wolltest damals auch nicht gleich zu meinem Vater gehen."

„Dein Vater hatte was gegen Uniformen, das weißt du doch wohl noch."

„Er war eben kein Nazi, er hasste das ganze Getue von denen."

Eine Weile schwiegen sie, ich wunderte mich, dass mein Vater nicht aufbrauste.

„Also sag schon, was ist es für einer."

Es schien ihn tatsächlich zu interessieren.

„Er hat Ika abgeholt, da habe ich ihn kurz gesehen. Ein netter, hübscher junger Mann, sehr höflich."

„Und, aus was für einem Stall?"

Ich stand kurz vor einem Wutanfall und schlich mich aus dem Badezimmer. Er sprach über mich, als wäre ich ein Schwein oder eine Kuh, als müsste er mich auf dem Pferdemarkt verhökern.

Micha wälzte sich im Bett, als ich zurückkam, seine Augenlider flatterten.

„Soll ich bei dir schlafen?"

Er rutschte zur Seite und ich kroch neben ihn, ich roch seine Alkoholfahne, aber auch den vertrauten Brudergeruch. Trotzdem schlief ich schlecht, weil Micha unruhig war, im Schlaf sprach und mit den Armen ruderte.

Ich dachte an den Bruder, den wir gehabt hätten, wenn er nicht auf eine Bombe getreten wäre, er wäre jetzt dreiundzwanzig. Hatten sie um ihn getrauert? Warum gab es kein Foto von ihm, keinen Ehrenplatz in unserem Haus? Wäre ich überhaupt geboren worden, wenn er am Leben geblieben wäre?

Ich beschloss in dieser Nacht, unsere Eltern zu konfrontieren und nach dem Kind zu fragen, zusammen mit Micha, wir mussten nur den richtigen Moment abpassen. Was sollten wir machen, wenn er tobte und sie heulte? Den Rücken steif machen, immer wieder nachfragen, diese Strategie hatte ich mit Tilde besprochen. Sie wollte sie auch bei ihren Eltern anwenden.

„Mama geht es nicht gut," hatte Tilde gesagt, „sie heult wieder jede Nacht und schreit im Schlaf, Papa ist total verzweifelt."

Micha schlug brabbelnd und schnaufend um sich, auch ihn verfolgten die Dämonen. Er tat mir schrecklich leid, seine Situation war so aussichtslos. Vielleicht zeigte sich ein Silberstreif am Horizont. Zu den politischen Forderungen der Studenten gehörte auch, den Paragraphen 175 abzuschaffen und Homosexualität nicht mehr zu bestrafen.

Der Herbst 1967 brach mit schlechtem Wetter und Dunkelheit herein. Wir hatten eigentlich noch ins Moor fahren wollen, um das Boot zu reparieren und den zweiten Teich zu suchen, aber es regnete wochenlang und war kalt. Wir hatten den Plan, mit unseren Eltern über die Vergangenheit zu reden, erstmal fallen gelassen, die Frustration, immer wieder ins Leere zu laufen, war zu groß.

Micha war unglücklich, denn Pedro und Gonzales hatten sich eine Weile nicht gemeldet, wir wussten nicht, was los war. Mir war es eigentlich egal, ich mochte Gonzales zwar, aber ich vermisste ihn nicht.

Dann rief er eines Abends an. Meine Eltern saßen im Wohnzimmer, wo auch unser Telefon stand, zum Glück hatte es eine lange Schnur und ich konnte in den Flur gehen. Ich erkannte Gonzales Stimme kaum, er klang verweint und schluchzte, ich verstand erst allmählich den Grund seines Anrufes.

„Pedro", stammelte er, „er hatte einen Unfall, er ist mit der Isetta frontal gegen einen Baum gefahren."

Meine Frage, ob er verletzt sei, ging in Gonzales Weinen unter. „Er lebt nicht mehr," hörte ich schließlich heraus, „die

Polizei sagt, es könnte Selbstmord gewesen sein, die Straße war trocken und es gab keine Bremsspuren."

„Wie furchtbar," stammelte ich, „Gonzales, wie schrecklich, der arme Pedro, eure armen Eltern. Wie soll ich das bloß Micha beibringen."

„Micha ist wohl nicht ganz unschuldig daran, du weißt, was zwischen den beiden lief. Pedro hat mir einen Zettel auf den Schreibtisch gelegt, bevor er sich umgebracht hat. Darauf hat er geschrieben, in Großbuchstaben: ICH BIN, WIE ICH NICHT SEIN DARF. Nur das, ICH BIN, WIE ICH NICHT SEIN DARF. Ich habe den Zettel verschwinden lassen, meine Eltern dürfen das nicht wissen."

„Sie können nichts dafür, Pedro nicht und Micha auch nicht. Manche Menschen sind so, das gibt es überall, in jeder Gesellschaft. Die Studenten fordern auch, dass es nicht mehr strafbar ist."

Gonzales weinte. „Für Pedro ist es zu spät, er kann nicht mehr erleben, dass die Welt sich ändert."

„Was war denn?" fragte Mutti betont harmlos, als ich das Telefon mit verheulten Augen ins Wohnzimmer zurück brachte, „war das der höfliche junge Mann aus Cloppenburg?"

Ich sagte nichts und ging hinaus.

„Sie heult, vielleicht hat er Schluss gemacht," hörte ich Mutti, „ach, die Jugend."

Auf meine Mitteilung, dass Pedro tödlich verunglückt sei, reagierte Micha kaum, wurde nur noch bleicher, als er ohnehin schon war, und starrte vor sich hin.

„Tot sein," murmelte er, „das ist mit Sicherheit der beste Zustand für unsereinen."

Dann erzählte ich ihm von dem Zettel. Micha fing an zu weinen und wiederholte schluchzend mehrmals den Satz, den Pedro hinterlassen hatte.

„Du darfst so sein, wie du bist,“ sagte ich, „dafür kämpfen wir. Die reaktionären Säcke haben ausgespielt, du wirst sehen.“

Ich versuchte, so optimistisch wie möglich zu klingen, aber selbst konnte ich eigentlich auch nicht dran glauben.

Die Stütze des Mannes

Nach Pedros Tod wollte ich nicht mehr in die Kneipen gehen, ich wollte von keinem angemacht werden, hatte keine Lust zu trinken und zu tanzen. Außerdem war der norddeutsche Winter da mit Kälte und Dunkelheit, der Wind fegte vertrocknete Lindenblätter über den Nedderend.

Ich hatte angefangen, die *Tagebücher der Anaïs Nin* zu lesen, der erste Band war gerade erschienen. Die Buchhändlerin hatte mir das Buch empfohlen, weil ich etwas über starke Frauen und die Frauenbewegung lesen wollte. Außerdem hatte ich noch *Das andere Geschlecht* von Simone de Beauvoir gekauft. Das, hatte die Buchhändlerin gesagt, sei die Grundlage und das Standardwerk des modernen Feminismus.

Beauvoirs Thesen begeisterten mich und Tilde, der ich regelmäßig Zusammenfassungen lieferte. Wie recht sie hatte! Frauen waren nicht von Natur aus schwächer als Männer, sie wurden auf die Rolle als Stütze des Mannes zurechtgetrimmt, als Produzentin seines möglichst männlichen Nachwuchses, als attraktive Beigabe, mit der der Mann sich schmückte und die ihm alle Unbequemlichkeiten aus dem Weg räumte. Nur das sollten die Frauen sein, Dienerinnen des Mannes, keine Rechte haben, kein eigenes Geld, kein eigenes Leben. Alle Frauen, die das Modell nicht mitmachten, wurden als Blaustrümpfe und Suffragetten oder als *studierte Weiber* diskriminiert, ein Lieblingsausdruck von Mutti, den sie abfällig und mit hängenden Mundwinkeln aussprach.

Noch schlimmer war es, wenn die Frau verdächtigt wurde, *so eine* zu sein, damit gemeint waren die Lesbierinnen. Natürlich waren sie *Mannweiber* und nur so geworden, weil sie keinen abkriegten.

„Wie erbärmlich," sagte Tilde, „und wie langweilig. Müssen wir Frauen uns an die Typen verkaufen? Warum lassen wir uns das gefallen, warum machen wir uns massenhaft zum Affen? Und für wen? Guck sie dir doch alle an, die Fettsäcke und Saufköppe, die ganzen Altnazis, die sollen uns überlegen sein? Möchtest du so einem die Socken waschen und die Füße küssen, Ika?"

Wir schüttelten uns vor Ekel und schraubten uns noch eine Weile hoch in den Vorstellungen vom Größenwahn der Männer, ihrer Überheblichkeit, ihrer Pickeligkeit.

Wir waren uns einig, dass wir Tildes Vater Carlo aus der Liste der Erzchauvinisten, auf der mein Alter ganz oben stand, streichen konnten. Carlo hatte zwar einen runden Bauch und trank manchmal ein Schnäpschen, aber er war liebevoll, gutmütig und respektvoll gegenüber seiner Frau und seiner Schwester, Tilde vergötterte er sowieso.

„Wenngleich," sagte Tilde, „er natürlich auch ein Macho ist. Mama und Hulda tragen ihm den Hintern nach, er dürfte niemals spülen oder putzen, das machen nur die beiden."

Diese Rollenverteilung lebten unsere Eltern uns vor, sie war scheinbar alternativlos. Micha kam aufs Gymnasium und wurde von oben bis unten bedient, obwohl er das gar nicht wollte. Bei mir mussten Real- und Hauswirtschaftsschule reichen. Außerdem musste ich zu Hause abwaschen - oder seit neuestem die Spülmaschine ein- und ausräumen - und mein Zimmer selbst saugen, für Micha taten das Gunda und Mutti.

Je mehr ich darüber nachdachte, desto unverschämter fand ich es, Frauen auf eine Rolle zu reduzieren, während den Männern hunderte von Möglichkeiten offenstanden.

Auch Elsa und Gunda waren auf dieses Thema höchst ansprechbar.

„Hört bloß auf," sagte Gunda, wenn Mutti nicht da war und wir unser Teestündchen hatten, „das haben wir alles den Faschisten zu verdanken. Die wollten aus den deutschen Frauen Gebärmaschinen machen, ein Balg nach dem anderen sollten wir werfen, möglichst alles blonde Jungs für den Führer und seinen Krieg, Kanonenfutter. Guckt euch die Bilder aus der Nazizeit an, die strammen Kerle mit den Lederstiefeln und den harten Gesichtern. Und die blonden Weibchen an ihrer Seite, die den Mund halten und die Beine breit machen mussten, alles für den Führer. Da liefen lauter Eva Brauns rum, mit blonden Dauerwellen, weiten Röcken und blödem Grinsen. Sie fanden diesen schnarrenden und feixenden Idioten toll, das kann ich bis heute nicht begreifen."

Ricky, der die vergangenen Wochenenden mit Isa verbracht hatte, tauchte plötzlich am Samstag wieder auf, weil Isa Schluss gemacht hatte.

„Die Frauen heutzutage," rang er sich ab, „die wollen ja alles rumdrehen. Erst haben die Typen bestimmt, jetzt sind die Frauen mal am Ruder, mindestens für die nächsten hundert Jahre, sagt Isa. Sie hat behauptet, dass es weniger Kriege und weniger Ungerechtigkeit gäbe. Ich möchte mal sehen, wie sie das hinkriegen wollen, zaubern können die ja auch nicht."

„Den Versuch hat noch keiner gemacht," sagte Tilde, „da könnte was dran sein. Man müsste uns nur mal ranlassen."

Ricky brummelte etwas von „alle Weiber in einen Sack stecken", riss sich aber zusammen, weil Tilde und ich ihn mit Blicken aufspießten.

Er hatte einen neuen Job als Roadie und Manager bei den *Boosters* aus Oldenburg, die nur gecoverte Titel aus den amerikanischen und englischen Charts spielten und im Astoria sowie in den umliegenden Dörfern in Turn- und Schützenhallen auftraten.

Wir gingen manchmal mit zu den Konzerten, bei denen Ricky mit der verspiegelten Sonnenbrille wichtig über die Bühne lief. Oder wir betranken uns beim Karl und schleppten uns so irgendwie über den Herbst. Ricky überwand Isa und bemühte sich heftig und, wie es aussah, erfolgreich um Geli, die schwarzhaarige Drummerin der *Boosters*.

Elsa sah fantastisch aus mit ihrem neuen, kurzen, knallrot gefärbten Schnitt. „Das müssen die bei Hertie aushalten," sagte sie. Ihr kleiner Nasenbuckel kam mit dem kurzen Haar erst richtig zur Geltung.

Elsa hatte auf Twiggy verwiesen, die zurzeit das Angesagteste überhaupt sei. Wir hatten das superdünne Model aus London mit Minirock, kurzen Haaren und schwarz geschminkten Augen schon in den Mappen gesehen und ziemlich scharf gefunden, viel besser als die langmähnigen, esoterikbeduselten Hippie-Tanten. Sogar Vera Brunken trug jetzt einen blumigen Volant-Rock und Jesuslatschten, Tilde und ich waren auf schwarze Miniröcke umgestiegen.

„In der Mottenstraße ist ein neuer Friseur," sagte Elsa, „ein Türke, Süleyman, der kann schneiden, sage ich euch. Nimmt allerdings fünfzehn Mark."

Tilde und ich sahen uns an und nickten. Das Geld hatten wir, und Elsas Schnitt war in höchstem Maße super, den wollten wir auch. Nach der Arbeit gingen wir bei Woolworth vorbei, deckten uns mit Makeup, Kajal- und Lippenstiften ein und nahmen auch die gerade eingetroffenen quergeringelten Strumpfhosen mit, Tilde in rotweiß, ich in blauweiß.

Dann marschierten wir zu Süleyman's Salon in der Mottenstraße. Der Türke sah gut aus und war freundlich, sein Deutsch hatte einen lustigen Akzent. Er strahlte, als wir nach einem Termin fragten und ihm sagten, was wir wollten.

„Bitte, meine Damen, wenn ihr wollt, könnt ihr gleich hierbleiben. Nur ein Kunde vor euch, es geht ganz schnell."

Der kleine Salon mit den beiden altmodischen, chromverzierten Friseurstühlen gefiel Tilde und mir, noch besser gefiel uns Süleyman. Wir schätzten ihn flüsternd auf mindestens sechsundzwanzig und beobachteten, wie er einen bulligen Mann auf dem Friseurstuhl akkurat rasierte und dann an seinem Kopf herumschnitt, ihm mit einem weichen Pinsel Kopf und Gesicht abwedelte und mit einem Zerstäuber einnebelte, dessen Rosenduft bis zu uns wehte. Er präsentierte dem Kunden mit einem eleganten Armschwung den Spiegel für die Rückansicht, der Bullige war zufrieden.

„So meine Damen, wer zuerst?"

Süleyman wischte den Stuhl ab und sah uns erwartungsvoll an, Tilde wagte es zuerst.

Nachdem Süleyman ihr den Kittel umgelegt hatte, fuhr er durch ihr dickes Haar. „Ist schade um so schöne Haare, meine Dame, soll ich wirklich alles wegschneiden?"

„Ich bin Tilde, ja, alles runter."

„Dann mache ich mal, Tilde," sagte Suleyman und fing an, Tildes dicke Haare abzuschneiden, das ratschende Geräusch tat fast weh. Suleyman legte Strähne für Strähne sorgfältig auf einen Bogen Seidenpapier. Er kürzte die Haare bis auf fünf Zentimeter und schnitt Tilde einen frechen Bubikopf, mit dem sie kaum wiederzuerkennen war.

„Kannst du das auch schwarz färben?"

„Klar!" Süleyman grinste, „können wir auch direkt machen."

„Dann ist es ein Abwasch," sagte Tilde zu mir gewandt, „das müssen sie aushalten."

Ich wollte mir das Gesicht von Sina nicht vorstellen, die Tildes Haare immer hingebungsvoll gebürstet und gepflegt hatte, bis Tilde es vor zwei Jahren nicht mehr wollte. Es seien ihre Haare, hatte sie Sina gegenüber beharrt, und sie werde sie auch selbst bürsten.

„Und mir platinblond?“

Es war mir ohne Überlegung rausgerutscht, aber warum nicht, das war ein schöner Kontrast zu Tilde. Süleymans Lehrjunge Mehli kam aus dem Nebenraum, rührte Farbe an und pinselte damit Tildes Haare ein. Auch Mehli war ein hübscher Typ, er hatte die gleichen Augen wie Süleyman, dunkle Seen, in die man eintauchen konnte.

Bei mir war nicht so viel abzuschneiden wie bei Tilde, Süleyman war schnell damit fertig und verpasste mir einen richtigen Twiggy-Schnitt, der für meine dünnen Haare ideal war. Dann trug er die blonde Farbe auf, es stank nach faulen Eiern. Nach dem Abspülen erkannten wir uns im Spiegel kaum wieder. Mehli gab Tilde und Süleyman mir den letzten Schliff, indem sie unsere kurzen Haare mit Festiger bearbeiteten und mit ausgestreckten Fingern durch unsere kurzen Haare fuhren, hier und da strichen und zupften, bis sie zufrieden waren.

Wir nahmen Tildes in Seidenpapier eingewickelte Haare mit und fuhren zum Friedhofsweg, um den Schock für Tildes Eltern und Tante Hulda hinter uns zu bringen.

Sina, die am Küchentisch saß, starrte uns an, schlug die Hände vor das Gesicht und nahm sie wieder herunter, sie war blass.

„Du gewöhnst dich dran, Mama,“ sagte Tilde, „Das ist jetzt der letzte Schrei in London, da laufen alle so rum.“

Sina schüttelte den Kopf und zündete sich eine Zigarette an, fasste sich aber wieder. „Die kurzen Haare erinnern mich an was,“ sagte sie.

Tilde und ich sahen uns an, wir ahnten, was sie meinte. Wir hatten Fotos von KZ-Opfern mit kurz geschorenen Haaren gesehen. War Sina auch im KZ gewesen? Tilde hatte noch nicht gewagt, sie danach zu fragen.

Carlo kam von der Arbeit, wir riefen Tante Hulda zum Teetrinken herunter. Beide kriegten sich kaum ein über unser

Aussehen, aber Hulda lachte schließlich und sagte, wir seien jung, man werde sich schon dran gewöhnen.

Die Lektüre der Tagebücher der Anaïs Nin fiel mir schwerer als Simone de Beauvoir, ich kam mir dabei so hoffnungslos abgehängt vor. Die Seiten quollen über vor Erlebnissen und Situationen mit interessanten Menschen, rekonstruierten Gesprächen, einer Üppigkeit des Lebens, gegen die unseres langweilig und öde war. Anaïs hatte in Frankreich und Havanna gelebt, später in New York und Kalifornien mit mehreren Ehemännern, zahllosen Geliebten beiderlei Geschlechts, von denen einer ihr Psychoanalytiker war, mit immer neuen Künstlern, mit denen sie intensiven Umgang und Austausch pflegte. Ihre ewige Sehnsucht nach dem Vater, der die Familie verlassen hatte. Allein das konnte ich mir nicht vorstellen, nach meinem Vater Sehnsucht zu haben, wenn er nicht mehr da wäre. Im Gegenteil, ich glaubte, dass es vieles leichter machen würde. Empfand ich Liebe für ihn?

Das Wort war mir noch nie eingefallen, wenn ich an den Alten dachte.

Das Tagebuch, schrieb Anaïs, sei ihr Kif, ihr Haschisch, ihre Opiumpfeife, ihre Droge, ihr Laster.

Wie wenige Worte brauchte ich dagegen, um das zu beschreiben, was mich umgab.

Ich las Tilde manche Passagen aus dem Tagebuch vor. Vor allem, wenn es um Anaïs erotische Abenteuer ging, hörte sie genau zu und ich sah ihr an, dass sie das auch wollte, alles vom Leben mitkriegen. Und ich traute Tilde zu, dass sie es sich nehmen würde, wenn sie erstmal aus Oldenburg raus war.

Und wenn sie aufhörte, auf schwule Jungs zu stehen, wie es ihr immer wieder passierte.

Am Samstag waren wir im Stautorcafé gewesen, ein bisschen vorglühen, um später im Montparnasse an der Baumgartenstraße ordentlich abzutanzen. Tilde sah wild und hexenartig aus, sie hatte ihre Haare durchgewuschelt und mit Haarspray fixiert, sodass sie struppig abstanden, und ihre Augen ebenso schwarz geschminkt. Ihr Lippenstift war so dunkelrot wie der von Elsa, die wir im Stautorcafe trafen. Sie und Tilde umarmten sich zur Begrüßung, mir klapste Elsa nur kumpelhaft den Arm.

Ich war eifersüchtig, das wurde mir immer klarer. Sie würden zusammen nach Amerika gehen und ich würde zurückbleiben, einsam, alleingelassen.

Nach einer Weile, in der Tilde wohl mitbekam, wie frustriert ich war, stellte sie sich zu mir. „Guck mal, der ist süß," flüsterte sie und wies auf einen blonden Jüngling, der ein Stück entfernt an der Theke stand und Pinnchen kippte. Er hatte ein mädchenhaftes Gesicht und halblange lockige Haare wie die Botticelli-Engel, die bei meinen Eltern im Schlafzimmer hingen. Er sah herüber, Tilde fixierte ihn grinsend und ich beneidete sie, dass sie so dreist flirten konnte. Botticelli blickte auch in unsere Richtung, biss er tatsächlich an? Tilde gestikulierte und produzierte sich.

Dann sah ich, wie auch Micha zu Botticelli guckte, und wie dieser Micha grinsend ins Visier nahm, nicht Tilde. So war das also, ich musste mich zusammennehmen, um nicht laut loszulachen.

Als wir uns auf den Weg zur Disko machten, bezahlte Botticelli ebenfalls und ich sah, wie Micha eine Kopfbewegung machte, dass er uns folgen sollte. Der schöne Junge grinste und tat es, Micha blieb mit ihm zurück, als wir über den Markt gingen. Tilde merkte, dass Micha sie ausgestochen hatte, und zischte, sie habe die Nase jetzt wirklich voll davon, immer nur auf Schwule zu fliegen.

„Vielleicht hast du Angst vor Hetero-Männern, hast du da schon mal darüber nachgedacht? Ein Schwuler wird dir ja nicht gefährlich."

Tilde sagte nichts dazu. Im Montparnasse stürzte sie sich auf die Tanzfläche, ohne Micha und Botticelli eines Blickes zu würdigen, tanzte exaltiert und stolzierte wieder in ihrem Pfauenschritt, was ihr pikierte bis interessierte Blicke einbrachte.

Anaïs Nin inspirierte mich immerhin so weit, dass ich eines nachmittags die Schreibmaschine aus dem Schrank holte und anfing zu tippen, zuerst nur Sätze, die mir einfielen, aber keinen Sinn ergaben. Ich hatte große Sehnsucht danach zu schreiben, wusste aber nicht wie ich anfangen und was ich schreiben sollte. Es gab nur die starke Vorstellung, dass es mich beruhigen und erlösen, den Gedanken eine Richtung geben würde. Ich wollte es ganz allein für mich ausprobieren, keiner sollte es sehen, auch Tilde nicht.

Ich hatte mir von Hertie ein Paket Schreibmaschinenpapier mitgebracht, das schneeweiß auf meinem Schreibtisch lag, und begann zu schreiben. Über das, was wir erlebten, wie die neue Zeit mit der alten zusammenstieß, dass wir mittendrin saßen in diesem Zeitspalt zwischen zwei Welten. Die alte war vorbei, aber wir wussten nicht, wie die neue aussehen würde. Dass wir auf einem Pulverfass an Verdrängung saßen, dass millionenfacher Mord, grausamste Verfolgungen, Angriffskriege gegen die Nachbarländer auf das Schuldkonto der Deutschen gingen, dass dort niemand hinschauen wollte und dass es die Aufgabe von uns jungen Leuten war, darüber zu sprechen.

Ich schrieb über Michas und Rickys Thesen und alles, was danach passiert war, über unsere Abenteuer im Moor, über das Kiffen und die Männergeschichten, über Micha und Pedro. Es ging immer besser, die Sätze wurden flüssiger, ich hackte in die Maschine und wurde manchmal eins mit dem Strom der Worte. Das Gefühl war neu, es gehörte zu den besten, die ich bis dahin gehabt hatte. Manchmal traute ich mich, es Tilde vorzulesen, und sie war begeistert. „Du musst das machen,

Ika," sagte sie, „es ist schön, wie du schreibst, und wichtig, lass uns überlegen, was es für ein Buch werden könnte."

Ein Buch, Tilde hatte Nerven. Wie sollte ich, Ika Fuhrmann vom Nedderend, ein ganzes Buch schreiben, wer sollte es veröffentlichen und wen sollte es interessieren?

Im November 1967 wurde in der Bundesrepublik das Farbfernsehen eingeführt. Willy Brandt, der damals noch Vizekanzler war, schaltete es an und sorgte dafür, dass die Nation abends noch mehr als bisher vor der Glotze saß und sich berieseln ließ.

Wenn *Einer wird gewinnen* mit Hans-Joachim Kulenkampff kam, luden Brunkens meine Eltern ein, weil sie einen riesigen Fernseher hatten, wesentlich größer als unserer. Es gab Steinhäger für die Männer und für die Frauen eine Pfirsichbowle, dazu garnierte Schnittchen. Die feuchtfröhlichen Abende endeten erst, wenn auch das Fernsehprogramm vorbei war.

Tilde und ich sahen uns in diesem Winter seltener. Sie ging nach der Arbeit meistens nach Hause, weil ihre Mutter kränkelte, zumindest sagte sie das. Manchmal hatte ich den Verdacht, dass sie sich mit Elsa traf. Ich beklagte mich bei Micha, der meinte, ich solle mich nicht so anstellen, Tilde sei ein freier Mensch und könne selbst bestimmen, mit wem sie zusammen sein wolle.

Auf jeden Fall stimmte es – ich sah es selbst - dass Sina Migräne und Drehschwindel hatte und fast verrückt wurde vor Angst um Tilde, wenn sie unterwegs war. Tilde glaubte, dass es die Wechseljahre waren und wollte, dass Sina zum Arzt ging, aber sie tat es nicht, weil sie auch vor Ärzten Angst hatte. Carlo konnte dagegen nichts ausrichten, er war still und traurig und zuckte zusammen, wenn Tilde ihn ansprach.

Sie traute sich deshalb nicht, die dunklen Flecken in der Familie anzusprechen und war darüber ziemlich verzweifelt.

Wenn's der Wahrheitsfindung dient

Weihnachten nahte und damit das Problem, wie der Heiligabend begangen werden sollte. Im letzten Jahr war es langweilig gewesen wie immer: Kartoffelsalat mit Bratwurst, bunte Teller und ein *schön* geschmückter Baum, der Muttis *ganzer Stolz* war. Echte Bienenwachskerzen, Lametta, Engelshaar, goldene Kugeln und rote Schleifen. Eine mit weißem Damast und dem Rosenthal-Porzellan eingedeckte Weihnachtstafel. Ilse und Rosi waren noch dabei gewesen wie an all den Weihnachten vorher. Micha und ich hatten den Abend irgendwie überstanden, Muttis weihnachtsseliges Jauchzen, des Alten latent schlechte Laune, die aber nicht ausbrechen durfte, eben weil Weihnachten war. Micha hatte eine Carrera-Bahn bekommen, die er nur einmal aufbaute, und ich einen Stapel Bücher, die ich mir gewünscht hatte. Die gesammelten Werke von Bertolt Brecht, die Buddenbrooks von Thomas Mann.

„So, so, Ika scheint ja ein gelehrtes Fräulein werden zu wollen," hatte der Alte gönnerhaft gesagt und gegrinst, als sei ich eine Idiotin. Ihn sah ich niemals ein Buch lesen, er blätterte immer nur in den Mappen oder in Fachzeitschriften. Ich wünschte mir, dass er meine Interessen ernster nahm und anerkannte, dass ich kein Dummchen war, aber da hoffte ich vergebens. Immerhin hatte ich von Simone de Beauvoir gelernt, dass es eine Strategie der Männer war, uns dumm zu halten, damit wir abhängig waren und sie uns in der Hand hatten. Und wenn wir nicht dumm waren, mussten wir wenigstens so tun als ob.

In diesem Jahr sollte es anders werden. Micha und ich wollten unsere Eltern konfrontieren, ihnen sagen, was wir von Ilse erfahren hatten, vor allem die Sache mit dem Bruder. Und auch Auschwitz und die anderen Todeslager, wir waren jetzt überzeugt, dass sie es gewusst haben mussten. Es würde also keine idyllische Weihnachtsfeier werden, wie es Mutti vorschwebte, dafür eine ehrliche, die die Luft reinigte, zumindest hofften Micha und ich das.

Kurz vor Weihnachten wurde von zwei Prozessen in Berlin berichtet. Einer war der gegen den Polizisten Karl-Heinz Kurras, der Benno Ohnesorg erschossen hatte. Er musste nicht in Untersuchungshaft und wurde wie erwartet freigesprochen, das rief scharfe Reaktionen seitens der Studenten hervor. Und es wurde gegen den Kommunarden Fritz Teufel verhandelt, der wegen Landfriedensbruch vor Gericht stand, weil er während der Demonstration gegen den Schahbesuch am zweiten Juni einen Stein geworfen hatte. Im Gegensatz zu Kurras saß Teufel mehrere Monate in Untersuchungshaft, rund eintausend Demonstranten begleiteten seinen Prozess. Er fläzte sich auf seinem Angeklagten-Stuhl und kam der Aufforderung des Gerichts, sich für seine Aussage zu erheben, betont widerwillig nach. Dabei sprach er den legendären Satz: *Wenn's der Wahrheitsfindung dient.* Diesen reklamierten Micha und Ricky sofort für sich und wiederholten ihn bei jeder Gelegenheit.

Micha hatte den Spruch auch von sich gegeben, als Mutti ihn händeringend gebeten hatte, *anständig* gekleidet zum Heiligabend zu erscheinen. Er hielt sich daran und kam in der dunklen Hose, die Mutti ihm gewaschen und gebügelt hingelegt hatte, und einem schwarzen Rollkragenpullover. Den trug auch ich, dazu einen schwarzen Minirock und die geringelte Strumpfhose. Micha hatte sich die Haare mit Wasser nach hinten gekämmt und seine spärlichen Bartfusseln rasiert, sodass er zumindest von vorne so aussah, wie Mutti ihn sich wünschte.

Sie begutachtete uns, bevor wir das Weihnachtszimmer betraten, und nickte zufrieden. „Seid nett zu Vati," flüsterte sie, „provoziert ihn nicht."

Nach der Bescherung – diesmal gab es nur einen Umschlag mit Geld für uns, die Eltern bekamen Parfum und Rasierwasser – wurden Rouladen gegessen, die, schwärmte Mutti, herrlich zart geraten waren. Dazu gab es Kartoffelklöße, Bohnengemüse und Salat.

Mutti bemühte sich um einen harmlosen Plauderton, auch der Alte schien sanftmütig zu sein. Zum Nachtisch gab es Erdbeereis mit Sahne, dann schenkte Mutti zum Verdauen eine Runde von dem guten französischen Cognac ein, den es nur an Feiertagen gab.

Micha war stumm und so starr und weiß, wie ich ihn in den letzten Monaten meistens erlebt hatte. Er hatte Schweißperlen auf der Stirn, seine Brille war beschlagen. Er nickte mir zu, nachdem wir den Cognac getrunken hatten. Mutti kramte in der Musiktruhe, um Weihnachtsmusik aufzulegen, dem kam ich zuvor.

„Micha und ich möchten mit euch über was reden, es ist vielleicht kein angenehmes Thema und passt auch nicht richtig zu Weihnachten."

Ich sprach laut, auch, um meinen Mut zu aktivieren. Mutti sah mich erstaunt an, der Alte war ernst und abwartend.

„Es ist so, dass wir mit Ilse gesprochen haben, beziehungsweise Ilse mit uns. Da haben wir etwas sehr Trauriges erfahren, nämlich dass wir einen Bruder hatten, der mit drei Jahren gestorben ist, vor unserer Geburt."

Bei der Erwähnung von Ilse fuhr der Alte auf.

„Was soll das Gerede von der, die hat euch gar nichts zu sagen," raunzte er, „was soll das denn jetzt plötzlich."

Wir sahen Mutti an, die zusammenfiel.

„Wie kommt sie dazu, euch sowas zu erzählen," stammelte sie, „das ist einfach ungehörig, das geht sie nichts an."

„Sie ist unsere Tante und war auch die von dem Kind. Es stimmt also. Ihr hättet es uns sagen müssen."

Micha sah starr geradeaus.

Mutti schloss die Augen, Tränen liefen ihr über die Wangen. Der Alte keuchte. Eine ganze Weile sagte niemand etwas.

„Man soll Kinder nicht unnötig belasten," brachte Mutti schließlich heraus, „wir haben uns gedacht, das braucht ihr mit euren kleinen Kinderseelen nicht zu wissen. Wie sollten wir euch denn sagen, was der Tod bedeutet, und dann ein so schrecklicher Tod. Wir selbst konnten es ja auch lange nicht begreifen, der Kleine fehlte uns an allen Ecken und Enden. Wie oft dachte ich, er hätte mich gerufen, dann bin ich im Haus herumgelaufen und habe ihn gesucht. Die Trauer um ein Kind ist das Schlimmste, was einem Menschen passieren kann. Wir waren so glücklich, dass wir den Krieg überstanden hatten. Es herrschte zwar Not an allen Ecken und Enden, aber wir waren gesund, unser kleiner Holger war gesund. Und dann das, einen solchen Schicksalsschlag kann man niemals überwinden."

„Trotzdem hätten wir es wissen müssen," beharrte Micha, „unser Bruder ist unser Bruder, egal, ob er lebt oder tot ist. Es könnte wenigstens ein Foto von ihm geben."

Unsere Eltern waren sprachlos.

„Ihr macht es mit allem so," sagte ich, „alles, was unangenehm ist, wird ausgeblendet, es wird einfach totgeschwiegen."

„Was meinst du mit *alles*?" Der Alte war alarmiert.

„Damit meine ich auch Auschwitz und die anderen Konzentrationslager," sagte ich entschlossen. „Ilse hat gesagt, dass sie mit Mutti einen Film gesehen hat, in dem alles gezeigt wurde, die verhungerten und ermordeten Menschen, die Leichenberge, die Gaskammern, die Verbrennungsöfen, der ganze Massenmord. Die Alliierten haben in den Lagern gefilmt, als sie sie befreit haben, und die Deutschen gezwungen, sich das anzusehen."

Der Alte rang um Worte.

„Und euch muss klar gewesen sein, dass Hitler einen Angriffskrieg geführt hat, dass die deutsche Wehrmacht die Nachbarländer einfach überrannt hat, Polen, Holland, Österreich, Norwegen, Frankreich, Russland," setzte Micha nach.

„So, und das weiß mein kluger Herr Sohn ganz genau? Einer, der die Schule geschmissen hat, will uns was über Geschichte erzählen?“

Der Alte wurde laut, eigentlich war es Zeit, das Gespräch abzubrechen. Aber wir wollten eine Antwort und blieben sitzen.

„Schule, Schule,“ sagte Micha, „da haben wir nichts davon gehört, was damals war, der Nationalsozialismus wurde bei uns mit keinem Wort erwähnt, auch bei Ika nicht. Die Lehrer haben uns von ihren Heldentaten im Krieg erzählt, aber nicht, wer ihn angefangen und wer ihn verloren hat. Und auch nichts von den Konzentrationslagern und den Gräueltaten.“

Dickflüssige Stille breitete sich aus.

„So,“ rief Mutti nach einer Weile, um Fassung bemüht, „nun stellen wir die bunten Teller auf den Tisch und trinken ein schönes Glas Wein dazu.“

„Ich möchte wissen, wie unser Bruder aussah,“ sagte Micha, „habt ihr kein Foto?“

Mutti schüttelte den Kopf, sie kämpfte mit den Tränen. „Er wurde in einer Zeit geboren, in der man nicht fotografiert hat, 1944 dachte man nur ans Überleben.“

„Und 1945, als Frieden war? Habt ihr da auch nicht fotografiert?“

„Sollten wir ein Land fotografieren, das zerbombt war und am Boden lag?“ Der Alte hatte seine Stimme wiedergefunden. „Ihr wisst ja gar nicht, was wir durchgemacht haben, was das für eine Zeit war. Ein Land in Trümmern, Millionen von Verwundeten, zerstörte Wohnungen, wir mussten ja alles wieder aufbauen.“

„Was ihr vorher zerkloppt hattet,“ sagte Micha ungerührt. „Die Schuld des Krieges lastet auf euch, Auschwitz lastet auf euch, egal, ob ihr darüber sprecht oder nicht. Es verschwindet nicht, indem ihr es totschweigt.“

„Oh,“ rief Mutti und lief zum Fernseher, „die Tagesschau fängt gleich an. Wir wollen doch die Weihnachtsansprache des Bundespräsidenten nicht verpassen. Kommt Kinder, trinkt ein Schlückchen und esst von dem selbstgemachten Marzipan, das ist mir dieses Jahr gut gelungen, auch die Makrönchen sind lecker."

Micha und ich sahen uns an, da war nichts zu machen.

„Wir wollen noch weg," sagte ich, „im Stautorcafé ist Weihnachtsschwof, wir treffen uns mit Tilde und Ricky."

„Ach," sagte Mutti, „wie schade, ich dachte, heute hätten wir vier es mal gemütlich, so ganz unter uns."

„Ja," sagte Micha, „schade ist auch, dass wir keine Antworten auf unsere Fragen bekommen."

Der Alte richtete seinen Blick starr auf den Fernseher, aus dem jetzt die Tagesschau-Fanfare ertönte, das Signal, bei dem alle verstummten. Micha und ich standen auf und rückten unsere Stühle an den Tisch. Mutti saß zusammengesunken auf ihrem, der Alte thronte auf seinem Thron. Im Hinausgehen nahm ich wahr, dass er sich die Augen wischte.

Draußen auf den Rädern war uns kalt, wir konnten nicht über das reden, was sich gerade abgespielt hatte. Während wir am Friedhofsweg auf Tilde warteten, erinnerte Micha mich an den Heiligabend vor ein paar Jahren, als wir unversehens zu *german angels* wurden.

Micha ist dreizehn und ich elf. Bei uns ist gerade die Bescherung vorbei, als wir vom Nedderend ein dumpfes, krachendes Geräusch hören. Micha und ich laufen hinaus und sehen, dass kurz vor der Bahnlinie ein englischer Lastwagen von der Umgehungsstraße die Böschung hinuntergestürzt ist, englische Soldaten krabbeln aus dem Führerhaus und unter der Plane hervor. Wir laufen zu der Unfallstelle, offenbar sind alle unverletzt.

Mutti sieht von der Tür aus, was passiert ist, läuft hinein und kommt mit einem Teller voller Kekse und Süßigkeiten zurück, die wir den Verunglückten bringen sollen. „Wo doch Weihnachten ist," sagt sie.

Ich nehme den Teller und reiche ihn mit einem Knicks einem der Soldaten, alle lächeln uns an.

„Merry Christmas, Fraulein," sagt der Soldat, „das ist very lieb von euch, many thanks."

Der junge Mann hat braune Augen und ein freundliches Strahlen im Gesicht, Micha starrt ihn an und wird knallrot.

„Merry Christmas," sagte er in seinem besten Schulenglisch, „I hope you are not hurt?"

„Oh, you speak Englisch," sagt der Soldat, „good boy. No, fortunately we are fine. What`s your name?"

„Michael, and that's my sister Erika."

„Michael and Erika," sagt der Soldat, „you are our Christmas Angels, thank you so much."

Mein Bruder steht da mit leuchtenden Augen und roten Wangen und starrt den Soldaten an. Er kann sich nicht abwenden und ich muss ihn ein paar Mal am Arm zerren, damit er mit zurück ins Haus kommt. Das verzückte Strahlen weicht den ganzen Abend nicht von seinem Gesicht, er sagt wenig und stopft die Weihnachtssüßigkeiten in sich hinein, bis ihm schlecht ist.

Micha und ich waren immer noch wie paralysiert von dem Gedanken an unseren toten Bruder, wir sprachen viel darüber. Tilde kam zuhause nicht weiter und bekam immer neue Ausflüchte zu hören. Jeder von uns schleppte sein Päckchen Unglück durch diesen Winter. Bei Micha kam noch Pedros Tod dazu, er kam nicht darüber weg.

Auch Ricky hatte Kummer, weil Geli, die Drummerin der *Boosters*, nach ein paar Monaten Beziehung Schluss gemacht hatte, dieses Mal wusste er überhaupt nicht warum und war entsprechend verzweifelt.

Tilde und ich grinsten nur, Ricky hatte in puncto Frauen noch einiges zu lernen. Wir mochten es nicht, wenn einer sich vor Wichtigkeit ständig aufblies wie ein Luftballon.

„Da musst du nur mal reinpieksen, dann macht es Puff und alles fällt zusammen," sagte Tilde, „das braucht keine Frau, das muss Ricky lernen."

Wir regten uns zunehmend über die Ungerechtigkeiten gegenüber den Frauen auf. Wir mussten die Typen ja sogar fragen, wenn wir arbeiten wollten, das war das Allerletzte. Weniger verdienen taten wir sowieso, auch wenn wir die gleiche Arbeit machten.

„Das ist wie im Faschismus," sagte Tilde, „die Frau muss dem Mann dienen, sie ist sein Untertan. Er sagt, wo es lang geht, sie lächelt und schweigt. Und wenn er die ganze Welt kaputt knallt, müssen wir ihn noch bewundern und ihm die Wunden verbinden."

Es musste was passieren. Wir lasen in den Mappen, dass sich in Berlin die ersten Weiberräte bildeten. Die Frauen trafen sich jede Woche, Männer waren nicht zugelassen. Und sie gründeten eigene Kindergärten, die nannten sie Kinderläden. Da mussten auch die Väter mitmachen: Kinderdienst, kochen, putzen, Windeln wechseln.

„Wir lassen uns nicht mehr an den Herd zwingen," rief Tilde, „das Kollektiv übernimmt die Verantwortung für die Kinder!"

Auch die linken SDS-Genossen, das wurde uns immer klarer, waren Kerle und benahmen sich entsprechend. Die Frauen sollten den Kaffee kochen, die Typen machten die Revolution. Elsa hatte das Buch *Der Weiblichkeitswahn* von Betty Friedan gelesen, sie sagte das Gleiche wie Simone de Beauvoir, und entlarvte zusätzlich die Konsumgesellschaft als Unterdrückungsinstrument. Uns wurde eingeredet dass nur wir alles sauber halten und den ganzen Haushaltskram machen könnten, keine von uns hatte in der Werbung jemals einen putzenden Mann gesehen.

„Elsa sagt, dass es bald eine große Frauendemo in Berlin gibt, sollen wir da nicht hin, Ika?"

Die Aussicht, mit Elsa nach Berlin zu fahren, begeisterte mich nicht sonderlich. „Der Paragraph 218 muss auch weg, unser Bauch gehört uns, immerhin sind wir mehr als die Hälfte der Menschheit,“ sagte ich. „Erzähl‘ das mal meinem Alten, der würde ausflippen. Und meine Mutter erst, die findet es toll den ganzen Scheiß zu machen, die würde niemals für Frauenrechte kämpfen. “

„Lass ihn schreien, der kriegt sich schon wieder ein. Und deine Mutter muss eben zu ihrem Glück gezwungen werden.“

Der Nazi fliegt raus

Sina bekam im Januar 1968 eine schwere Grippe, von der sie sich nur langsam erholte, Tilde trat also immer noch auf der Stelle. Und ich kaute an der verunglückten Aussprache mit unseren Eltern am Heiligabend herum. Auch wir waren also keinen Schritt weitergekommen, im Gegenteil. Der Alte war, wenn das überhaupt ging, noch übellauniger als sonst, Mutti kompensierte mit gekünstelter Fröhlichkeit.

Dann erzählte mir Micha von einem Gespräch zwischen ihm und dem Alten. Er habe es gar nicht gewollt, sagte Micha, aber der Alte habe darauf bestanden, ihm zu erzählen, wie er in seinem ostdeutschen Dorf aufgewachsen war.

„Du musst das verstehen, Micha, wir haben uns früher an ganz anderen Werten orientiert.“

„Was war denn anders? Leute zu ermorden war wohl auch damals schon verboten.“

„Wir hatten einen Begriff von Ehre, Treue, Selbstdisziplin, Selbstverleugnung, das waren unsere Werte.“

„Auch Treue zu dem Massenmörder Hitler? Selbstdisziplin bei der Ermordung von Millionen Menschen?“

„Wir standen im Krieg, wir hatten Befehle, da galt nur Pflichtbewusstsein, Gehorsam, Tapferkeit, Vaterlandsliebe.“

„Du kommst um Auschwitz nicht herum, um Buchenwald, Dachau, Sachsenhausen, Ravensbrück, Sobibor, Maijdanek, Neuengamme, Neusustrum, Börgermoor und wie die Todeslager alle hießen. War das eure Tapferkeit, die Menschen in die Gaskammern zu treiben und den Massenmord bürokratisch abzuwickeln?"

Die organisierte Grausamkeit der Nazis sei einmalig in der Geschichte, hielt Micha dem Alten weiter vor, sie sei mit nichts zu vergleichen, noch nicht mal mit dem Kolonialismus, mit dem die Europäer vorher schon andere Völker unterdrückt und ausgebeutet hätten.

„Wir wussten nicht, was in den Lagern geschah, da gelangte nichts nach draußen. Die, die daran beteiligt waren, haben dichtgehalten."

„Ihr hättet es wissen können, zumindest nach dem Krieg. Aber das wolltet ihr gar nicht, es sollte vergessen und ausradiert werden. Was sagt ihr denen, die die Gräueltaten überlebt haben? Entschuldigt ihr euch wenigstens? Tut es euch überhaupt leid?"

Der Alte habe nicht darauf geantwortet, erzählte Micha, er sei wie erstarrt gewesen. Schließlich, als Micha gehen wollte, habe er gesagt, das könne kein Außenstehender nachempfinden, was das für eine Zeit gewesen sei, man habe ja nichts gewusst, man sei ja gewohnt gewesen zu gehorchen und alles zu glauben, was einem von oben vorgesetzt wurde.

„Deshalb haben wir ja jetzt die Demokratie", hatte Micha geantwortet, „mit der Diktatur und dem Kadavergehorsam ist es vorbei, das braucht niemand mehr."

Zumindest hatte der Alte nicht mehr alles abgestritten, vielleicht war das ja schon ein Fortschritt.

Der Nazi mit den Pullovern suchte uns noch zweimal heim. An einem Freitagnachmittag, als wir von der Arbeit kamen, stand der grüne VW Käfer vor dem Haus, Tilde und ich schlichen uns zur Hintertür herein.

„Entzückend," hörte ich vom Flur aus Mutti schwärmen, „nein, Winfried, diese Qualität. Wenn meine Ika nur nicht so schwierig wäre."

Tilde ging zu Micha ins Zimmer, ich wummerte mit der Faust an die Wohnzimmertür, bevor ich eintrat. Hasselbrake saß mit Mutti am Kaffeetisch, neben den Tassen standen Cognacschwenker und die Flasche mit Mariacron.

Über die Couch gebreitet lagen flauschige Winterpullover in beige, hellgelb und rosa. Ich schüttelte mich.

„Was soll das Ikalein, warum so stürmisch? Guck mal hier, die neuesten Modelle, wäre das nichts für dich?"

Ich kniff den Mund zusammen und schüttelte den Kopf.

„Es gibt alle Farben," ölte der Typ, wühlte in seiner Aktentasche und fächerte eine Palette mit Farbkarten auf, „hier, bordeaux, tannengrün, marineblau, alles dabei."

„Für mich geht sowieso nur schwarz," sagte ich hochnäsig, „aber ich brauche nichts."

Ich ging in den Anbau und stieß auf Micha, der gerade aufgestanden war.

„Ist der Alte schon da? Da war doch eine Männerstimme."

„Nein, der Nazi, er sitzt bei Mutti."

Micha stutzte, dann grinste er, fuhr sich mit den Fingern durchs Haar, ging mit freiem Oberkörper, die Unterhose halb auf der Hüfte hängend, ins Wohnzimmer und ließ die Tür offen.

„Michalein, möchtest du Kaffee?" hörte ich Mutti, „nimm auch Kuchen, zieh dir aber mal was über."

„Sind Sie nicht der, der sich die Naziherrlichkeit zurückwünscht, und den Führer? So ein scheißbraunes Gesindel wollen wir hier nicht haben."

Tilde und ich guckten uns grinsend an.

„Micha, nimm dich zusammen! Du bist ja wohl…" Muttis Stimme schnappte über.

„Super, Micha, weiter so," flüsterte Tilde, „gib's ihm."

„Und du bleibst vom Cognac weg, du bist doch gerade erst aufgestanden.“ Muttis Stimme war schrill.

Wir hörten es gluckern, dann kam Micha mit einem halb mit Mariacron gefüllten Wasserglas aus dem Wohnzimmer und nahm einen Schluck. Mir wurde schon vom Zugucken übel.

„Er ist so außer Rand und Band, Winfried, ich schäme mich für meinen Sohn.“

„Das sollte sich meiner mal erlauben,“ hörten wir den Nazi, bevor er sich davonmachte, “dem würde ich gehörig die Flötentöne beibringen.“

Eine gute Woche später, Tilde hatte bei mir geschlafen, kam Gunda. Mutti wollte in die Stadt und beauftragte sie, das Wohnzimmerfenster zu putzen und die gewaschenen Gardinen wieder aufzuhängen. Ich sollte ihr dabei helfen und darauf achten, dass Gunda mit ihren rissigen Händen Gummihandschuhe anzog.

Tilde und ich tranken Kaffee im Bett und hörten Gunda klappern, als es klingelte. Sie ging zur Tür, wir hörten die Stimme des Nazis.

„Oh nein,“ sagte ich, „nicht der schon wieder.“

„Wenn ich kurz auf die gnädige Frau warten dürfte,“ hörten wir ihn, „sie wollte um zwölf zurück sein.“

Tilde und ich feixten, gnädige Frau, der hatte sie nicht alle.

Gunda ließ ihn herein und ich schlich ins Bad, um mir die Zähne zu putzen. Da hörte ich es im Wohnzimmer poltern und Gunda schrie. Ich stürzte hin und sah sie neben der umgefallenen Trittleiter und dem ausgekippten Putzeimer auf der Erde sitzen, das Wasser sickerte in den Perserteppich und in ihren Erdbeerkittel.

Der Nazi stand neben ihr und versuchte, ihren Arm zu fassen.

„Pfoten weg! Ika, hilf mir mal.“

Gundas Stimme war schrill. Ich zog sie hoch und stellte die Leiter wieder auf, der Typ glotzte.

„Er hat mir an die Beine gefasst.“

„Das ist das Allerletzte, Sie hauen sofort ab,“ schrie ich nun, lauter als Gunda, „ein bisschen dalli.“

Tilde kam dazu, Gunda versuchte, mit ihrem Lappen den Teppich zu trocknen, dabei bückte sie sich und ihre nylonbestrumpften Beine waren zu sehen.

„Lass, ich mach das.“

Tilde nahm Gunda den Lappen ab und bearbeitete den Teppich.

Da stand Mutti in der Tür.

„Was ist denn hier los? Ach, Winfried, da bist du ja, Frau Patzek, machen Sie schnell Kaffee?“

„Kein Kaffee, der fliegt hier raus,“ sagte ich scharf, „der hat Gunda angegrabscht.“

Mutti ignorierte meine Wut und fragte den Nazi nach seiner Meinung zu Tildes und meine Frisur.

„Die Maßstäbe haben sich geändert, liebe Henny, die deutsche Frau ist nicht mehr das, was sie mal war.“

„Nein,“ keifte ich, „die deutsche Frau ist kein Freiwild mehr für Nazi-Grabscher.“

Mutti sah den Typen und Gunda hilfesuchend an.

„Was ist denn passiert?“

„Ich war am Fensterputzen, da ist er mir an die Beine gegangen.“

„Wenn sich eine da so aufreizend auf die Leiter stellt, ist das ja wohl eine Aufforderung,“ krächzte der Nazi.

In Muttis Gesicht machte sich Verständnis breit, ich fuhr dazwischen.

„Ach ja, die Begrabschte ist schuld? Die Opfer werden zu Tätern gemacht? Das hatten wir schon mal vor ein paar Jahren.“

Tilde strahlte, Mutti schwitzte.

Durch das Wohnzimmerfenster sahen wir den Opel Kapitän in die Einfahrt biegen. Mutti schlug sich die Hand vor den

Mund. „Ach, habe ich ganz vergessen, Vati kommt ja heute zum Essen, er hat nachher einen Arzttermin. Frau Patzek, kochen Sie schnell ein paar Nudeln und machen den Gulasch heiß? Er steht fertig im Kühlschrank."

Der Alte kam herein, der Nazi witterte anscheinend Morgenluft.

„Die Frauen geben Widerworte, die Männlein werden zu Weiblein und umgekehrt, das sind Zeiten, was Kurt?"

Der Alte sah mich verunsichert an, er machte den Mund auf und wieder zu. Der Nazi schien das als Zustimmung aufzufassen. „Wie nennen die Weiber mit den kurzen Haaren sich nochmal, Emanzen? Reimt sich auf Wanzen, hahaha."

Er war der Einzige, der lachte. Mutti war peinlich berührt, der Alte starrte die Wand an.

„Wanzen gab es sicher eine Menge in den Konzentrationslagern," geiferte ich, „da haben sie den Frauen die Haare brutal abrasiert."

„Nichts als Gerüchte, Geschichtsfälschung," fuhr der Nazi auf.

Jetzt trat Tilde vor.

„Das ist keine Geschichtsfälschung," sagte sie laut, „meine Familie wurde verfolgt, meine Onkel und Tanten wurden ermordet."

„Juden?"

Der Typ musterte Tilde von oben bis unten.

„Nein," sagte sie, „noch schlimmer, Zigeuner, Sinti, übrigens reinrassige Arier."

Der Alte sah jetzt Tilde und mich an. Hatte er einen freundlichen Glanz in den Augen?

„Bitte gehen Sie," sagte er entschlossen zu dem Nazi, „es sind damals schlimme Dinge passiert, die wir nicht verleugnen dürfen."

Tilde und ich hielten den Atem an.

„Meine Frau möchte auch keine Pullover mehr bestellen."

Der Alte wurde immer eisiger, der Nazi griff nach seinem Koffer. Mutti wusste vor Peinlichkeit nicht, wo sie hingucken sollte und begleitete ihn in den Flur, die Haustür schlug zu.

Aus der Küche kam Gulaschduft, der Alte sah Tilde und mich verunsichert an.

„Danke Vati, das hast du gut gemacht."

Ich wusste nicht, ob er es verstanden hatte, aber es schien, als hätte er kurz gelächelt.

Mutti kam aus der Küche zurück. „Ikalein," sagte sie fröhlich, „ich habe tolle Sachen im Ausverkauf gesehen, Leffers hat alles runtergesetzt."

Ich verdrehte die Augen und sah Tilde an. „Abgang!"

Wir verschwanden ohne Gulasch, um zur Arbeit zu gehen. Auf dem Nedderend trafen wir Micha und erzählten ihm, wie wir den Nazi verjagt hatten.

„Euer Alter war klasse, alle Achtung. Und du hättest Ika sehen sollen," sagte Tilde stolz, „sie hat den richtig alle gemacht."

„Bei denen hilft nur klare Kante. Langsam kommt es, Schwesterherz, ist doch gar nicht so schwer."

New York, New York

Zwischen Tilde und mir wurde es schwieriger. Ich hatte noch immer keine Lust auf Kneipe oder Astoria und saß nach der Arbeit meistens in meinem Zimmer, um zu lesen oder zu schreiben. Tilde traf sich, wenn sie zuhause nicht gebraucht wurde, immer häufiger mit Elsa. Ganz schlimm wurde es, als Tilde euphorisch erzählte, Elsa habe nun den festen Plan, zu ihrer Tante nach New York zu gehen, um dort in einem amerikanischen Kaufhaus zu arbeiten.

„Da geht es anders zu als hier," sagte Tilde, „da gibt es modernes Marketing und solche Sachen, die sind viel weiter als wir hier in der Provinz."

Tilde hatte von ihrer Tanzlehrerin die Adresse der Julliard School of Arts in New York bekommen, bei der sie sich um ein Tanzstipendium bewerben wollte. Sie hatte dort hingeschrieben und die Bewerbungsunterlagen angefordert, Micha hatte ihr geholfen, den Brief auf Englisch abzufassen. Ihre Pläne wurden immer konkreter und ich hatte das Gefühl, dass sie zunehmend von mir wegdriftete.

Elsa hatte von ihrer Cousine gehört, dass New York für Tänzerinnen ein Eldorado sei, in jeder Show würden Revuetänzerinnen gebraucht. Tilde brannte vor Begeisterung, ich wartete darauf, dass sie sagen würde: „Und du gehst mit, Ika, wir finden was für dich." Aber das sagte sie nicht.

Im Grunde genommen hatte ich auch keinen Mut, ich wusste gar nicht, was ich in New York sollte. Mein Schulenglisch war schlecht, vom amerikanischen Englisch ganz zu schweigen, und ich stellte mir die Stadt mit den Wolkenkratzern, den vielen Bettlern, der hohen Kriminalitätsrate um einiges bedrohlicher vor als eine Hippie-Kommune in Kalifornien. Und das fünfte Rad am Wagen wollte ich sowieso nicht sein.

In mir wuchs der Gedanke, dass ich mit dem Schreiben weiterkommen und etwas mit Büchern machen wollte. Mir fiel ein, dass Ilse mal von einer Freundin gesprochen hatte, die in Bremen eine Buchhandlung besaß. Vielleicht konnte ich da ja eine Lehre machen. Den ganzen Tag mit Büchern zu tun haben, Leute beraten - der Gedanke erschien mir weitaus verlockender als die Haushaltsschule. Und weg aus Oldenburg. So fuhr ich an einem Januarsonntag allein nach Bremen zu Tante Ilse.

Sie begrüßte mich gut gelaunt, denn ihr zukünftiger Schwiegersohn Luigi hatte sie gerade gefragt, ob sie ihre Stelle im Altersheim nicht kündigen und in seinem Restaurant als Köchin anfangen wollte.

„Der Laden ist jeden Abend voll,“ sagte Ilse, „sie könnten einen zweiten aufmachen. Die Deutschen kommen langsam auf den Trichter, dass es nicht immer Schweinebraten sein muss, und wenn, dann zumindest ein raffiniert gewürzter mit Salbei und Rosmarin. Das sind Aromen, die wir hier im Salzkartoffelland noch nie geschmeckt haben. Und erst die Pizza, du wirst staunen. Heute Abend gehen wir hin, Rosi freut sich schon.“

Wo mein siamesischer Zwilling sei, fragte Ilse dann, sie habe gedacht, Tilde und ich könnten gar nicht ohne einander sein.

„Doch, können wir,“ sagte ich knapp. Ich erwähnte unsere Entfremdung nicht und sagte nur, dass Tilde nach Amerika wolle und sich darauf vorbereite, und dass sie versuche herauszubekommen, was mit ihren Eltern in der Nazizeit gewesen sei, das sei fast noch schwieriger, als bei uns zuhause.

Ich beschrieb Ilse, wie der Heiligabend verlaufen war, und vertraute ihr Michas Situation an, seinen Kummer um Pedro, und dass Mutti und der Alte nicht wissen durften, dass sie einen schwulen Sohn hatten.

Als wir am Kaffeetisch saßen, eröffnete ich Ilse meine Idee mit der Buchhändlerlehre. „Die Alten meinen ja, ich würde sowieso heiraten, eine Ausbildung lohnt gar nicht, aber da mache ich nicht mit. So ein Scheißleben wie Mutti will ich nicht führen.“

Ilse stöhnte und pflichtete mir bei, von der Idee mit der Buchhändlerlehre war sie begeistert.

„Dass ich da nicht selbst drauf gekommen bin. Helga stellt jedes Jahr einen Lehrling ein. Die Mittlerer Reife reicht aus. Du lernst alles über das Buchgeschäft, wie man Kunden berät, und du musst viel lesen. Danach kannst du immer noch aufs Abendgymnasium gehen und studieren, alles steht dir offen. Ich rufe Helga gleich an. Und du könntest hier bei mir wohnen, Rosis Zimmer wird ja frei.“

Ilse rief direkt ihre Freundin an, die sich meinen Namen aufschrieb und sagte, ich solle eine Bewerbung schicken mit

Abschlusszeugnis, Lebenslauf und Interessen, dann werde sie mich zu einem Vorstellungsgespräch einladen.

In der Pizzeria *Da Luigi* erwartete Rosi uns schon. Auch sie hatte jetzt kurze Haare und trug sie ähnlich verrückt zurechtgewuschelt wie Tilde. Sie machte uns einen Cappuccino mit einem Häubchen aus Milchschaum und Schokoladenpulver, den ersten meines Lebens. Dann kam Luigi aus der Küche und begrüßte uns überschwänglich. Er hatte schwarze, halblange Locken und eine Römernase, küsste Ilse die Hand und sagte Ss-wiegermama zu ihr. Es klang so drollig aus seinem Mund, dass wir lachen mussten.

„Bienvenuto bella cugina," sagte er zu mir. Er war charmant und hatte eine freundliche, leichte Art, seine Augen lachten, seine Lockerheit erinnerte an Pedro und Gonzales. Davon konnten sich unsere norddeutschen Stoffel eine Scheibe abschneiden.

Luigi verschwand wieder in der Küche und Ilse folgte ihm, weil sie beim Pizzabacken helfen wollte. „Das muss man üben," sagte Rosi, „man muss die Teigfladen auf der Hand schleudern, damit sie ganz dünn werden. Luigi kann es perfekt, Mama ist auch schon ganz gut, ich lerne es gerade."

Das Lokal füllte sich, Rosi nahm die Bestellungen auf und rief sie in die Küche, machte an der roten, auf Hochglanz lackierten, mit Chrombändern verzierten Theke die Getränke fertig und erzählte mir zwischendurch von der geplanten Hochzeit, die im Restaurant stattfinden sollte und zu der ein ganzer Bus voller Verwandter aus Italien erwartet wurde. Sie zeigte mir ein Foto von einem langen Brautkleid mit blumenbestickter Schleppe, das gerade angefertigt wurde.

Ich überlegte, ob ich neidisch werden sollte, und entschied mich dagegen. Nein, in so einem Kleid rumzulaufen konnte ich mir nicht vorstellen. Falls ich wirklich irgendwann heiraten sollte, allenfalls im Minikleid. Aber wen sollte ich schon heiraten, oder wer mich, es war noch keiner aufgetaucht, mit dem ich auch nur hätte zusammen sein wollen.

„Ihr müsst alle kommen," sagte Rosi euphorisch, „Micha und Tilde und Tante Henny. Und wenn Onkel Kurt mitkommen will, kann er das gerne, ich wäre froh, wenn wir die Familienfehden begraben würden. Ich schicke euch allen eine Einladung."

„Der Alte entwickelt sich," sagte ich vorsichtig und erzählte Rosi, dass er in der letzten Zeit ein paar menschliche Regungen gezeigt hatte und sich bemühte, mit Micha besser klarzukommen.

„Er weiß aber nicht, dass Micha schwul ist," flüsterte ich, „und das darf er auch nicht erfahren, es würde ihn umbringen."

„Micha schwul?"

Rosi schluckte, dann grinste sie. „Da geht den Frauen ja einiges verloren, schade, schade um so einen schnuckeligen Kerl."

„Das findet Tilde auch," sagte ich noch leiser, „sie ist verknallt in Micha und verzweifelt, dass sie ihn nicht kriegt."

„Oh je, die Arme," flüsterte Rosi zurück. „Aber mit Luigi ist es auch nicht so einfach. Viele Deutsche, vor allem Frauen, gucken dich schief an, wenn du mit einem Italiener ankommst. Itaker, Italienerliebchen, Spaghettifresser, Knoblauchfresser, so was muss man sich anhören. Neulich hatten wir einen Gast, der behauptet hat, die schwarzhaarigen Südländer röchen anders als Blonde. Den habe ich gefragt, wie denn der Hitler gestunken habe, der sei doch auch schwarzhaarig gewesen. Da ist er wütend gegangen, ohne einen Pfennig Trinkgeld dazulassen. Solche Gäste brauchen wir nicht, habe ich zu Luigi gesagt, die können ihre Nazisprüche woanders ablassen."

Rosi rückte näher heran. „Ich rate dir, Ika, such dir auch einen Südländer, es kommen jetzt immer mehr. Sie sind charmant zu den Frauen und haben Humor, die sind nicht wie unsere Typen hier."

„Und man muss ihnen nicht die Füße küssen?"

„Na ja, das haben die auch ganz gerne. Aber sie belohnen einen wenigstens mit Komplimenten, sie geben dir das Gefühl, dass du eine tolle Frau bist. Sie sind besser als ihr Ruf, und ich habe sogar einen abbekommen, der kochen kann und gutes Geld verdient. Mein Luigi ist ein Goldstück und ein Glückstreffer."

Ich erzählte ihr leise von Gonzales sowie von Michas Liaison mit Pedro, dem schrecklichen Ende und dem Zettel, den Pedro hinterlassen hatte. Rosi kamen die Tränen. „Was für ein trauriger Satz. Die armen Schwulen, die müssen genauso befreit werden wie die Frauen. Was muss Micha gelitten haben."

„Er tut es noch," sagte ich, „er kommt überhaupt nicht drüber weg. Ilse weiß es, aber rede bitte mit sonst niemandem drüber. Ich will nicht, dass man ihn komisch anguckt, er ist ein ganz normaler Junge."

„Und ein hübscher dazu," bekräftigte Rosi, „die Männer, die ihn kriegen, können sich glücklich schätzen."

Ilse brachte uns frische Pizzen an den Tisch und ich wusste sofort, dass die seltsam riechenden Fladen – Oregano, sagte Ilse - ab sofort mein Lieblingsessen sein würden.

„Nächsten Monat höre ich im Altersheim auf, dann fängt ein neues Leben an," strahlte Ilse, „und dann können die Enkel kommen. Das kriegen wir hier alle zusammen hin, damit muss Rosi nicht allein zuhause sitzen."

„In Berlin gründen sie jetzt Kinderläden," sagte ich, „die Eltern wechseln sich in der Betreuung ab, die Kinder werden antiautoritär, das heißt ohne Drohungen oder Strafen erzogen, man diskutiert mit ihnen und erklärt ihnen alles. Die Mütter können ohne schlechtes Gewissen arbeiten oder studieren. Und die Väter müssen auch mitmachen, die Kinder betreuen, aber auch kochen und putzen."

„Vielleicht kommt so was auch in Bremen," sagte Rosi, „da würde ich sofort mitmachen."

Die rote Wut

Im April 1968 kulminierten die Ereignisse. Am 2. April brachen in Frankfurt in zwei Kaufhäusern Feuer aus, es waren an mehreren Stellen Brandsätze gelegt worden. Kurz vorher hatte eine Frau bei der Deutschen Presseagentur angerufen und die Brände als politischen Akt angekündigt.

Ricky und Micha brachten aus Berlin Gerüchte mit, dass sich ein politischer Widerstand gründen würde, der angesichts der sich zuspitzenden gesellschaftlichen Lage Gewalt gegen Sachen für legitim halte.

„Das schließt auch den bewaffneten Kampf ein," raunte Ricky. „Die Brandstiftung ist ein politischer Akt, kein krimineller."

Am 4. April wurde in Amerika Martin Luther King erschossen, am 11. April schoss der Nazi Josef Bachmann auf dem Kurfürstendamm in Berlin Rudi Dutschke in den Kopf und verletzte ihn schwer. Der Attentäter trug hetzerische Artikel der BILD-Zeitung und einen Artikel der Nationalzeitung bei sich mit der Schlagzeile: *Stoppt den roten Rudi jetzt.*

Am gleichen Abend demonstrierten über zweitausend Leute in Berlin gegen die Springer-Presse, Ricky und Micha waren dabei. Tilde und ich saßen vor dem Fernseher und suchten nach den beiden, wenn die Kamera über die Menschenmenge schwenkte, aber vergeblich. Angeführt wurde der Zug von inzwischen bekannt gewordenen Kommunarden wie Fritz Teufel, Bommi Baumann und Dieter Kunzelmann.

Die Demonstranten skandierten: „Springer, Mörder, Springer, Mörder!"

Ricky und Micha waren, um die Auslieferung der Zeitungen zu verhindern, vor der Ausfahrt des Verlagshauses daran beteiligt, Barrikaden zu bauen. Die Bild-Zeitung kam erst mit Verspätung in die Kioske, der Tenor der Schlagzeilen lautete: *Terror in Berlin.*

Die Proteste schwappten in andere Städte über, teilweise kam es zu Straßenkämpfen, es wurden Steine geworfen, in München gab es zwei Tote. „Gestern Dutschke, heute wir", skandierten die Demonstranten.

Die Protestwelle erreichte sogar, wenn auch etwas verspätet, Oldenburg. Hier versammelten sich, wir konnten es kaum glauben, siebenhundert Schülerinnen und Schüler sowie Studentinnen und Studenten der Pädagogischen Hochschule zu einem Protestmarsch und riefen, wie die Studenten in Hamburg oder Berlin: „Unter den Talaren der Muff von tausend Jahren."

Der Marsch ging aber nicht durch die Innenstadt, sondern endete brav mit einer Podiumsdiskussion in der Cäcilienschule, bei der Reformen gefordert wurden.

Micha erzählte uns abends beim Karl, dass Mutti ihn, als er seine Wäsche abholte, gefragt habe, ob er nicht mal eine Freundin haben wolle.

„Ich habe gesagt, das interessiert mich nicht, sie hat komisch geguckt und gesagt, ich sei doch ein hübscher Kerl."

„Ich werd's ihr sagen," sagte ich, „bei der nächsten Gelegenheit, klipp und klar, und sie wird sehen: Man stirbt nicht dran."

Micha erzählte auch, dass er, wenn er abends zum Stau gehe, die alten Typen da rumscharwenzeln sehe, wo die Strichjungs stünden. Es gebe so viele Schwule, auch ganz alte, er kriege langsam einen Blick dafür und es sei unwürdig, ein Elend, wie sie sich in dunklen Ecken verstecken und tarnen müssten.

„Die müssen ja alle einen auf normal machen, damit sie nicht in den Knast gehen, die müssen sich total verbiegen. Ich glaube, ich knalle es den Alten irgendwann hin, dass sie einen Hundertfünfundsiebziger als Sohn haben, der vor fünfundzwanzig Jahren noch vergast worden wäre. Und dann ab nach Berlin, dann sehen die mich nie wieder."

Micha wuchs, wenn er so redete, das Gequälte verschwand aus seinem Gesicht. Manchmal wallte die Hoffnung in uns auf, dass eine neue Zeit anbrechen könnte, in der man ehrlich sein und frei leben konnte, in der man seine Gefühle nicht verstecken musste. In der Frauen und Schwule die gleichen Rechte hatten und der *normale* Mann nicht mehr das Maß aller Dinge war.

„Die Scheißgardinen müssen von den Fenstern gerissen werden, damit frischer Wind reinkommt", rief Micha pathetisch.

Es gibt eine Szene, für die ich mich früher so geschämt habe, dass ich nie mehr daran denken wollte. Jetzt fällt sie mir häufiger ein und ich bin sogar ein bisschen stolz darauf.

Ich bin zwölf und weiß noch nicht, wie das ist, etwas zu wollen, das gegen Muttis Willen ist. Ich räume den Tisch ab, trockne das Geschirr, versuche, Vati auf gute Laune zu bringen. Das ist ein Kraftakt, weil ich dazu erstmal eine hohe Mauer überwinden muss.

Das Plätten, wie in Oldenburg das Bügeln genannt wird, gehört nicht zu Frau Müllers Aufgaben, die damals noch unsere Putzhilfe ist, sondern ist Mutti vorbehalten. Sie plättet ihre weiße Tischwäsche mit Hingabe, tunkt die Finger in ein Wasserschälchen und schlägt die Tropfen über dem Tischtuch ab, das nach Stärke duftend vor ihr auf dem Bügelbrett liegt. Mutti tupft mit dem feuchten Finger an das heiße, zischende Eisen. Sie plättet mit großen Armschwüngen, das Eisen reibt, das gestärkte Tuch gerinnt zu einer sahnigen Fläche. Mutti liebt das Plätten, sie liebt es mehr als mich, die Geld für den Kramermarkt und eigentlich auch ein bisschen Zuwendung einfordert, das habe ich für das Immerliebsein verdient.

Aber das findet Mutti nicht, weil sie sich um Vatis Hemden und Michas Unterhosen kümmern muss, die auch geplättet werden, und keine Zeit hat. Es wird gesprengt, geplättet und gefaltet, die makellosen Hemden werden über Bügel gehängt, die Unterhosen liegen da in einem akkuraten Stapel.

Mutti will nichts hören von einer quengelnden halbwüchsigen Tochter und streicht über die weiße Fläche, die duftet und quietscht vor Frische. Dieses glatte Weiß interessiert sie, sonst gar nichts, auch nicht, dass sie eine Tochter hat, die seit kurzem blutet. Sie gibt mir, als ich ekelhaft riechende braune Flecken im Nachthemd habe, wortlos und peinlich berührt eine Packung Binden der Marke *Camelia* und einen fleischfarbenen, potthässlichen Gummigürtel, an dem ich die Binden festmachen soll.

Wenn ich während der Periode Bauchschmerzen habe und meine Seele in Abgründe fällt, zuckt sie die Schultern und sagt, das sei eben so als Frau, da müsse man einmal im Monat durch.

Sie will sich nur mit ihrer gestärkten Wäsche, den Gardinen, den Herrlichkeiten von Quelle, dem Sonntagsbraten und den Sonntagstorten beschäftigen, nicht mit ihrer Tochter, deren Bauch so weh tut wie ihr bitteres Herz.

Ich trage einen Becher roten Johannisbeersaft in der Hand. Mutti plättet hingebungsvoll, die Fläche liegt da wie ein Milchsee.

Ich weiß selbst nicht, wie es geschehen kann, aber es geschieht. Eine rote Wut schießt hoch, eine blutige Wut, die so schnell von hinten kommt, dass ich die Kontrolle verliere. Schwupp, mache ich mit dem Becher, ich drehe nur das Handgelenk. Der rote Johannisbeersaft und das entsetzte Gesicht von Mutti. Der rote Johannisbeersaft, der sich in die weiße Fläche frisst, an den Rändern über die quietschende Oberfläche perlt und dann hineinsickert, eine blutige Amöbe fließt über den Bügeltisch. Mutti wird so weiß wie das Tischtuch, dann rot und feucht, Hitzewallungen. Ihr Blick auf mich ist vernichtend, sie ist atemlos und weiß nicht, was sie sagen soll.

„Warte, wenn Vati kommt," quetscht sie heraus, „da setzt es was, so was Ungezogenes!"

Ich weiß, dass sie es ihm nicht sagen wird, um den Aufruhr zu vermeiden. Ich starre auf den Blutsee, den Mutti jetzt zusammenrafft. Mein sündiges Herz klopft, aber da ist auch ein heller Schein, ein Flämmchen der Zufriedenheit. Ich erzähle die Geschichte später Tilde, die laut lacht und meinen Mut bewundert.

Gunda war ungefähr ein Dreivierteljahr bei uns, als im Frühsommer 1968 die Geschichte mit Brunken passierte. Tilde und ich hatten vor dem Haus gestanden und gesehen, dass Nachbar Tammo Brunken seinen hellblauen Mercedes wienerte. Aus dem Autoradio dröhnte der Schmalztenor von Peter Alexander über den Nedderend. Tammo polierte im Takt von der *Der letzte Walzer* und war so versunken, dass er nicht auf seine Umgebung achtete. Wir wunderten uns, weil es Montagvormittag war und normalerweise alle arbeiteten.

„Vielleicht muss der gar nicht mehr arbeiten, das machen andere für den, das ist so bei den Kapitalisten," meinte Tilde.

Dann sahen wir Gunda aus der Unterführung kommen, sie schob ihr Fahrrad und lief genau auf Brunken zu. Plötzlich blieb sie stehen und starrte ihn an. Er nahm sie zuerst nicht wahr, schaute dann kurz auf und polierte weiter.

Gunda kam langsam auf uns zu, sie war blass und hatte Schweiß auf der Stirn.

„Was ist," sagte Tilde, „du siehst aus, als wärst du dem Teufel begegnet."

Gunda fasste sich.

„Wenn du wüsstest, wie nah dran du bist," sagte sie, „manchmal begegnet man ihm ohne Vorwarnung, am helllichten Tag. Heißt der da drüben Brunken? Tammo Brunken?"

Wir nickten, bekamen aber nicht mehr aus ihr heraus. Als sie staubsaugte, wischte, die Wäsche machte und das Silber putzte, wie Mutti ihr aufgetragen hatte, hörte sie nicht wie sonst Radio und ließ ihre blauen Augen blitzen, sondern war gedrückt und in sich gekehrt.

Was hatte sie mit Tammo Brunken zu tun? Die Frage war wirklich spannend und wir wollten es herausfinden.

Die Gelegenheit ergab sich bereits am folgenden Mittwoch, als Mutti ihren Friseurtag hatte und anschließend in die Stadt wollte, um sich für den bevorstehenden Sommerball des Naturkundevereins ein Kleid zu kaufen. Sie bat mich mitzukommen und ihr beim Aussuchen zu helfen, aber ich hatte keine Lust.

Tilde und ich lagen noch im Bett, als Gunda kam. Wir mussten am Nachmittag arbeiten und wollten gemütlich frühstücken. Micha war auch da, Gunda machte Kaffee und schickte ihn zum Brötchen holen. Sie hatte etwas auf dem Herzen, das war ihr anzusehen.

„Ich werde euch erzählen, woher ich den Brunken kenne," sagte sie, als wir am Tisch saßen, „ich muss es loswerden. Der stammt doch aus Ohmstede, oder nicht?"

Wir nickten.

„Das ist ein Blödmann, ein Fascho, ein Obernazi. Woher kennst du so einen Arsch? Der ist mit Grundstückspekulationen reich geworden," sagte Micha.

Gunda konnte kaum die Tränen zurückhalten, sie brauchte eine Weile, um sich zu fassen.

„Ihr wisst ja, dass ich Mitte 1944 aus Ostpreußen nach Oldenburg kam. Das war noch, bevor die großen Trecks begannen. Ich war schwanger und wollte möglichst weit weg von der Front, die immer näher rückte. Ich hatte Glück und konnte mit einem Nachbarn, der ein Pferdefuhrwerk hatte, ein Stück mitfahren und habe mich dann durchgeschlagen, fragt mich nicht, wie, zumal mir immer übel war. Ich landete in Oldenburg und bekam im August im Piushospital Elsa. Sie behielten mich zwei Wochen dort, dann kam ich zu Bauer Brunken nach Ohmstede, wo ich gegen Kost und Logis den Haushalt machte.

Für Elsa hatte ich einen Kinderwagen, ein paar Windeln, Babysachen und eine alte Häkeldecke bekommen, in die ich sie einwickelte. Ich konnte sie in den ersten Wochen noch stillen, aber dann war ich zu erschöpft, ich bekam auch selbst nicht genug zu essen bei dem reichen Bauern.

Ich kochte für die sechsköpfige Familie und guckte, dass ich Elsa irgendwie durchbekam. Ich gab ihr zerdrückte Kartoffeln und verdünnte Kuhmilch, davon spuckte sie, sie brauchte eine spezielle Babynahrung, die es damals nirgends mehr zu kaufen gab.

Da machte mich jemand auf Paul Warnke aufmerksam. Er hatte früher in Ohmstede eine Apotheke besessen, die seit einiger Zeit geschlossen war. Vielleicht konnte er etwas für mich tun. Ich erfuhr, dass Warnkes Frau vor einem Jahr an Brustkrebs gestorben war und er mit seiner fünfzehnjährigen Tochter Moni zurückgezogen in Ohmstede lebte. Die Tochter hatte seit dem Tod ihrer Mutter einen Schlag weg, sie war verstört und ging niemals aus dem Haus, auch nicht zur Schule, aber das kümmerte damals niemanden.

Ich ging mit Elsa im Kinderwagen zu Warnke und fragte, ob er Milchpulver für meine Tochter besorgen könnte. Er hatte in der ehemaligen Apotheke ein kleines Lager mit Restbeständen, ‚nur für wirkliche Notfälle,' sagte er, ‚Sie scheinen einer zu sein.' Er wollte mir die Sachen am Nachmittag bringen und stellte mich seiner Tochter vor. Sie war ein schüchternes Mädchen, taute etwas auf, spielte ganz süß mit meinem Baby und freute sich, als ich sie fragte, ob sie manchmal auf Elsa aufpassen könnte.

Zu dieser Zeit wurden alle Männer zwischen sechzehn und sechzig, die noch nicht im Krieg waren und sich irgendwie auf den Beinen halten konnten, zum Volkssturm eingezogen, Hitlers letzte Bastion sollte den Endsieg bringen. Tammo war gerade sechzehn, wenn ich mich richtig erinnere, er war schon damals ein stämmiger, grober Kerl. Er war der mittlere Sohn der Brunkens, Führer bei der Hitlerjugend und glühender Nazi, hatte seine Volkssturmbinde am Arm und verkündete immer wieder großkotzig, dass der Endsieg unmittelbar bevorstehe."

„Habt ihr das geglaubt? Hat da jemand überhaupt noch an den Endsieg geglaubt?"

„Ich ganz bestimmt nicht," sagte Gunda, „immer mal wieder sickerte durch, dass die Deutschen große Verluste machten, und wenn sie schon halbe Kinder und alte Männer an die Front schickten, konnte es um die Wehrmacht nicht mehr gut bestellt sein.

Nachmittags war ich dabei, den Hof zu fegen. Elsa war unruhig, sie hatte Hunger, außerdem bekam sie Zähne und hatte manchmal große Schmerzen, dann schrie sie wie am Spieß. Ich gab ihr Wehrmachtszwiebäcke, auf denen sie herumkauen konnte, und die Kuhmilch, die sie nicht vertrug. Es ist entsetzlich, so ein kleines Kind nicht richtig ernähren zu können, es zerreißt einem das Herz.

Dann kam Paul Warnke auf den Hof. Er war ein dünnes, verschüchtertes Männchen, wie wir alle erschöpft und grau im Gesicht. Er brachte mir drei Packungen Maizena Babynahrung und ein Paket weichen Grieß. ‚Mit der Milch müssten Sie drei Wochen hinkommen,' sagte er, ‚und Sie können dann auch schon mal ein bisschen Grießbrei zufüttern.'

Außerdem gab er mir zwei nagelneue Babyfläschchen mit Sauger. Ich hatte bis dahin nur ein Fläschchen mit einem Sauger, den sie mir im Pius gegeben hatten und den ich immer wieder auskochen musste. Ich wusste gar nicht, wie ich Herrn Warnke danken sollte. Geld hatte ich nicht und er wollte auch keins, er war einfach ein guter Mensch, und sagte leise zu mir, dass er die paar Sachen, die er noch in seinen Beständen habe, nur an gute Menschen abgeben wolle. Ich überlegte, woran er die wohl erkennen wollte, da wurde Elsa wieder unruhig und ich lief in die Küche, um ihr das Fläschchen zu machen.

Ich konnte auf den Hof schauen, während das Wasser heiß wurde und ich Elsa auf dem Arm schuckelte. ‚Gleich kriegst du ein leckeres Fläschchen, meine Süße', sagte ich zu ihr, sie lachte und brabbelte." Gunda hielt inne.

„Es ist komisch, aber von diesem Tag habe ich noch jede Einzelheit im Gedächtnis, als sähe ich es in einem Vergrößerungsglas.

Tammo Brunken kam über den Hof auf Warnke zugelaufen, natürlich in seiner HJ-Uniform und mit einer Volkssturmbinde am Arm. Er schrie ‚Heil Hitler', streckte zackig den Arm nach vorne und rief Warnke zurück, der sich schon zum Gehen gewandt hatte. Brunken reichte ihm eine Volkssturmbinde und schnauzte: 'Befehl von oben, alle Männer unter sechzig werden eingezogen.'

Ich verstand zuerst Warnkes leise Stimme nicht und ging ans Fenster. Brunken hatte sich vor Warnke aufgebaut, er wurde laut, seine Stimme war eine groteske Mischung aus dem derben Oldenburger Platt und dem Schnarren des Verbrechers, das Brunken sich offenbar antrainiert hatte.

‚Befehl des Führers und des Reichsjugendführers! Morgen 7.00 Uhr Antritt zum Appell auf dem Schulhof'.

Jetzt wurde auch Warnke laut.

‚Reicht es euch noch nicht mit dem Blutvergießen,' rief er, ‚schickt ihr jetzt auch noch die Kinder und die Greise ins Feuer? '

Ich sehe heute noch sein graues, mageres Gesicht vor mir, wie er sich aufrichtete, als er Brunken widersprach, wie seine Haltung etwas Stolzes bekam, so etwas wie einen Rest Menschenwürde."

Gunda schwieg, sie kämpfte mit den Tränen. Ich legte meine Hand auf ihre, die eiskalt war, Micha schenkte ihr Kaffee nach.

„Brunken fing an zu schreien," erzählte Gunda weiter, „er fragte Warnke, ob er wisse, dass auf Befehlsverweigerung die Todesstrafe stehe. ‚Tod durch Erschießen oder Erhängen,' bellte er wieder in dieser schrecklichen Hitler-Sprache, ‚was ist dir lieber?'

‚Tun Sie, was Sie nicht lassen können, Herr Brunken', sagte Paul Warnke, nun aufgerichtet und ganz klar, ‚bedenken Sie nur, dass ich eine Tochter habe, die schon ihre Mutter verloren hat. Aber was rede ich, das ist Ihnen und Ihresgleichen sowieso egal, auf einen Mord mehr oder weniger kommt es jetzt auch nicht mehr an.'

Brunken war rot geworden. ‚Das wird die SS interessieren,' brüllte er. ‚Entweder legen Sie jetzt die Binde an und melden sich zum Volkssturm, oder ich bin gezwungen, Meldung zu machen.'

‚Ganz wie es Ihnen beliebt,' entgegnete Warnke laut, ich hatte den Eindruck, dass ihm jetzt alles egal war. Er nahm die Binde, ließ sie vor Brunken auf die Erde fallen, trat darauf, drehte ein paarmal den Absatz herum und ging ohne Gruß vom Hof.

Brunken kam wutentbrannt in die Küche, ging zum Küchenschrank und nahm die Flasche Korn heraus, die dort immer stand, goss sich ein Wasserglas voll und stürzte es hinunter.

‚Hast du das gerade gesehen, wie der sich benommen hat?' schrie er mich an. ‚Befehlsverweigerung, das ist ein Kapitalverbrechen.'

Ich sagte, ich hätte nichts gesehen, ich hätte die Kleine gefüttert.

Wütend rannte er raus, kurz danach fuhr er mit dem Moped vom Hof, um, wie ich vermutete, Paul Warnke bei der NSDAP-Kreisleitung in Oldenburg, oder wer auch immer dafür zuständig war, anzuschwärzen."

Gunda schwieg erschöpft, jetzt liefen ihr die Tränen herunter.

„Und dann?“ fragte Tilde.

Gunda starrte vor sich hin und schluchzte.

„Ich kann es kaum sagen,“ brachte sie schließlich heraus, „es ist so grauenhaft. Er hat sich am gleichen Tag erschossen, sich und seine Tochter. Man erzählte im Dorf, dass SS-Leute gekommen waren, um ihn abzuholen, da hat er es gemacht, vor ihren Augen. Er hinterließ einen Abschiedsbrief, das habe ich später gehört. Darin soll gestanden haben, dass er sich und sein Kind den Henkern und Verbrechern nicht ausliefern und lieber von der eigenen Hand sterben wolle, als von den SS-Mördern umgebracht zu werden.“

Wir hörten Mutti zur Haustür hereinkommen, Gunda ließ sich zurücksinken.

„Oh, ein gemütliches Kaffeestündchen,“ rief Mutti, als sie uns um den Tisch sitzen sah, „habt ihr noch ein Tässchen für mich?“

Sie trug eine Leffers-Tüte in der Hand, aus der sie ein blaues Kleid mit weiß-rot gepunktetem Kragen zog. Sie hielt es vor sich und ihre frisch gelegte Krause und drehte sich.

„Guckt mal, sieht doch nett aus, was Frisches, dachte ich.“

Wir waren von Gundas Geschichte so erschüttert, dass niemand etwas sagen konnte. Ich schenkte Mutti den Kaffee ein, während Gunda aufstand und die Küche aufzuräumen begann. Mutti schwatzte etwas von Herrn Scholz und wie schick er seinen Salon renoviert habe, mit einer eleganten weinroten Tapete und Waschbecken aus weißem Marmor.

„Exklusiv,“ schwärmte sie, „mit goldenen Wasserhähnen, stellt euch das vor.“

„Wie bei Brunken?“ fragte Micha.

„Mindestens so schick, aber bei Brunken ist alles so überladen, zu viele Schnörkel. Nein, Herr Scholz hat einen besseren Geschmack, klassisch und gediegen.“

Tilde, Micha und ich sahen uns an. Das war nicht zu ertragen, nicht nach Gundas Geschichte.

Wir zogen uns an und gingen zur Arbeit, vorher fragten wir Gunda, ob wir über die Sache mit Elsa reden könnten. Gunda nickte, Elsa wusste Bescheid. Abends wollten wir uns treffen, um zu überlegen, was wir tun konnten gegen Brunken und die ganzen Nazi-Verbrecher, die sich jetzt als friedliche Wohlstandsbürger aufspielten, auch bei uns in Oldenburg.

Antifa Oldenburg

„Die Zeit ist reif," verkündete Ricky, als wir beim Karl saßen. „Es brodelt überall, die Studenten in Paris haben den Generalstreik ausgerufen, in Polen sind sie auf der Straße, in der Schweiz, in Mexiko und Japan. Und die USA und Nordvietnam beginnen Friedensverhandlungen, die Reaktionäre haben ausgespielt."

„Na ja," meinte Tilde, „ich glaube nicht, dass die sich so schnell geschlagen geben. Aber wir könnten noch eins draufsetzen, hier in Oldenburg muss auch mal irgendwas hochgehen."

Elsa war auch da, sie kannte die Brunken-Geschichte von ihrer Mutter. Wir erzählten ihr von dem Richtfest vor ein paar Jahren, als Brunken und der Alte das Nazi-Lied gesungen hatten, und waren uns einig: Brunken musste sich verantworten, der Tod von Paul Warnke und seiner Tochter musste gesühnt werden.

„Presse," meinte Ricky, „Ika schreibt eine Presseerklärung und wir schicken sie an die Nordwest-Zeitung und den Norddeutschen Rundfunk."

„Das veröffentlicht keiner," sagte Micha, „wir sind ja nur irgendwelche Gammler, die sich was aus den Fingern saugen, nein, damit kommen wir nicht durch. Wir sollten es auch nicht nur auf Brunken fokussieren, die meisten dachten ja so."

Die Idee, zu einer Demonstration in der Stadt mit Flugblättern und Spruchbändern aufzurufen, verwarfen wir ebenso wie die, mit dem restlichen Geld aus dem Jointverkauf ein kleines Flugzeug mit einem Werbebanner zu chartern, das den Spruch *Nazis raus aus Oldenburg* über der Stadt flattern lassen könnte.

„Zu teuer, zu wenig effizient,“ befanden wir nach reiflicher Überlegung. Dann schlug Tilde vor, Tapetenrollen mit entsprechenden Parolen zu bemalen und nachts heimlich die Brunken'schen Lastwagen, die auf seinem Betriebshof an der Alexanderstraße standen, damit zu bekleben.

„Außerdem hängen wir den ganzen Nedderend mit Plakaten voll und tapezieren die Litfaßsäule, die steht ja genau vor Brunkens Haus,“ sagte Tilde. „Und dann bestellen wir die Presse dahin, mal gucken, was die schreiben und ob überhaupt. Wir sind ja linkes Kampfgeschwader oder Terrorzelle, immerhin besser als Rechtsaußen.“

Die Idee zündete und wir wollten sie vor den großen Ferien umsetzen. Micha schlug einen Sonntag Ende Juni vor, kurz vor den großen Ferien. „Wir machen es nachts, da ist es ja lange hell. Und Montagmorgen wundert sich der Brunken, was mit seinen Lastern passiert ist. Und wir machen ein Flugblatt, das schicken wir auch an die Redaktionen als Pressemitteilung. Wir müssen nur überlegen, wie wir den Text unterschreiben.“

Wir hatten verschiedene Ideen, etwa Widerstand Oldenburg, oder antifaschistische Notwehr Oldenburg, und einigten uns schließlich auf das griffige Kürzel ANTIFA OLDENBURG. Als Überschrift nahmen wir *Sühne für die Naziverbrechen* und kündigten eine Aktion des antifaschistischen Widerstands auf dem Nedderend an. Wir diskutierten, ob wir Brunkens Namen nennen sollten, entschieden uns aber dagegen, um nicht zu viel Angriffsfläche zu bieten, und weil wir alle Nazitäter einschließen wollten.

Wir brauchten eine größere Truppe für die Aktion. Elsa wollte auf jeden Fall dabei sein, sagte Tilde, auch Hugo würde mitmachen.

Ricky und Micha wollten Kai ansprechen und noch einen oder zwei aus ihrer ehemaligen Klasse, die auf der Seite der Studenten standen und vertrauenswürdig waren.

„Aber wo machen wir es," fragte ich, „zum Beschriften der Tapeten brauchen wir Platz. Wir müssen den Kram ja auch irgendwo lagern, wo ihn niemand sieht."

„Wir haben ein Auto und das Moor," sagte Ricky, „die Sachen passen alle in den Kofferraum, die Tapeten rollen wir und bemalen sie auf der Veranda des Angelhäuschens, da ist genug Platz."

Wir verabredeten, am nächsten Wochenende ins Moor zu fahren. Bis dahin wollten wir überlegen, welche Parolen wir nehmen sollten, und fingen gleich an, Ideen zu sammeln. Unser Erfindungsreichtum wurde durch etliche Pinnchen-Runden angestachelt, ich notierte die Vorschläge in meinem Notizbuch.

- VOR 35 JAHREN BEGANN DAS MORDEN
- NAZITÄTER, STEHT ZU EUREN VERBRECHEN
- NIEDER MIT DER FASCHISTISCHEN GESELLSCHAFT
- NAZIS RAUS AUS OLDENBURG

Später kutschierte uns Ricky mit der Ente ins Montparnasse. Die Euphorie unseres Plans trug uns durch die Nacht und wir tanzten ordentlich ab. Zwischendurch gingen wir nach draußen, um an den Joints zu ziehen, die Micha in der Tasche hatte. Ich war gut drauf, obwohl Elsa dabei war und ausgelassen mit Tilde tanzte, aber sie bezogen mich ein und ich war vielleicht auch zu betrunken und bekifft, um meine Eifersucht hochkommen zu lassen.

Micha und Ricky, die eifrig ihre Verbindungen nach Berlin pflegten, hatten zum ersten September eine Bleibe in einer Wohngemeinschaft in Kreuzberg in Aussicht. Die Leute dort seien super drauf, auch gebe es Jobs in einer neu gegründeten Lebensmittelgenossenschaft.

„In Berlin weht ein anderer Wind," strahlte Micha, den ich zum ersten Mal seit langem wieder fröhlich und optimistisch sah, „da geht es richtig ab, da entsteht eine neue Gesellschaft."

Als Mutti von der Wohngemeinschaft erfuhr, druckste sie herum.

„Wie ist das denn, schlaft ihr da auch alle in einem Raum, Männlein und Weiblein durcheinander?"

„Männlein und Männlein, Weiblein und Männlein, Weiblein und Weiblein," bestätigte Micha, „jeder kann da schlafen, wo er sich am wohlsten fühlt. Prinzipiell hat jeder ein eigenes Bett, aber man kann mit reinnehmen, wen man will."

Mutti stand Sodom und Gomorrha ins Gesicht geschrieben, aber weil Micha so glücklich war, sagte sie nichts weiter, sondern fing an, seine Klamotten durchzusehen. Als sie begann, Knöpfe anzunähen, nahm er ihr die Sachen weg.

Der Alte reagierte gefasst auf die Nachricht, dass Micha eine Wohnung in Berlin hatte.

„Ich hoffe, du hast dir das gut überlegt, mein Junge, und du denkst auch mal an eine Ausbildung, du brauchst doch eine Zukunft."

Mein Junge! Micha fragte mich später, ob er das wirklich gesagt hatte. Ja, er hatte zu seinem langhaarigen, schlampig herumlaufenden, schwulen Sohn *mein Junge* gesagt.

„Er lernt," sagte ich, „wer hätte das gedacht."

Micha spielte mit dem Gedanken, in Berlin auf ein Abendgymnasium zu gehen, sein Abitur nachzuholen und danach Soziologie zu studieren, um herauszufinden, wie eine gerechte Gesellschaftsordnung entstehen konnte. Das wollte er dem Alten aber erst sagen, wenn es so weit war. Man konnte sowieso davon ausgehen, dass der noch nie was von Soziologie gehört hatte.

Am 30. Mai 1968 wurden die Notstandsgesetze von der inzwischen regierenden Großen Koalition im Bundestag beschlossen, trotz zahlreicher Demonstrationen, unter anderem einem Sternmarsch auf Bonn mit vierzigtausend Teilnehmerinnen und Teilnehmern. Ricky, Micha und ich waren dabei, von Oldenburg aus waren mehrere Busse nach Bonn gefahren.

Tilde kam nicht mit, sie sorgte sich um ihre Mutter, die sehr schwach war, aber begann, ein paar Dinge zu erzählen, die sie unter den Nazis erlebt hatte. Sie sei in einem polnischen Lager gewesen, berichtete Tilde uns, über Einzelheiten könne sie aber nicht sprechen. „Ich bin dabei sie zu überreden, dass sie was erzählt, ich sage ihr, dass es wichtig ist, damit so was nicht wieder passiert. Sie hat was Schreckliches gesagt: Man kann es sich nicht verzeihen, dass man davongekommen ist."

Auf der Demonstration in Bonn genossen wir es, Arm in Arm in der unübersehbaren Menschenmenge mitzulaufen und Sprüche zu skandieren wie: „Lasst das Grundgesetz in Ruh', SPD und CDU!" oder „No No Notstandsgesetze!" Es fühlte sich gut an, eine Stimme zu haben, und wir hörten die Rede von Heinrich Böll, der davor warnte, mit der geplanten Gesetzgebung die Grundrechte der Deutschen einzuschränken.

Die Proteste nützten nichts, die Notstandsgesetze wurden verabschiedet. Dennoch war die Empörung vieler Deutscher sicher ein Vorausblick darauf, dass im folgenden Jahr 1969 die SPD mit Willy Brandt an der Spitze die Bundestagswahl gewinnen konnte.

Mutti stand in der Küche und plättete Michas löcherige Jeans und seine speckigen T-Shirts, seinen Parka rieb sie mit einer in heisses Wasser getauchten Bürste ab.

„Warum machst du das, er will das doch nicht," sagte ich, „er macht es extra dreckig."

Sie sah mich verzweifelt an. „Warum ist er so, warum läuft er so herum? Das sieht doch schrecklich aus."

„Weil er jung ist," sagte ich, „weil junge Leute es immer anders machen, als ihre Eltern. Vielleicht war das bei dir und Ilse ja auch so."

Sie bügelte eine Weile vor sich hin. „Meine Eltern waren keine Nazis, gerade deshalb fand ich die damals toll. Heute weiß man ja, was dahintergesteckt hat. Sie waren so schneidig und so zackig, man dachte, dass sie alles schaffen und jeden Feind bezwingen könnten."

„Und genau das Schneidige und Zackige wollen wir nicht mehr, weil wir wissen, wohin das geführt hat."

„Von den Gaskammern wussten wir nichts, das habe ich euch ja schon ein paarmal gesagt."

„Ihr wolltet nichts wissen," verbesserte ich sie, „ihr hättet es wissen können, du hast es in dem Film gesehen, den die Russen euch gezeigt haben."

„Wir wussten ja nicht, ob das stimmte oder Propaganda vom Feind war, das konnte ja irgendein Lager sein, vielleicht eins von denen selbst. Man gab uns eben die Schuld an allem, weil wir den Krieg verloren hatten."

„Das ist lange widerlegt," sagte ich scharf, „es gibt genug Menschen, die die Verbrechen der Nazis bezeugen können. Es will ihnen nur keiner zuhören."

Mutti begann, an Michas Jeans herumzusticheln.

„Warum hat Micha keine Freundin? Hübsch genug ist er doch wohl, er könnte doch jede kriegen."

Mir wurde heiß, ich wollte diese Frage wahrheitsgemäß beantworten.

„Er möchte keine Freundin," sagte ich.

„Was möchte er denn?"

„Vielleicht lieber einen hübschen Jungen."

Mutti stach sich vor Schreck die Nähnadel in den Handballen, ein Blutstropfen sickerte heraus. Sie zischte vor Schmerz durch die Zähne.

„Es gibt Menschen, die lieben das andere Geschlecht, und welche, die das eigene lieben. Beides ist völlig normal."

„Du meinst doch nicht...." Sie sah mich schwer atmend und mit schreckgeweiteten Augen an, Schweißperlen liefen ihr über das Gesicht.

„Ja, ich meine," sagte ich, „Micha ist schwul."

„Wie, schwul, was meinst du damit?"

„Homosexuell," sagte ich, „Micha ist homosexuell."

„Aber das kann doch nicht sein, wo soll er das denn herhaben. Das wird man doch nicht einfach so." Leise setzte sie hinzu: „Das ist doch pervers."

„Nein," sagte ich, „das wird man nicht, das ist man. Manche Menschen werden so geboren, Männer und Frauen, das gab's schon immer. Das ist normal und nicht pervers."

„Aber er ist doch nicht so eine Tunte, eine Schwuchtel, haben sie früher gesagt, Micha doch nicht, er ist doch ein hübscher, breitschultriger Kerl."

„Das eine hat mit dem anderen nichts zu tun."

„Das könnte ich niemals Vati erklären, er hat schon komische Fragen gestellt."

„Das lässt du auch am besten, er würde es nicht verstehen. Wenn Micha in Berlin ist, kannst du ja sagen, dass er da eine Freundin gefunden hat. An der Wahrheit seid ihr ja sowieso nicht interessiert."

Mutti überhörte das. „Und was ist mit den Zigeunern, was hat Tilde da neulich gesagt?"

„Sie vermutet, dass sie aus einer Zigeunerfamilie stammt, besser gesagt, aus einer Sinti-Familie. Die wurden auch von den Nazis ins KZ gesperrt und umgebracht, genau wie die Juden und die Schwulen. Tildes Eltern und ihre Tante sprechen nicht darüber, sie können es nicht, weil es so schrecklich war.

Wir vermuten, dass ihre ganzen Verwandten da umgekommen sind.“

„Hier bei uns am Friedhofsweg Zigeuner? Das habe ich ja noch nie gehört.“

„Die wurden ja auch fast alle umgebracht, das steht in den Akten der Landesbibliothek. Vor dem Krieg haben viele Sinti am Ziegelhof und am Friedhofsweg gelebt, sie wurden von den Nazis nach Auschwitz gebracht. Micha sagt, dass insgesamt eine halbe Million Sinti und Roma ermordet wurden.“

„Das ist natürlich schrecklich, aber das konnte ja keiner ahnen. Wir sind doch erst 1950 hier an den Nedderend gezogen, als du gerade ein Jahr alt warst, es war niemals von Zigeunern die Rede.“

„Wer sollte von ihnen reden, die allermeisten waren ja tot. Und Mörder reden normalerweise nicht über ihre Opfer.“

„Das mit Tildes Familie tut mir leid, sie ist ein nettes Mädchen, sie ist doch unsere Tilde. Na ja, die Tante ist schon ein bisschen komisch und die Eltern kenne ich eigentlich gar nicht.“

„Sie gehen nicht raus, sie haben die Verfolgungen noch in den Knochen. Sie haben Angst vor dieser Gesellschaft. Niemand will wissen, was sie erlebt haben, es wird bis heute alles verdrängt. Denk an das Richtfest bei Brunken, wie Tammo und der Alte das Nazi-Lied gesungen haben.“

Mutti erinnerte sich nicht und entschuldigte die Entgleisung, die ich ihr beschrieb, mit dem Suff, es sei ja schrecklich, was der mit den Männern mache.

Ihr Gerede war nicht auszuhalten, ich war froh, dass ich zur Arbeit musste.

Am 4. Juni 1968 wurde Robert Kennedy in Amerika erschossen, ein weiterer Hoffnungsträger, der ermordet wurde. Tilde war verunsichert und unschlüssig, ob Amerika wirklich das Land ihrer Träume sein sollte, aber sie arbeitete und trainierte fleißig weiter für das Stipendium in New York.

Who by fire

Je näher die Brunken-Aktion rückte, desto nervöser wurden wir. Die Aktion war gut geplant. Micha, Ricky und Tilde waren sicher, dass es ein durchschlagender Erfolg werden würde, ich war ziemlich skeptisch.

Um alles vorzubereiten, fuhren wir am ersten Juniwochenende ins Moor. Tilde kam mit, weil es ihrer Mutter besser ging. Im Kofferraum der Ente lagerten zehn Tapetenrollen, ein Eimer mit schwarzer, einer mit roter Farbe sowie vier dicke Pinsel. Außerdem hatten wir eine Säge und Dachlatten dabei, die aus dem offenen Verdeck der Ente herausragten.

Das Moor empfing uns frühsommerlich, die Bäume und Büsche waren von grünen Knospen bedeckt, am Rand des Teiches blühte weiß die Sumpfcalla. Das Schilf mit den pelzigen braunen Rohrkolben wiegte sich am Ufer des Teiches, über dem weißrosa blühenden Seerosenteppich schwirrten Libellen wie kleine Hubschrauber.

Wir hatten uns vorgenommen, erst nach getaner Arbeit zu kiffen und die Aktion zu feiern, und legten sofort los.

SECHS MILLIONEN ERMORDETE UND KEINER REDET DRÜBER; NAZIS RAUS AUS OLDENBURG; DAS TAUSENDJÄHRIGE REICH WAR EIN VERBRECHERSTAAT; DIE NAZIVERBRECHEN MÜSSEN GESÜHNT WERDEN; 35 JAHRE NACH KRIEGSENDE: NICHTS GELERNT pinselten wir auf die Tapetenbahnen. Ricky nahm eine weitere, schrieb darauf: BRUNKEN, STEH‘ ZU DEINEN TATEN und plädierte dafür, dieses Plakat auf die Seite der Litfaßsäule zu kleben, die von Brunkens Haustür aus zu sehen war.

Ricky hatte ausgekundschaftet, dass Brunken sechs Laster auf seinem Hof stehen hatte, für die wir zwölf Bahnen vorbereiteten. Außerdem bemalten wir kleinere Tapetenstücke, die, als Plakate an die Litfaßsäule geklebt und, mit Dachlatten verstärkt, an den Linden auf dem Nedderend aufgehängt werden sollten.

Am Freitagabend hatten wir die Hälfte geschafft, am Samstagmittag waren wir fertig und machten uns die Dosenravioli heiß, die wir mitgebracht hatten.

Der Tag war warm und Tilde ging ins Wasser, Micha schloss sich an. Ich dachte an die Schlingpflanzen und den Morast in den Teichen und ließ es lieber, aber mir fiel der Durchgang zum zweiten Teich ein, den Tilde im vergangenen Jahr entdeckt hatte, und Michas Erinnerung, dass der Alte vor vielen Jahren dort einen Kanister im Wasser versteckt hatte.

„Sollen wir nicht den Schatz suchen, den der Alte in dem zweiten Teich versenkt hat," rief ich ihnen zu, „wir könnten doch das Boot flott machen, das hinter der Hütte liegt."

Wir überlegten hin und her, ob wir wirklich in dem alten Schlamm herumwühlen sollten. Dann entschied Micha: „Wir machen es, ich will wissen, ob ich mich richtig erinnere, ob es diesen Kanister gibt und was da drin ist."

Micha und Ricky machten das Boot sauber, flickten ein größeres Loch provisorisch mit einer Dachlatte, stopften Gras in die Ritzen und ließen es ins Wasser. Sie wollten allein auf die Suche gehen, damit das Boot nicht zu schwer wurde. Tilde und ich saßen gespannt am Ufer und beobachteten, wie sie sich mit dem einen Ruder, das im Boot gelegen hatte, mühsam auf die andere Seite staksten und das jenseitige Ufer abfuhren, um den Durchgang zu finden. Tilde und ich drehten unterdessen Tüten, die es geben sollte, wenn die Mission beendet war.

„Hier geht's durch," schrie Ricky nach einer Weile. Sie verschwanden im Schilf und es dauerte so lange, dass Tilde und ich uns Sorgen machten. Wir riefen über das Wasser und waren froh, als sie antworteten.

Es dauerte eine halbe Stunde, bis das Boot wieder durch das Schilf stieß, Micha hielt einen schmutzigen Würfel hoch.

„Der Kanister," rief Tilde, „Wahnsinn!"

Die Jungen brachten das Ding, um dessen Griff ein verrottetes Seil hing, an Land, das Boot, das jetzt halb mit Wasser gefüllt war, zogen sie ans Ufer und kippten es um. Sie hatten das Seil gefunden, das an einen Baum gebunden war, und kräftig ziehen müssen, um das verschlammte Teil an die Oberfläche zu bekommen.

„Kein Hakenkreuz in der Baumrinde?" fragte Tilde.

„Nein," sagte Micha, „wenn es mal eins gab, hat es sich verwachsen."

Ricky sägte mit der Handsäge den oberen Teil des Kanisters ab. Wir hielten die Luft an, als Micha seine Hand in die Öffnung steckte, fühlte und schließlich einige Steine und ein Päckchen hervorzog, das in vergilbtes Pergamentpapier eingewickelt war. Er öffnete es und förderte zutage: Ein NSDAP-Parteibuch mit einem Hakenkreuz darauf, das in altdeutscher Schrift auf Kurt Fuhrmann ausgestellt war, einige weitere per Hand und Maschine beschriebene Bescheinigungen, die voller Stockflecken und nahezu unlesbar waren. Und dann noch ein kleines gerolltes Pappstück, das wir erst nach einer Weile als fleckiges Foto identifizierten. Ich strich es vorsichtig glatt, und wir sahen, dass das Gesicht eines lächelnden, niedlichen Babys darauf war. Eines Babys mit plattgedrückter Nase, dem eine Schärpe mit einem dicken Hakenkreuz über den Bauch gelegt worden war. Eines Babys, das Holger geheißen hatte und Michas und mein Bruder gewesen war, der als Dreijähriger von einem Blindgänger zerrissen wurde.

Wir schauten uns eine Weile das kleine, fröhliche Gesicht an. Micha zitterte und war schneeweiß, ich heulte.

Wir legten die feuchten, stockfleckigen Papiere in die Abendsonne zum Trocknen, dabei verschwand das Kindergesicht fast ganz, nur das Hakenkreuz stach noch heraus.

Unsere Rauch- und Trinksession auf der Veranda der Angelhütte fiel an diesem Abend nicht lustig aus. Wir hörten Leonard Cohen, dessen traurige Stimme über das Wasser strich. *Suzanne, take my hand…*

„Was wollt ihr mit dem Kram tun," fragte Ricky, „wollt ihr das euren Eltern zeigen?"

„Manchmal denke ich, sie sind genug gestraft," sagte ich, „trotz der Großkotzigkeit und dem Leugnen. Sie haben ein Kind verloren und die Verdrängerei funktioniert auch nicht mehr so richtig. Bei denen kracht doch alles zusammen."

„Jetzt sag nicht, dass sie uns leid tun müssen," fuhr Tilde auf, „gelitten haben ja wohl andere."

Wir gaben ihr recht, aber es löste nicht das Problem. Wir konnten uns nicht vorstellen, unsere Eltern mit diesem Foto zu konfrontieren. Was hätten sie dazu sagen sollen? Wir waren verblendet? Wir haben nicht genug auf unser Kind aufgepasst?

Micha setzte mehrmals die Kornflasche an den Hals, er schwankte im Sitzen hin und her, schließlich kippte er zur Seite und legte den Kopf in Tildes Schoß. Sie streichelte sein unglückliches Gesicht, ich machte mir Sorgen um ihn.

„Wir verbrennen es," lallte er nach einer Weile,"wir verbrennen das letzte Zeichen unseres Bruders, damit er nicht länger im dunklen Wasser liegen muss."

Keiner sagte etwas. Tilde nickte, Ricky drehte die Platte um, ich schluchzte immer noch.

And who by fire, who by water
Who in the sunshine, who in the night time
Who by high ordeal, who by common trial
Who in your merry merry month of may
Who by very slow decay
And who shall I say is calling?

Der Trauergesang für unseren Bruder wehte in die Dämmerung, es wurde kühler, über dem Wasser schwebte Nebel.

Micha rappelte sich hoch, er kratzte eine kleine Kuhle aus, legte die Relikte aus der Nazizeit hinein und versuchte, sie anzuzünden. Erst nachdem er trockene Zweige darüber gelegt hatte, züngelte eine bläuliche Flamme hoch. Wir starrten den hellgrauen fedrigen Fetzen des verbrannten Papiers nach, die in Richtung Wasser segelten und sich auflösten. Über den ausgebrannten Rest häufelte Micha Erde.

„Ruhe sanft, du kleiner Kerl." Micha strich über den Erdhügel. „Wir tun dir keinen Gefallen, wenn wir dich jetzt wieder ans Licht zerren."

„Aber die Beweise," sagte Tilde, „hast du nicht gerade welche vernichtet?"

„Es gibt genug Beweise, sie sind so erdrückend, dass wir nicht noch mehr brauchen. Das waren Parteiausweis und Entnazifizierungsdokumente vom Alten, ich wundere mich, dass er das Zeug nicht schon damals verbrannt hat."

„Vielleicht wollten sie das einzige Foto ihres Kindes nicht zerstören," sagte ich, „war nur Pech, dass das Hakenkreuz mit drauf war."

Tilde war still an diesem Abend, sie sah traurig aus, saß nahe bei Micha und lehnte sich manchmal an ihn, er legte den Arm um ihre Schulter. Als es fast dunkel war, jagten Teichfledermäuse über die den rosenfarbigen, mit schwarzen Schlieren überzogenen Himmel widerspiegelnde Wasserfläche, ihr feines Zirpen war zu hören.

In der Nacht lag Tilde eng an Michas Rücken, ich lag an ihrem und hinter mir Ricky. Sobald ich wegdämmerte, gaukelte das Babygesicht vor mir, das schwarze Hakenkreuz schob sich davor und ich bekam es nicht weg, obwohl ich mich fast übermenschlich anstrengte. Schwitzend und erschöpft wachte ich immer wieder auf und wünschte mir, dass das, was die Jungs aus dem Moorwasser gefischt hatten, nur ein Traum, ein Trugbild gewesen war.

Neue Anschläge

Der Sonntag, an dem wir die Brunken-Aktion starten wollten, kam näher. Ricky, Micha und Kai hatten den Betriebshof von Brunkens Bauunternehmen ausgekundschaftet und festgestellt, dass man nach Feierabend durch ein Loch im Zaun gut auf das Gelände kam. Ein Problem war der Schäferhund Wolf, der nachts auf dem Hof frei herumlief und einen ziemlich aggressiven Eindruck machte. Es war Rickys Idee, ihm einen großen Batzen Haschisch in Fleisch verpackt hinzuwerfen. „Da schläft der süß und selig," sagte Ricky, „ich klaue meiner Mutter noch ein paar Beruhigungspillen, die kriegt er dazu, das wird funktionieren."

„Meinst du, der überlebt das ?"

Tilde war ängstlich, aber Ricky wischte ihre Bedenken vom Tisch.

„An Haschisch ist noch niemand gestorben, jedenfalls nicht, dass ich wüsste."

Ricky und Micha erzählten herum, dass sie am Sonntag zu einem Konzert der *Scorpions* mit den *Liverbirds* als Vorgruppe nach Hamburg fahren wollten und erst im Lauf des Montags zurückkommen würden. Das hielten wir für ein bombensicheres Alibi.

Die Herausforderung unseres Plans lag darin, dass in der Nacht von Sonntag auf Montag alles gleichzeitig passieren musste. Wir teilten zwei Arbeitsgruppen ein. Micha, Ricky, Kai und Hugo wollten sich Brunkens sechs Laster vornehmen. Dazu brauchten sie eine Leiter, zwei Eimer mit Tapetenkleister, Quaste und Bürsten zum Glattstreichen. Zwölf mit Sprüchen bemalte Papierrollen, für jeden Laster zwei, lagen im Kofferraum der Ente, auf der Hinterbank transportierte Ricky die restlichen Sachen. Den Kleister rührte er im Badezimmer bei sich zuhause an und erzählte seiner Mutter, sie würden in Hamburg einem Freund beim Tapezieren helfen.

Tilde, Elsa, Gunda und ich sollten den Nedderend plakatieren. Wir wussten nicht, welcher Teil der Mission der gefährlichere war. Auf offener Straße konnten wir jederzeit erwischt werden, aber die Jungs brachen in ein abgeschlossenes Privatgelände ein, was sicher strafbarer war als unser wildes Plakatieren.

Wir wollten bis Mitternacht warten. Vorher machten Tilde und ich eine kleine Alibi-Show bei den Alten. Wir hatten alle Utensilien im Gartenhäuschen bereitgestellt, und hörten in meinem Zimmer Musik. Gegen zehn steckte ich den Kopf ins Wohnzimmer. Der Alte war schon vor dem Fernseher eingeschlafen, Mutti gähnte. „Tilde und ich gehen ins Bett," sagte ich leichthin, „gestern war es spät."

„Schlaft schön," flötete Mutti, „wollt ihr ein Betthupferl?"

Ich nahm die Schokoladentäfelchen, die sie mir hinhielt.

„Danke, schlaft ihr auch schön." Ich registrierte das erstaunte Lächeln meiner Mutter, die solche Freundlichkeiten von mir nicht gewöhnt war.

Um Mitternacht - der Nedderend wird nur spärlich von Straßenlaternen beleuchtet, die Fenster in den Häusern sind längst dunkel – huschen vier schwarz gewandete Gestalten, die dunkle Tücher vor das Gesicht gebundenen haben, über die Straße. An der Ecke zum Rauhehorst postiert sich Gunda mit einer Taschenlampe, sie soll dreimal blinken, wenn jemand kommt.

Wir arbeiten schnell und geräuschlos, hauen mit dem mit Stoff umwickelten Hammer, der die Schläge dämpft, in jeden Lindenstamm einen Nagel und hängen ein beschriftetes, mit Holzlatten verstärktes Plakat daran. Alle Plakate zeigen zur Bahnlinie, damit die Aufschrift denen, die den Nedderend hinunter in Richtung Rauhehorst laufen, sofort ins Auge fällt. SÜHNE FÜR steht in dicken schwarzen Buchstaben auf dem ersten Plakat, auf dem zweiten: DIE NAZIVER-

BRECHEN. Dann folgt: TOTSCHWEIGEN… FUNKTIONIERT NICHT MEHR. Auf den letzten beiden steht: MILLIONEN ERMORDETE. .. KLAGEN AN!

Weiter geht es zur Litfaßsäule. Tilde steigt auf die Trittleiter, die wir dabei haben, und streicht die Säule satt mit Leim ein, Elsa und ich reichen die Tapetenstücke hoch, die Tilde an die Säule klatscht und glatt bürstet.

BRUNKEN STEH ZU DEINEN TATEN, leuchtet es in roten, schwarz unterstrichenen Lettern von der Säule, matt beleuchtet von einer Straßenlaterne, genau in Brunkens Sichtfeld, wenn er aus dem Haus kommt. Und darunter: ERINNERST DU DICH NOCH AN DEN VOLKSSTURM 1944?

DIE ZEIT DES LEUGNENS IST VORBEI und NAZIS RAUS AUS OLDENBURG schreien die Plakate auf der anderen Seite der Säule.

Wir betrachten stolz das Werk, dann schleichen wir zurück zum Hintereingang unseres Hauses und legen Leiter, Eimer und Werkzeug geräuschlos zurück ins Gartenhaus. Die Gesichtstücher stopft Gunda in die Satteltasche ihres Fahrrades, so sind alle Spuren beseitigt.

Elsa und Gunda fahren nach Hause, Tilde und ich gehen mucksmäuschenstill ins Bett. Aus dem Schlafzimmer meiner Eltern ist nur das Schnarchen des Alten zu hören.

Bevor die Aktion auf Brunkens Betriebshof stattfindet, fahren Ricky und Micha bei der Nordwest-Zeitung und beim Norddeutschen Rundfunk vorbei und werfen die Pressemitteilung, die ich geschrieben habe, in die Briefkästen.

!!!Aufruf zum Widerstand!!!
Mit einer Plakataktion am Nedderend protestieren antifaschistische Kräfte in Oldenburg gegen die Verdrängung des National-

sozialismus und der Gräueltaten im Dritten Reich. Wir fordern vorbehaltlose Aufklärung der Massenmorde und anderer Verbrechen, die im Namen und mit Billigung eines großen Teils der deutschen Bevölkerung an Juden, Sinti und Roma, Homosexuellen und anderen so genannten „Volksschädlingen" begangen wurden.
!!!Wir fordern die Wahrheit, wir fordern Gerechtigkeit!!!
ANTIFA Oldenburg

Für die hundert Mark, die der Batzen Haschisch und der Schweinebraten kosten, den Ricky für den Schäferhund präpariert hat, haben wir zusammengeschmissen. „Cordon bleu spezial," sagt Ricky stolz, „so ein Leckerchen kriegt der nicht jeden Tag."

Wolf schnüffelt, hechelt und knurrt schon am Zaun des Brunkenschen Betriebshofes, er will gerade zum Bellen ansetzen, als ihm Ricky das Fleisch über den Drahtzaun zuwirft. Der Schäferhund stürzt sich darauf und verputzt den Brocken wie ein Raubtier, knurrt und zerrt an dem Fleisch herum. Die vier in der Ente hockenden, mit Tüchern vermummten Gestalten beobachten Wolf angespannt. Der vernichtet das Fleischstück im Nu, Ricky wirft noch eins hinterher, damit er wirklich satt ist. Der Hund hechelt und winselt noch eine Weile, dann legt er sich auf den Boden, stößt leise Jaultöne aus und rollt mit den Augen.

„Total zugekifft," konstatiert Ricky zufrieden, „kommt, packen wir es."

Wieselflink und fast geräuschlos laden die vier Tapetenrollen, Kleistereimer, Quaste, Bürsten und die Leiter aus, schieben alles durch die Lücke im Zaun und schleppen es zum ersten Laster. Sie haben eine Taschenlampe dabei, denn es ist fast Neumond, nur noch eine schmale Mondsichel ist zu sehen. Das Licht der Lampe leckt über die Lasterwände mit dem roten Brunken-Schriftzug. Die Jungs arbeiten schnell:

einstreichen, zu zweit eine Tapetenbahn ankleben und feststreichen, das Gleiche auf der anderen Seite des Lasters. Nach einer dreiviertel Stunde sind alle sechs Laster beklebt.

Die dicke Schrift in rot und schwarz leuchtet im spärlichen Licht. Die Jungs sind zufrieden, packen ihre Sachen zusammen und schleichen gebückt zum Auto zurück. Wolf liegt langgestreckt neben dem Zaun, die Zunge hängt ihm aus dem Maul, er fiept und stöhnt, sein Gesicht scheint zu lächeln und er ist überhaupt nicht angriffslustig. „Der hat auch mal nen guten Tripp verdient," grinst Hugo, „wahrscheinlich der erste und der letzte seines Lebens."

Micha und Ricky wollen bei Ricky schlafen, dessen Mutter bei ihrer Schwester in Osnabrück ist. Eimer und Quaste entsorgen sie im Müllcontainer auf Brunkens Betriebshof, die Gummihandschuhe, die sie getragen haben, um keine Fingerabdrücke zu hinterlassen, wollen sie bei Ricky in den Mülleimer werfen. Die Leiter bringen sie zurück in den Keller von Rickys Mutter.

Ich wurde früh wach, weil ich Angst vor den Folgen unserer Aktion hatte. „Maximal Sachbeschädigung", hatte Micha mich noch am Abend zu beruhigen versucht, „was anderes können die uns gar nicht anhängen. Das gibt höchstens eine Geldstrafe."

Wir hatten diskutiert, ob auch Beleidigung oder Volksverhetzung infrage kam, aber Micha beharrte darauf, dass wir eine Meinung äußerten, und dass Meinungsfreiheit vom Grundgesetz gedeckt sei.

„Artikel fünf," sagte er, „eine Zensur findet nicht statt. Wenn uns wirklich jemand was will, nehmen wir einen linken Anwalt aus Berlin, der wird denen schon was von Volksverhetzung erzählen."

„Aber was ist, wenn wir wegen politisch links in den Knast müssen?"

„Was Besseres könnte uns gar nicht passieren, dann gäbe es einen Riesenwirbel um die Naziverbrechen. Dafür gehe ich gerne in den Knast."

Ich fürchtete, dass unsere Eltern es nicht überleben würden, wenn wir verhaftet würden. Ich wollte nicht ins Gefängnis und auch keinen Wirbel. Mein Herz klopfte so laut, dass ich dachte, Tilde müsste davon aufwachen, aber sie schlief fest.

Ich hörte meine Eltern aufstehen und frühstücken, dann ging der Alte zur Arbeit. Würde er die Bescherung am Nedderend sehen? Ich zog die Bettdecke über den Kopf und wartete zitternd, ob er zurückkam.

Das tat er nicht, stattdessen klingelte es Sturm. Mutti machte auf und ich hörte Brunken schreien.

„Das war eure Brut, guck dir diese Sauerei an, Henny, diese Gammler schrecken vor nichts zurück. Anständige Bürger diffamieren, öffentliches Eigentum beschädigen…".

Mutti wusste nicht, wovon er redete, sie schien ihm auf den Nedderend zu folgen, denn eine Weile war es ruhig. Tilde war von dem Geschrei aufgewacht und ich holte uns schnell einen Kaffee aus der Küche. Wir horchten gespannt, was sich draußen tat. Brunkens Blöken näherte sich wieder.

„Tilde und Ika waren gestern schon um zehn im Bett, sie können das nicht gewesen sein," hörten wir Mutti. „Kurt war gegen halb elf nochmal draußen, da waren keine Plakate da."

„Aber Micha und sein Freund, das sind solche Politgammler, zu denen passt das!"

„Die sind in Hamburg bei einem Konzert. Sie sind gestern Mittag losgefahren und kommen heute zurück." Mutti wurde immer leiser.

„Wer's glaubt," knurrte Brunken, „die haben sich bestimmt nur ein Alibi verschafft."

Tilde und ich prusteten.

„Tammo," hörten wir Margit Brunken draußen rufen, „komm mal schnell ans Telefon, da ist was in der Firma."

Tammo blieb eine Weile weg, Mutti klapperte in der Küche herum. Dann hörten wir, wie sich das unverwechselbare Knattern eines 2CV auf dem Nedderend näherte und vor dem Haus abstarb.

„Die Jungs," flüsterte Tilde, „was wollen die denn schon hier?"

Wir schlichen ans Fenster, Mutti empfing Micha und Ricky, die übernächtigt aussahen.

„Was ist denn hier los, was sind das für Plakate?" Ricky schauspielerte perfekt.

„Ach, das waren so Schmierfinken, die haben wohl Tammo auf dem Kieker," sagte Mutti.

„Nazis raus aus Oldenburg ist doch nicht verkehrt, dagegen kann man doch nichts haben. War übrigens ein super Konzert," lenkte Micha ab, "wir haben nur ein bisschen im Auto geschlafen und sind dann zurück."

„Ich mache euch Frühstück," sagte Mutti, seinen harmlosen Ton dankbar aufgreifend, „vielleicht stehen die Mädchen auch auf."

Jetzt kam Tammo zurück, sein Schnaufen drang bis zu Tilde und mir.

„Ein Skandal," brüllte er, „auch meine Laster sind beschmiert, alle sechs. Das müssen die gleichen Täter gewesen sein, das kann nur aus der linken Ecke kommen. Das wart ihr, oder zumindest euresgleichen!"

„Wovon redest du überhaupt? Von dem, was hier an den Bäumen hängt? Wir wissen nichts, wir können es nicht gewesen sein."

Micha guckte so harmlos-dumm wie Mutti.

„Ich rede von Einbruch, Sachbeschädigung und übler Nachrede, von falschen Beschuldigungen, das ist strafbar, auch wildes Plakatieren!" donnerte Tammo.

„Was haben sie denn auf die Autos geschmiert? Auch so was wir hier?" Micha zeigte auf die Plakate an den Linden.

„Und an der Litfaßsäule steht ja auch was, kannst du das lesen, Ricky?“

Ricky lief in Richtung Litfaßsäule. „Da steht was von Brunken und Volkssturm, was meinen die damit?“

Tilde und ich ersticken fast.

„Das sind Parolen von dem Gesocks,“ schnaubte Tammo, „das Nazigeschrei, das wir uns schon jeden Abend im Fernsehen angucken müssen. Ich bleibe dabei, das war eure Brut, Henny.“

In Michas und Rickys Augen loderte kurz Triumph, sie rissen sich jedoch zusammen und guckten gelangweilt an Tammo vorbei.

„Unbewiesene Beschuldigungen sind auch strafbar,“ ließ sich nun Ricky vernehmen. „Was heißt das überhaupt, Volkssturm, hab ich noch nie von gehört.“

Tilde knuffte mich, sie war begeistert.

„Dann waren es die Mädels, die sind doch genau so drauf, Männerhaarschnitt, die drehen doch alles um. Gewalt gegen Sachen, schreien die. Ich zeige das an, da könnt ihr Gift drauf nehmen. Und der Hund liegt halb tot in der Ecke, sagt mein Vorarbeiter, der wurde vergiftet, das ist Tierquälerei.“

„Die Mädels waren im Bett,“ bekräftigte Mutti, „das habe ich doch schon gesagt. Willst du nicht erstmal reinkommen und einen Kaffee mit uns trinken, Tammo?“

Er winkte schnaufend ab, lief zu seinem Haus zurück und brüllte hinein. In der Haustür erschien Vera im Schlafanzug. „Die haben noch mal angerufen, Wolf geht es besser. Er frisst jetzt wie ein Scheunendrescher.“

„Kann ich mir vorstellen,“ gickelte Tilde, „der hat seinen Tripp ausgeschlafen und kriegt jetzt richtig Kohldampf. Vielleicht will der das jetzt immer haben, das wird teuer für den Brunken.“

Mutti und Micha kamen ins Haus, Ricky startete die Ente und ruckelte davon.

„Lasst uns zusammen frühstücken," rief Mutti zu uns ins Zimmer, „der Kaffee ist fertig, ich mache Toast."

Tilde lief ins Badezimmer, um sich die Zähne zu putzen, ich hinterher. Mit eingeschäumten Mündern lachten wir so, dass der ganze Spiegel vollspritzte.

„Wer kann das gewesen sein," sagte Mutti, als wir am Frühstückstisch saßen, „seid ehrlich, habt ihr was damit zu tun?"

Wir schüttelten gleichzeitig die Köpfe.

„Was soll das überhaupt heißen, Brunken steh' zu deinen Taten, welche Taten denn?" Micha machte weiter auf doof, es schien zu wirken.

„Und Volkssturm, ist das nicht was von den Nazis?" wagte ich mich hervor, „warum schreiben die sowas an die Litfaßsäule?"

„Wie war denn das Konzert?" lenkte Tilde ab, ihr Augenaufschlag war perfekt naiv.

„Die *Scorpions* haben gefetzt," schwärmte Micha, „richtig guter Rock, aus denen wird mal was Großes. Die *Liverbirds* waren auch super drauf, die Mädels können genau so abrocken wie die Jungs."

„Mädels," wunderte sich Mutti, „können die denn Gitarre spielen? Das ist doch schwer, und auf diese lauten Dinger hauen, wie heißen die nochmal?"

„Schlagzeug," sagte Tilde, „warum sollen Frauen nicht Schlagzeug spielen können? Und Gitarre erst recht, dazu braucht man dünne und geschickte Finger."

„Ich dachte nur," sagte Mutti leise, „heutzutage ist ja alles anders. Früher haben Frauen höchstens mal gesungen, aber Schlagzeug, das gab es nicht."

Micha konnte von seinem Platz aus auf den Nedderend sehen, er sprang plötzlich auf und zog die Gardine beiseite. Gunda und Elsa standen vor dem Haus und stellten ihre Fahrräder in die Einfahrt. Elsa hatte wenig Schminke drauf, aber ihre Haare standen um den Kopf wie Flammen. Gunda trug ihr Haar hochgesteckt und hatte Lippenstift und Wimperntusche aufgelegt, sah aber sehr übernächtigt aus. Die beiden standen unschlüssig in der Einfahrt.

Micha lief raus, Tilde und ich hinterher.

„Was macht ihr hier?“

„Mama konnte es nicht aushalten,“ sagte Elsa, „sie hat die ganze Nacht geheult. Sie sagt, sie erstickt dran, sie muss dem Typen ins Gesicht sagen, was er getan hat, sie muss ihn an Paul Warnke erinnern. Und wenn Brunken sie anzeigt, umso besser, denken wir, dann wird ganz Oldenburg erfahren, was wir ihm vorwerfen.“

„Wir dürfen nicht mehr feige sein.“ Gundas Stimme zitterte. „Wir haben lange genug geschwiegen und denen ihre Lügen leicht gemacht.“

Micha, Tilde und ich verständigten uns mit einem Blick und nickten. Ja, sie hatten recht, das war der richtige Weg.

Brunken stand an der Litfaßsäule auf der Leiter und versuchte, die Tapeten mit Wasser und einem Spatel abzulösen. Gerade mühte er sich mit dem Spruch BRUNKEN STEH ZU DEINEN TATEN ab. Margit und Vera hängten die Plakate von den Linden ab und zerrissen sie, Vera guckte verschreckt an uns vorbei.

Gunda ging zu Brunken, Micha, Elsa, Tilde und ich stellten uns dicht nebeneinander hinter ihr auf. Ich stand zwischen Tilde und Elsa, wir verschränkten unsere Arme, Elsa lächelte mich an. Brunken guckte wütend auf uns herunter.

Gunda atmete tief durch, ihre Stimme war fest.

„Wissen Sie, welche Taten hier gemeint sind, Herr Brunken?“

„Sag ich doch, dass ihr dahintersteckt. Das ist eine Straftat, das werde ich anzeigen. Margit, kannst du mal die Polizei anrufen? Die sollen Leute vorbeischicken.“

Er brüllte über den Wendeplatz, Margit fuhr zusammen, zögerte aber und zerriss weiter die Plakate.

„Lasst das Zeug hängen, das soll die Polizei sehen!“ schrie Brunken.

„Ja, genau,“ überschrie Micha ihn, „lasst es dran, das wird die Polizei interessieren.“

Auch Gunda wurde laut. „Erinnern Sie sich an den 15. November 1944 in Ohmstede, Herr Brunken? Es war ein Mittwoch, ich weiß es noch wie heute.“

„Was wollen Sie überhaupt hier, sind Sie nicht die Putzfrau von Fuhrmanns?“

„Der sogenannte Führer hatte den Befehl zum Volkssturm gegeben, wissen Sie das noch? Sie waren HJ-Führer, einer von den ganz eifrigen. Ich bin übrigens Gunda Patzek, falls Sie sich erinnern, und das ist meine Tochter Elsa. Wir waren damals halb verhungerte Flüchtlinge, Elsa war ein paar Monate alt. Und ich habe Ihnen auf dem Hof Ihres Vaters den Haushalt gemacht und gekocht. Erinnern Sie sich daran? Damals habe ich gegen Kost und Logis für Sie geschuftet und hatte Mühe, mein Baby durchzubringen. Das hat Sie überhaupt nicht interessiert, ich war ja nur ein Flüchtling.“

Brunken schien etwas zu dämmern. Margit und Vera standen, die Arme voll mit den zerrissenen Plakaten, ratlos vor der Leiter.

„Das Zeug in den Garten, das verbrennen wir, macht aber erstmal hier den Dreck weg,“ schnauzte Tammo. Jetzt war keine Rede mehr von Polizei. Vera und Margit brachten die Plakate in den Garten, dann fingen sie ebenfalls an, mit Spateln die Tapete von der Litfaßsäule zu kratzen.

„Und, sonst noch was?“ Tammo wirkte verunsichert.

„Sie hatten die Aufgabe, die ganz jungen und die alten Männer noch für den Krieg zu rekrutieren, obwohl der schon verloren war, das nannten sie Volkssturm. Erinnern Sie sich an den Apotheker Paul Warnke?“

„Ich weiß, was Volkssturm ist,“ knurrte Tammo. „Was soll das, sind wir hier bei der Inquisition?“

„Erinnern Sie sich, wie Sie Herrn Warnke bei der SS angeschwärzt haben und er sich daraufhin erschossen hat, zusammen mit seiner Tochter? Der Mann hatte eine vierzehnjährige Tochter, deren Mutter an Krebs gestorben war, wissen Sie das noch?"

Tammo antwortete nicht, alle Brunkens schabten hastig an der Tapete herum, die in Fetzen auf die Erde fiel. Bald war von den Sprüchen nichts mehr zu sehen.

Ein Fahrrad bog in den Nedderend ein, wir erkannten Olaf Fitzke, einen Reporter der Nordwest-Zeitung, der am Melkbrink wohnte. Er hatte einen Fotoapparat umgehängt, kam zu uns und zog unsere Pressemitteilung aus der Hosentasche. Elsa drückte heftig meinen Arm.

„Was ist denn hier los? Wir haben eine Pressemitteilung von ANTIFA OLDENBURG bekommen, angeblich protestieren sie mit einer Aktion am Nedderend gegen die mangelhafte Aufarbeitung der Naziverbrechen."

Jetzt stiegt Tammo von der Leiter und baute sich vor uns und dem Reporter auf.

„Das ist Dreck," bellte er, „das sind Parolen von den Chaoten, dummes Zeug, unbewiesenes Geschwafel, Rufschädigung."

„Wollen Sie Anzeige erstatten?"

Fitzke verfiel in einen ähnlich militaristischen Ton wie Brunken, die beiden verständigten sich mit Blicken. Gunda sprühte vor Wut, ihr Ton war scharf.

„Es geht um einen Vorfall im November 1944, ich wurde Zeugin, wie Herr Brunken, der damals bei der Hitlerjugend war, einen Apotheker denunziert hat, der nicht zum Volkssturm wollte. Seine Frau war gestorben und er hatte eine vierzehnjährige Tochter. Er hat sich und die Tochter erschossen, bevor die SS ihn vor das Kriegsgericht stellen konnte."

„Wir unterstanden dem Militärstrafgesetzbuch," bellte Brunken, „wir hatten Befehle und die Pflicht, Deserteure anzuzeigen, die sich dem Gestellungsbefehl widersetzten. Das ist einfach so im Krieg, da ändern auch die Chaoten nichts dran."

Fitzke wandte sich an Gunda. „Haben Sie Beweise für Ihre Behauptungen?"

„Das sind keine Behauptungen, das habe ich selbst gesehen, ich bin Zeugin," sagte Gunda, ihre Stimme wurde matter.

„Ist aber vierundzwanzig Jahre her, da kann einen die Erinnerung schon mal trügen."

Der Reporter war klar auf Brunkens Seite. Er begann, die Litfaßsäule zu fotografieren, auf der die Persilwerbung unter den Fetzen hervorschaute, und dann auch Vera, die mit hängenden Schultern in der Haustür stand. Der Zeitungsheini wollte, dass sie die Reste der Plakate in die Kamera hielt und drapierte sie so, dass keine Schrift zu erkennen war.

„Sehr schön, die junge Dame, vielen Dank."

„Man könnte ihn auch Fatzke nennen," flüsterte Tilde.

„Wir dürfen keine unbewiesenen Verdächtigungen veröffentlichen, das gilt besonders für die Behauptungen der so genannten Studentenbewegung." Fitzke bellte im gleichen Tonfall wie Tammo. „Die Anweisung unseres Chefredakteurs lautet, bei deren Aktionen die Glaubwürdigkeit besonders gründlich zu überprüfen. Außerdem hat ja, wenn ich Sie richtig verstehe, dieser sicherlich bedauernswerte Apotheker sich damals selbst gerichtet, das kann ja keinem anderen vorgeworfen werden."

Fitzke näselte von oben herab, Micha rückte seine Brille gerade.

„Recherchieren Sie auch die Glaubwürdigkeit der Nazi-Täter? Die Glaubwürdigkeit von denen, die die Ermordung von Millionen Menschen abstreiten, trotz erdrückender Beweise? Die die Existenz der Konzentrationslager leugnen?"

Fitzke ruckte mit dem Kopf und sah zur Seite, Micha genoss es, ihn platt zu reden.

„Und die Leute wie uns ungewaschen und arbeitsscheu nennen, Gesocks, Vaterlandsverräter, Abschaum, die für uns das gleiche Vokabular benutzen wie die Nazis für Juden, Zigeuner, Homosexuelle und andere nicht genehme Menschengruppen?“

Tammo Brunken war von der Leiter gestiegen, sein Gesicht war versteinert aber siegesgewiss.

„Sie sehen, was von diesen Leuten zu halten ist,“ sagte er mit abfälligem Blick auf uns in Richtung Fitzke, „das Geschwafel von denen ist doch völlig haltlos.“

„Sie werden also keine Anzeige erstatten, sehe ich das richtig?“

„Der Aufwand ist die Sache nicht wert,“ knurrte Brunken, der begriffen hatte, dass eine Anzeige unnötig Staub aufwirbeln würde, „dazu ist mir meine Zeit zu schade.“

Er scheuchte Frau und Tochter ins Haus, klappte seine Leiter zusammen und verschwand ebenfalls. Fitzke schoss noch ein paar Aufnahmen von der verschandelten Litfaßsäule und radelte davon.

Gunda stand zusammengesackt da, Tränen liefen ihr über das Gesicht. Elsa nahm sie in den Arm und klopfte ihr beruhigend den Rücken. „Das hast du super gemacht, du hast dem richtig Bescheid gesagt.“

„Es nützt was,“ sagte Micha, „auch wenn sie jetzt noch alles abstreiten, irgendwann werden wir gehört und sie werden zur Rechenschaft gezogen.“

„Das glaubst du doch selbst nicht,“ schluchzte Gunda, „die stecken doch alle unter einer Decke, da hält einer dem anderen die Hand unter den Hintern.“

Elsa guckte auf die Uhr und schwang sich auf ihr Fahrrad, sie musste zur Arbeit. Wir gingen mit Gunda zu uns, wo Mutti am Fenster stand.

„Was wollte der Fitzke denn hier?“

Wir antworteten nicht. Gunda zog den Erdbeerkittel über und räumte den Frühstückstisch ab, Tilde und ich radelten ebenfalls zur Arbeit.

Am nächsten Tag stand im Lokalteil der Nordwest-Zeitung die Schlagzeile:

Chaoten bepflastern Nedderend mit linken Parolen
Am Nedderend in Bürgerfelde kam es am Wochenende zu einer illegalen Plakataktion. Chaoten tapezierten eine Litfaßsäule mit linken Parolen und hängten Plakate an die Bäume. Das wurde von den Anwohnern nicht geduldet, sie entfernten das linke Geschmier, verzichteten aber darauf, Anzeige zu erstatten. „Dazu ist mir meine Zeit zu schade," sagte ein betroffener Anwohner der NWZ.

Am Mittwoch hatte ich frei und klapperte auf der Schreibmaschine, als Gunda kam und ihren Kopf zur Tür hereinsteckte.

„Komm mal mit, Ika," sagte sie, „ich muss euch was sagen."

In der Küche saß Mutti noch am Frühstückstisch und blätterte in der Zeitung. Sie schenkte uns Kaffee ein und sah Gunda, die nicht wie sonst ihren Kittel anzog, sondern ihn nur vom Haken nahm, fragend an.

„Ich möchte kündigen, Frau Fuhrmann," sagte Gunda unvermittelt, „ich fange zum ersten Juli bei Hertie an, als Verkäuferin."

„Na so was, Frau Patzek," sagte Mutti, „das ist ja schon nächste Woche. Verkäuferin, hat Ihre Tochter Sie da eingeschleust?"

Gunda zuckte zusammen. „Ich habe mich um eine Stelle beworben und sie bekommen, sie suchen Verkaufspersonal."

„Sie fangen doch sicher erstmal zur Probe an? Wenn es nicht klappt, können Sie ja wiederkommen."

Ich kriegte eine Wut auf meine Mutter, die niemals in ihrem Leben hatte arbeiten müssen, die sich überhaupt nicht vorstellen konnte, wie es war, den Dreck von anderen Leuten wegmachte.

„Was redest du da, warum soll es nicht klappen," sagte ich, „eine feste Stelle ist doch total super."

Mutti zog den Mund zusammen, als hätte sie in eine Zitrone gebissen.

„Na ja, dann muss ich mich wohl nach jemand anderem umsehen. Sie wissen nicht zufällig jemanden, Frau Patzek? Zu den gleichen Konditionen?"

Gunda versteinerte. „Sie können ja eine Annonce schalten. Meine Tochter sagt, der Arbeitsmarkt sei leergefegt, wir haben Hochkonjunktur."

„Reisende soll man nicht aufhalten," sagte Mutti gekränkt, „aber heute bleiben Sie doch noch? Der Keller müsste gemacht werden, es ist alles voller Spinnweben."

Gunda stand auf, stopfte den Kittel in den Mülleimer und knallte den Deckel drauf.

„Ihren Keller machen Sie mal schön alleine sauber, Frau Fuhrmann. Ich kriege für diesen Monat noch dreißig Mark."

Mutti murmelte „Unverschämtheit," nahm das Geld aus ihrem Portemonnaie und schob es Gunda wortlos hin. Die steckte es ein und wandte sich zum Gehen.

„Wir sehen uns nächste Woche bei Hertie, Ika, am Montag fange ich an."

Ohne meine Mutter noch eines Blickes zu würdigen, ging sie.

„Die Flüchtlinge werden immer dreister," sagte Mutti, „da verschafft man ihnen Arbeit, und das ist der Dank."

„Dreist sind ja wohl andere," sagte ich, „und bedanken hättest du dich können, schließlich hat sie eine Menge für uns getan."

Ich hatte das Gefühl, dass der Sommer 1968 mein letzter in Freiheit war, und mein letzter mit Tilde, Micha und Ricky. Die Jungs wollten zum 1. September in ihrer WG in Berlin einziehen, zu dem Zeitpunkt, zu dem ich nach Bremen ging.

Was mit Tilde werden sollte, war immer noch nicht klar, sie war entsprechend unzufrieden. Der Riss in unserer Beziehung war unübersehbar, die alte Vertrautheit stellte sich nur noch selten ein, auch wenn wir es nicht wahrhaben wollten. Tilde wusste, wie viel mir ihre Freundschaft zu Elsa ausmachte, und sprach nicht von ihr oder davon, wie weit ihre und Elsas New York-Pläne gediehen waren.

Der Sommer war warm und wir saßen abends oft beim Karl. Er hatte Tische und Stühle vor die Kneipe gestellt, über denen bunte Lichterketten schaukelten, ein paradiesisches Bild mit südländischem Flair, das man vorher in Oldenburg niemals gesehen hatte.

Die Stammgäste blieben hinter an der Theke hängen, während wir uns draußen in der lauen Luft schon fast italienisch fühlten. Ich erzählte von Rosis und Luigis Pizzeria in Bremen und wir überlegten, dass man vielleicht auch in Oldenburg eine aufmachen sollte. Micha schüttelte den Kopf.

„Du glaubst doch wohl nicht, dass du an die Hinnerks hier auch nur eine Pizza verkaufen würdest, Knoblauch, davon sterben die, wenn's hochkommt, essen die außer Schweinebraten mal ne Currywurst."

„Vielleicht wäre das was für Berlin," sinnierte Ricky. „Es müsste ja erstmal nur eine kleine Pizzabude sein, wie eine Würstchenbude mit einem Tisch und einem Ofen, die Pizza kriegen die Leute nach draußen auf die Hand. Da könnte man mit einer kleinen Investition gutes Geld machen."

„Wir haben ja noch den Schotter von Thüle-Rock," sagte ichh. Wenn es sich lohnt, könnten wir davon doch einen Pizzaofen kaufen. Vielleicht ist das eine Existenzgrundlage für euch in Berlin. Luigi könnte euch zeigen, wie man es macht, Ilse lernt es auch gerade."

„Ich brauche das Geld für New York," sagte Tilde leise, und, als sie sah, dass mir das Blut ins Gesicht schoss: „Und du auch, Ika, wenn du mich besuchen kommst. Du hast Anspruch auf Urlaub, wenn du die Lehre machst, und dann kommst du, auf jeden Fall."

Der Kneipenstuhl unter mir schien zu wanken.

„Wann willst du denn gehen?“ fragte ich mit trockenem Mund, „beziehungsweise Elsa und du, wann wollt ihr los?“

„Vielleicht Anfang nächsten Jahres. Elsa bewirbt sich jetzt bei *Saks*, das ist ein großes Kaufhaus in New York, in der Fifth Avenue. Ich muss arbeiten und sparen was geht und für die Aufnahmeprüfung an der Tanzschule trainieren. Aber vorher muss ich sehen, wie ich mit meinen Eltern und Tante Hulda zurande komme. Es tut sich was bei uns, Mama leidet zwar immer noch, aber ich glaube, sie will reden.“

Die Täter werden nicht von ihren Taten erzählen

An einem Samstagnachmittag Ende Juli rief Tilde an und fragte, ob ich zum Friedhofsweg in den Garten kommen könnte, wir müssten was besprechen. Ich fuhr hin und fand nicht nur Tilde, sondern auch Sina, Hulda und Carlo auf dem Rasen an der gedeckten Kaffeetafel, auf der Huldas Schokoladentorte prangte. Diego und Jacky amüsierten sich auf der Teppichstange, Diego hatte den Kuchen im Blick und versuchte zum Tisch zu gelangen, Jacky schrie *Ika Pepita*, als er mich sah. Hulda hatte beide Tiere angebunden und schimpfte über Diegos Kapriolen. Tilde war blass und aufgeregt und knabberte an ihren Lippen, sie musste ein paar Mal Luft holen, bevor sie ihre Neuigkeiten herausbrachte.

„Elsa hat mit ihrer Cousine Catherine in New York telefoniert, und sie hat gesagt, wir könnten jederzeit kommen, wir könnten in einer kleinen Souterrainwohnung im Haus ihrer Eltern unterkommen. Sie wohnen in Brooklyn, mittendrin in New York. Elsa hat eine Zusage von dem Kaufhaus bekommen, das hat sie wohl ihrem Onkel zu verdanken, der kennt dort jemanden.“

„Und was ist mit der Tanzschule? Du hast doch auch einen Brief bekommen.“

Sinas Stimme war leise und verzagt.

„Ende Januar kann ich vortanzen, dann entscheiden sie, ob sie mich nehmen und ob ich ein Stipendium bekomme," sagte Tilde. „Aber ich kann vorher schon in einer Tanzgruppe am Broadway arbeiten, sagt Catherine, da gibt es mehrere Theater, die Musicals spielen, sie will mir die Adressen schicken. Die suchen immer Tänzer für die zweite Reihe, sagt sie, da kann ich ein paar Dollar verdienen."

Tilde hatte mal zu mir gesagt, dass sie zur Not auch in Nachtclubs tanzen würde, aber das sagte sie ihren Eltern nicht. Mir wurde ganz anders, ich konnte mir nicht vorstellen, in einer so riesigen, vollkommen fremden Stadt zu leben, am Broadway in einem knappen Glitzerbadeanzug die Beine hochzuschmeißen, wie ich es auf Fotos und im Fernsehen gesehen hatte. Und sich womöglich in Nachtclubs den geilen Männerblicken auszusetzen. Tilde konnte das, davon war ich überzeugt, und sie würde sich die Typen locker vom Hals halten.

Sina und Carlo waren still. Wie mochte es für sie sein, ihre Tilde, ihren Augapfel, zu verlieren? Mir stiegen die Tränen hoch, bloß nicht heulen, dachte ich.

Tilde richtete sich auf, sie war sehr ernst.

„Ich wollte dich fragen, Ika, ob du manchmal meine Eltern besuchen kannst, wenn ich weg bin, und ich verspreche euch, alle vierzehn Tage einen Brief zu schreiben, wie es mir geht und was ich mache. Und ich kann manchmal anrufen, auch wenn es teuer ist."

„Briefe reichen," sagte Hulda entschieden, „und wenn Ika uns manchmal besuchen kommt, werden wir es schon aushalten ohne dich."

Mir kam wieder ein Tränenschwall und ich konnte nur nicken.

Tilde war noch nicht fertig.

„Ich habe mir was überlegt. Könnt ihr nicht erzählen, was ihr bei den Nazis und im Krieg erlebt habt, wie ihr verfolgt wurdet, und Ika könnte es aufschreiben?"

„Was heißt, ich soll es aufschreiben?“

„Du könntest aufschreiben, was sie erlebt haben und ein Buch daraus machen oder einen Bericht veröffentlichen, vielleicht in einer Zeitung, damit die Welt erfährt, was den Zigeunern angetan wurde.“

Mir wurde ganz heiß, ich konnte es kaum aussprechen.

„Du meinst, ich soll ein Buch schreiben?“

„Ja, was sie erlebt haben. Irgendwann musst du anfangen, und das Thema ist wichtig. Du kannst gut schreiben und alle erfahren, was gewesen ist. Mama, Papa und Tante Hulda gehören zu den wenigen, die überlebt haben, nur sie können erzählen, was war.“

Ich schielte zu Carlo und Sina hinüber. Sina drückte nervös ihre Hände, schien aber nicht abgeneigt zu sein, ihre Augen glitzerten grünlich.

„Ich weiß gar nicht, ob ich die Richtige bin,“ sagte ich, „Michas und meine Eltern gehören zu den Tätern, unser Vater war als Besatzer in Norwegen. Außerdem weiß ich nicht, ob ich es kann.“

„Du kannst es,“ sagte Tilde, „alles, was ich bisher von dir gelesen habe, war gut. Micha und ich lesen Korrektur und helfen dir, du wirst sehen, das wird richtig super.“

„Aber wer soll es veröffentlichen?“

„Micha und Ricky sagen doch, dass sich in Berlin jede Menge linke Verlage gründen, die die ganzen Nazi-Sauereien an die Öffentlichkeit bringen wollen. Sowas hat noch niemand gemacht, das haut rein wie eine Bombe, glaubt es mir.“

„Erzählen will ich es,“ sagte Sina leise, „ihr habt ein Recht, es zu erfahren. Aber aufschreiben, so dass es jeder lesen kann?“

Carlo sagte gar nichts, Hulda überlegte, dann nickte sie.

„Wir haben immer noch Angst vor dieser Gesellschaft, Ika,“ sagte sie, „manchmal denken wir, dass sich das alles wiederholen könnte. Es wird doch immer noch alles verleugnet, das Schweigen muss aufhören. Wenn wir erzählen können, was wir erlebt haben und wenn es an die Öffentlichkeit kommt, ist es schon eine große Genugtuung.

Bisher hat niemand gefragt, wie es uns ergangen ist. Es gab in den 50er Jahren einen Lehrer hier in Oldenburg, den Namen habe ich vergessen, der hat uns ein paar Mal besucht und wollte wissen, wie die Nazis mit uns umgesprungen sind. Wir haben ihm ein bisschen erzählt, nicht alles, das hätten wir damals noch gar nicht gekonnt. Dem Mann ist das schlecht bekommen. Er war an der Haarentorschule und hat seinen Schülern was vom Nationalsozialismus und den Konzentrationslagern erzählt. Da haben sich Eltern beschwert, so was sei ihren Kindern nicht zuzumuten, und er wurde in ein Dorf in Ostfriesland versetzt. Wir wollen und müssen das Unrecht in die Welt schreien, was Besseres als eine Veröffentlichung kann uns gar nicht passieren."

Sina sah Carlo ängstlich an, er nickte nach einer Weile.

„Hulda hat Recht, vielleicht finden dann auch andere den Mut, davon zu sprechen. Wir sind erst dann keine Opfer mehr, wenn man uns glaubt, dann haben die Mörder keine Macht mehr über unser Leben. Die Täter werden nicht von ihren Taten erzählen, das müssen wir Opfer selbst tun."

„Können wir uns nicht jeden Sonntag bei uns in die Küche setzen und ihr erzählt alles, die ganze Geschichte," schlug Tilde vor. „Wir nehmen das mit Michas Tonband auf, Ika schreibt es ab und bringt es in Form. Und wenn es fertig ist, suchen Micha und Ricky einen Verlag. Und Ika würde als Schriftstellerin berühmt, das wäre doch super!"

„Red keinen Quatsch," sagte ich, „so schnell wird man nicht berühmt, und erstmal muss ich es überhaupt hinkriegen."

„Wegen deiner Eltern mach dir mal keine Sorgen," sagte Carlo, „sie waren ganz normale Deutsche, sie hatten nur nicht das Pech der falschen Abstammung. Aber ihr nach dem Krieg Geborenen habt damit nichts zu tun, ihr könnt nichts für eure

Eltern. Deren Schuld ist nicht eure Schuld, jedenfalls sehe ich das so. Wenn wir nicht verzeihen und keinen Großmut zeigen, bekommen wir niemals Frieden in der Gesellschaft. Es ist gut, dass eure Generation protestiert und die Verbrechen aufklären will. Darüber sind wir froh, und wir unterstützen jeden, der das tun will."

„Wir vertrauen dir, min Deern," ergänzte Hulda, „du gehörst zu uns."

Obwohl mir immer noch mulmig war, begann der Gedanke an das Buch mir zu gefallen. Micha hatte von einem Berliner Verleger gesprochen, der die Literatur der Protestbewegung herausbringen wollte. Vielleicht würde ihn das Thema interessieren. Andererseits zitterte ich vor Angst, wenn ich mir vorstellte, dass jeder lesen konnte, was ich geschrieben hatte und dass es den Leuten vielleicht nicht gefiel oder zu dumm und zu flach war.

Dann tat Carlo etwas, das mir die Augen überlaufen ließ, ich schluchzte und konnte überhaupt nicht aufhören. Er nahm Tildes Hände und sagte: „Eins ist uns sehr wichtig, meine Tochter, ich habe es so mit Hulda und Mama besprochen. Wenn wir alles erzählen, was wir erlebt haben, wirst du vielleicht denken, dass du uns nicht verlassen darfst, dass wir genug gelitten hätten. Aber wir möchten dir sagen, dass du, was immer mit uns geschehen ist, deinen Weg gehen sollst, dass du nach Amerika gehst oder wo du hinmöchtest, dass du lernst, was du lernen willst und lebst, wie du leben möchtest. Wir bitten dich nicht nur, das zu tun, sondern wir verpflichten dich auch dazu. Das bist du uns schuldig und auch den anderen Gedemütigten und Ermordeten. Du sollst der Welt zeigen, was in uns steckt und dass wir nicht gebrochen sind, sie sollen sehen, was eine stolze Sinteza ist."

Auch Tilde heulte und versprach ihren Eltern, entweder bald zurückzukommen oder sie über den großen Teich zu holen, wenn sie dort einen Job gefunden hatte.

Wir saßen immer noch am Kaffeetisch, als von Bremers Grundstück luftige Klänge über die Hecke wehten. Das war keine Ukulelengeschrammel, sondern virtuose, heiße Gitarrenmusik. Dann setzten zwei rauchige, leicht kieksende Männerstimmen ein.

Sittin' in the morning sun
I'll be sitting when the evening comes
Watching the ships roll in
Then I watch 'em roll away, ooh
I'm just sittin' on the dock oft he bay
Wastin' time…

Tilde und ich sahen uns an, das war fantastisch, das war astreiner amerikanischer Blues.

„Das sind doch wohl nicht die Hosenscheißer," sagte Tilde, „die haben ja richtige sexy Männerstimmen. Weiter so, Jungs," rief sie über die Hecke, „das kommt gut!"

Die Zwillinge wurden lauter, sie legten sich richtig ins Zeug.

I left my home in Georgia
Headed for the Frisco Bay
'Cause I've had nothing to live for
And look like nothing's gonna come my way

Hulda saß steif aufgerichtet auf ihrem Stuhl und guckte böse, sie sagte nichts. Dann hörten wir die Stimme von Lilo Bremer, scharf und streng wie immer.

„Essen," rief sie, „kommt rein, und macht nicht so einen Krach."

Die Jungs schlugen weiter Gitarrenriffs, dann war Lilo aus dem Garten zu hören.

„Ihr stört die Nachbarn, manche machen sich nichts aus

Musik." Sie schien extra zu schreien, damit wir es hörten.

Tilde sah Hulda an. „Wenn ihr alles erzählen wollt," sagte sie, „erfahren wir dann auch, was mit Lilo Bremer ist? Ihr seid Nachbarn, da kann man doch nicht ewig in Feindschaft leben."

„Du siehst, dass man das kann," sagte Hulda knapp, „vielleicht erzähle ich es euch. Das soll aber nicht in das Buch. Lasst mich erstmal in Ruhe damit, da muss ich noch drüber nachdenken."

Am nächsten Sonntag stellte Micha das Tonband in Schmitzens Küche auf und wir begannen. Ich fragte, Tilde und Micha hörten zu und stellten manchmal Zwischenfragen.

Es dauerte sechs Sonntage, bis die Geschichte erzählt war. Es waren Sitzungen, bei denen wir weinten und manchmal auch lachten - vielleicht um das Grauen, von dem Tildes Familie berichtete, besser aushalten zu können. In den Wochen dazwischen tippte ich die Bänder ab und brachte den Text in eine sinnvolle Ordnung. Mutti sah mir manchmal über die Schulter, mein Schreibmaschinengeklapper schien Eindruck auf sie zu machen. Der Alte bemerkte es anscheinend gar nicht.

Im folgenden gebe ich das Buchmanuskript wieder, wie wir es später an den Verlag geschickt haben und wie es dann veröffentlicht wurde.

Vom Schlachthof für das Vieh zum Schlachthof für die Menschen
Die Geschichte der Oldenburger Sinti-Familie Schmitz

Vorwort
Dieses Buch beruht auf Interviews, die Erika Fuhrmann mit Hulda, Carlo und Sina Schmitz, einer Sinti-Familie aus Oldenburg führte. Die Informationen sind lückenhaft,

es ist davon auszugehen, dass zahlreiche Akten, die die Verfolgung der Sinti und Roma dokumentieren, kurz vor dem Ende des Zweiten Weltkriegs vernichtet wurden.
In den Bericht fließen auch Informationen ein, die der Buchhändler Heinrich Stamer aus Wardenburg beigetragen hat.
Es geht um das sogenannte *unwerte Leben*, ein Begriff, unter dem die Nationalsozialisten Juden, Homosexuelle, so genannte Asoziale, Sinti und Roma sowie behinderte Menschen zusammenfassten. Sie alle waren das Ziel brutaler Verfolgungen und landeten zum größten Teil in den Konzentrationslagern und den Gaskammern der Nazis.
Die Familie Schmitz, von deren Verfolgung hier erzählt wird, war seit dem Beginn der 20er Jahre in Oldenburg am Friedhofsweg neben dem Ziegelhof ansässig, wohnte in ihrem eigenen Haus und verdiente ihr Geld, indem sie mit einer Marionettenbühne auf Jahrmärkten spielte.
Die Grausamkeiten, die die Sinti-Familien nach Hitlers Machtergreifung erleiden mussten, waren für uns, die ihnen zuhörten, oft kaum zu ertragen. Mehrmals stellten wir uns die Frage, wo Gott war, als die Massenmorde in den Konzentrationslagern geplant und durchgeführt wurden. Mein Bruder Michael meinte, die Lager seien ein Beweis dafür, dass es Gott nicht gebe; auch meine Freundin Mathilde Schmitz, die Tochter von Sina und Carlo Schmitz, dachte so. Carlo und Sina sagten nichts zu dem Thema, Mathildes Tante Hulda Schmitz und ich waren uns nicht sicher, ob man die Frage nach Gott einfach so verneinen konnte.
Vielleicht, so überlegten wir, gab es einen guten und einen bösen Gott, der böse hatte zur Nazizeit das Ruder übernommen.
Vielleicht hat das Böse einen Bogen um die Stadt Cloppenburg gemacht. Dort wurde, vermutlich durch den

Schutz eines Cloppenburger Polizei-Postenführers, kein Sinto ins Konzentrationslager gebracht, sondern sie wurden als Zwangsarbeiter in der Rüstungsindustrie und in den Torfwerken eingesetzt. Vielleicht ist das ein Beweis dafür, dass es zumindest manchmal möglich war, die Gewaltherrschaft der Nazis zu unterlaufen.
Als Tochter von Eltern, die Nationalsozialisten gewesen sind und die Schuld der Deutschen bis heute nur schwer anerkennen können, schämte ich mich für die in deutschem Namen begangenen Grausamkeiten und war mir nicht sicher, ob meine Gesprächspartner mir überhaupt vertrauen konnten und wollten. Doch sie taten es, weil sie mich lange als Spielkameradin und Freundin ihrer Tochter kannten. Sie wollten die Generation der Nachgeborenen nicht für die Schandtaten der Eltern verantwortlich machen.
Ich bin Carlo, Sina und Hulda Schmitz sehr dankbar für ihre Haltung und froh, dass ich mit diesem Bericht einen kleinen Beitrag zur Wiedergutmachung für Taten leisten kann, die eigentlich nie wieder gutgemacht und auch nicht verziehen werden können. Ich danke der Familie Schmitz für das Vertrauen, das sie mir und meinem Bruder geschenkt haben und dass sie uns in ihre Familie aufgenommen haben. Meiner Freundin Mathilde Schmitz und meinem Bruder Michael Fuhrmann danke ich für ihre Unterstützung und Ermutigung, dieses Buch zu schreiben.

Erika Fuhrmann, Oldenburg im September 1968

Vorgeschichte

Gustav Schmitz, der Vater von Carlo und Hulda sowie Großvater von Mathilde, hatte in den zwanziger Jahren eine kleine Wanderbühne und einen Wohnwagen besessen, mit dem er, seine Frau Helene und ihre fünf Kinder über die Jahrmärkte im Oldenburger Land zogen. Sie machten gute Geschäfte und hatten ein angenehmes Leben. Aus dieser Zeit stammen auch die Marionetten, die eingemottet auf dem Dachboden in Schmitzens Haus die Verfolgungszeit überstanden haben. Carlo hatte die Puppen schon als Kind spielen können und mit ihnen die Geschichten erzählt, die sein Vater für die Marionettenbühne eingerichtet hatte. Viele deutsche Märchen waren dabei: Schneewittchen, Schneeweißchen und Rosenrot, Rotkäppchen, Die Bremer Stadtmusikanten.

Im Herbst kehrte die Familie zum Ziegelhof in Oldenburg zurück, wo sie ihren Wagen unterstellen und für die nächste Saison reparieren konnte. Am Ziegelhof lebten etwa ein halbes Dutzend Sinti-Familien, sie bildeten eine Gemeinschaft und halfen sich gegenseitig über die Winterzeit, in der keine Jahrmärkte stattfanden.

Die Wanderbühne brachte so viel Geld ein, dass Gustav Schmitz Ende der 20er Jahre ein Haus am Friedhofsweg bauen konnte. 1930, als Carlo zehn Jahre alt wurde, zogen sie ein. Ab da ging Gustav im Sommer nur mit den Jungen auf die Märkte, das waren Carlo und seine größeren Brüder Jan und Klaus. Helene blieb mit Hulda und der ältesten Tochter Lotte am Friedhofsweg zurück. Sie reparierten die Marionetten und nähten ihnen neue Kleider, bastelten Kulissen und bauten im Garten Gemüse an, das sie für den Winter einweckten.

Sina Schmitz stammt aus Aurich, ebenfalls aus einer Sinti-Familie. Ihre Eltern hießen Heinrich und Mathilde Wehrmann, sie flochten Körbe und Matten und verkauften sie auf Märkten oder an den Haustüren. Davon konnten sie auskömmlich leben. Sina hatte sieben ältere Brüder, sie war das jüngste Kind.

Obwohl sie schon seit hunderten von Jahren hier ansässig waren, wurden die Sinti im 18. und 19. Jahrhundert mit sogenannten *Kloppjagden* aus den Dörfern im Oldenburger Land vertrieben. In der Kaiserzeit und der Weimarer Republik setzte man sie zusätzlich durch hohe Standgelder und andere Maßnahmen, etwa Abschiebungen über die Stadt- oder Kreisgrenzen, unter Druck. Von den Nationalsozialisten wurden sie als *asozial* und *arbeitsscheu* bezeichnet. 1938 gab es die Polizeiaktion *Arbeitsscheu Reich*, bei der Sinti in ganz Deutschland registriert, verhaftet und deportiert wurden. Manche der in *Vorbeugehaft* genommenen Sinti hatten eine Vorstrafe wegen *Landstreicherei*, bei manchen wurde der Haftgrund *schwachsinnig* aufgeführt.

Einige der in den Torfwerken entlang des Küstenkanals beschäftigen Sinti wurden von ihren Arbeitsplätzen weg verhaftet. So hoffte man, die behördliche Vorgabe, mindestens einhundert Menschen in Vorbeugehaft zu nehmen, erfüllen zu können. Außerdem wurde den Sinti jede Reisetätigkeit verboten, oberstes Ziel der Behörden war, sie gänzlich aus den einzelnen Landkreisen zu entfernen.

Nicht alle nahmen die Schikanen einfach hin. Manche gingen zu den Kriminalpolizeistellen und machten Eingaben bei Gericht; als darauf keine Reaktionen erfolgten, fuhren sie nach Berlin, um beim Reichskriminalpolizeiamt die Freilassung ihrer Männer zu fordern, natürlich ohne Erfolg.

Wegen der guten Wahlergebnisse der NSDAP im Freistaat Oldenburg galt das Oldenburger Land seit Ende der 20er Jahre als Hochburg der Nationalsozialisten, der Nazi Carl Röver wurde Ministerpräsident. Im Frühjahr 1933 schlug Hitler ihn als Reichsstatthalter für Oldenburg und Bremen vor.

Das Buch *Rassenhygiene im völkischen Staat* aus dem Jahr 1936 - Hulda Schmitz hatte es nach dem Krieg im Altpapier gefunden und aufgehoben - sagte klar und deutlich, was die Deutschen von den Minderheiten, die unter den *reinrassigen Ariern* lebten, halten sollten:

Ratten, Wanzen und Flöhe sind auch Naturerscheinungen, ebenso wie die Zigeuner und Juden.... Man kann sie ebenso wenig durch rücksichtsvolle Behandlung bessern oder beim Zusammenleben von uns fernhalten wie entartete Asoziale und unnormal ich-süchtige, kriminell-hemmungslose Menschen. Alles Leben ist Kampf. Wir müssen deshalb alle diese Schädlinge biologisch allmählich ausmerzen.

Sinti und Roma sollten durch Sterilisationen an der Fortpflanzung gehindert werden und man verbot ihnen den Geschlechtsverkehr. Den *Zigeuner-Neger-Bastarden* unterstellte man *Naivität* und *Primitivität* bei gleichzeitiger *Schläue und Verschlagenheit.*

Allerdings konnten auch die Nazis mit ihren dubiosen Rassegesetzen nicht leugnen, dass die Sinti, die bereits seit etwa sechshundert Jahren in Deutschland lebten, arischen Ursprungs waren. Dennoch wurden sie in den Nürnberger Gesetzen, die 1935 erlassen wurden, zu Wesen *artfremden Blutes* erklärt, die aus der *arischen Volksgemeinschaft* ausgesondert werden müssten. 1939 erging der Festsetzungserlass, der allen Zigeunern verbot, ihren Aufenthaltsort zu verlassen. Außerdem begannen die Deportationen der *Arbeitsscheuen* in die Konzentrationslager, zunächst nach Buchenwald, dann in verschiedene Ghettos nach Polen. Ende 1942 veröffentlichte der Reichsführer SS Heinrich Himmler den sogenannten *Auschwitzerlaß*, der die Vernichtung der noch in Deutschland verbliebenen rund zehntausend Sinti und Roma besiegelte.

Carlo: Vor der Machtergreifung 1933 lebten etwa ein halbes Dutzend Sinti-Familien mit sechzig bis siebzig Personen in Oldenburg um den Ziegelhof und den Friedhofsweg herum, auch in anderen Stadtteilen gab es Sinti-Familien. Man nannte uns die *braunen Gesellen*, zumindest diejenigen von uns, die mit den Wagen herumzogen und nicht sesshaft waren. Wie viele wir im Oldenburger Land einschließlich Bremen waren, bevor sie uns deportiert haben, lässt sich nur schätzen, es könnten um die dreihundert gewesen sein.

Schon um 1886, als mein Vater geboren wurde, waren von der preußischen Regierung *Maßnahmen zur Bekämpfung des Zigeunerunwesens* angeordnet worden. Die Sinti wurden als *Zigeunerbande* oder *Landplage*, als frech und aufdringlich beschrieben. Deshalb war das eigene Haus auch so wichtig für unsere Familie, mein Vater sagte, da seien wir wenigstens einigermaßen geschützt.

In Oldenburg waren die Nazis schon vor der Machtergreifung stark. 1932 wurde der NSDAPler Carl Röver zum Ministerpräsidenten von Niedersachsen gewählt. Druck und Schikanen den Sinti gegenüber verstärkten sich. So wurden von allen Personen ab sechs Jahren die Fingerabdrücke genommen, die Standgebühren für einen Halteplatz drastisch erhöht und unerbittlich eingetrieben. An manchen Orten wurden die Standplätze gesperrt oder ihre Benutzung auf vierundzwanzig Stunden beschränkt. Der Schwimmverein Vechta befürchtete, seine Badegäste würden durch den Anblick eines in der Nähe bestehenden Lagers belästigt. Die Gründe waren immer die gleichen: Zigeuner lügen, betteln, stehlen, sind arbeitsscheu und asozial.

Ab 1938 wurden die ersten Sinti aus Oldenburg und Umgebung deportiert. In der Umgebung kursierten Gerüchte, wir seien für Brände in Hecken und Scheunen, für Spionage oder auch für den Ausbruch von Seuchen verantwortlich.

Wir waren mit den Wichmanns befreundet, Schaustellern, die erfolgreich einen großen Schießbudenstand auf den Märkten im Oldenburger Land betrieben. Das waren der Oldenburger Kramermarkt, der damals noch auf dem Pferdemarkt stattfand, der Stoppelmarkt in Vechta, der Maria-Geburtsmarkt in Cloppenburg, der Herbstmarkt in Aurich. Dazu kamen kleinere Märkte in Esens, Leer, Remels, Edewechterdamm, Barßel, Damme und Husbäke. Wichmanns und wir bauten unsere Stände meistens nebeneinander auf, so konnten wir uns gegenseitig aushelfen.

Eines Tages wurden wir von der Kriminalpolizei - sie erschienen in Ledermänteln und breitkrempigen Hüten auf den Märkten - erkennungsdienstlich behandelt, das heißt, man fotografierte uns und nahm uns Fingerabdrücke ab. Die rein deutschen Marktbeschicker - so will ich sie mal nennen, obwohl wir ja auch Deutsche sind - erschienen zur Sitzung des Schaustellerverbandes in SA-Uniform. *Juden und Zigeuner haben keinen Zutritt mehr*, wurde meinem Vater, der lange Jahre Mitglied des Verbandes gewesen war, mitgeteilt.

Im Herbst 1936 wurde ich auf dem Kramermarkt festgenommen. Ich hatte mit einem Freund Schnaps getrunken und dann laut die Internationale, das kommunistische Kampflied, gegrölt, das muss jemand verraten haben. Es erschienen wieder zwei in Ledermänteln und nahmen mich wegen kommunistischer Propaganda fest. Ich war gerade sechzehn geworden und wurde ins Konzentrationslager Börgermoor im Emsland gebracht, in dem viele politische Häftlinge eingesperrt waren.

Hulda: Weil die Schikanen immer heftiger wurden, gingen Papa und die anderen Jungen nicht mehr auf die Märkte. Natürlich hatten wir auch furchtbare Angst um Carlo, wir wussten ja nicht, wo er war. Dann kehrte der Hunger bei uns ein. Papa und die Jungen brachten kein Geld mehr nach Hause, und als unsere Wintervorräte verbraucht waren, gingen Mama, Lotte und ich abends auf die Felder rund um Oldenburg, um ein paar Kartoffeln oder etwas Gemüse aufzutreiben, damit wir wenigstens eine Suppe kochen konnten. Dabei mussten wir höllisch aufpassen, dass wir nicht erwischt und verhaftet wurden.

Der einzige Lichtblick in dieser Zeit war, dass Carlo nach vier Monaten wiederkam, sie hatten ihn entlassen. Er wusste nicht warum, vielleicht, weil sie Zwangsarbeiter in den Torfwerken brauchten. Auch wusste er nicht, weshalb er überhaupt nach Börgermoor gekommen war. Nur wegen eines Liedes?

Carlo hatte sich verändert in dieser kurzen Zeit, er sprach kaum über das Lager und war in sich gekehrt, so kannten wir ihn eigentlich gar nicht.

Um 1938 verschlimmerte es sich weiter. Das Reichskriminalpolizeiamt unter Leitung von dem SS-Mann Heydrich führte Sonderaktionen gegen *Asoziale* durch. Immer wahlloser wurden Sinti festgenommen, Gründe wurden gar nicht mehr genannt. So sollte jeder im Ammerland tätige Polizist mindestens eine herumziehende asoziale und arbeitsscheue Person festnehmen und bei der Gelegenheit auch Ausschau nach Juden halten, die sich noch in der Gegend versteckt hielten.

Wir gingen alle nach Edewechterdamm ins Torfwerk, da suchten sie Arbeitskräfte. Wir dachten das würde uns schützen. Carlo, den wir erstmal wieder aufpäppeln mussten, Papa, Fritz und Klaus, Lotte und ich. Wir haben Torf gestochen, zum Trocknen aufgestapelt, Gräben ausgehoben, die Torfloren geschoben, das war Schwerstarbeit für uns Frauen. Nur Mama blieb zuhause und versuchte, uns abends irgendwas zu essen auf den Tisch zu bringen.

Trotzdem waren sie weiter hinter uns her. Schließlich siedelten sie uns ins besetzte Polen in das Lager Belzec um, wo wir Zwangsarbeit leisten mussten.

Sina: Ich komme aus einer Auricher Sinti-Familie, die Wehrmanns haben als Korbmacher und Mattenflechter gearbeitet. Mein Vater und meine sieben Brüder sind mit den Körben und Matten über die Märkte gezogen, um sie zu verkaufen. Ich war die Jüngste, 1925 war nach sieben Brüdern noch ein Mädchen gekommen, und ich war die Prinzessin der Familie. Meine Brüder haben auf mich aufgepasst, die haben mich nie aus den Augen gelassen, dafür musste ich aber auch immer tun, was sie wollten. Und ich war der Augapfel meines Papas, der hat immer mein schönes Primelchen zu mir gesagt. Aber vor den Nazis konnte er uns nicht beschützen, unsere Mutter nicht, mich nicht, meine Brüder nicht.

Nach dem Festsetzungserlass 1939 und dem Ausbruch des Krieges konnten wir nicht mehr unserem Gewerbe nachgehen. Drei von meinen Brüdern waren gemustert worden, zwei wurden zur Kriegsmarine nach Wilhelmshafen eingezogen und der dritte kam direkt an die Ostfront. Wir haben ihn nie wiedergesehen. Sie haben also im Krieg für Deutschland gekämpft, während der Rest der Familie als Volksschädlinge verfolgt und ermordet wurde.

1940 ordnete Himmler – der war einer von den Feiglingen, die sich nach Kriegsende mit Zyankali umgebracht haben - die Umsiedlung von etwa zweitausendfünfhundert sogenannten Zigeunerfamilien nach Polen an, dabei waren auch meine Eltern, meine beiden jüngsten Brüder Fridolin und Julius und ich. Uns wurde angedroht, dass wir im Falle einer Flucht und Rückkehr nach Aurich damit rechnen müssten, sterilisiert zu werden und in ein Konzentrationslager zu kommen.

Wir wurden auch nach Belzec gebracht, in dem Lager lebten auch noch Juden. Als sie abtransportiert wurden, mussten wir uns mit dem Gesicht nach unten auf den Boden legen, damit wir nicht zu Augenzeugen wurden.

Wer einen Juden unterstützte, ihn versteckte oder ihm zur Flucht verhalf, wurde sofort erschossen. Dann trieb man uns in die Häuser der Juden. Es deutete alles darauf hin, dass sie ohne Vorwarnung deportiert worden waren, die Wohnungen wirkten, als seien sie Hals über Kopf verlassen worden. Es standen halb ausgetrunkene Tassen auf den Tischen, viele persönliche Sachen lagen herum, deren Besitzer vielleicht schon auf dem Weg ins Gas waren.

Wir mussten dann eine weiße Armbinde mit einem schwarzen Z darauf tragen. Wer ohne diese Binde herumlief, riskierte seine Erschießung. Für die Zwangsarbeit, die die Sinti in mehreren Fabriken in Polen leisten mussten, bekamen sie kaum Lohn, viele verhungerten. Dann kam eine Typhus-Epidemie und als sie außer Kontrolle geriet, begann man, die Patienten des Ghetto-Krankenhauses zu erschießen. Auch bei dieser Aktion wurden ganze Familien ausgerottet.

Wir jungen Leute versteckten uns in den Kellern und haben so überlebt, auch den Typhus. Aber meine Eltern starben daran, sie waren durch die vorherigen Jahre der Verfolgung zu sehr geschwächt. Wir mussten sie selbst in ein Massengrab werfen und zusehen, wie die Leichen verbrannten. Ich weiß noch, dass ich zugesehen habe, aber nichts fühlen konnte. Ich wusste, dass da meine Eltern verbrannten, aber es regte sich nichts in mir, ich war zu Eis geworden.

Fridolin, Julius und ich nutzten das Chaos, das durch die Epidemie entstand, und schafften es tatsächlich zu fliehen. Ich weiß nicht mehr, wie wir es gemacht haben, ich weiß nur, dass Julius vorneweg lief und Fridolin und ich hinterher sind, immer hinterher. Wir dachten, der Julius weiß schon, was richtig ist, nur weg, weit weg. Wir schliefen in Scheunen oder unter Bäumen, aßen in den Wäldern Pilze und Bucheckern und schafften es bis Altenoythe im Landkreis Cloppenburg, wo wir bei einer Schwester meiner Mutter unterschlüpfen konnten. Ihr Mann war nach Buchenwald gebracht worden und ist dort auch umgekommen. Das wusste sie damals noch nicht, sie wartete immer darauf, dass er zurückkam.

Meine Tante Ursel hatte einen Wohnwagen, in dem wir uns alle zumindest tagsüber aufhalten konnten. Meine Brüder schliefen draußen unter dem Wagen auf Strohsäcken, ich teilte mir mit zwei Cousinen eine alte Matratze. Es war entsetzlich kalt und eng, wir hatten immer Hunger, immer; es gab ja nur eine dünne Suppe aus Rüben, die die Tante von einem Acker aufgelesen hatte, kein Fett. Wie Fleisch schmeckte, konnten wir uns gar nicht mehr vorstellen. Schließlich hatten wir gar nichts mehr zu essen, unsere Augen wurden immer größer, unsere Gesichter immer bleicher und ausgezehrter. Manchmal lagen wir den ganzen Tag auf den Betten, weil wir alle Kräfte zusammenhalten wollten, falls es doch noch irgendwo was zu holen gab.

Dann zeigte sich ein winziger Lichtstreif am Horizont. Ein Bauer aus der Nachbarschaft fragte, ob die Tante ihm den Wagen als Hühnerstall vermieten wolle, und sie tat es. Dafür gab es ein paar Groschen, für die sie zumindest etwas Milch, Brot und ein paar Kartoffeln bekam. Für uns hieß das aber auch, dass wir keine Wohnung mehr hatten, die Hühner hatten es jetzt besser als wir.

Die Jungen machten uns aus ein paar Planen einen Unterstand zurecht, und weil der Frühling kam, ging es einigermaßen. Wir schlugen uns bis zum Sommer durch, dann nahm uns ein Onkel, der noch seinen Wagen hatte, mit zum Erbsenpflücken nach Carolinensiel. Dort hörten wir, dass es wieder Arbeit im Torfwerk gab und zogen mit dem Onkel nach Edewechterdamm.

Eine Weile konnten wir auf dem Gelände des Torfwerks stehen und verdienten ein bisschen. Ich war so verhungert, dass ich einmal umfiel und in einen Entwässerungsgraben stolperte, in dem ich mir den Knöchel so verstauchte, dass ich einige Wochen nicht laufen konnte.

Wir wussten, dass immer mehr von unseren Leuten weggebracht wurden, wussten aber nicht wohin. Ich hatte schreckliche Angst, dass ich als nicht arbeitsfähige, unnütze Esserin bald auch wegkommen würde.

Sobald sich ein Fremder näherte, sobald Polizei oder jemand von der Behörde auftauchte, kam die Angst mit und schnürte mir die Kehle zu. Sie überfiel mich schon, wenn mal ein Hund bellte, da dachte ich sofort, dass sie kommen und uns holen und die Hunde uns zerreißen würden. Ich zitterte beständig. Das konnte der Onkel eines Tages nicht mehr mit ansehen und sagte, er würde mich nach Oldenburg zum Ziegelhof bringen, da hätte ich ein richtiges Dach über dem Kopf und wäre besser geschützt. Das war eine falsche Entscheidung, wie sich später herausstellte, aber das konnte der Onkel nicht wissen, er hatte es gut mit mir gemeint.

Ich wurde im Januar 1943 sechzehn, ich war ja noch ein halbes Kind. Am Ziegelhof war es zuerst besser, wir hatten ein Dach über dem Kopf und teilten mit den anderen das bisschen, was wir hatten.

Dann kam der 8. März 1943, der Tag, an dem man alle Familien vom Ziegelhof verhaftete und ihren Besitz konfiszierte. Insgesamt dürften es aus Oldenburg an die vierzig Personen gewesen sein. Von ihnen sind nur wenige am Leben geblieben, wir gehören zu dem kläglichen Rest.

Wir wurden morgens um fünf aus dem Schlaf geholt, ein Kriminalsekretär Lührs aus Oldenburg leitete die Aktion.

Wir durften Wertsachen, von denen wir nicht viele hatten, und Papiere mitnehmen. Damit wir nicht unruhig wurden, sagte man uns, wir kämen nach Polen und erhielten dort eine Wohnung und Land, auf dem wir uns ansiedeln könnten. Da waren wir schon so abgestumpft, dass wir alles glaubten und alles mitmachten.

Wir mussten zu Fuß zum Oldenburger Güterbahnhof laufen, dort warteten Viehwaggons, die uns nach Bremen zum Schlachthof brachten. Wir landeten in einer großen Halle, dort gab es nur den Fußboden und einige Decken, vor allem für die Kinder und ihre Mütter war es grausam. Wir bekamen mal eine dünne Suppe, aber das war es dann auch. Von dort aus ging es direkt nach Auschwitz an die Todesrampe. Also vom Schlachthof für das Vieh zum Schlachthof für die Menschen.

Wir wussten zuerst nicht, wohin es ging, wir klammerten uns an das Märchen von dem eigenen Land, das wir in Polen bekommen sollten. Aber eigentlich wussten wir, dass die Deutschen, die uns trieben, als wären wir Vieh, keine Gnade kannten. Sie haben ja auch sofort, als wir weg waren, die paar

Möbel, die wir hatten, verkauft, den Erlös hat die Staatskasse eingestrichen.

Die Fahrt nach Auschwitz in den Viehwaggons war schlimmer als alles, was ich bis dahin erlebt hatte, und das war weiß Gott schon genug gewesen. Es wurden um die hundert Leute in einen Waggon gepfercht, es war so eng, dass wir nur stehen konnten. Einen Eimer pro Waggon gab es für die Notdurft, morgens für jeden eine Tasse Wasser. Einige von uns bewahrten noch etwas Brot unter ihrer Kleidung. Manchmal warfen sie uns auch ein paar Brotkanten oder gekochte Kartoffeln in den Waggon, auf die wir uns gierig stürzten. Dabei fielen wir durcheinander und jeder sah zu, dass er einen Bissen erwischte, das gelang natürlich nur den Stärksten. So ging es drei Tage und drei Nächte, bis der Zug an der Rampe von Auschwitz hielt, dem Tor zur Hölle. Denjenigen von uns, die während der Fahrt starben – hauptsächlich Alte und Kinder - und einfach aus den Waggons geworfen wurden, blieb es zum Glück erspart.

Über das Gelände in Auschwitz-Birkenau wehte ein Gestank, den ich vorher noch nie gerochen hatte. Es war verbranntes Menschenfleisch, wie mir dann sehr schnell klar wurde.

Carlo: Unsere Eltern starben in dem polnischen Arbeitslager an der Grippe, die unter den entkräfteten Zwangsarbeitern grassierte. Danach bin ich von dort geflohen, ohne meinen Bruder Klaus und meine Schwester Lotte, das kann ich mir bis heute nicht verzeihen und es erscheint mir nachts in den Träumen. Ich habe nie wieder von meinem Bruder und meiner Schwester gehört, außer Hulda und mir ist niemand übriggeblieben.

Ich war wie von Sinnen, als wir unsere Eltern verscharrt hatten, ich wollte auch nicht mehr leben und dachte: Sollen sie doch, los erschießt mich, kommt schon, nehmt mein Leben, ich will es nicht mehr.

Das Lager in Polen war nicht so scharf bewacht, wie die richtigen Konzentrationslager. Eines Nachts, als ich raus musste, sah ich ein Loch im Stacheldraht und bin sofort durch, ich habe keinen Augenblick gezögert. Und dann bin ich gelaufen, gelaufen, ich glaube, tagelang, bis ich bei meinen Leuten im Ahlhorner Wald ankam..

Hulda: Ich war die ganze Zeit in Cloppenburg untergetaucht, ich arbeitete zuerst im Torf und später auf dem Militärflugplatz Ahlhorn, wo ich die Mannschaftsräume saubergemacht und gekocht habe. Natürlich hatten wir Zwangsarbeiterinnen immer Angst vor Verhaftung und Deportation, außerdem furchtbaren Hunger. Es gab kein Fett, keinen Zucker, keine Kartoffeln. Fleisch bekamen nur die Soldaten, die schneidigen Flieger in ihren Uniformen, die wir bedienen mussten und die uns meistens wie Dreck behandelten. Unsere Nachbarn vom Friedhofsweg, die Wichmanns, hatten einen Lastwagen besessen, den konfiszierte das Militär dann einfach für die Luftwaffe.

Ich war ja eine junge Frau und ich sah manchen begehrlichen Blick von den Soldaten. Da rieb ich mir morgens Dreck auf die Wangen und ging mit schmutzigem Gesicht zur Arbeit, ich glaube, dass mich das geschützt hat. Andere von uns Frauen haben sich mit Soldaten eingelassen und dafür Kaffee bekommen, Mehl, Würste, sie teilten das mit uns, und wir verdrängten, wie sie an die Kostbarkeiten gekommen waren. Regulär gab es für uns tagein tagaus nur eine dünne Gemüsesuppe und morgens einen Kanten Brot. Manchmal ließen die Soldaten in den Kannen, die wir ihnen zum Frühstück hinstellten, etwas Kaffee übrig. Den teilten wir Frauen uns Schlückchen für Schlückchen, wir tranken ihn heimlich in der Küche und hüteten die paar Tropfen wie Gold.

Gewohnt haben wir die ganze Zeit in ein paar Schweineställen an der Nuttelner Straße, neun Personen kamen in einen Schweinekoben. Es war den normalen Deutschen, also den anderen Torfarbeitern und später den Soldaten auf dem Fliegerhorst, verboten, mit uns zu sprechen, es waren Spruchtafeln aufgestellt, auf denen stand: *Das Sprechen mit Zigeunern, Zwangsarbeitern und Kriegsgefangenen ist verboten. Zuwiderhandlungen werden mit Zuchthaus bestraft.* Komisch, dass ich mir diese Sätze so eingeprägt habe, sie laufen mir manchmal im Kopf herum wie eine Dauerschleife, wie ein Karussell, das sich dreht und dreht. Woran sollte man auch sonst denken? Auf seine Rettung hoffen? Darauf, dass es unter den Deutschen Menschen gab, die wie solche dachten und handelten?

Ihr werdet es nicht glauben, aber es gab diese Menschen. In Cloppenburg gab es welche, die ihre schützende Hand über uns gehalten haben. Während aus allen anderen Gemeinden - zum Beispiel Schwaneburgermoor, Friesoythe oder Edewechterdamm, Oldenburg sowieso - die Sinti verjagt und verschleppt wurden, blieben wir verschont. Einerseits lag es daran, dass man uns als kriegswichtige Arbeiter auf den Luftwaffenflugplätzen Ahlhorn und Varrelbusch und auch in den Torfwerken brauchte. Einen anderen Grund hat uns später Hubert Wichmann erzählt: Der örtliche Polizeiführer war mit der Familie seiner Mutter freundschaftlich verbunden. Womöglich haben wir es diesen beiden zu verdanken, dass wir davongekommen sind. Von neunundsiebzig Sinti aus Cloppenburg soll kein einziger ins KZ gekommen sein.

Und als eines Abends dann Carlo bei uns im Schweinekoben stand, grau, abgerissen, abgemagert, aber mit Augen, die strahlten wie zwei Sterne, da kannte unsere Freude keine Grenzen, wir haben gejuchzt, geschrien und geheult, es wollte gar kein Ende nehmen. Wenigstens mein kleiner Bruder war davongekommen, zum zweiten Mal, mein Carlo, der immer mein Liebling gewesen war.

Sina: Ich hatte die schönen Haare von meiner Mutter geerbt, sie waren wie Tildes, die sie von mir bekommen hat. Meine Haare waren der Stolz meiner Mutter, so wie Tildes Haare später mein Stolz waren. Sie hat sie gepflegt, geölt und gebürstet, hat mir Eigelb und Honig hineingeschmiert, damit sie glänzten.

Als wir in Auschwitz ankamen, sahen wir als Erstes die Stacheldrahtzäune, die überall gezogen waren und nur an den Toren, wo die Züge einfuhren, Lücken ließen.

An der Rampe stand eine kleine Gruppe Frauen mit Instrumenten und spielte Marschmusik. Das bekam ich nicht zusammen, Marschmusik am Tor zur Hölle? Dass die Rampe so etwas war, wurde mir sehr schnell klar. Einer von den SS-Leuten schrie uns an: ‚Hier könnt ihr euch die Radieschen von unten angucken,' so zynisch waren sie. Wir mussten uns ausziehen und wurden von SS-Männern selektiert. Sie standen da mit Schäferhunden und musterten mich, die ich splitternackt vor ihnen stand.

Einer brüllte, sie sollten meine Haare dranlassen, ich sähe ja aus wie eine Dschungelprinzessin, ich solle ins Bordell von Auschwitz gebracht werden. Da wurde mir schwarz vor Augen, und ich schrie, nein, nein, das nicht, das niemals, sie sollten mich lieber erschießen. Dann kam eine der Aufseherinnen und schnitt mir so brutal die Haare ab, dass es weh tat und meine Kopfhaut blutete.

Ich weiß noch, wie ich plötzlich am Kopf fror, wie nackt und erbärmlich und gedemütigt ich war. Damals hatte ich noch Gefühle, die waren dann aber bald verschwunden. Man konnte es nur überstehen, wenn man alle Gefühle und Gedanken ausschaltete.

Meine Haare wurden auf den großen Berg mit Haaren geworfen, die den anderen Frauen schon abgeschnitten worden waren. Das war in Kanada, dem sogenannten Effektenlager, da haben sie die Wertsachen und alles, was von den Ermordeten noch zu gebrauchen war, gelagert.

Kanada hieß es deshalb, weil dort das Paradies war. Es gab nicht nur Haare, Schmuck und Goldzähne, sondern auch Schokolade oder Kuchen, Sachen, die man bei den neu Eingetroffenen fand, in Kleidung eingenäht oder in anderen Verstecken am Körper.

Die Häftlinge, die hier arbeiteten, mussten die Kleidung derjenigen, die ins Gas getrieben wurden, nach Wertsachen durchsuchen. Den nackten, ermordeten Leichen untersuchten sie die Körperöffnungen, wo sie wohl auch noch manches kostbare Schmuckstück fanden. Auch wurden mit Zangen die Goldkronen aus den Mündern herausgebrochen. Ich hörte später, dass alles, was von den Opfern noch verwertbar war, wie Haare, Schmuck, Schuhe, Brillen oder Pelze, in das Vermögen des Deutschen Reiches überging. Zumindest sollte es so sein.

In Wirklichkeit waren sie nicht nur Mörder, sondern auch Diebe. Es wurden viele Wertsachen gestohlen, von Häftlingen und vom Wachpersonal, und gegen Essen oder Kaffee eingetauscht.

Was soll ich euch von Auschwitz-Birkenau erzählen, es waren dort Zustände, über die man nicht sprechen kann. Dennoch muss man es tun, um der Nachwelt zu erzählen, wozu Menschen fähig sind, wozu deutsche Menschen fähig waren, die ihre Menschlichkeit verloren hatten.

Hier an meinem Unterarm – ich habe zu Tilde immer gesagt, ich hätte mich beim Kochen verbrannt - war meine Häftlingsnummer eintätowiert, Z-520, die werde ich nie vergessen. Nach dem Krieg bin ich damit zu einem Hautarzt in Oldenburg gegangen, um die Nummer wegmachen zu lassen, ich wollte nicht für mein Leben gezeichnet sein. Der Arzt hat draufgeguckt – ich denke, er wusste, was es war – und nichts dazu gesagt. Er hat mir stumm eine Betäubungsspritze in den Arm gesetzt, die Nummer weggebrannt, die Wunde mit einer Salbe bestrichen und verbunden. Er wollte kein Geld dafür nehmen, er hat mir die Hand getätschelt und mich gehen lassen, wir haben kein Wort gewechselt.

Ich war ein Jahr im Zigeunerlager in Auschwitz-Birkenau, alles, was ich gesehen und am eigenen Leib erfahren habe, reicht für drei Leben aus, es reicht, um den Glauben an die Menschheit zu verlieren.

Wir wurden zu Hunderten in eine Baracke gepfercht, die in Abteile aufgeteilt war. In jedem standen sechs bettähnliche Lager, in die sich mehrere Familien quetschen mussten.

‚Wer sich nicht beugt, wird gebrochen', sagte einer der Mörder einmal beim Appell, sie mussten sich ja immer noch mit wichtigtuerischen Ansprachen beweisen, wie mächtig sie waren.

Ich nenne euch nur Stichworte zu Auschwitz-Birkenau, ich weiß nicht, ob eure Fantasie ausreicht, den Rest dazu zu denken. Lastwagen voller nackter Leichen, die übereinandergestapelt sind. SS-Männer mit Ochsenziemern. Wir werden im Gleichschritt über das Gelände getrieben und müssen singen, in dieser Hölle singen! *Schwarzbraun ist die Haselnuss.* Als wir es dünn und zittrig tun, grinsen die SS-Leute. Menschen wie Skelette, kaum noch menschenähnlich, kriechen an den Abfallbergen herum, um etwas Essbares zu finden.

Sie sind nicht nur brutal, sondern auch sadistisch. Ein junger SS-Mann fragt mich am Anfang einmal, ob ich Hunger habe – allein die Frage hätte mich schon misstrauisch machen müssen. Hunger ist gar kein Ausdruck für das, was wir haben. Ich nicke, und nach einer Weile kommt er mit einem Weißbrot mit Butter und Schinken zurück. Er hält es mir hin wie eine Fata Morgana. Als ich danach greifen will, lässt er es fallen und tritt es vor meinen Augen mit seinem Stiefelabsatz in den Dreck. Dazu lacht er laut. Es ist der Gleiche, der eine Weile später einer der Häftlingsfrauen ein kleines Kind wegnimmt und es mit dem Kopf gegen die Wand knallt. Die kleine Leiche wirft er auf einen Berg mit toten Kindern, der da schon liegt, bereit, in den Verbrennungsofen zu kommen. Und es ist der Gleiche, der einem Kind eine Blechdose auf den Kopf stellt und darauf schießt, solange bis der kleine Junge tot umfällt. Wilhelm Tell von Auschwitz nennen wir ihn. Ich glaube nicht, dass er bisher vor Gericht gestellt wurde.

Ich muss in der Munitionsfabrik arbeiten, Sprengbomben gießen, von dem Gift darin werde ich gelb wie eine Zitrone. Wir alle sind nur noch Haut und Knochen, Skelette, Menschen ohne Fleisch am Körper.

Eine Sinteza, die den Wachleuten Widerworte gegeben hat, wird an den Galgen gehängt, aber nicht getötet. Sie hängt dort zwei Tage, sie holen sie erst runter, als sie tot ist.

Ich muss in den Stehbunker, warum, weiß ich nicht mehr. Acht Tage Stehbunker mit gefesselten Händen, als sie mich rauslassen, weiß ich nicht mehr, wer ich bin. Es wachsen mir allmählich wieder ein paar Haare, aber es sind keine braunen Locken mehr, sondern graue Fusseln, ich fühle sie und die mit mir gefangenen Frauen sagen mir die Farbe. Es gibt ja keine Spiegel dort und ich würde mich auch nicht ansehen wollen. Ich bin siebzehn und sehe wahrscheinlich aus wie eine Hundertjährige.

Ich arbeite an den Verbrennungsöfen und an den Gaskammern, ich sehe die verhungerten Skelette, die sich nackt davor drängen, sehe, wie sie mit den gebrüllten Befehlen wie: ‚In die Dusche, Marsch, Marsch,' hineingetrieben werden. Ich sehe, wie ein Wachmann einer Frau, die kaum noch als solche zu erkennen ist, ihr Baby, das sich an sie klammert, wegnimmt und es über die Köpfe der anderen in den Verbrennungsofen wirft, bei lebendigem Leibe. Die Mutter fällt danach tot um, sie kommt nicht mehr ins Gas, sondern gleich ins Feuer.

Die Wachmannschaften grölen mit roten Gesichtern herum und setzen immer wieder ihre Schnapsflaschen an den Hals, sie können das Grauen, das sie anrichten, nur volltrunken ertragen.

Manchmal stehen wir stundenlang im strömenden Regen auf dem Hof des Lagers und warten auf den Appell, die Wachmannschaften sitzen im Trockenen und beobachten grinsend, wie wir da stehen und vor Kälte zittern. Wenn jemand tot oder ohnmächtig umfällt, wird er rausgezogen. Wo er hingebracht wird, wissen wir.

Einmal organisieren zwei Frauen aus unserer Baracke, die in der Küche arbeiten, einen Kessel mit Kaffee. Wir bekommen alle einen Schluck und das Koffein rieselt durch uns wie eine euphorisierende Droge. Aber bei den paar Schlucken, die jede abbekommt, dauert das nicht lange. Der Appetit auf Kaffee beherrscht mein ganzes Denken, wie überhaupt das Essen unser ganzes Denken beherrscht. Abends, wenn wir uns auf den Pritschen drängen, reden wir über Butter, Wurst, Kuchen, und erzählen uns die Rezepte, die es zuhause gab. Wegen des Kaffeediebstahls werden wir grün und blau geschlagen, auch das überleben viele nicht.

Ich erinnere mich an einen hohen SS-Mann, der beim ersten Appell zu unserer Gruppe sagt: *Dieses Lager ist kein Sanatorium, von hier gibt es nur einen Ausgang, der heißt Krematorium.* So in der Art hat er es gesagt. Das gilt auch für die Kinder, die in Auschwitz geboren werden, ich habe mal gehört, dass es über dreihundert waren, von denen nur eine Handvoll überlebt hat. Die Leichen der Kleinen werden bis zu ihrer Verbrennung in einer Kammer am Ende unserer Baracke gelagert, die nennt sich Leichenkammer. Darin sehe ich einmal einen Berg Kinderleichen, der größer ist als ich.

Hulda: Nun ist es an der Zeit zu erzählen, was uns mit Fiete Großjohann verbindet. Carlo hat ihn in Börgermoor kennengelernt, in dem Konzentrationslager, in dem er als Junge war.

Die Nazis wollten diejenigen, die noch als Arbeitssklaven zu gebrauchen waren, zwangssterilisieren, damit sie ihr Erbgut nicht weitergeben konnten.

Man fing schon bei den Kindern an. Der zuständige Amtsarzt, Medizinalrat Lübbers aus Löningen, diagnostizierte bei mehreren Kindern *angeborenen Schwachsinn* und empfahl sie zur Sterilisation. Ein Doktor Heyder aus Vechta schoss in puncto Menschenverachtung den Vogel ab. Den Antrag auf Sterilisation für eine Sinteza lehnte er ab, weil sie äußerlich so abstossend sei, dass kein Nachwuchs erwartet werden könne. Andere wurden als verblödet, aber zur Arbeit brauchbar eingestuft, grundsätzlich wurde allen der Geschlechtsverkehr verboten.

Ihr werdet euch fragen, woher wir das wissen. Es gab ja diesen Lehrer, der an der Haarentorschule war und uns in den fünziger Jahren ein paar Mal besucht hat. Er hat sich ein paar Wochen ins Landesarchiv Niedersachsen hier in Oldenburg gesetzt und Akten ausgewertet, darunter auch die zur Zwangssterilisation. Er kam dann zu uns und hat uns über diese Zeit befragt. Er war ein freundlicher, aber sehr weicher Mann, kein typischer Deutscher, und er hatte große Schuldgefühle wegen der Nazi-Verbrechen. Er ist der einzige Deutsche, bei dem wir so etwas jemals bemerkt haben. Er wurde dann ja mundtot gemacht, das war nach dem Krieg nicht anders als unter den Nazis. Aber er hat uns geholfen, Entschädigungsanträge zu stellen. Lächerliche viertausend Mark haben wir bekommen, viertausend Mark für ein Jahr Auschwitz und einige Jahre Zwangsarbeit.

Als Carlo aus Polen zurück war und wir in Edewechterdamm arbeiteten, kamen plötzlich wieder die Kerle in Ledermänteln mit großen Hüten, die trugen ja alle solche martialischen Monturen, dass man sie gleich als Nazis erkannte. Sie wollten uns für eine erbbiologische Untersuchung registrieren, so nannten sie es, und drohten, wir kämen ins KZ, wenn wir es nicht machen lassen würden. So ließen wir uns registrieren.

Carlo und ich wurden zusammen nach Oldenburg ins Peter Friedrich Ludwigs-Hospital geschickt, wo die Eingriffe vorgenommen werden sollten. Die Männer hatten es verharmlost, eine Kleinigkeit, von der wir nichts merken würden und die wegen der Rassengesetzgebung zur Vermeidung von *erb-*

krankem Nachwuchs nötig sei. Im Grunde genommen wurden wir alle für verblödet, schwachsinnig und geisteskrank erklärt. Von dem Lehrer wissen wir, dass behinderte Sinti-Kinder ins Kloster Blankenburg kamen, die dann ermordet wurden. *Euthanasie* nannten die Nazis das beschönigend, den Gnadentod für sogenannte *Ballastexistenzen.*

Carlo: So fuhren Hulda, ich und ein paar andere nach Oldenburg zur Peterstraße und meldeten uns in dem Raum, den man uns angegeben hatte. Und wer saß da in einer weißen Krankenpflegermontur? Ich konnte es kaum glauben, es war Friedrich Großjohann, genannt Fiete, den ich aus Börgermoor kannte. Er war dort als Kommunist inhaftiert gewesen, weil er Flugblätter gegen die Nazis verteilt hatte. Außerdem trank er damals schon gerne und hat im besoffenen Kopf immer wieder Rotfront und andere kommunistische Parolen gebrüllt, da haben sie ihn eingesperrt. Wir waren zusammen in einer Baracke und teilten uns eine Schlafstelle. Fiete beschützte mich, er war schon zwanzig, ich ja erst sechzehn, und so hat er ein bisschen die Vaterrolle bei mir eingenommen. Das war ein schwacher Trost in all dem Unglück, aber es war einer.

Da wurde auch das Lied von den Moorsoldaten gesungen. Einer der Häftlinge in Börgermoor, Wolfgang Langhoff, hatte es gedichtet, ein Schauspieler und Theatermann, der auch wegen Kommunismus eingesperrt war. Das Lied war einmal von einem Gefangenenchor vor der SS gesungen worden, dazu haben alle mit ihren Spaten den Takt geschlagen. Einige SS-Leute waren begeistert von dem Lied und haben den Langhoff und den Rudi Goguel, der die Musik komponiert hatte, gebeten, das aufzuschreiben. Sie taten es, und so überlebte das Lied die Nazis.

Die Lagerleitung hat *Die Moorsoldaten* kurz darauf verboten. Es wurde aber trotzdem immer wieder gesungen, wenn wir die langen Märsche durch das Moor machten, mit unseren

Spaten bewaffnet, wie es im Lied beschrieben wird. Ich war immer mit Fiete zusammen, wir marschierten und arbeiteten gemeinsam und bauten uns immer wieder gegenseitig auf, wenn sie uns schikanierten. Als ich aus Börgermoor entlassen wurde, blieb er drin, wir haben zum Abschied beide geweint.

Und dann saß er da plötzlich sechs Jahre später im Peter Friedrich Ludwigs-Hospital. Wir erkannten uns sofort, obwohl er das rote Gesicht eines Trinkers bekommen hatte, und er kniepte mir ein Auge zu.

Hulda wurde dann von einer Krankenschwester abgeholt. Ich sollte mit Röntgenstrahlen behandelt werden, was zur Unfruchtbarkeit führt, und Fiete ging mit mir in den Bestrahlungsraum. Ein Arzt kam uns entgegen, zu dem sagte Fiete, er erledige das schon, er würde mir eins überziehen, wenn ich randalieren würde. Der Arzt grinste und ging weiter. Im Bestrahlungsraum legte Fiete sich selbst und auch mir so eine Bleischürze um, die vor den Röntgenstrahlen schützt.

Ich fragte ihn leise, was er hier mache, ich hätte gedacht, er sei längst tot. Fiete sagte, sie hätten ihn kurz nach mir aus Börgermoor rausgelassen. Er war ja gelernter Krankenpfleger und sie brauchten solche Leute, unter anderem, um Drecksarbeiten wie die Sterilisationen der Minderwertigen zu erledigen.

Fiete schickte mich in eine Ecke des Raumes, dann stellte er den Röntgenapparat mehrmals an und machte ihn wieder aus. Als er fertig war, schubste er mich aus dem Raum und rief laut, weil eine Krankenschwester über den Flur kam: ‚Beim nächsten Mal halten wir aber still, Herr Schmitz, sonst müssen wir andere Saiten aufziehen.' Er hat es geschickt gemacht, ich glaube, er hat auch ein paar Röntgenbilder manipuliert. Im Krankenhaus hat jedenfalls niemand was gemerkt und ich bekam die Bescheinigung, dass ich zwangssterilisiert war.

Sie haben es immer weitergemacht, ich habe gehört, dass sie bis kurz vor Kriegsende die Leute sterilisiert haben, gründlich, wie die Deutschen nun mal sind.

Hulda: Ich hatte nicht so ein Glück, bei mir hat es geklappt. Sie haben mir ohne Betäubung einen Schnitt in die Bauchdecke gemacht und die Eileiter abgebunden, es tat fürchterlich weh und hat sich später entzündet. Ich wäre fast daran gestorben und habe heute noch eine dicke Narbe davon. Ich habe geschrien und geheult, bis sie mir ein Beruhigungsmittel gespritzt haben. Mehr noch als über den Schmerz weinte ich darüber, dass ich nun niemals Kinder bekommen konnte. Eine kleine Hoffnung auf eine Familie und ein normales Leben hatte ich noch gehabt, ich war ja gerade zwanzig geworden. Durch die Verfolgungen und den Krieg war ich nicht zum Heiraten gekommen, und mein Erwählter, meine große Liebe, der Franz Zaunknecht, war ja in Buchenwald ermordet worden.

Sina: Im Juli 1943 schlossen sie die Stacheldrahtzäune um das Lager Auschwitz-Birkenau an den Strom an. Ab jetzt war es lebensgefährlich, damit in Berührung zu kommen. Mehr als einmal spielte ich mit dem Gedanken, mich einfach in den Zaun zu stürzen und zu verbrennen. Vielen meiner Mitgefangenen ging es genauso, manche haben es auch bewusst getan. Wir erzählten uns das, wenn wir abends zusammengepfercht auf den Pritschen lagen.

Ich hatte eine Pritschennachbarin, die Kati aus Böhmen, wir erzählten uns alles und versuchten, einander Halt zu geben und Mut zu machen.

Ich habe an den folgenden Winter 1943/44 keine Erinnerungen mehr, ich weiß nicht, wie ich ihn überlebt habe. Das ewige Stehen auf dem Appellplatz in Regen und Sturm, die Kälte überall, den Hunger, die Brutalität der Wachleute, die harte Arbeit in dem Munitionswerk. Ich weiß nur noch, dass Kati einen wesentlichen Anteil daran hatte, dass ich es überstand. Sie war kräftiger als ich, arbeitete in der Küche und verstand sich gut mit einigen Aufseherinnen, die ein Auge zudrückten, wenn Kati sich ein paar Scheiben Brot einsteckte, die sie immer mit mir teilte. Manchmal brachte sie auch angeschimmelte Möhren oder ein paar Kartoffeln mit, die wir abends, wenn wir auf der Pritsche lagen, langsam und genüsslich kauten, natürlich heimlich, damit es niemand mitbekam. Dabei erzählten wir uns von dem Weihnachtsgebäck, das es früher bei uns gegeben hatte, wir sagten die Rezepte auf. Und Kati erklärte mir genau, wie man echte böhmische Knödel macht. Das Rezept habe ich bis heute nicht vergessen, aber ich würde niemals fertigbringen, es nachzukochen.

Dann kommt der Mai 1944, ich bin über ein Jahr dort. Die Zustände sind unbeschreiblich. Wir alle starren vor Dreck, täglich gibt es Tote, vor allem die Kinder sterben wie die Fliegen und werden in die Leichenkammer am Ende unserer Baracke geworfen. Die Mütter, wenn sie noch da sind, heulen und weinen, manche danken auch Gott, dass ihr Kind erlöst ist. Immer mehr der Mitgefangenen werden zu Gespenstern, sie leben nicht mehr, sind Skelette auf zwei Beinen, die in den Abfallhaufen was Essbares suchen. Wir nennen sie Muselmänner.

Es gibt Unruhen, Häftlinge werden verlegt und in andere Lager gebracht, das Gerücht geht um, das Zigeunerlager Birkenau solle liquidiert werden. Da raffen sich unsere Männer auf. Sie weigern sich, den Befehl zum Verlassen der Baracken zu befolgen, bewaffnen sich mit Spaten, Messern und Steinen, die sie vorher bei ihren Arbeitseinsätzen zur Seite geschafft haben. Erstaunlicherweise ziehen sich die Wachmannschaften mit ihren Maschinengewehren, die die Baracke mit den aufmüpfigen Männern vorher eingekreist haben, zurück, wir können es kaum glauben. Dann werden Listen erstellt von denjenigen, deren Familienangehörige in der Wehrmacht Dienst tun, das heißt, für Volk und Vaterland kämpfen, während ihre Verwandten gequält und ausgerottet werden. Ich gebe meine sieben Brüder an, ich weiß nicht, ob das dazu führt, dass ich auf einen Transport nach Buchenwald komme, zusammen mit Kati.

Wir sitzen gedrängt auf einem der Lastwagen des Konvois, die Kolonne fährt langsam. Da gibt es auf dem Wagen vor uns Tumult. SS-Leute brüllen, es fallen Schüsse, durchlöcherte Leichen werden auf die Straße geworfen. Wir fahren auf einer Chaussee mit einem tiefen Graben an der Seite, da hinein werfen die SS-Männer die geschändeten Körper.

Kati hält mich die ganze Zeit fest an der Hand, sie beobachtet die Situation genau. Plötzlich gibt es einen Ruck, wir fallen alle durcheinander, ich spüre, wie Katis Hand mich mitzieht, und plötzlich liegen wir beide im Straßengraben zwischen den Leichen. Kati liegt halb über mir, sie zischt mir zu, ich solle mich totstellen. Ich halte die Luft an und rühre mich nicht, mein Gesicht liegt halb im Matsch, zum Glück kriegt die Nase Luft. Dann fallen Schüsse, Kati zuckt heftig und ich merke, dass sie getroffen ist. Sie bewegt sich nicht mehr und liegt schwer auf mir, mein Arm wird rot von ihrem Blut. Ich weiß noch, dass ich mich wundere, dass sie noch so viel Blut in sich hat. Ein Gefühl wie Entsetzen oder Angst kenne ich nicht mehr.

„So, das hätten wir," ruft einer der SS-Leute, „die da unten räumt der nächste Trupp ab."

Ich höre, wie sich der Konvoi wieder in Bewegung setzt, dann folgt eine Stille, die mir endlos erscheint. Ich rieche das Blut von Kati und kann nichts denken. Dann höre ich Vögel zwitschern, zum ersten Mal seit über einem Jahr, und wage langsam, hervorzukriechen. Ich beneide Kati fast, die da auf dem Bauch liegt und alles hinter sich hat. Noch nicht einmal jetzt kann ich weinen. Die ganze Zeit in Auschwitz weine ich nicht, meine Tränen sind wie eingefroren. Dann steige ich über die anderen Leichen in dem Graben und laufe durch den Matsch, laufe und laufe, lege mich abends unter einen Strauch und bitte Gott darum, dass die Nacht mir den Tod und die Erlösung bringt.

Aber so endet es nicht. Ich wache auf, als sich ein alter Mann über mich beugt, ein freundlicher kleiner Mann mit verschrumpelten Lachfalten im Gesicht. Er bedeutet mir, ihm zu folgen, ich krieche zu seinem Leiterwagen, der mit frischem Gras beladen ist und von einem Pferd gezogen wird. Er hebt mich auf das weiche Grasbett, ich fühle mich leicht wie eine Feder, und wir rumpeln los. Keiner schreit Kommandos oder treibt uns an. Ich liege nur da, sinke in den schaukelnden Grasteppich und rieche seinen Duft, über mir blauer Himmel, Sonne, Wolken. Eine ganze Weile denke ich, dass das wohl das Paradies sein muss, dass ich es auch dahin geschafft habe, wie Kati.

Dann kommen wir zu einem Bauernhäuschen, eine alte Frau holt mich herein. Da sitze ich an einem Holztisch, sie kocht einen Brei und filtert Kaffee in eine Kanne. Die Gerüche machen mich schwindelig und lassen mich erst recht glauben, dass ich im Paradies bin.

Die beiden alten Leutchen sitzen mit mir am Tisch, sie fragen ‚Oswiecim? Auschwitz?' und ich nicke. Die Frau zeigt auf sich und sagt Justyna, der Mann heißt Frantisek. Justyna schüttet den Brei auf einen Teller, tut ein Eigelb und Butter dazu, streut Zucker und Zimt darüber. Sie füttert mich, achtet darauf, dass ich langsam esse und alles gut hinunterschlucke, damit mein gequälter Körper es überhaupt aufnehmen kann.

Ich weiß nicht, ob ihr euch vorstellen könnt, was das für ein Gefühl ist, nach über einem Jahr Auschwitz diesen Brei zu essen. Plötzlich kann ich wieder an Gott glauben. Dann bekomme ich heißen Kaffee mit Sahne, ich werde wie betrunken davon. Justyna macht auf dem Küchenherd Wasser warm, füllt eine alte Zinkwanne und bedeutet mir, dass ich hineinsteigen soll. Sie gibt mir eine Seife, die köstlicher duftet als alles, was ich bis dahin gerochen habe. Ich bewege mich langsam in dem Wasser und schäume mein Knochengestell ein, ich kann nicht damit aufhören, weil ich denke, es muss weg, der ganze Dreck muss weg. Irgendwann steht Justyna da mit einem Handtuch aus Frottee, in das sie mich einhüllt, und einem weißen Leinenhemd. Kurz denke ich an ein Leichenhemd, aber ich sehe, dass rosa Blümchen aufgestickt sind, das würde man einer Leiche wohl nicht anziehen. Justyna hat mir auf dem Küchensofa ein Lager zurechtgemacht mit weißem, leinernem Bettzeug. Aus dem Ofen duftet ein Kuchen, ich weiß nicht, wann ich so was zum letzten Mal gerochen habe. Ich liege schon im Bett, als mir Justyna noch ein warmes Stückchen Kuchen bringt, das ich andächtig kaue.

Im Einschlafen höre ich meine Retter herumwirtschaften und miteinander reden. Ich weiß nicht, ob ich diesem Frieden trauen kann und schrecke immer wieder hoch, Justyna legt mir ihre Hand auf die Stirn und beruhigt mich. Ich scheine Fieber zu haben, denn sie macht mir Wadenwickel. Als ich aufwache, ist wohl ein neuer Morgen angebrochen, es riecht nach Kaffee, frischem Brot und Kuchen, auf dem Tisch stehen Butter und Marmelade.

Nach einigen Tagen dämmert in mir die Erkenntnis, dass ich dem Lager entkommen bin. Ich wage kaum, es zu glauben und denke, ich müsste aus diesem Traum wieder in der Hölle erwachen. Das ist die Zeit, in der ich endlich weinen kann, über das, was mir und uns allen geschehen ist, über alle, die ich verloren habe, über die Güte dieser beiden Menschen, denen ich mein Leben verdanke. Justyna sitzt bei mir oder hält mich im Arm, Frantisek bringt mir eine Tafel Schokolade, ich kann mich nicht erinnern, jemals so ein wunderbares Geschenk bekommen zu haben. Ich beiße nur ganz kleine Stücke ab und lutsche sie langsam, damit ich lange etwas davon habe.

Ich blieb mehrere Wochen bei meinen Rettern, sie gaben mir Nahrung, Kleidung und Trost und päppelten mich auf. Wenn ich nachts schreiend aus dem Schlaf hochfuhr, weil ich träumte, ich würde erschossen oder müsste auf einen Elektrozaun klettern oder Leichen in den Ofen werfen, kam Justyna und gab mir einen bitteren Saft, von dem ich mich beruhigte und wieder einschlief. Sie rieb mir die Kopfhaut mit Sonnenblumenöl ein in der Hoffnung, es würde meine Haare wieder zum Wachsen bringen, aber mehr als die grauen Fusseln kamen nicht, leider bis heute, wie ihr seht. Auschwitz hat mir nicht nur meine Jugend, sondern auch meine Haare geraubt.

Es muss Anfang August gewesen sein, als ich mich stärker fühlte und daran dachte, wie ich nach Hause kommen könnte. Gleichzeitig wusste ich nicht, ob überhaupt noch jemand da war, zu dem ich heimkehren konnte.

Justyna und Frantisek entfalteten Geschäftigkeiten, ich wusste nicht genau, worum es ging. Justyna gab mir dunkle Kleider, die für eine Großmutter passen konnten, ein graues Kopftuch und eine lange Schürze, sodass ich aussah wie eine alte polnische Bauersfrau, außerdem bekam ich einen Rucksack. Eines Morgens kam ein Lastwagen, den Fahrer kannte Frantisek, und sie erklärten mir mit Händen und Füßen, dass der Wagen mich so weit wie möglich mit nach Westen nehmen würde. Wir hörten es in der Ferne grollen wie Kanonendonner, und tatsächlich, erfuhr ich später, rückte die Rote Armee nach Westen vor und begann, dem Dritten Reiches den Garaus zu machen.

Justyna packte mir Wäsche und eine Flasche mit dem bitteren Saft in den Rucksack, außerdem Brot, Kuchen und die ersten Klaräpfel, die gerade reif geworden waren.

Ich verabschiedete mich weinend von meinen Rettern. Ich sehe sie noch in dem Rosenbeet vor ihrem Haus stehen und winken, meine beiden Engel, die mir vom Himmel geschickt wurden. Justyna, Frantisek und vorher auch Kati, die hat mir der liebe Gott geschickt.

Carlo: Ich habe ja schon erzählt, dass in Cloppenburg der Druck auf die Sinti durch die Behörden nicht so groß war, deshalb gingen wir schließlich alle in die Gegend. Es gab ein Versteck in der Ahlhorner Heide, einem Waldgebiet zwischen Ahlhorn und Großenkneten, da standen einige von uns mit ihren Wagen. Wir bauten Unterstände dazu, irgendwie passten wir da alle rein. Hulda und ich waren die einzigen, die von unserer Familie übriggeblieben waren, auch die anderen Familien hatten viele verloren, wir waren insgesamt noch zehn Personen, wo es vorher um die hundert gegeben hatte. Es gab Bauern um Großenkneten herum, bei denen konnten wir auf den Feldern arbeiten und bekamen Kartoffeln und Milch, manchmal auch ein Stück Speck oder eine Wurst.

Natürlich war auch die Angst vor Entdeckung immer noch da, aber wir hörten und spürten, dass die deutsche Vormacht gebrochen war. Es ging das Gerücht, die Alliierten seien in der Normandie gelandet, Belgien und Frankreich seien schon befreit worden. Auch wussten wir, dass die Ostfront bröckelte, es gab viele Anzeichen, dass das Ende des Krieges bevorstand.

Ende August, Anfang September traf Sina bei uns ein. Tante Ursel, die Schwester ihrer Mutter, war außer Sina die einzige der Familie Wehrmann, die überlebt hatte. Ursel wusste von unserem Versteck und brachte Sina, die immer noch voller Angst war, man könnte sie wieder einfangen, zu uns in den Wald. Was soll ich sagen, sie war ein verhuschtes, gerupftes Vögelchen nach allem, was sie durchgemacht hatte, und erzählte immer wieder voller Dankbarkeit von dem polnischen Ehepaar, das sie gerettet hatte, ihre zweiten Eltern, sagte sie. Wir machten ihr ein bequemes Bett in einem der Wagen zurecht, damit sie sich weiter erholen konnte. Sie lag geschützt zwischen den anderen Frauen, wenn nachts die Alpträume kamen, sie gaben ihr dann warme Milch und sie nahm den Saft von der polnischen Bäuerin.

Der Winter 1944/1945 verging, wir verhielten uns ruhig. Im Januar oder Februar hörten wir, dass die Russen an der Ostfront durchgebrochen waren und die wenigen Menschenreste, die in Auschwitz und den anderen Lagern übriggeblieben waren, befreit hatten. Wir erfuhren das von dem Bauern, bei dem wir arbeiteten, er hörte heimlich den Feindsender BBC.

Da sah ich Sina zum ersten Mal lachen. Sie lachte mir mitten in die Augen hinein, und da war es um mich geschehen, ich kann mich an den Moment noch genau erinnern. Sie war meine Sina, ich wollte immer mit ihr zusammen sein, das wusste ich ab diesem Zeitpunkt ganz genau. Ich wusste nur nicht, wie ich ihr mein neues Gefühl vermitteln sollte und vor allem, ob sie es erwiderte.

Dann kamen die ersten schönen Tage Ende März, wir holten alles aus den Wagen heraus und lüfteten und säuberten unsere Sachen. Unser Bauer hatte gesagt, dass sich die Nazis zurückgezogen hätten, in der Stadt seien keine mehr anzutreffen, und die Engländer seien dabei, vorzurücken. So trauten wir uns, ein kleines Fest zu feiern mit einem Lagerfeuer, über dem wir ein Huhn brieten, dazu gab es Kartoffeln und ein paar Flaschen Wein, ich weiß nicht mehr, wer die aufgetrieben hatte. Jemand holte seine Geige heraus und spielte.

Nachdem wir Wein getrunken hatten, traute ich mich, Sina zum Tanzen aufzufordern. Sie sagte, sie könne das nicht, nach Auschwitz könne man nicht mehr tanzen, aber dann tat sie es doch. Sie hatte einen weiten Rock an und drehte sich auf ihren kleinen Füßen wie eine Elfe, ihr Talent zum Tanzen hat ja dann Tilde geerbt. Dann reichte sie mir ihre Hand und sah mich so an, dass ich wusste, ich würde sie eines Tages fragen können, eines Tages, der vielleicht gar nicht mehr so fern lag. Ich hielt sie bei der Hand und drehte sie, die Geige raste, der Wein machte unser Blut leicht und ich hatte seit langem zum ersten Mal wieder eine Ahnung davon, was Glück bedeuten könnte.

Am 4. Mai 1945 schwiegen die Waffen hier in unserem Gebiet, der Massenmörder und Oberfeigling Hitler hatte sich samt seinen Günstlingen bereits ins Jenseits befördert. Ich wünsche und glaube es nicht nur, ich bin sicher, dass er in der Hölle gelandet ist. Als am 5. Mai 1945 in Bad Zwischenahn die Kapitulation hier im Nordwesten unterzeichnet wurde, machte ich Sina einen Heiratsantrag.

Sina: Als ich 1949 schwanger war, war das für uns wie ein Wunder. Und wir wussten sofort, dass wir das Fiete Großjohann zu verdanken hatten, der Carlo ja nur zum Schein sterilisiert hatte. Ich konnte es lange nicht glauben, dass da wirklich neues Leben in mir wuchs, dass nach all dem Morden, dem jahrelangen Grauen wirklich ein Kindchen kommen sollte. Mein Bauch wurde immer dicker und beulte sich aus, es war ein sehr temperamentvolles Wesen, das in mir wuchs, wir haben es schon vor der Geburt *Wildchen* genannt. Als ich dann unsere Tochter in den Armen hielt, als sie schrie, atmete und wunderbar duftete, als ich sie stillen konnte, als sie lächelte, das war ein solches Wunder, ein solches Glück, wie eine Feier des Lebens. Wir haben manchmal stundenlang an Tildes Bettchen gesessen und zugesehen, wie sie schläft, wir konnten uns nicht sattsehen an ihr. Manchmal konnte die Freude an ihr das Schuldgefühl überdecken, das ich hatte, weil ich die Hölle Auschwitz-Birkenau überlebt hatte. Das wird man sein Leben lang nicht mehr los.

Hulda: Die Herrschaft der Nazis war zu Ende, aber die Hetze und die Brutalität gegenüber den Zigeunern ging weiter. Kaum einer der NS-Täter wurde bei der so genannten Entnazifizierung verurteilt, im Gegenteil, sie standen hinterher alle wieder mit einer weißen Weste da. Was uns betraf, war weiter von asozialen, arbeitsscheuen Elementen die Rede und man überlegte, wie man die *Zigeunerplage* loswerden konnte. Die Stadt Bremen wollte zum Beispiel *zigeunerfrei* werden, auch das hat uns der Lehrer später erzählt. Dort bezahlte ihnen die Stadt neue Räder für ihre Wohnwagen, damit sie Bremen für immer verließen. Dann brachten sie die übriggebliebenen Sinti, in Bremen waren es um die fünfzig, im ehemaligen KZ Neuengamme unter, der Zynismus, der dahinter steckt, ist eigentlich unvorstellbar. Schließlich siedelte man sie neben einer Müllkippe an.

Die Zwangsarbeiter, die die Nazis selbst geholt hatten, wurden wieder als unsaubere Ausländer bezeichnet, die sich in großen Scharen ausbreiten würden. Mit allen polizeilichen Mitteln sollte wieder einmal verhindert werden, dass sich Zigeuner ansiedelten, sie sollten streng überwacht werden. Die alten Ausdrücke, die wir aus der Nazizeit kannten wurden weiterverwendet: Zigeunerunwesen, primitive Kulturstufe, die Zigeunerscharen überschwemmen das Land, es sollte wieder gegen Berufs- und Gewohnheitsverbrecher, Asoziale und Zigeuner vorgegangen werden, sie stellten weiterhin eine Gefahr für die Bevölkerung dar, undsoweiter undsoweiter. Alles war wie gehabt, obwohl eine halbe Million von uns ermordet waren. Neu war lediglich, dass man dazu überging, uns Landfahrer zu nennen, vielleicht dachte man, dass das besser klingt. Natürlich gab es auch gleich die Zuschreibung *Landfahrerunwesen.*

Wir hatten rechtmäßig Ausweise des VVN bekommen, der Vereinigung der Verfolgten des Naziregimes, die uns als vom Völkermord Betroffene auswiesen. Auch das wurde uns angekreidet. Wir könnten nicht als rassisch Verfolgte mit den Juden gleichgesetzt werden, wurde behauptet, wir seien aus asozialen Gründen festgesetzt worden. Es erschienen hetzerische Zeitungsartikel mit dem Inhalt, es sei eine Blasphemie, die Arbeitsscheuen, mit denen natürlich wieder wir gemeint waren, zu entschädigen. Wir seien eine Plage, Parasiten und hätten uns ja nur dicke Autos für das bisschen Entschädigung, das geflossen war, gekauft, wir würden als reisende Täter garantiert wieder straffällig. Auch behaupteten sie, wir würden verlangen, aufgrund unserer Verfolgung in der NS-Zeit besonders *zärtlich* angefasst zu werden, das habe ich wortwörtlich in einem Zeitungskommentar gelesen.

Dann wurde uns vorgeworfen, wir wollten uns mit unseren KZ-Ausweisen Sonderrechte verschaffen und würden sie als Freibrief betrachten, um Ansprüche zu stellen. Anfang der 50er Jahre, also kurz nach dem Krieg, wollte ein gewisser Döring in einer Doktorarbeit herausfinden, ob sich bei den Zigeunern, die im KZ waren, Veränderungen hinsichtlich ihrer Kriminalität ergeben hätten, ob sich also durch den KZ-Aufenthalt eine erzieherische Wirkung eingestellt habe. Das wissen wir auch von dem Lehrer. Ja, man glaubt es kaum, das konnte unmittelbar nach der Nazizeit in der neuen Bundesrepublik geschehen.

Unterm Strich kann man also sagen: Das alte Horn tutet immer noch mächtig, immer noch müssen wir als Plage und als Sündenböcke herhalten, immer noch werden uns dunkle Machenschaften unterstellt. Im Prinzip hat sich also nichts geändert, mit dem einzigen Unterschied, dass wir nicht mehr unmittelbar um Leib und Leben fürchten müssen. Bei denjenigen, die in den Lagern gewesen waren, blieben jedoch große Angst und Wut, dazu die Schuldgefühle, dass sie überlebt hatten. Das sitzt tief in ihnen und wird diese Menschen ihr Leben lang heimsuchen.

- Ende -

Die Gottesanbeterin

Als Carlo und Hulda die Geschichte von Fiete Großjohann erzählten, war Tilde, an ihre Mutter gekuschelt, immer stiller geworden und sie blieb es, als sie alles gehört hatte. Micha und mir war klar, was es bedeutete. Tilde verdankte ihr Leben der Zivilcourage des Besoffenen, über den wir jahrelang gelacht, vor dem wir uns gegruselt, dem wir Schmählieder hinterher gesungen hatten.

„Ich weiß gar nicht, wie ich ihm begegnen soll," flüsterte Tilde nach einer Weile, „er hat sein Leben aufs Spiel gesetzt, um Papa zu helfen, er hat es möglich gemacht, dass ich zur Welt kommen konnte. Ich muss ihm doch irgendwie danken, irgendwas wieder gutmachen. Kann man so was überhaupt jemals gutmachen?"

„Für ihn war es immer eine große Freude, dass du da warst," sagte Sina. „Er war kein Mensch, der große Reden schwang, aber es war seinen Augen anzusehen. Sie strahlten, wenn von dir die Rede war oder wenn er dich und Ika im Garten spielen sah.

Fiete geht es nicht gut, hat Gesine mir letzte Woche erzählt. Er hatte einen Blutsturz und sie fürchtet, dass es mit ihm zu Ende geht. Er zittert und sieht manchmal Spinnen und Mäuse, wo gar keine sind, das kommt vom Alkohol. Aber er hat einen guten Arzt, sagt Gesine, der gibt ihm Beruhigungsmittel. Fiete wird seine Wiedergutmachung erhalten, wenn er vor Gott steht.

Aber du kannst dich so verhalten, wie er es wünschen würde, Tilde. Er war ja Kommunist und wollte immer, dass alle Menschen in Freiheit leben und sich so entfalten können, wie sie möchten. Und dass es eine Gerechtigkeit auf der Welt gibt, keine Standes- oder Rassenunterschiede, keine Ausbeutung, keine Herren und keine Knechte. Wenn du danach lebst und zu einer besseren Gesellschaft beiträgst, tust du Fiete die größte Ehre an. Und wenn du in die weite Welt hinausgehst, würde ihn das besonders freuen. Er hat immer gesagt, man müsse sich den Wind um die Nase wehen lassen, das mache einen freien Menschen aus. Er spielte manchmal auf dem Akkordeon *Hinaus in die Ferne mit Butterbrot und Speck*, das habt ihr doch auch immer gesungen."

Noch mehr beschäftigte Tilde, dass ihre Mutter die Hölle von Auschwitz überlebt hatte. Sie könne es nicht glauben, sagte sie zu Micha und mir, dass ihre kleine, zarte Mutter ein solches Grauen ausgehalten habe. „Und dass am Ende noch ich rausgekommen bin. So eine Geschichte glaubt einem keiner, das ist ja wie im Märchen.“

„Hinter allen, die von den Nazis eingesperrt und ermordet wurden, stecken solche Geschichten,“ sagte Micha, „nur, dass sie normalerweise nicht so glücklich ausgegangen sind und die allermeisten nicht mehr davon erzählen können. Es ist total wichtig, dass wir das Buch machen.“

Ich arbeitete zuhause fieberhaft an dem Manuskript, schrieb die Bänder ab, überarbeitete die Abschriften, kürzte, stellte Begriffe um. Micha und Tilde lasen, machten Anmerkungen und Verbesserungsvorschläge. Dann schrieb ich alles nochmal ab. Es war wie ein Rausch, die eng beschriebenen Blätter - ich machte zwei Durchschläge - aufeinander zu legen und zu sehen, dass eine richtige Geschichte daraus wurde.

Als alles fertig war, brachte ich die Seiten zum Friedhofsweg, damit Schmitzens sie lesen konnten. Ich war beklommen, weil ich Angst hatte, die Geschichte nicht richtig getroffen zu haben, aber Hulda tätschelte mir beruhigend den Arm.

„Das wird schon gut sein,“ sagte sie, „du bist doch ein kluges Mädchen.“

Am darauffolgenden Wochenende wollten wir die Endfassung des Manuskripts verabschieden. Ricky und Micha, deren Abreise unmittelbar bevorstand, sollten es mit nach Berlin nehmen und Micha hatte telefonisch schon einen Termin ausgemacht, um es dem Verleger persönlich zu überreichen.

„Das hast du fein gemacht, min Deern,“ meinte Hulda, als wir am Kaffeetisch saßen, der Stapel mit beschriebenen Seiten lag vor ihr.

„Es liest sich gut,“ sagte Sina, „leider musste ich heulen beim Lesen, ein paar Seiten sind feucht geworden.“

„Ich bin froh, dass es euch gefällt," sagte Tilde, „ich finde auch, dass Ika das super hingekriegt hat. Hoffentlich lesen es viele Menschen, hoffentlich liest es die ganze Welt."

„Und Ika wird reich," sagte Hulda mit Stolz in der Stimme, „die Zeitungen werden was über dich bringen, ich sehe schon die Schlagzeile: Erika Fuhrmann, das junge Talent aus Oldenburg."

„Macht mal halblang," sagte ich, „so was Großartiges ist es ja nun auch nicht, ein paar Tonbänder abzuschreiben."

„Der Verleger meint, eine tausender Auflage sollte schon gedruckt werden," sagte Micha, „und wenn das nicht reicht, wird nachgedruckt."

„Erst muss er es annehmen."

Ich schob das Manuskript in seinen großen Briefumschlag zurück, klebte ihn zu und gab ihn Micha, irgendwie war es ein magischer Moment.

In die Stille hinein, die am Tisch entstanden war, sagte Hulda: „Ich will euch noch den Teil der Geschichte erzählen, der nicht ins Buch gehört. Damit ihr wisst, was mit Franz Zaunknecht gewesen ist. Und das mit Lilo."

Sie schwieg eine Weile bedrückt.

„Ihr wisst auch nicht alles," sagte sie dann an Sina und Carlo gewandt, „ich habe mich so dafür geschämt, was ich getan habe, dass ich es euch nie erzählen konnte."

Wir sahen Hulda erwartungsvoll an.

„Die Geschichten hängen zusammen," sagte sie, „Franz und Lilo Wichmann, das fing direkt damals an, als Lilo im Frühjahr 1943, kurz nach den Deportationen, von ihrem Onkel vom Ziegelhof zu uns in den Ahlhorner Wald gebracht wurde. Ihre Eltern, Großeltern und Geschwister waren weggebracht worden, Lilo wusste nicht, ob sie noch lebten. Sie war den Festnahmen entkommen, weil sie sich unter einem Bett versteckt hatte und so lange da liegen geblieben war, bis die Nazis und ihre gesamte Familie verschwunden waren.

Ich lebte mit Franz zusammen, wir hatten uns 1940 in Edewechterdamm kennengelernt, wo wir zusammen im Torf arbeiteten, wir verliebten und verlobten uns. Heiraten wollten wir, wenn Frieden war und die Nazis zum Teufel gejagt worden waren. Franz war ein schöner Mann, kräftig von der Arbeit im Moor, dunkel, mit feurigen Augen, und er hatte eine Stimme, die Eis zum Schmelzen bringen konnte. Und das Herz jeder Frau. Er wusste das und machte ausgiebig Gebrauch davon. Heute würde man vielleicht sagen, er war ein Schwerenöter.

Ein Lied liebte Franz besonders, das war *Hein Mück aus Bremerhaven* von Hans Albers. Er sang es uns abends vor und spielte Gitarre dazu, wenn wir vor den Wagen saßen und musizierten und für eine Weile so taten, als sei unser Leben sorgenfrei und glücklich.

Er ist ein Matrose
mit `ner weiten Hose
die Mädchen sind außer Rand und Band,
seh'n sie Hein Mück von der Waterkant!

Ich kniff beide Augen zu und wollte nicht sehen, dass bei meinem Franz auch andere Mädchen außer Rand und Band gerieten und er es mit der Treue nicht so genau nahm.

Als Lilo bei uns ankam, war sie sechzehn. Ich hatte sie zuletzt als kleines Mädchen gesehen und konnte kaum glauben, dass dieses langbeinige, dürre Kind zu einer solchen Schönheit erblüht war. Sie hatte einen langen, dünnen Hals, auf dem ihr leicht vorgestreckter Kopf saß, sie erinnerte mich an eine Gottesanbeterin. Ihre dicken, aufgerollten Haarschnecken über den Ohren sahen aus wie die kugeligen Augen des Insekts.

Lilo hat verschiedenfarbige Augen, eins tiefbraun, eins mit einem Stich ins Grünliche. Sie schwammen in ihrem zarten Gesicht wie zwei glänzende Teiche im Moor. Ich erwähne das, weil ich gehört habe, dass die Nazis, insbesondere der Auschwitz-Arzt und Schlächter Josef Mengele, Versuche mit verschiedenfarbigen menschlichen Augen machten, sie nannten sie polychromatisch, und sie gehörten meistens Sinti."

„Trägt sie deshalb immer ihr Kopftuch halb über die Augen gezogen?" fragte Tilde.

„Ja, vermutlich. Als Franz sie sah, mit ihrem Flamingo-Hals, ihren stöckerigen Beinen und diesen Augen, reagierte er heftig und ich wusste sofort, dass er verloren war. Da war nichts zu machen, sein Blick klebte an ihr, wie sie in der Tür unseres Wagens lehnte, und konnte sich nie mehr von ihr lösen. Mir kam sie vor wie eine Fee mit magischen Kräften, wie eine schöne, böse Hexe. Sie brauchte nichts zu tun, um den Mann, der mir versprochen war und den ich mehr liebte als mein Leben, vollkommen kirre zu machen.

Ich arbeitete immer noch auf dem Fliegerhorst in Ahlhorn. Auch Lilo fing dort an, sie musste ja auch für ihr Essen arbeiten. Zuerst war sie sehr still, aber dann begann sie zu singen, wenn sie die Kantine wischte oder Kartoffeln schälte. Ihre Stimme, obwohl sie hoch und scharf war – so wie später die Stimmen ihrer Söhne –, ließ einen an Engelsgesang denken, sie war wie strahlendes Silber, wie Sphärenmusik. Damals hasste ich diese Stimme, vielleicht weil sie so überirdisch schön war und ich wusste, dass ich dagegen - und überhaupt gegen die ganze Lilo - keine Chance hatte.

Sie sprach wenig, aber wenn Franz auftauchte, spürte ich, wie die Luft sich veränderte, wie eine Spannung entstand, die kaum auszuhalten war. Dann verschwanden die beiden an den Abenden und kamen etwa zwei Stunden später getrennt zurück. Franz war dann wie somnambul, er hörte es nicht, wenn ich ihn ansprach, griff zu seiner Gitarre und sang

Liebeslieder mit seiner schmelzenden Stimme, die mir noch weicher vorkam als vorher.

Du und ich im Mondenschein, Ich bin von Kopf bis Fuß auf Liebe eingestellt. Früher hatte er solche Lieder für mich gesungen, aber jetzt war klar, dass Lilo gemeint war. Es hat sehr weh getan, weher als alles, was ich vorher erlebt habe."

Hulda lehnte sich mit matten Augen zurück, die Erinnerung setzte ihr zu.

„Wir wussten alle, wie Hulda litt," ergänzte Carlo, „Franz war wirklich ein liebenswerter, charmanter Mann, ich kannte ihn aus Edewechterdamm und wusste, dass er ihre große Liebe war. Ich stieß Ende 1943 wieder zu meinen Leuten im Ahlhorner Wald und war erschrocken, als ich meine Schwester sah. Sie war abgemagert und grau, ohne den Schwung und die Energie, die sie gehabt hatte. Franz, mit dem ich mich früher gut verstanden hatte, sah mich kaum an und mied jeden Kontakt zu mir. Und natürlich war mir schnell klar, dass die Gottesanbeterin schuld daran war."

Eine Weile war es ruhig, bis Tilde herausplatzte: „Und dann?"

„Jetzt kommt das Schlimme," sagte Hulda mit hohler Stimme, „weshalb ich das ewige Höllenfeuer verdient habe. Was ich jetzt erzähle, weiß niemand außer mir und Lilo. Am Anfang arbeiteten wir auf dem Flugplatz zusammen, dann verschwand sie immer häufiger und ich dachte, man hätte ihr eine andere Arbeit zugeteilt. Eines Tages kam sie mit Nylonstrümpfen, Parfum und Schokolade an und da war mir klar, was sie tat, wenn sie verschwand. Solche Luxuswaren bekam man damals nur von Soldaten, sie waren als Liebeslohn bekannt, nur die losen Mädchen besaßen solche Kostbarkeiten. Lilo war nicht die Einzige, die sich mit Soldaten abgab, auch andere Zwangsarbeiterinnen taten das. Vielleicht könnt ihr nicht glauben, dass wir so etwas wie einen Ehrenkodex hatten, aber es war so. Und dass man sich für Luxuswaren mit deutschen Soldaten abgab, gehörte ganz bestimmt nicht zum akzeptierten Verhalten für eine Sinteza.

Es war einer dieser Abende, an denen Lilo und Franz verschwunden gewesen waren und von einer glänzenden Aura umgeben zurückkamen, ich litt wie ein Hund. Es war warm, wir hatten draußen ein Feuer gemacht, irgendjemand hatte Wein aufgetrieben, Franz klimperte auf der Gitarre.

Lilo schob sich ans Feuer, in Nylonstrümpfen und einem langen geblümten Rock, den sie vorher nicht gehabt hatte. Sie drehte sich langsam und sang: *Johnny, wenn du Geburtstag hast*, dabei sah sie Franz unverwandt an. Wir kannten das verbotene Lied alle und versuchten, Marlene Dietrichs verrauchte Stimme nachzumachen. Lilo sang es auf ihre hohe, schrille Art, Franz begleitete sie mit kunstvollen Akkorden auf der Gitarre und spielte vor ihr kniend ein Solo. Weil sie ihre Intimität so offen zur Schau stellten, waren die anderen peinlich berührt, der Abend war dann schnell zu Ende.“

Hulda schwieg wieder, sie sah Sina und Carlo an. „Für das, was ich dann getan habe, hätte ich nach Auschwitz kommen müssen, nicht Sina. Ich zog Franz hinter den Wagen und erzählte ihm, was Lilo auf dem Flughafen mit den Soldaten trieb, dass sie uns Frauen Parfum, Nylonstrümpfe und Schokolade gegeben und laut gelacht hatte, als eine sie fragte, was Franz dazu sagen würde. Ich sagte ihm eindringlich, dass Lilo ihn betrog, dass sie sich über ihn lustig machte und ihm Hörner aufsetzte. Ich sagte, sie treibe es mit den deutschen Soldaten in den Ecken der Flugzeughalle, sie würde noch nicht mal versuchen, es zu verbergen, es seien etliche, mit denen sie sich vergnüge. Ich übertrieb maßlos, ich wusste lediglich, dass es ein bestimmter Offizier war, der eine Schwäche für Lilo hatte, ein unangenehmer Militärheini und Nazi. Und gesehen hatte ich auch nichts, ich hatte nur meine Schlüsse aus Beobachtungen gezogen. Ich setzte Franz zu, der schon einiges getrunken hatte, ich keifte und machte ihm Vorwürfe. Schließlich log ich sogar, ich hätte sie sagen hören, Franz Zaunknecht sei ein primitiver Zigeuner.

Ich sah voraus, was mein Hetzen bewirken würde. Franz betrank sich bis zur Besinnungslosigkeit und kam spätnachmittags zum Flugplatz Ahlhorn, wo er randalierte und immer nach *der Nutte* rief, damit gemeint war Lilo. Ich versuchte, ihn zu beschwichtigen, aber ich wusste auch, dass er in dieser Stimmung nicht zu beruhigen war. Er lief brüllend durch die Flugzeughalle und trat in die Gerätschaften, die da rumstanden. Dann kamen Soldaten, um ihn zu bändigen, aber er war so außer sich, dass er auch nach ihnen trat und sich heftig wehrte. Vier Mann brauchten sie, um ihn festzuhalten, er hatte Schaum vor dem Mund, es war grauenvoll.

Sie nahmen ihn mit und mir war sofort klar, was das bedeutete: Ich würde ihn nie wiedersehen, er würde den Weg gehen müssen, den die meisten von uns gingen. Das wussten wir damals schon. Was wir noch nicht wussten war, wie erbarmungslos und perfekt die Tötungsmaschinerie der Nazis funktionierte. Tatsächlich kam Franz nach Buchenwald und ist dort wohl recht schnell erschossen worden, weil er immer wieder Tobsuchtsanfälle bekam.

Und noch jemand kam nach Buchenwald, das war Lilo. Der Kommandant des Flughafens hatte von der Geschichte Wind bekommen, der Offizier, mit dem sie sich eingelassen hatte, war zur Strafe an die Ostfront geschickt worden. Sie galt jetzt als Aufrührerin unter den Zwangsarbeiterinnen, niemand schützte sie mehr. Als die SS sie am Flugplatz abholte, ging sie hocherhobenen Hauptes und sagte zu mir, dass sie mir wünsche, dass ich für die Schuld, die ich auf mich geladen hätte, Vergebung finde. Wahrscheinlich würde ich aber sowieso ins Höllenfeuer kommen, jemand, der der SS in die Hände spiele, könne nicht auf die Gnade Gottes rechnen.“

Wir hörten Huldas Geschichte stumm an, auch Sina und Carlo sagten nichts. Sie hielten sich an den Händen und waren sichtlich erschüttert.

„Wann ist sie denn wieder rausgekommen," fragte Tilde schließlich, „war sie bis Kriegsende drin?"

„Nein," sagte Hulda, „1944 war sie wieder da, sehr gebrochen, sehr zerstört, noch dünner und stöckeriger als vorher, mit einem feuerroten Ekzem im Gesicht. Gesine hat mir erzählt, dass sie im Bordell von Buchenwald hatte arbeiten müssen, so was gab es damals, um die arbeitsfähigen Häftlinge zu höheren Leistungen zu motivieren. Für die ganz Fleißigen gab es ein Prämiensystem, mit dem sie zusätzliches Essen und andere Gebrauchsdinge bekamen, oder eben einen Besuch im Bordell. Wie Lilo da rausgekommen ist, weiß ich nicht, vielleicht haben sie die Frauen immer mal ausgetauscht und die, die ausgedient hatten, zur Belohnung freigelassen."

Hulda war immer leiser geworden, dann begann sie in sich hinein zu schluchzen. Tilde sagte hinterher, es sei das einzige Mal gewesen, dass sie Hulda jemals hätte weinen sehen.

„Es ist nicht richtig, dass ich das alles überlebt habe, während so viele Unschuldige sterben oder leiden mussten," stammelte Hulda, „ich, die ich aus Eifersucht meinen Liebsten ans Messer geliefert hatte und Lilo natürlich auch."

Eine Weile war es still.

„In dieser Zeit sind sehr viele Menschen schuldig geworden, die es gar nicht gewollt haben," sagte Carlo schließlich, „in normalen Zeiten macht man vielleicht mal schlimme und falsche Dinge aus Eifersucht, aber irgendwann ist es wieder gut. Dass man damals gleich ins KZ kam und umgebracht wurde, ist nicht deine Schuld, Hulda, du darfst dir nicht vorwerfen, dass die Zeiten waren wie sie waren. Und dass Franz dann dieses Schicksal erleiden musste, war für dich selbst doch die schlimmste Strafe."

„Er hätte überleben können, wenn ich nicht gewesen wäre," schluchzte Hulda, „ich habe ihn aus reinem Egoismus verrückt gemacht und aufgehetzt und denen ausgeliefert, ich hätte wissen müssen, was passierte."

Sina streichelte Huldas Hand, eine Weile war nur deren leises Weinen zu hören. „Und natürlich wollte ich auch nicht, dass Lilo nach Buchenwald kam, das würde man ja seinem ärgsten Feind nicht wünschen. Ich war einfach blind vor Eifersucht," setzte Hulda leise hinzu.

„Daran war sie doch selbst schuld," sagte Tilde, „sie hat sich mit dem Offizier eingelassen, dazu hast du sie nicht gezwungen."

„Ich habe mich gefreut, dass sie ins Lager kam, ich habe heimlich triumphiert. Im Grunde genommen habe ich ihr den Tod gewünscht. Das ist eine schwere Sünde, eine der schwersten, die ich mir vorstellen kann."

„Die Sache ist fünfundzwanzig Jahre her," sagte Carlo, es war Krieg, es herrschte eine menschenverachtende Diktatur, es gab keine Maßstäbe mehr."

„Und jetzt? Was machen wir jetzt damit?" Tilde sah ratlos in die Runde.

„Alle haben Schuld auf sich geladen," sagte Carlo, „Hulda, und auch Lilo, ihr habt beide aus Dummheit gehandelt und aus Leidenschaft, ihr wart jung und die Zeit war aus den Fugen. Wenn wir nicht vergeben, werden wir niemals damit fertig. Ich denke ja schon lange, dass wir uns mit Lilo versöhnen sollten. Sie ist schließlich unsere Nachbarin, und das nicht zufällig. Unsere Familien waren seit Generationen befreundet und haben deshalb ihre Häuser nebeneinander gebaut."

„Lilo und wir sind die einzigen hier vom Ziegelhof, die von ihren Familien übriggeblieben sind," sagte Sina, „alleine das verbindet uns schon."

„Was ist, wenn wir einfach mal hingehen, bei ihr klingeln und sie zum Kaffee einladen?" Tilde sah in die Runde. „Mehr als rausschmeißen kann sie uns nicht. Wenn ihr euch nicht traut, ich würde es tun."

Huldas Augen waren kohlschwarz.

„Das muss ich machen," sagte sie nach einer Weile, „ich habe den Schlamassel angerichtet, ich muss ihn auch auslöffeln. Aber du kannst mitgehen, das würde mir helfen."

Tilde und Hulda gingen am folgenden Samstag zu Lilo, Tilde erzählte mir später, wie es abgelaufen war. Die Zwillinge probten im Garten *Hey Jude*, das gerade herausgekommen war, ihre Stimmen kieksten sexy, und sie hörten Lilo rufen: „Nicht so laut, ihr stört die Nachbarn!"

Da stellte Tilde sich entschlossen an die Hecke und rief: „Sie stören nicht, sie haben tolle Stimmen, richtig super, singt ruhig weiter."

Drüben blieb es still.

„Ich wollte auch fragen, ob wir mal rüberkommen können, Hulda und ich. Wir möchten gerne mit euch sprechen, wir sind doch Nachbarn."

Im Nachbargarten raschelte es, Lilos Lockentuff schwebte am oberen Rand der Hecke entlang.

„Denn macht das doch," rief sie mit ihrer scharfen, hohen Stimme in breitem Oldenburger Tonfall, „ich will wohl eben einen Kaffee aufsetzen."

„Jetzt gleich?" rief Tilde.

„Man tau, man tau, bei uns ist nicht aufgeräumt, aber wir können im Garten sitzen."

Tilde sagte Hulda Bescheid, die sich aufgeregt die Haare kämmte und ihren blassrosa Lippenstift auftrug.

„Ich weiß nicht, was ich sagen soll," flüsterte sie, „entschuldige Lilo, dass ich dich ins KZ gebracht habe? Sowas kann man doch nicht sagen."

„Mir fällt schon was ein," beruhigte Tilde sie.

Auf dem schäbigen Campingtisch in Lilos Garten standen drei Kaffeebecher mit Sonnenblumenmuster, die Zwillinge hatten sich verzogen. Tilde sah Lilo zum ersten Mal ohne Kopftuch. Ihre Haare waren schwarz-grau gestreift und auf dem Oberkopf zusammengebunden, darauf thronte, schief in den Knoten hineingesteckt, der dunkelbraune Lockentuff. Lilo war mager und verhärmt, Tilde fielen ihre verschiedenfarbigen Augen auf, ein braunes und eins mit grünlichen Glanzlichtern. Und die graziösen Bewegungen, mit denen Lilo Kaffee aus einer Thermoskanne einschenkte und dem Besuch einen Teller mit Keksen hinschob.

Tilde überlegte krampfhaft, wie sie das Gespräch beginnen sollte, aber Lilo kam ihr zuvor.

„Wir waren alle böse," sagte sie unvermittelt, dabei sah sie auf den Tisch hinunter und rührte in ihrer Kaffeetasse.

„Ich habe dir den Mann weggenommen und ihn dann später auch betrogen. Ich war jung und dumm und habe immer nur gedacht, dass ich ein Stück abhaben will von dem Scheißleben, immer kurz vor dem Verhungern, immer auf der Flucht, immer gedemütigt, ihr wisst ja selbst, wie es war."

Sie machte eine Pause und sah Hulda eindringlich an. „Und du weißt, wie Franz war, er hat geworben und gebuhlt, ich brannte lichterloh. Ich war sechzehn, ich konnte mich nicht dagegen wehren."

Hulda öffnete ein paar Mal den Mund, aber es kam nur ein Ächzen.

„Ich habe immer dir die Schuld gegeben," brachte sie schließlich heraus, „in meinen Gedanken verschonte ich Franz und dachte: Die Schlange, die Schlange, sie hat ihn gepackt mit ihren Giftzähnen und verschlingt ihn mit Haut und Haaren. Dabei wusste ich natürlich ganz genau, dass er das Seine dazugetan hatte, ich habe es ja gesehen, wie er dir verfiel und mich sofort vergaß."

Wieder war es still.

„Es ist lange her," sagte Tilde, „sollte man es nicht langsam begraben?"

„Ich möchte mich entschuldigen," quetschte Hulda heraus, „ich weiß nicht, ob du mir verzeihen kannst, dass ich dich und Franz ans Messer geliefert habe. Ich habe das Schlimmste getan, was ein Mensch tun kann."

„Wenn du mir verzeihst, dass ich dir den Mann weggenommen habe, will ich das auch tun," sagte Lilo. „Wie dumm und böse waren wir, dass es nicht reichte, dass die Hölle um uns herum tobte, wir mussten uns auch noch gegenseitig hineinstoßen. Aber ich kann euch sagen, dass ich nach dem Krieg meine Strafe bekommen habe. Erst den Bremer, der mich von Anfang an betrogen hat, dann den Brustkrebs."

Sie zog die Kittelschürze stramm über den Oberkörper, der flach wie ein Brett war.

„Ist der Bremer nicht bei einem Unfall gestorben, bei Ika vor dem Haus auf der Umgehungsstraße?"

Lilo sah Tilde mit ihren zweifarbigen Augen an.

„In meinem Leben ist es mit keinem Mann gut gelaufen. Das mit Franz wisst ihr, und dass ich mich für Nylonstrümpfe und Parfum mit einem deutschen Soldaten eingelassen habe, alleine dafür habe ich Buchenwald verdient. Was dann im Lager geschah, habe ich verdrängt, ich habe versucht, alles zu vergessen, ich habe versucht, diese Zeit in mir auszulöschen. Aber es klappt nicht immer, nachts kommt es hoch, dann liege ich da und habe den Gestank in der Nase, die ausgemergelten Körper wälzen sich über mich, oder die vollgefressenen, nach Alkohol stinkenden SS-Leute, und es ist noch nicht einmal Glück, was ich ihnen verschaffen kann, es ist nur wie ein kurzes Aufatmen, danach verschlingt einen der Höllenschlund erst recht wieder."

Lilo machte eine Pause, sie kratzte mit ihren sorgfältig rot lackierten Fingernägeln auf der Wachstuchdecke des Gartentisches herum.

„Nach dem Krieg ging es weiter," fuhr sie fort, „auf dem Kramermarkt 1953 lernte ich Hans Bremer kennen. Er sah mich, verschoss viel Geld an einem Schießstand und überreichte mir einen Strauß roter Plastikrosen. Da dachte ich, der ist nett und aufmerksam, gut aussehen tut er auch, den kannst du nehmen. Er arbeitete als Kraftfahrer und hatte schon ein gutes Einkommen, als es allen anderen noch schlecht ging.

Am Anfang dachte ich, ich hätte das große Los gezogen. Aber als dann 1954 die Zwillinge kamen, merkte ich, was er für einer war. Er ließ mich völlig allein mit den Babys und kam abends meistens betrunken nach Hause, ich war sicher, dass er zu anderen Frauen ging. Er war launisch, ich musste ihn bedienen und gucken, wie ich mit den schreienden Schietbüdeln zurechtkam. Sie hatten ja unentwegt Durst, ich dachte, sie saufen mir das Mark aus den Knochen. Manchmal, wenn ich mich beschwerte, schlug Bremer zu. Wenn er wütend wurde, war er gemein und sagte Zigeunerauge oder Teufelsauge zu mir wegen der verschiedenen Augen, ‚das hätte den Mengele in Auschwitz interessiert,' sagte er. Er war nur noch verletzend und wurde immer schlimmer. Als er um 1958, die Jungs waren vier, sie wegen jeder Kleinigkeit verdrosch, wusste ich, dass ich ihn verlassen würde, früher oder später. Deshalb kam die Tragödie mit seinem Verkehrsunfall für mich gerade recht, eine weitere in meinem Leben, die sich aber diesmal zu meinem Vorteil entwickelte. Ich habe eine gute Witwenrente und keine Sorgen bis zu meinem Lebensende, ich kann meinen Kindern immer ein sicheres Zuhause geben."

„War der Bremer auch ein Sinto?" fragte Tilde.

„Ein halber," sagte Lilo, „er stammte aus Hameln, seine Mutter war Sinteza gewesen, auch sie ist umgekommen. Er war ein sehr guter Autofahrer und hat den Krieg als Kurierfahrer überstanden, sie brauchten ihn, deshalb wurde er nicht weggebracht."

Eine Weile war es still, man hörte nur das Kratzen von Lilos Fingernägeln.

„Die Jungs wollen in Hamburg Musik studieren,“ fuhr Lilo fort. „Sie machen ja in zwei Jahren Abitur und haben Aussicht auf ein Stipendium nach dem Honnefer Modell. Sie üben schon für die Aufnahmeprüfung an der Musikhochschule. Nächste Woche bekommen wir ein Klavier, ich habe ein gutes gebrauchtes gefunden, sie haben es sich sehr gewünscht. Sie sollen alles richtig lernen, von der Pike auf. Ich will nicht, dass sie bettelnde Zigeunermusiker werden, die an den Straßenecken stehen, sondern in einem Orchester spielen und zur richtigen Gesellschaft gehören.“

„Sie sind super Musiker,“ sagte Tilde, „wir hören, was sie für Fortschritte machen.“

„Ich denke immer, sie stören euch,“ sagte Lilo, „manchmal sind sie einfach nicht zu bändigen. Ich sage ihnen, sie sollen in die Garage gehen, aber sie spielen lieber draußen. Sie sind frech, sie gehorchen mir immer weniger.“

„Lass sie, es ist eine Freude, sie anzuhören,“ sagte Hulda, „sie verbreiten so viel Fröhlichkeit.“

„Möchtest du einmal zu uns zum Kaffee kommen? Zusammen mit den Jungs? Meine Eltern würden sich freuen.“ Tilde sah Lilo erwartungsvoll an.

Hulda nickte heftig. „Wenn du Zeit hast, gleich morgen Nachmittag, zum Sonntagskaffee, ich backe einen Kuchen.“

Lilo lächelte, sie sah wunderschön aus.

„Wir kommen gerne.“

„Morgen Nachmittag um drei,“ sagte Hulda, „wir freuen uns drauf.“

Tilde rief an und fragte, ob ich auch dabei sein wollte, ich war neugierig und sagte zu. Alle drei Bremers kamen fein herausgeputzt, die Jungs trugen weiße Baumwollhemden und hatten sich mit Brillantine eine Elvis-Tolle gelegt.

„Zum Anbeißen,“ flüsterte Tilde.

Lilo hatte ihre Haare dunkel getönt, sie trug ein schwarzes, enges Kleid, das so geschickt geschnitten war, dass ihre fehlende Brust nicht auffiel. Ihr knallroter Lippenstift beherrschte ihr Gesicht, auch als Anfang Vierzigjährige war sie noch eine Schönheit. Ich glaube, dass sie auch den Lockentuff gefärbt hatte, er glänzte und saß auf ihrem Schwanenhals und ihrem vorgestreckten Kopf wie eine kleine Krone.

„Schick seht ihr aus," sagte Tilde, „kommt, setzt euch."

Wir wussten von Gesine, dass Lilo mindestens so gut im Schneidern war wie Sina und ihre Kleider und die Hemden für die Jungs selbst nähte.

Tildes Mutter und Hulda trugen fröhlich geblümte Blusen, Carlo hatte den schwarzen Anzug an, den er nur ganz selten herausholte.

Zuerst war es etwas beklemmend. Nachdem Carlo ganz formell seine Freude geäußert hatte, die drei an seinem Tisch zu begrüßen, kam langsam ein Gespräch in Gang. Die Zwillinge verputzten, ermuntert von Hulda, jeder drei Stücke Kuchen. Nachdem die Torte verzehrt war, holte Sina eine Flasche Wein aus dem Kühlschrank, brachte Gläser und schenkte ein. Die Jungs feixten, als sie auch ein Glas bekamen.

„Wir wollen auf gute Nachbarschaft trinken," sagte Carlo, „es hat ja lange genug gedauert."

„Ich habe von Gesine gehört, dass Tilde nach Amerika will," sagte Lilo. „Ich wollte euch sagen, dass wir für euch da sind und euch helfen, wenn ihr allein seid, ich und die Jungs. Ja, wir wollen gute Nachbarn sein, so wie unsere Eltern es waren."

Die Elvis-Tollen nickten eifrig. „Klar, klar, und wenn ihr traurig seid, singen wir euch was, ihr müsst nur Bescheid sagen."

„Wo sind eure Eltern und Großeltern, Tanten und Onkel geblieben?"

Tildes Stimme war fast unhörbar. „Ich weiß gar nicht, ob ich das fragen kann."

Lilos grün und braun glänzende Augen füllten sich mit Tränen.

„Sie sind den gleichen Weg gegangen wie deine Großeltern, deine Onkel und Tanten, wie die meisten hier vom Ziegelhof und vom Friedhofsweg."

„Ika hat alles aufgeschrieben, was Mama, Papa und Hulda unter den Nazis durchgemacht haben," sagte Tilde, „daraus entsteht gerade ein kleines Buch. Wir hoffen, dass es sich massenhaft verkauft, die Menschen müssen erfahren, was gewesen ist, alle müssen es erfahren. Wir hoffen, dass auch andere Leute ermutigt werden, von den Schweinereien der Nazis zu erzählen, und dass die Täter endlich bestraft werden."

Lilo und Sina zündeten sich Zigaretten an und bliesen den Rauch über den Tisch.

„Ich glaube, da hoffst du vergebens, min Deern," meinte Lilo, „die Täter von damals sitzen alle wieder fest im Sattel, bisher ist doch kaum jemand bestraft worden, und es soll bald alles verjährt sein. Dann wird keiner von denen mehr zur Rechenschaft gezogen."

„Mein Bruder sagt, sie wollen die Verjährungsfrist nur um zehn Jahre verlängern," sagte ich, „das geht gar nicht, Massenmord darf niemals verjähren."

„Es kann doch nicht wahr sein, dass die alle nur durch die Zeit, die vergangen ist, reingewaschen werden," rief Tilde, „dass die ganzen Verbrecher ungeschoren davonkommen."

Eine Weile sagte niemand etwas.

„Die Opfer werden so ein zweites Mal zu Opfern."

Auch Hulda nahm eine Zigarette. „Im Grunde genommen werden wir wieder verhöhnt, wie damals, der Staat stellt sich wieder hinter die Täter, wo er die Opfer schützen müsste. Das darf es doch in einer Demokratie nicht geben."

Sie wandte sich an die Zwillinge, die mit Schokolade verschmiert am Tisch saßen und mit den Beinen zappelten.

„Wollt ihr uns nicht was singen?"

Wie der Blitz schlängelte Jan sich durch einen Spalt in der Hecke und reichte die beiden Gitarren durch, Gerd nahm sie entgegen.

„Au ja, Otis Redding," rief Tilde, „und Mrs. Robinson, und Magical Mystery Tour!"

Die beiden legten los und sangen die Charts durch, Tilde und ich grölten mit. Dann verschwand Lilo und kam mit einer neuen Flasche Wein zurück. Die Stimmung schlug höher, als die Jungs nach einem ängstlichen Seitenblick auf ihre Mutter anfingen, Stücke im rasenden, swingenden Stil von Django Reinhardt zu spielen.

„Früher wollte ich nicht, dass sie Zigeunermusik machen," sagte Lilo, als sie eine Pause machten, „ich dachte, dann zeigt man wieder mit dem Finger auf uns."

Tilde war aufgesprungen und tanzte auf dem Rasen. „Super," schrie sie, „komm, Ika, Jungs, ihr seid großartig!"

Der Nachmittag endete feuchtfröhlich, sogar Sina ließ sich zu einem kurzen Tänzchen hinreißen. „Dass ich meine Mutter mal tanzen sehe," flüsterte Tilde, „hätte ich nicht für möglich gehalten."

Die Ohrfeige

Am Abendbrottisch erzählte ich meinen Eltern, dass Micha angerufen habe, der Verleger wolle das Buch drucken.

„Ein Buch von dir?" Der Alte sah mich erstaunt an. „Klappert deshalb die Schreibmaschine ständig?"

„Ja," sagte ich, „ich habe ein Buch über die Geschichte von Tildes Familie geschrieben, es sind Protokolle darüber, wie sie von den Nazis verfolgt wurden. Sie haben erzählt und Micha hat es auf Tonband aufgenommen. Sie waren im KZ, Tildes Mutter sogar in Auschwitz, sie hat so furchtbare Sachen erlebt, dass wir es uns gar nicht vorstellen können."

„Aber Tildes Eltern sind doch aus Oldenburg," sagte Mutti, „sie sind doch auch keine Juden."

Der Alte schnaubte und sah mich starr an, er machte den Mund auf und zu.

„Sie sind aus Oldenburg, sie wurden von hier aus verschleppt. Sie haben vor den Nazis schon am Friedhofsweg gelebt, sie sind deutsche Sinti," sagte ich, „Tildes Eltern und Tante Hulda sind die Einzigen, die von einer großen Familie überlebt haben, alle anderen wurden ermordet, die meisten in Auschwitz."

Meine Eltern schwiegen. Es war kurz vor acht, Mutti räumte den Tisch ab und der Alte stellte den Fernseher an. Die Nachricht des Tages war, dass in Prag sowjetische Truppen einmarschierten, Panzer fuhren durch eine aufgewühlte Menschenmenge, man sah weinende und wütende Gesichter. Die politische Entspannung in der Tschechoslowakei mit demokratischen Reformen, Prager Frühling genannt, war zu Ende.

Der Alte pumpte sich auf und schnauzte: „Das habt ihr von eurem Friedensgesäusel, davon lässt sich der Russe nicht beeindrucken. Da könnt ihr Friedenstauben fliegen lassen, so viel ihr wollt, unter dem Strich zählt nur die militärische Überlegenheit. Das ganze Abrüstungsgeschrei ist doch Blödsinn, ein Hohn, ihr seht, dass es dem Ostblock sonstwo vorbeigeht."

Ich antwortete nicht, ich wollte die Stimmung nicht anheizen. Mutti kam aus der Küche zurück, um Heiterkeit bemüht.

„Stell dir vor, Kurti, wir hätten eine Schriftstellerin im Haus, wäre das nicht toll? Wir könnten stolz auf unsere Tochter sein."

Das könntet ihr sowieso, dachte ich, sagte aber nichts.

Der Alte brummelte vor sich hin und nuschelte, da könne man ja nur froh sein, wenn sie ihre Eltern dann noch kenne, Schriftstellerin, davon müsse man ja erstmal leben können, so eine gelehrte Madame wolle doch kein Mann zuhause haben.

Daher wehte also der Wind. Ich hätte gerne gesagt, dass es auch intelligente Männer gab, die kluge Frauen schätzten, nicht nur so chauvinistische Schwachköpfe wie meinen Vater, ließ es aber, weil es sowieso keinen Zweck hatte.

Trotzdem schien es ihn zu beeindrucken, er sagte nichts Abfälliges mehr und fragte einmal nach, wann das Buch denn nun erscheinen würde.

„Es kommt zur Buchmesse im Oktober raus," meldete Micha ein paar Wochen später aus Berlin, „im Verlag sind alle begeistert. ‚Authentisch und berührend,' sagen sie, so müsse diese Zeit vermittelt werden, man müsse Einzelschicksale erzählen um die Brutalität des Naziregimes deutlich zu machen. Und der Verleger möchte, dass die junge Autorin ihr Buch selbst in Frankfurt auf der Buchmesse vorstellt, das heißt, du musst einige Kapitel vorlesen und vielleicht auch erzählen, wie es zu dem Buch kam."

Ich dachte, dass ich vor Aufregung keinen Ton herausbringen würde. Außerdem hatte ich gerade die Lehre bei Helga Strippel begonnen und sagte zu Micha, dass ich nicht nach Frankfurt könne, weil ich arbeiten müsse. Er sagte nur: „Papperlapapp, dafür bekommst du frei, außerdem muss Tilde mit, sie kann erzählen und Fragen beantworten, sie ist nicht auf den Mund gefallen. Ricky und ich kommen auch nach Frankfurt."

Meine Lehrherrin war begeistert und gab mir Urlaub, außerdem legte sie einen Termin kurz nach der Buchmesse fest, zu dem ich das Buch in der Buchhandlung vorstellen sollte. Ilse und Rosi wollten auf jeden Fall kommen.

Micha kannte Hajo Berkemeyer, den Leiter der Brücke der Nationen, dem Oldenburger Kulturzentrum mit angeschlossener Stadtbibliothek. Er rief ihn an und schlug ihm ebenfalls eine Lesung vor. In der Brücke waren sie dabei, eine Veranstaltungsreihe zu den Verbrechen im Nationalsozialismus zu planen.

„Ihr kommt wie gerufen,“ strahlte Berkemeyer, als Tilde und ich ihn besuchten, um uns und das Buch vorzustellen. Er war sympathisch, auch bei ihm lockten sich ein paar Haarfransen im Nacken und über den Ohren. „Das Thema passt genau. Ich suche nach Zeitzeugen, die über Erfahrungen im Nationalsozialismus berichten können und das vor allen Dingen auch wollen. Die meisten Leute, die ich bis jetzt angesprochen habe, haben abgelehnt, oft mit fadenscheinigen Begründungen. Es ist sehr schwer, Licht in dieses Dunkel zu bringen.“

Tilde und ich sahen uns an und sagten fast gleichzeitig: „Gunda“.

Wir erzählten von ihren Erfahrungen als Flüchtlingsfrau und die Sache mit dem Volkssturm und Tammo Brunken. Berkemeyer wollte sie kennenlernen und wir beschlossen, Gunda mit Elsas Hilfe zu überreden, als Podiumsteilnehmerin dabei zu sein.

Als Berkemeyer vorsichtig fragte, ob es vorstellbar sei, dass auch Tildes Eltern, womöglich sogar die Mutter, die Auschwitz überlebt hatte, mit auf das Podium kämen, winkte Tilde ab.

„Das glaube ich nicht,“ sagte sie, „dass meine kleine Mutter vor so vielen Menschen reden soll und dann zu diesem Thema, nein, ich glaube nicht, dass das geht. Sie hat es kaum geschafft, uns das zu erzählen. Aber wenn Sie wollen, bin ich dabei, ich kann erzählen, was das KZ bei meiner Mutter und in meiner Familie für Spuren hinterlassen hat.“

Ich überstand die Lesung auf der Frankfurter Buchmesse in einem winzigen Messestand, den sich mehrere Kleinverlage teilten. Der Verleger, ein langhaariger Rauschebart, moderierte. Ich saß voller Angst auf einem Barhocker, und las, von Tilde, Micha und Ricky durch ermunternde Blicke angestachelt, halbwegs fehlerfrei. Eine Handvoll Hippies und John-

Lennon-Verschnitte mit wallenden Locken hörte zu und applaudierte anhaltend.

Bei der Lesung in Bremen war ich schon mutiger, dank der hartnäckigen Werbung, die wir in der Buchhandlung gemacht hatten, war sie gut besucht und ich bekam viel Zuspruch.

Der Abend in der Brücke der Nationen fand am Sonntag, dem 3. November 1968 statt. Wieder kamen mehr Leute, als wir erwartet hatten, der Saal war fast voll. Sogar die Nordwest-Zeitung hatte eine Vorankündigung gebracht, und der Norddeutsche Rundfunk machte ein Interview mit mir, in dem ich erzählte, wie das Buch entstanden war.

Micha und Ricky waren aus Berlin gekommen, Mutti und sogar der Alte kamen, auch Carlo, Sina und Hulda, Lilo und die Zwillinge, und natürlich Tilde, Elsa und Hugo, die die aufgeregte Gunda beruhigten. Hugo berichtete, er habe Onkel Heinrich das Buch gebracht, der wolle mich zu einer Lesung nach Wardenburg einladen.

Es war der letzte gemeinsame Abend, den wir hatten. Tilde und Elsa würden am 10. November nach New York fliegen, und ich musste noch am gleichen Abend nach Bremen zurück.

Die Veranstaltung in der Brücke lief richtig gut. Ich las langsam und laut und hatte das Gefühl, dass die Leute gespannt zuhörten. Das Auschwitz-Kapitel las ich nicht, das hätte ich nicht fertiggebracht, ohne in Tränen auszubrechen. Tilde deutete in ihrem Redebeitrag an, was ihre Mutter dort erlebt hatte. Gunda erzählte ihr Brunken-Erlebnis, ohne seinen Namen zu nennen, es war auch so erschütternd genug.

Es gab kräftigen Applaus, Ricky verkaufte zwölf von unseren schmalen Büchlein, die ich stolz signierte.

Meine Eltern waren nach der Veranstaltung ziemlich verunsichert. Der Alte bekam den Mund nicht auf und konnte uns kaum angucken, Mutti nickte mir anerkennend zu. Sie begrüßten Tildes Familie mit Handschlag, waren hinterher aber schnell verschwunden.

Wir gingen noch ins Stautorcafé, um Abschied zu feiern. Dass Tilde wegging, machte mich zwar traurig, zog mir aber nicht mehr den Boden unter den Füßen weg. Ich hatte mich in Bremen und bei meiner Tante gut eingelebt und fühlte mich freier als jemals in Oldenburg. Die Arbeit machte Spaß, ich wurde immer sicherer beim Beraten der Kunden und verstand mich gut mit meinen beiden Mitlehrlingen. Meine Chefin wurde nicht müde, auf mein Buch hinzuweisen und wir verkauften jeden Tag ein paar.

Außerdem stand Rosis Hochzeit mit Luigi vor der Tür, Mitte Dezember sollte es so weit sein. Drei Tage vorher wurde eine Busladung Verwandter aus Florenz erwartet. Alle sollten tatkräftig bei der Vorbereitung des Hochzeitsmenus helfen, das so seltsame Namen wie *ossobuco*, *saltimbocca* und *zabaione* enthielt. Ilse, die inzwischen Luigis Küchenleiterin war, verriet mir, welche Köstlichkeiten sich dahinter verbargen und sah gespannt dem Anrücken der Italiener entgegen. Rosi hatte mich gebeten, zwei Urlaubstage zu nehmen und ihr beim Frisieren und Ankleiden und allen anderen Vorbereitungen zu helfen.

Richtig in Stimmung kamen wir nicht in der Kneipe. Ich musste den letzten Zug nach Bremen erwischen, Ricky und Micha wollten mich zum Bahnhof bringen. Als es an den Abschied ging, fielen Tilde und ich uns um den Hals.

„Du kommst bald, ganz ganz ganz bald," flüsterte sie, „glaub nicht, dass es mir nicht das Herz zerreißt, Ikalein, was mache ich nur ohne dich."

„Und ich erst ohne dich!"

Ricky gab sie eine liebevolle Kopfnuss, an Michas Hals weinte sie so, dass es ihren schmalen Rücken schüttelte, auch Micha stand das Wasser in den Augen. Ich umarmte auch Elsa und Hugo und rannte tränenblind hinter den Jungs her zum Bahnhof.

Als ich im Zug saß, war alles gut. In der Buchhandlung trudelte direkt am Montagmorgen eine weitere Anfrage für eine Lesung ein, es war ein großartiges Gefühl. Ich hatte etwas gemacht, das wichtig war und vielleicht etwas bewirkte, den Nebel von der Vergangenheit riss und vielleicht der Beginn von so etwas wie Wahrheit und Gerechtigkeit war. Mir schien, als öffne sich ein breites Tor, durch das ich nur hindurchzugehen brauchte

Donnerstag, der 7. November 1968 kurz vor acht, ich komme todmüde von der Arbeit. Ich lasse mich aufs Sofa fallen und stelle den Fernseher an. Ilse hat mir Nudelsalat hingestellt, die Tagesschau-Fanfare ertönt.

CDU-Parteitag höre ich mit halbem Ohr und will mir die silberhaarigen, im Nacken ausrasierten und glattgebürsteten, vor Wichtigkeit strotzenden Altnazis gar nicht angucken. Da thronen sie in der Berliner Kongresshalle erhöht über dem gemeinen Volk, inmitten von Blumenbuketts kamerataugslich inszeniert, mit schwarzen Anzügen und weißen Hemden, eine Herde Pinguine mit staatsmännischem Gebaren. Mittendrin der CDU-Häuptling und Kanzler. Ich schiele mit halbem Auge hin, während ich Nudeln, Erbsen und Fleischwurst auf der Gabel balanciere.

Wie einem diese Typen im Hals stehen!

Aber plötzlich, was ist das denn?

Da wuselt etwas hinter den Pinguinen hervor, eine Hand schnellt aus dem Dunkel. Hektik entsteht unter dem Wachpersonal, als eine attraktive junge Frau, mit Block und Stift als Journalistin getarnt, die Absperrung überwindet und die Bühne erklimmt, von hinten den Kanzler ohrfeigt und „Nazi! Nazi!" ruft. Sie begeht eine Tat, die sie bereits vor Monaten im Audimax der Technischen Universität in Berlin angekündigt hat, eine Tat, die die linken Chauvinisten vom SDS überhaupt nicht gut finden, die von Günter Grass als naiv und hysterisch geschmäht, von Heinrich Böll allerdings mit einem Rosenstrauß belohnt wird. Beate Klarsfeld heißt die Frau, die sich für die Kiesinger-Ohrfeige akribisch vorbereitet hat und erst nach mehreren Anläufen zum Ziel kommt.

Sie ist dem Kanzler schon von früheren Attacken bekannt, er fragt unmittelbar nach dem Backenstreich, ob die Klarsfeld das wieder gewesen sei. Ja, sie hat sich an den NS-Parteigenossen über alle zwölf Jahre des Dritten Reiches von hinten herangeschlichen und ihm einfach eine gescheuert, sodass es in der Republik und in der Welt widerhallt und alle Zeitungen schreiben, dass Kiesinger ein hoher Nazi war und eine leitende Stelle in Goebbels Propagandaministerium bekleidete, dass seine Hetze gegen Juden und seine Verstrickungen in die nationalsozialistische Propagandamaschinerie im Zuge der Entnazifizierung mit fragwürdigen Dokumenten verschleiert wurden.

Als Kanzler der Bundesrepublik steht er unter dem Schutz von bewaffneten Wachleuten, die die Attentäterin auch erschießen könnten, weshalb sie sich vorsorglich von ihrem kleinen Kind verabschiedet hat. Sie wird noch am gleichen Tag zu einer einjährigen Gefängnisstrafe verdonnert, weil sie sich herausgenommen hat, einen Nazi Nazi zu nennen, auch wenn er ein hoher Würdenträger ist. DIESE FRAU OHRFEIGTE DEN BUNDESKANZLER schreit es am nächsten Tag vom Titelblatt der BILD, und eben dieser Bundeskanzler sitzt, um sein angeblich von der Attacke lädiertes Auge zu schützen, mit einer Mafiosi-Sonnenbrille im Bundestag.

Ihr ganzes Leben wird Klarsfeld der Jagd nach den Nazi-Verbrechern widmen und zusammen mit ihrem Mann Serge Klarsfeld, einem französischen Juden, dessen Eltern in Auschwitz ermordet wurden, Kurt Lischka aufspüren, den Gestapochef von Paris und willigen Vollstrecker der Vernichtung der Juden in Frankreich.

Ich sehe diesen historischen Moment und weiß noch nicht, dass es einer sein wird. Die schlagende Hand auf der Kanzlerbacke brennt sich in meine Netzhaut und bleibt als Schemen dort hängen, bis Micha vor Begeisterung brüllend aus Berlin anruft und etwas später Ilse eintrifft, die mir juchzend eine

Flasche Prosecco entgegenstreckt, damit wir auf diese Sensation anstoßen können.

- Ende -

Quellen

Hesse, Hans; Schreiber, Jens: Vom Schlachthof nach Auschwitz – Die NS-Verfolgung der Sinti und Roma aus Bremen, Bremerhaven und Nordwestdeutschland, Tectum Verlag, Marburg 1999

Hesse, Hans: … wir sehen uns in Bremerhaven wieder… Die Deportation der Sinti und Roma am 16./20. Mai 1940 aus Nordwestdeutschland, Gedenkbuch zur nationalsozialistischen Verfolgung der Sinti und Roma aus Nordwestdeutschland, Teil 1. Hrsg. Stadtarchiv Bremerhaven in Kooperation mit der Stiftung Hamburger Gedenkstätten und Lernorte, Bremerhaven 2021

Hesse, Hans: „Ich bitte, die verantwortlichen Personen für ihre unmenschlichen barbarischen Taten zur Rechenschaft zu ziehen„ – Die Deportationen der Sinti und Roma am 8. März 1943 aus Nordwestdeutschland, Edition Falkenberg – Gedenkbuch zur NS-Verfolgung der Sinti und Roma aus Nordwestdeutschland, Teil 2, Copyright Staatsarchiv Bremen und Edition Falkenberg, Bremen 2022

Heuzeroth Günter; Martinß Karl-Heinz - Unter der Gewaltherrschaft des Nationalsozialismus 1933-1945, Vom Ziegelhof nach Auschwitz, Verfolgung und Vernichtung der Sinti und Roma, Oldenburg 1985

Bastian, Till: Sinti und Roma im Dritten Reich, Verlag C.H.Beck, München 2001

Franz, Philomena: Zwischen Liebe und Haß - Ein Zigeunerleben. Herder Verlag Freiburg 1992

Modick, Klaus: Schwarten, Pauker, Blaue Briefe – Oldenburger Schulzeit in den 60er Jahren, Isensee-Verlag, Oldenburg 1998

Warum Frau K. einen Bundeskanzler ohrfeigte, Zeit-Podcast Verbrechen/Politische Tat von Sabine Rückert und Andreas Sentker vom 18.12. 2018

Mein Dank geht an meine Oldenburger Freundinnen Inge Wübbeler, die mich auf das Thema brachte, und Sabine Barr, die mit mir ins Moor gefahren ist.

Und an meine hoch geschätzten ErstleserInnen Falk Andreas Funke und Dr. Christine Hummel. Außerdem danke ich dem Freundeskreis für Sinti und Roma in Oldenburg, Herrn Schwarz und Herrn Biella; Dr. Hans Hesse; Romy Meyer, Niedersächsisches Landesarchiv Abteilung Oldenburg; Oldenburg-Film für die Überlassung des Films „Rocker, Popper, Discogänger“; Klaus Steinkamp für die Einblicke in seine Forschungen zu den Sinti und Roma in Cloppenburg.

© Ella von Aster

Christiane Gibiec
Autorin, Filmemacherin in Wuppertal. Ihr Werk umfasst Filme, Romane, Sach- und Kinderbücher.

www.cgibiec.de

Aus dem Verlagsprogramm

PHILIPP MAGER

Die Frau im weißen Poncho

Berlin kurz nach dem Mauerfall. Reiner Stolz, Mitte 20, studiert Malerei. Selbst scheu, nachdenklich und stets kränklich, lernt er die großen Figuren und kleinen Gemeinheiten der Berliner Kunstszene kennen. Er sucht seinen Stil und macht prägende Erfahrungen mit Männern und Frauen, innerhalb der Familie und außerhalb; erlebt Niederlagen und Erfolge, entdeckt Gefühle, Sehnsüchte und Geheimnisse. Er lernt die Liebe kennen und den Tod. Und kämpft am Ende nicht nur um das Leben anderer, sondern auch um das eigene.

”

Philipp Magers Prosa überschreitet, erzählerisch und sprachlich souverän, die Grenzen zwischen den Genres von Künstlernovelle, Entwicklungsroman und Liebesgeschichte. Vor unserem inneren Auge entsteht das flirrende Berlin der Nachwendejahre als prägnanter literarischer Erinnerungsraum.

Mirko Nottscheid
Deutsches Literaturarchiv Marbach

ISBN 978-3-910563-05-6

www.rotekatzeverlag.de

MONIKA PIĄTKOWSKA

Geschichten der Niedertracht

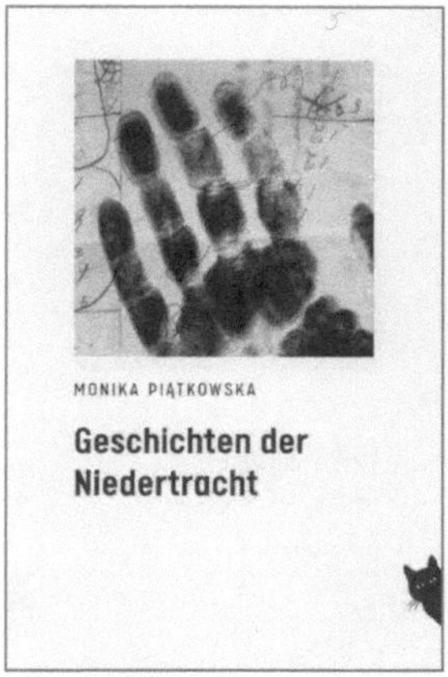

Die bekannte polnische Autorin legt einen ungewöhnlichen Krimi vor – in Anlehnung an Jorge Luis Borges "Universalgeschichte der Niedertracht" (1935). In zwölf Geschichten spielt sie mit der Wirklichkeit und der Wahrheit, gibt zwölf Einblicke in die menschliche Psyche - packend, unterhaltsam, zum Nachdenken zwingend. Piątkowska verwebt die klassischen Motive der Weltliteratur – Liebe, Tod, Hass, Rache, Gier, Schuld und Sühne - zu einem geheimnisvollen, spannenden Text; jede Geschichte zieht eine andere nach sich. Die Texte spielen u. a. in Warschau, Paris, Wien, London, Berlin – von 1880 bis in die Gegenwart. Die Niedertracht, die Macht des Bösen, zieht sich durch alle Texte.

”

„Geschichten der Niedertracht“ von Monika Piątkowska stehen für kunstvolle Kriminalfälle, verschachtelte Rätsel, bei denen der Leser gnadenlos, ja niederträchtig von der Autorin an der Nase herumgeführt wird. Einfach köstlich!

Andrzej Kaluza
Deutsches Polen-Institut

ISBN 978-3-910563-07-0

www.rotekatzeverlag.de

KLAUS RAVE

Der Hammer

Mit dem Hammer schlägt der Auktionator teure Kunstwerke dem höchsten Bieter zu. Doch hinter den Kulissen in London oder Berlin spielen sich noch ganz andere Geschäfte ab: oft am Rand der Legalität, manchmal darüber hinaus. Clara und Alexander, die Kunst und Jura studieren, wollen diese Praktiken und Exzesse entlarven. Raub- und Beutekunst, Fälschungen, Schwarzgeldzahlungen: für sie steht die Freiheit der Kunst auf dem Spiel. Und sie riskieren viel, werden auch mit rechtsextremer Gewalt konfrontiert. Einen anderen Blick auf den Kunstmarkt hat die Berliner Museumsdirektorin Johanna Fischer. Zwischen knappen Mitteln und politischen Ränkespielen versucht sie ihren Kurs zu finden. Ein cleverer Auktionator, ein russischer Oligarch, ein selbstbewusster Regierender Bürgermeister machen ihr das Leben schwer, aber öffnen ihr auch neue Perspektiven ob in Riga oder der Hauptstadt. Ihr Weg ist nicht gerade, führt fast auf die schiefe Bahn. Sie erlebt Enttäuschungen wie Überraschungen. Der Kunstmarkt, ein buntes Kaleidoskop unserer Gegenwart: der Hammer.

”

Hier schreibt ein Autor, der sich in Politik, Finanzen und den Gepflogenheiten der Kunstwelt gleichermaßen auskennt. Der Autor erweist sich als Romancier, der die dunklen Seiten des Kunsthandels, die Stilisierung von Oligarchen als Mäzene und die Eitelkeiten von Politikern auf dem Parkett der Kulturszene äußerst fesselnd zu erzählen weiß. Damit schafft er ein neues Genre spannender Literatur.

Peer Steinbrück
Finanzminister a.D.

ISBN 978-3-910563-00-1

www.rotekatzeverlag.de

CHARLOTTE KERNER

Kopflos

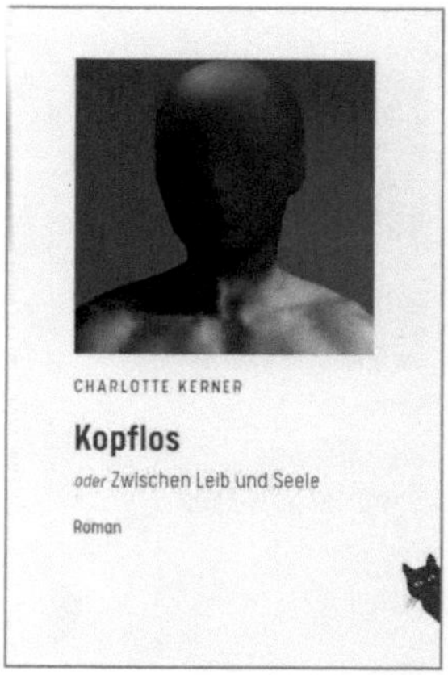

Was kann, was darf die Medizin?

Hundert Jahre nach der ersten Herzverpflanzung führt ein Ärzteteam im Jahr 2067 eine neue, revolutionäre Operation durch: Einem Hirntoten wird der unversehrte Kopf eines anderen, schwerverletzten Patienten transplantiert. Was entsteht da? Ein neuer Mensch? Was bestimmt sein Bewusstsein: Der Körper oder das Gehirn? Hat er eine Seele? Oder derer zwei? Wie reagiert die Umwelt, Freundinnen, Familien, Ehepartner? Wer wird Witwe? Und tritt die betreuende Ärztin in die Spuren von Victor Frankenstein? Eine Beziehungsgeschichte unter extremen Bedingungen.

Charlotte Kerner, Autorin zahlreicher Frauenbiografien und einer viel beachteten Mao-Biographie, sowie des Klonromans *Blueprint* wagt mit ihrem Roman *Kopflos* ein spannendes Gedankenexperiment, das die Möglichkeiten - und die ethischen Grenzen – der Medizin auslotet. Mit einem ergänzenden Essay von Prof. em. Detlef Kömpf, Neurologe.

ISBN 978-3-9824732-9-1

www.rotekatzeverlag.de

MICHAEL ZELLER

Wendisches Sommergewitter

"Wendisches Sommergewitter – Künstlernovelle" ist die neue Erzählung von Michael Zeller. Der Schriftsteller Carlo Andrich ist Gast in einem Künstlerdorf im Wendland. Über die ländliche Idylle brechen turbulente Tage herein, als der erste Castor-Transport mit Atommüll nach Gorleben rollt, lange befürchtet und lange umkämpft. Zwischen den Bauern im Dorf, den Aktivisten der Anti-Atom-Bewegung aus dem ganzen Land und den teils sehr jungen Polizisten steht der Autor und bekommt hautnah mit, was Politik aus und mit den einzelnen Menschen macht.

Kenntnisreich und witzig erzählt und gerade heute wieder von beklemmender Aktualität.

"Die Kunst ist immer einfach.
Nur die Zeiten: Sie sind es nirgends und nie."

ISBN 978-3-910563-02-5

www.rotekatzeverlag.de